Willy Purucker

Die Grandauers und die Zeit danach

Willy Purucker

Die Grandauers und die Zeit danach

Roman

Langen*Müller*

Besuchen Sie uns im Internet unter
www.langen-mueller-verlag.de

Umschlaggestaltung: Wolfgang Heinzel
Umschlagmotiv: Haus der Bayerischen Geschichte, Augsburg
Herstellung und Satz: VerlagsService Dr. Helmut Neuberger
& Karl Schaumann GmbH, Heimstetten
Gesetzt aus der 10,7/13 Punkt Sabon
Druck und Binden: GGP Media GmbH, Pößneck
Printed in Germany
ISBN 978-3-7844-3216-8

1.

München, im Frühjahr 1945:

Die Fliegerbombe hatte ein Stück vom Hausdach weggerissen und die Außenmauer vor den oberen Wohnungen buchstäblich aufgeklappt. Nun, nachdem sich der Staub verzogen hatte, konnte man von der Straße aus in die Wohnungen hineinschauen. Auch in das Schlafzimmer von Traudl und Karl Grandauer. Aber davon war kaum etwas übrig geblieben.

Die Leute im Haus hatten den Bombentreffer im Luftschutzkeller überlebt und die aus den unteren Stockwerken schleppten danach heraus, was zu retten war. Eine alte Frau krabbelte derweil über die Schuttberge und rief immerzu nach ihrer Katze.

Traudl Grandauer stand mit ihrer Mutter drüben auf der anderen Straßenseite, aus Angst vor herabstürzenden Trümmern. Die Mutter hing am Arm ihrer Tochter und mit den Augen hatte sie sich an das Nebenhaus geklammert, das völlig unzerstört geblieben war. Sie hatte von jeher einen hilfreichen Instinkt im Umgang mit dem Schicksal.

Karl Grandauer war zuvor noch mal in den Keller zurückgelaufen, um sein Fahrrad zu bergen und den Luftschutzkoffer. Den hatten sie in der allgemeinen Aufregung im Schutzraum vergessen. So einen Koffer besaß bald jeder, mit Dingen, die ihm besonders wichtig waren. Traudl war sehr erleichtert, als sie dann ihren Mann wieder herauskommen sah. Es hätte ja sein können, auch die unteren Etagen wären, solange er noch im Haus war, plötzlich in sich zusammengesackt.

»Na, Gott sei Dank, dass du da bist!«, sagte die Traudl. Und die Oma seufzte: »Es geht immer alles so furchtbar schnell, dass man gar nicht zum Denken kommt.«

Die Traudl blickte hinauf in ihr Schlafzimmer und sagte noch immer fassungslos: »Alles kaputt! Und, wo geh'n ma jetzt hin?«

»Ich weiß es auch nicht«, sagte der Karl. »Der Adi wenn wenigstens noch da wär'...«

Aber sein jüngerer Bruder wäre auch früher nicht derjenige gewesen, von dem er sich gerne hätte helfen lassen. Ihr Verhältnis war längst schon aus der angestammten Rangordnung geraten, schon, als der Jurist und Blutordenträger Adolf Grandauer, von der »neuen Zeit« begünstigt, seine rasante Karriere antrat, während der große Bruder eher glanzlos auf seiner mittleren Beamtenlaufbahn dahinzockelte. Inzwischen waren allerdings schwerwiegendere Gründe hinzugekommen: Im Sommer 1944 hieß es, Hauptmann Adolf Grandauer wäre in russische Gefangenschaft geraten, seither hat man jedenfalls nichts mehr von ihm gehört.

Und im selben Jahr noch war Adolfs Frau mit vier von ihren fünf Kindern bei einem Luftangriff auf München ums Leben gekommen. Darüber waren dann ihre operettenhaften Bekenntnisse zum Führer und seinem Krieg bald vergessen. Nun war nur noch der kleine Hermann am Leben, der seinen Vornamen einer Begegnung des Vaters mit dem Reichsmarschall Hermann Göring zu verdanken hatte.

Hermännchen war zum Zeitpunkt der Katastrophe in der Bäckerei Kreitmeier, bei seinem Onkel Max und der Tante Kathi, seiner zweiten Frau.

Da war er immer sehr gerne, auch wenn ihn der Onkel manches Mal mit seinen spöttischen Bemerkungen über den Endsieg arg durcheinanderbrachte; denn von seinen Eltern war er Zweifel daran nicht gewöhnt. Dafür durfte sich der Bub dann in der Backstube mit dem braunen, klebrigen Lebkuchenersatz vollstopfen und ganze Tüten damit nach

Hause nehmen – solange es dieses Zuhause noch gab. Seine Mutter mochte die saccharinsüßen Dinger auch und war bereit, dafür über den schlechten Einfluss des Onkels hinwegzusehen.

Ebenso auch über ein anderes Problem: Bei den Kreitmeiers wohnte damals noch eine entferntere Verwandte mit ihrem Töchterchen Gerti. Die junge Frau lebte allerdings sehr zurückgezogen, und vielleicht kam es ja auch daher, dass sie für das Hermännchen etwas Geheimnisvolles umgab. Sie hieß Tante Klara, aber manchmal sagte die Oma, wenn sie zu Besuch war, auch Sara zu ihr. Und dann erschrak sie jedes Mal hinterher.

Leider wurde die Angelegenheit nicht einfacher für den Buben, als die Oma sie ihm eines Tages zu erklären versuchte: »Es ist nämlich so, Kind: Sara soll man eigentlich gar nimmer sagen. Weil sonst gleich jeder denkt, dass es was mit den Juden zu tun hat. Das habt ihr doch bestimmt auch schon in der Schule gelernt. Aber jetzt pass' amal auf, Hermann: Das war nämlich bei unserer Sara ganz anders. Die ist als kleines Mädchen ganz kurz amal in einem jüdischen Haus aufgewachsen. Und die Leute ham sie halt immer Sara gerufen. Da is ja auch weiter nix dabei, net. Deswegen wird einer ja noch lange kein Jude. Und schon gar nicht so einer, wie ihr das in der Schule lernt. Das sind nämlich ganz andere. Und am allerbesten ist es, man redet überhaupt nicht drüber. Sie ist die Tante Klara und fertig! Und wir ham sie doch alle lieb! Und wollen nicht, dass ihr was geschieht! Du doch auch nicht, Hermännle, oder!«

*

In derselben Nacht, in der die Grandauers ausgebombt worden waren, hatten die Kreitmeiers – keine halbe Wegstunde entfernt – nur ein paar Fensterscheiben eingebüßt und so was war ja kaum noch der Rede wert.

Da es auch die Schaufensterscheibe betroffen hatte, nagelte der Max einfach einen großen, stabilen Pappkarton vor seine Auslage und brabbelte vor sich hin: »Jetzt seh'n die Leut' wenigstens nimmer von draußen scho, dass' bei uns im Laden nix G'scheit's gibt.«

Es war noch dunkel, als die Frau Kreitmeier dann ihre Ladentüre aufschloss und auf die Straße hinaustrat, um das zugenagelte Fenster zu besichtigen: »Mei ... schön is anders! Jetzt kommt halt gar kein Tageslicht mehr nei!«

»Was wollt's denn mit am Tageslicht, Kathl? Schau'n die Leut' ja noch ausgespuckter aus als wie beim Elektrischen!«

Gleichzeitig näherten sich langsam, zögerlich drei Gestalten mit Koffer, Fahrrad und hängenden Köpfen. Die Kathi hatte sie schnell erkannt und holte tief Luft, bevor sie in den Laden rief: »Max! Schau amal, wer da kommt!« Und als er dann ebenfalls vor die Türe trat, standen ihm die drei, vom Nieselregen durchnässt, vor Augen, wie biblische Gestalten nach der Vertreibung aus dem Paradies.

»Auweh! Hat's euch auch erwischt!«, sagte der Max mitfühlend und die Traudl ließ sich in Kathis ausgebreitete Arme fallen und schluchzte: »Mein Gott, ham mir ein Glück g'habt ... ein Glück!« Zugleich landete die Oma an der Brust des Bäckermeisters, von wo sie ihm fast mädchenhaft aufgekratzt anvertraute: »Also, ich denk' fei immer noch ... ich warte jetzt einfach ab, bis ich aufwach' ... und dann hab' ich das alles bloß so geträumt.«

»Recht hast, Oma!«, sagte der Max. »Wart's ab, bist'd aufwachst. Das machen wir doch alle so.«

Der Karl war noch zu befangen, und es lähmte ihn auch die Ungewissheit, wie der Schwager auf ihr Ansinnen reagieren würde. Das wäre ja alles viel einfacher gewesen damals, als seine Schwester noch gelebt hatte und mit dem Max verheiratet war. Freilich hatte sich der Karl auch früher nicht immer leicht getan mit dem unverblümten kreitmeierschen Humor – so wie umgekehrt der Max mit Karls biedersinnigem Ernst.

»Also, jetzt kommt's erst amal ins Haus!«, drängte die Kathi und wechselte dabei einen Blick mit ihrem Mann: »Die sin ja bis auf die Haut nass, die Armen! In der Küch' hama g'heizt, da könnt's euch wenigstens a bissl trocknen lassen.«

»Immer hat er einen Mantel angezogen beim Alarm, der Karli«, sagte die Traudl kopfschüttelnd. »Bloß ausgerechnet heut' nicht!« Und auf den Stiegen hinauf in die Wohnung kam sie dann schon einmal andeutungsweise zur Sache, indem sie sagte: »Mir ham natürlich auch an den Onkel Rudi gedacht … ob ma bei ihm … Irgendwo müss' ma ja unterkommen. Aber der soll im Krankenhaus liegen, der Onkel Rudi. Und niemand weiß, wo.«

Oben, neben dem warmen Küchenherd, taute auch der Karl langsam auf und meinte: »Man wird uns dann vielleicht schon irgendwann a Notquartier zuweisen. Behördlicherseits. Aber wann halt? Wann! Und es geht dabei ja weniger um mich. Ich kann im Büro schlafen. Wäre ich nicht der Einzige.«

Die Oma war still geworden und nachdenklich. Sie hatte den Persianermantel noch an, ohne den sie nie, auch im Sommer nicht, in den Luftschutzkeller gegangen wäre. Und mit einem Mal sagte sie bestürzt: »Die ganzen Schachteln mit den Fotografien! Von unserm Vati! Und von euch! Wie ihr noch Kinder wart. Die sind dann doch auch alle … Nicht ein Foto mehr! Und unser schönes Kaffeeservice! Die Mokkatässle! Allmächtiger! Da is doch nix mehr heil geblieben, von den Tässle!«

»Mei, die Mutti …«, sagte die Traudl und legte den Arm um sie: »Jetzt kommt's allmählich drauf, was passiert is. Wie des so wahnsinnig gekracht hat im Keller … also, das ist ein Schlag g'wesen … dass ma nimmer g'wusst hat, wo ma is. Und wie taub hinterher! Der Kellerboden …das ganze Mauerwerk und alles ... hat richtiggehend gewackelt in dem Moment! Und stockdunkel aufamal! Und ein Staub! Dass ma gedacht hat, ma kriegt keine Luft mehr! Gehustet hams alle und Angst g'habt. Die Kinder ham g'schrien. Und alle wollten schnell naus. Aber unser Oma ... die war ganz still und gar nimmer richtig da. Die hama direkt mit 'nauszieh'n müssen. Und auch draußen wollt' sie's einfach nicht wahrhaben.«

»Ach Kinder ... das is ja auch zu viel für einen alten Menschen.«

Die Kathi wollte ihren Laden nicht zu lange dem Lehrmädel alleine überlassen und, nachdem sie alles für das Frühstück auf den Tisch gestellt hatte, gab sie ihrem Mann einen kleinen Stups und flüsterte ihm zu: »Jetzt sag' halt endlich was, Max! Sie warten doch drauf.« Dann ging sie hinaus.

»Wieso, is irgendwas unklar?«, fragte er dann und gab sich überrascht: »Weil, von uns aus könnt's natürlich bleiben, solang' ihr wollt. Ich kann euch bloß nicht garantieren, dass unser Häusl bis zum Endsieg stehen bleibt.«

Dass ihm die Traudl daraufhin aus lauter Dankbarkeit um den Hals fiel, war ihm nicht unangenehm. Schon eher die Demut des Schwagers, die er bis dahin bei ihm noch nicht beobachtet hatte: »Aber bitte, bloß keine Umstände, Max! Wir sind für alles dankbar. Ein winziges Eckerl ... und wenn's im Keller is.«

»Der is schon vergeben. Da hama unsern Gesellen einquartiert, den alten Seppi. Den ham's neulich zum zweiten Mal aus seiner Behausung rausgebombt. Hama ihm halt jetzt a Feldbett in unsern Luftschutzkeller gestellt ... dann braucht er beim Nachtalarm gar nimmer aufsteh'n. Und in der Früh is er gleich in der Backstub'n. Der Lehrbua schlaft hie und da auch drunten, wenn er beim Fliegeralarm nimmer heimkommt.«

Währenddessen ging die Küchentüre auf und ein schlaftrunkener Bub stand da, im langen Nachthemd, und er blinzelte verdutzt von einem zum anderen.

»So is recht! Hama dich aufg'weckt, Hermann?«, sagte der Max und winkte ihn heran: »Hock dich nur her zu uns. Gell, da schaust', was mir in aller Früh schon für einen Besuch ham! Die Oma Soleder und die Tante Traudi und der Onkel Karl!«

»Der Papa auch da?«, fragte der Bub ganz zaghaft, weil er schon so oft enttäuscht worden war.

»Der kommt scho wieder, dein Papa«, tröstete ihn der Max. »Und du ... musst gar net in d' Schul heut?«

Der Hermann schüttelte den Kopf und sagte ohne sonderliches Bedauern: »Weil's Dach kaputt is.«

»Bist' froh, ha?«

»Mei, die Kinder heut'! Wann soll'n die was lernen?«, meinte die Traudl kopfschüttelnd und zog den Buben dabei fest an sich.

»Und wie mag's erst unsre zwei gehen? Ob's überhaupt noch leben? Vom Rudi ham ma nix mehr g'hört seit vorigem Jahr, August. Da is er in Warschau g'wesen. Wo er so gelitten hat. Und der Maxi hat zum letzten Mal Weihnachten was hören lassen. Da waren's irgendwo an der Westfront. Und dass sie ihm das Eiserne Kreuz verliehen haben. Unserm Maxi! Wo der nie so was mögen hat.«

*

Dass sie hier im Bäckerhaus einmal selbst einquartiert werden sollte, das wäre der Oma Soleder nie in den Sinn gekommen. Seit Jahren hatte sie das Haus immer nur schweren Herzens betreten; denn hier endete die Radiokarriere ihres Sohnes Kurt. Und hier begann sein bitterer Abstieg in die kleinbürgerliche Bedeutungslosigkeit, nachdem er – lange vor dem Krieg – auf eine unbedachte Äußerung hin ins Stolpern geraten war. Sie betraf die »tiefinnerste Friedensbereitschaft« des Führers und Reichskanzlers und Kurts Zweifel daran. Die Äußerung kam zur Anzeige und wurde in Anbetracht der besonderen Bösartigkeit und Heimtücke mit neun Monaten Gefängnis geahndet. Dazu mag auch sein schlechter Leumund beigetragen haben, in dem sich keine positiven Bekenntnisse zur neuen Zeit finden ließen und auch kein Anzeichen des Bedauerns oder Scham, dass er sich mit seiner nichtarischen Frau demonstrativ gegen das gesunde deutsche Volksempfinden stellte. Dieses Empfinden war sicher auch maßgebend, als man Sara Soleder während der Abwesenheit ihres Mannes genötigt hatte, schnellstmöglich ihre Schwabinger Wohnung zu räumen. Und da war es dann ein Glück, dass sich die Kreitmeiers von einem ganz anderen Empfinden leiten ließen; denn sie nahmen die Sara mit Kind und Kegel bei sich auf.

Die Freiheit, in die man den »Miesmacher« Soleder nach verbüßter Strafe entlassen hatte, war angereichert mit einem Berufsverbot, verhängt von der Reichsrundfunkkammer und gültig für alle deutschen Radiostationen.

»Weißt was, Kurt«, sagte dazu der Max, »dann machst' an Bäcker bei mir! Für des brauchst' niemand in den Arsch kriechen und musst dich auch nicht genier'n, wennst in den Spiegel schaust!«

Nur selten konnte man diese sanfte Verzweiflung in Karls Gesicht sehen, mit der er vor dem Luftschutzkoffer kniete, um sich eine Vorstellung von ihren letzten Habseligkeiten zu verschaffen, die ihnen nach der Bombennacht verblieben waren. Und wie recht sollte er damit haben, dass er seine Frau immer wieder ermahnte, den Kofferinhalt zu überprüfen, und wie dumm war es von ihm, die Inspektion nicht selber übernommen zu haben; denn obenauf lagen darin, platzgreifend, zwei große Schachteln mit silbernen Christbaumkugeln, wohl aus der Soleder'schen Konkursmasse und zweifellos eine heimliche Beigabe der Oma. Ja, eigentlich eher ein Grund zum Lachen, aber Galgenhumor war Karls Stärke auch nicht.

Der Max hatte die drei Ausgebombten ohne lange zu fackeln in der winzigen Dachwohnung einquartiert, die er seinerzeit für die jungen Soleders ausbauen ließ. Sie war vollständig eingerichtet und stand seit über einem Monat leer. In Gertis Schlafkammerl war sogar das Bett noch gemacht, bevor man nun die Oma hineingenötigt hatte. Sie konnte sich kaum noch auf den Beinen halten und schlief sofort ein. Neben ihr auf dem Nachttisch stand, im Silberrähmchen, ihr Sohn Kurt mit seinem typisch spöttischen Lächeln. Das Foto stammte aus der Zeit, in der er noch bedingte Wehrunwürdigkeit genießen durfte und dafür auch lieber in der »Erzeugungsschlacht« diente, als Kreitmeiers Bäckergeselle.

Aber mit dem totalen Krieg, den man 1943 heraufbeschworen hatte, änderte sich das und auch der Kurt wurde für den Endsieg anderswo benötigt.

Bei aller Dankbarkeit und Erleichterung derart komfortabel untergebracht zu sein, empfand der Karl auch irgendwie ein Unbehagen. Vielleicht hatte das ja mit der Sara zu tun, der er da oben in ihrer Wohnung überall begegnete. Auf dem Foto an der Wohnzimmerwand war sie noch so, wie er sie vor bald zwanzig Jahren kennengelernt hatte: eine kesse Berliner Pflanze, sorglos, lebenslustig, ein bisschen frech. Aber die vergangenen Jahre hatten auch sie verändert. Jahre, in denen sie in ständiger Unruhe und Angst lebte, Jahre mit Schwerstarbeit in einer Waffenfabrik, zehn Stunden täglich, als Dienst an einem Volk, das sie nicht haben wollte, und für einen Staat, der ihre Vernichtung wünschte. Oder sogar vorsah?

Der kleine alte Herr auf dem gerahmten Foto daneben, das war Saras Vater. Von ihm hieß es, er wäre eines Tages weggewesen, nicht mehr heimgekommen in seine Behausung. Und der Karl war, als er das hörte, rücksichtsvoll genug, die Sara nicht weiter mit Fragen zu beunruhigen. Rücksichtsvoll vielleicht auch mit sich selbst, denn Ungewissheit war oft leichter zu ertragen als eine brutale Wahrheit.

Es war erst an die sechs Wochen her, aber der Karl erinnerte sich noch gut an den Abend, wie er auf dem Heimweg vom Arzt kurz noch zur Bäckerei abgebogen war, wohl mehr, weil die Brotrationen verdammt knapp geworden waren, und er wusste ja, dass die Frau Kreitmeier immer eine kleine Reserve für Freunde und Angehörige parat hatte.

»Gut, dass'd kommst, Karl«, begrüßte sie ihn. »Der Max wollt' sowieso was mit dir bereden. Er ist drunten in der Backstube.«

Auf den steilen Stiegen fiel ihm jedes Mal seine Schwester ein, wie sie damals mit dem Semmelkorb im Arm dort hinuntergestürzt war. Und das war der Anfang von ihrem allzu frühen Ende.

Der Max war alleine, unterbrach seine Arbeit und sagte: »Jetzt is' so weit! Was ich immer befürchtet hab'! Sie ham ihr eine Aufforderung geschickt, der Sara! Eingeschrieben! Dass sie sich melden muss! Verstehst?!«

»Mit was für einer Begründung?«, fragte der Karl und gab sich ahnungsloser, als er war.

»Da brauchst' fragen! Wegen einer Evakuierung, schreiben's! Und schon mit Angaben, was sie alles mitbringen muss: kleines Waschgefäß, Decke, Proviant, Essgeschirr ... aber kein Messer! Und Gabel, glaub i, aa net.«

Der Karl versuchte Schlimmeres abzuwehren, indem er das Wort beim Wort nahm: »Evakuierung ... heißt ja eigentlich nur ... wenn man es genau nimmt ...«

»Dass sie's in a Lager tun! Heißt des! Wenn ma's genau nimmt! Wie ihren Vater wahrscheinlich! Den werden's auch ›evakuiert‹ ham! Und g'hört hat man nix mehr von ihm!«

»Mei, Max ... was weiß man!? Behauptet wird viel. Aber auf Hörensagen geb' ich gar nix mehr!«

»Ich halt' bei denen alles für möglich. Nur nix Menschliches nimmer. Und wegen dem muss die Sara weg von da! Naus, aufs Land, wo's keiner kennt! Morgen auf d' Nacht fahr'n ma zu der Kathi ihre Verwandten. Die ham an großen Hof, der liegt am Arsch der Welt. Da schau'n ma, dass ma's unterbringen mit ihr'm Deandl. A Ausfahrer von der Bäckerinnung nimmt uns mit. Der macht so was aa net zum ersten Mal.«

Danach war alles ganz schnell und reibungslos gegangen: Sie waren auf der Fahrt in keine Straßenkontrolle geraten und auf dem Hof war man gegen zwei Arbeitskräfte nicht abgeneigt, zumal der Max auch einen Zuschuss für Kost und Logis in Aussicht gestellt hatte. Zunehmend beunruhigt war man vielmehr in der Zeit hinterher, weil man mit Nachfragen, Nachforschungen sogar, rechnen musste. Freilich hatten sie sich auf eine Erklärung geeinigt, aber ob sie damit den bekannten Methoden zur Wahrheitsfindung standhalten würden, war mehr als unsicher.

Unwahrscheinlich war es ebenso, dass man gar nichts mehr von dieser Aufforderung zur »Evakuierung« hören würde. Aber so war es und der Max kam zu dem Schluss: »Jetzt glaub i aa, dass' bald vorbei is. Wenn die scho bei ihre Schandtaten den Überblick verlieren!«

*

Die Grandauers fühlten sich den ganzen Vormittag noch so, als ob sie ihr Todesurteil überlebt hätten, und sie taten nun alles Mögliche, nur um in Bewegung zu bleiben und nicht noch einmal getroffen zu werden.

Für ihren eigenen Anblick war die Traudl noch nicht gefestigt. Darum mied sie jeden Spiegel. Sie trug noch immer den Turban, unter dem man die Haare verbarg, zum Schutz vor Staub oder weil man sich mit ihnen, so hopplahopp aus dem Bett heraus, nicht sehen lassen wollte. Diese Kopfbedeckung, früher vorwiegend bei Hausmeisterinnen üblich, war in Kriegszeiten ganz allgemein zu beobachten.

Der Karl dagegen hatte sich seinem Anblick gestellt und nur die allernötigsten Verbesserungen an sich vorgenommen. Darüber hinaus war er zu dem Entschluss gekommen, sich als Leidtragender erkennen zu lassen.

Seine Frau kam mit einem Mantel über dem Arm herauf und sagte zu ihm: »Jetzt schau amal, Karli ... den könnt' dir der Max geben. Dass'd ihn amal anprobierst. Zu kurz wird er halt sein. Aber besser wie nix. Und den Hut da, den könnt'st auch haben.«

»Schau ich zwar aus damit wie ein Grattler ... aber das entspricht ja momentan auch den Tatsachen.«

»Ach, mein Karli ...«, hauchte sie und fiel ihm schluchzend um den Hals, »gell, aber mir lassen uns nicht unterkriegen. Mir ham doch noch uns.« Darauf drückte er sie zärtlich an sich und es schien in dem Moment, als ob sie nach dem großen Verlust einen großen Gewinn gemacht hätten. Dann streichelte sie ihm über den Kopf und sagte nach einer Weile: »Und wennst bloß drin anrufst im Büro, Karli. Und bleibst heut' amal da.«

»Das funktioniert doch nimmer, das Telefon vom Max.«

»Ich mein', die werden ja auch amal ohne dich auskommen. Nach dem, was passiert is ... hat doch a jeder Verständnis.«

»Um das geht's ja nicht nur, Schatz. Ich muss doch auch schau'n, dass wir unsre Lebensmittelmarken kriegen. Die Textilkarten ... mir ham ja nix mehr! Gar nix. Strümpf', Unterhosen, Nachthemden ... Und auch, dass die im Büro drin wissen, wo's mich erreichen. Und wenn a Post kommt, von unsere Buam vielleicht, dass sie's uns hierherschicken.« Und sie antwortete ganz lebhaft: »Kann ich denn nicht auch was machen, Karli!«, und er beruhigte sie fürsorglich: »Tu dich du lieber hinlegen und ausruh'n, mein Schatz.«

»Ich kann mich jetzt doch nicht hinlegen! Für des bin ich noch viel zu aufgewühlt! Ich muss mich auch mit irgendwas ablenken, Karli.«

Niemand wäre jetzt noch seiner lumpigen Kleidung wegen aufgefallen, eher schon, wenn sie perfekt gewesen wäre. Auch der Karl mit seinem viel zu kurzen Mantel und dem zu kleinen Hütchen erregte damit kein Aufsehen. Er war sowieso zu beneiden um ein Fahrrad, das die Luft noch halten konnte in den Schläuchen. Und das lenkte er nun durch die vielen Glasscherben und Trümmer auf allen Straßen, bis er mit einem Mal erkannte, dass er wie magisch angezogen stadtauswärts gefahren war, dorthin, wo seit der vergangenen Nacht alle seine Errungenschaften der letzten fünfundzwanzig Jahre begraben lagen. Darunter auch das Schlafzimmer aus schwedischer Goldbirke, die Standuhr mit dem Westminsterschlag und sein Rauchtischchen mit der eingebauten Stehlampe.

Da stieß er plötzlich einen verächtlichen Ton aus, riss den Lenker herum und fuhr, verbissen mit dem Kiefer malmend, in die entgegengesetzte Richtung durch die geschundene Innenstadt zur Polizeidirektion. Auch die war von Bombentreffern schwer gezeichnet, wobei sich der schlimmere Teil der Zerstörung von außen gar nicht erkennen ließ – jene selbst verursachte innere Zerstörung nämlich, durch die Einwirkung der »neuen Zeit«.

Der Erste, dem Karl Grandauer im Foyer begegnete, war der Hausmeister Dirscherl, der dem Amt durch sein jahrzehntelanges Vorhandensein etwas beinahe Familiäres gab: »Mein Gott, na ... der Herr Oberkommissär jetzt auch noch! Ich hab's Ihnen aber angeseh'n. Auf den ersten Blick!

Es ist ja bloß gut, dass alle heil rauskommen sind! Ihre Damen vor allem. Und dass sie's gut übersteh'n! Ob mei, oh mei, die Menschheit, gell! Was die sich antut!« Dann sagte er abschließend noch mit übertriebenem Nachdruck, um bloß nicht missverstanden zu werden: »Und so kurz vor dem Endsieg!«

Der Karl hatte im Stiegenhaus noch einige Male Gelegenheit, sich von Kollegen bedauern zu lassen. Nur kannte eben jeder schon mindestens einen solchen Fall, wenn er ihn nicht gar selbst am eigenen Leib hatte erfahren müssen. Das nahm der Katastrophe ganz allgemein viel von ihrer Wirkung.

Als er dann sein Dienstzimmer betrat, stach ihm, wie so oft, beißender Rauch in die Nase, aber niemand war anwesend, den er dafür hätte anraunzen können: »Weil's immer a feuchtes Papier hernehmen zum Anheizen!«

Das Ärgernis ging von einem sogenannten Kanonenofen aus, dessen Rauchrohr durch ein Loch in der Fensterverschalung ins Freie hinausragte und bei ungünstigen Windverhältnissen auch manchmal versagte. Solche kleinen eisernen Öfen standen seit dem letzten Kriegswinter in mehreren Diensträumen, in denen die Zentralheizung ausgefallen war.

Nicht selten stand, vorwiegend in der kühleren Jahreszeit, die Türe zum Büro des Dienststellenleiters ein Stück weit offen und auf diese Weise bekam Oberinspektor Deinlein auch ein wenig Wärme mit aus dem Vorzimmer. Für sich selber lehnte er einen solchen Ofen ab. Schlimmstenfalls hatte er noch ein kleines Elektrogerät gegen seine Veranlagung zu kalten Füßen.

Als Grandauer, um auf sich aufmerksam zu machen, seinen Kopf in den Türspalt steckte, stand Herr Deinlein gerade im Mantel neben seinem Schreibtisch und telefonierte. Es schien sich um ein Gespräch mit einem Vorgesetzten zu handeln. Deinlein klang mühsam beherrscht, gab aber

Grandauer ein Zeichen, hereinzukommen und die Türe hinter sich zu schließen. Dann setzte er sein Telefonat fort:

»... Sie erlauben, dass ich widerspreche, Herr Kriminalrat ... aber solange keine militärischen Kampfhandlungen erwiesen sind oder eine Standgerichtsentscheidung, müssen wir nach herkömmlichen Rechtsbegriffen davon ausgehen, dass es sich um Mord handelt. – –

Auch bei einem Ausbruch von Volkszorn. Auch dann. – – Bitte, ich bin kein Jurist, aber Lynchjustiz sieht unser Gesetz nicht vor, meines Wissens. – – Selbstverständlich, Herr Kriminalrat, wenn ich Anweisung erhalte, stellen wir unsere Ermittlungen sofort ein. Wir sind mehr als ausgelastet. – – Nehme ich hiermit zur Kenntnis, jawohl ... – – Bin ich überzeugt: Außerordentliche Verhältnisse verlangen ein Höchstmaß an Flexibilität! Heil Hitler, Herr Kriminalrat!«

Deinlein ließ sich mit einem Seufzer auf seinem Schreibtischstuhl nieder. Er benötigte noch einen Augenblick, bis er sich mit seiner Haltung dem Vorgesetzten gegenüber abgefunden hatte. Oder war er mit seinen Äußerungen schon zu weit gegangen?

Grandauer seinerseits war viel zu sehr von eigenen Problemen eingenommen und er hätte sich eigentlich von Herrn Deinlein so viel Feingefühl erwartet, dass er ihm den Schicksalsschlag gleich ansehen würde. Aber der Oberinspektor schaute ihn nur an, ohne ihn zu sehen, und er sagte in gedämpfter Lautstärke: »Sie haben ja bei der Morgenbesprechung mitbekommen, um was es dabei ging, Grandauer ... Die zwei Leichen im Bombentrichter. Nahe Schleißheim. Englische Piloten. Vermutlich abgesprungen. Die Fallschirme waren natürlich weg. Aber die Männer sind eindeutig nicht durch Absturz ums Leben gekommen, sondern durch Genickschüsse! Aus allernächster Nähe! Kein Mord ... nach neuester Lesart! Alles nur der Volkszorn!«

Von seinem Stellvertreter Grandauer durfte der Oberinspektor annehmen, dass er eine solche Tat an den beiden

Fliegern ebenso beurteilen würde wie er: als Mord. Aber er konnte nicht wissen, dass Grandauers Rechtsempfinden in der vergangenen Nacht auf eine harte Probe gestellt worden war.

»Ja, ja, der Volkszorn ...«, sagte der Karl wie jemand, den das Leid auf eine höhere Erkenntnisstufe gestellt hat, »... der ist halt oftmals das Letzte, was den Menschen in ihrer Verzweiflung verbleibt. Der Volkszorn. Wenn ihnen das Haus überm Kopf zusammenstürzt. Und sie steh'n plötzlich da mit nix! Dann sieht man nämlich manches anders. Wir sind ja gestern Nacht wenigstens grad noch lebendig rausgekommen. Aber alles andere ... Totalschaden!«

»Ja, um Gottes willen! Warum haben Sie denn nicht gleich was gesagt?!«

»Ich bin ja bis jetzt noch nicht zu Wort gekommen, Herr Oberinspektor!«

*

Die Oma Soleder war in ihrem Bestreben, sich im Bäckerhaus nützlich zu machen, mehr und mehr zu einer Belastung geworden. Und es war auch unverantwortlich, sie zu irgendwelchen Erledigungen alleine in die Stadt zu lassen, seit jemand von Kathis Kundschaft Zeuge geworden war, wie sie sich bei einem Fliegerangriff in Sicherheit gebracht hatte. Nicht in einem öffentlichen Bunker oder dem nächstliegenden Luftschutzkeller, nein – in einem Telefonhäusl! Und sie verteidigte ihre Entscheidung auch noch, nachdem ihr darin, wie man sehen konnte, nichts passiert war.

Auf das hin war man übereingekommen, sie ebenfalls aufs Land hinauszubringen, auf den Einödhof, gemeinsam mit Adolf Grandauers Sohn, dem kleinen Hermann. Und das sollte auch nicht so aussehen, als ob man sie von hier abschieben wollte, es geschah angeblich nur auf einen dringenden Hilferuf von ihrer Schwiegertochter Sara.

Die Traudl hatte sich indessen mit dem Ladengeschäft vertraut gemacht, auch wenn ihr dafür die Erfahrungen aus ihrer Jugend in der elterlichen Musikalienhandlung wenig halfen.

»Ich hätt' jetzt da, bittschön, schaun' S' amal, Frau Grandauer ... von meinem Mann eine Schwerarbeiterzulage und von meinem Bruder eine Schwerstarbeiterzulage. Das wären dann einmal sechshundert Gramm ...«

»Ein Pfund, mehr gibt's heut' nimmer! Sonst kriegen die andern gar nix mehr!«, fuhr die Traudl dazwischen und traf schon den Ton, mit dem sich die Not einigermaßen verwalten ließ.

»Oh mei, oh mei, was soll des no wern! Wenn ma net amal mehr des bissl Zeug auf seine Marken kriegt ...«

Aber je weniger es gab, umso länger standen die Leute dafür an, an kalten Tagen war es vielleicht auch, weil man sich im Laden ein wenig aufwärmen konnte. Und wer Glück hatte und neben einem wichtigen »Geheimnisträger« stehen durfte, der erfuhr sogar etwas über den Ausgang des Krieges: »Schaun' S', bei meinem Schwager im Haus ... Sie, das is aber streng vertraulich, gell! Da wohnt nämlich ein Diplominschenör ... und der is persönlich an verschiedene Entwicklungen beteiligt ... von diese Wunderwaffen!«

Der Herr sprach laut genug, dass auch andere Kunden von seinen geheimen Kenntnissen profitieren konnten. Man sah aber überwiegend spöttische Gesichter und eine Frau fragte mit offenem Hohn: »Wann soll'n dann die eingesetzt werden, diese Wunderwaffen? Wenn's schon in Pasing san, die Neger?«

»Wenn der richtige Zeitpunkt ist, meine Dame. Dann drücken's bloß noch auf einen Knopf ... bums und aus is! Auf einen Schlag!«

»Da derfen's aber jetzt schön langsam draufdrücken, auf den Knopf!«

»Kommt schon noch! Keine Sorge. Und solang' müss' ma halt durchhalten. Durchhalten!«

Jetzt war der Geheimnisträger an der Reihe, überreichte der Traudl seine Brotmarken und sagte: »Ach, geben S' ma's bittschön gleich für mehrere Tage, sind S' so gut.«

Und die Traudl antwortete, schon etwas gereizt: »Jetzt sag' ich's noch amal: ein Pfund und nicht mehr!« Aber dann stutzte sie, hob die Brotmarken ins Licht und sagte irritiert: »Was sind denn das für Marken?«

Daraufhin brachte sich der Geheimnisträger in Positur und sagte respektheischend: »Normale halt, was sonst?«

Der Max war gerade aus der Backstube heraufgekommen, sodass ihn die Traudl fragen konnte: »Schau amal: die Brotmarken da, sind die in Ordnung?«

Der Max warf einen Blick darauf und sagte beeindruckt: »Aber ja! Einwandfrei! Die sin bloß ihrer Zeit a bissl voraus! Steht ja drauf: Gültig ab Ende April 1945! Sin die von dem Herrn da?«

Der Geheimnisträger gab sich über jeden Verdacht erhaben und sagte unbeeindruckt: »Is ja unmöglich, was Sie da sagen!«

»Doch, doch«, beruhigte ihn der Max und alle im Laden lauerten auf die Erklärung: »Hie und da machen die halt auch amal einen Fehler, die Amerikaner oder Engländer. Dann schmeißen's ihre gefälschten Lebensmittelmarken zu früh aus ihre Flieger raus. Irrtümlich! Und wer die aufhebt ... oder noch schlimmer, verwendet, den ... das wissen S' ja hoffentlich?«

»Den machen's an Kopf kürzer, gell!«, ließ sich die Frau, die zuvor schon seine Ausführungen über die Wunderwaffen in Zweifel gezogen hatte, geradezu genüsslich vernehmen. Der Herr trat einen Schritt zurück, und indem ihn der Schrecken erbleichen ließ, stammelte er: »Also, da bin ich jetzt direkt ... die muss mir wer heimlich in die Tasche oder ... anders ist das undenkbar! Ich bin ja nicht der Mensch und mach' so was. Ich bin Parteigenosse! Seit 33!«

»Bravo!«, sagte der Max und grinste schadenfroh wie die andern Kunden im Laden auch. Und es war vielleicht weniger die Tat, woran sie Anstoß nahmen, als der Täter. Doch ihm kam in dem Moment das Aufheulen der Luftschutzsirenen zu Hilfe, sodass er nicht mehr die ganze Aufmerksamkeit auf sich zog. Die einen beeilten sich etwas, um noch ihren Einkauf zu tätigen, andere zogen es vor, den Laden zu verlassen, unaufgeregt, ohne jede Hektik. Auch der Geheimnisträger wollte sich lieber in Sicherheit bringen und er versprach, seine Unschuld zu einem günstigeren Zeitpunkt zu beweisen. »Und durchhalten, gell! Durchhalten!«, rief ihm die Frau hinterher.

»Sperrst dann zu, Traudl, und nimmst die Ladenkasse mit«, sagte der Max und ging in die Backstube hinunter.

»Wollen S' lieber so lange bei uns bleiben, bis' vorbei is?«, fragte die Traudl ihre letzte Kundin.

»Es is ja erst Voralarm. Ich bin auch gleich daheim.«

»Die sind jetzt manchmal so schnell da, die Flieger ...«

»Ach, wissen Sie, Frau Grandauer ... in meinem Alter ... ich nehm's, wie's kommt.«

»Sie ham scho recht, Froin Schönlein. Immer die Angst ... man wird es leid, manchmal.«

»Aber Sie haben ja noch Ihren Gatten und Ihre Buben!«

»Das kann man nur hoffen. G'hört hama scho Monate nix mehr von ihnen. Und mein Mann, wenn in der Früh wegfährt, weiß ich auch nicht, ob ich ihn am Abend noch amal seh'.«

Die Traudl brachte ihre Kundin noch vor die Ladentüre. Die Sirenen schwiegen. Es war so eine lauernde Stille. Nur die Hunde hatten sich noch nicht beruhigt. Auf der Straße kein Verkehr. Ein paar Passanten huschten vorbei.

»Ach, ich glaub' gar nicht, dass noch was kommt«, meinte die Traudl und verabschiedete sich.

»Beten wir zum lieben Gott ... dass er's bald vorbei sein lässt«, sagte das ältere Fräulein und überquerte ohne Eile die Straße.

Aber der wird uns was husten, der liebe Gott, dachte die Traudl ... wenn ma jetzt aufamal alle daherkommen. Und sie war schon im Begriff, wieder in den Laden zurückzugehen, als ein Personenwagen der Wehrmacht in die Straße einbog und ihr gegenüber anhielt. Neugierig geworden blieb sie stehen und sah einen Soldaten aus dem Fahrzeug steigen. Der wirkte auch etwas überrascht, winkte ihr dann aber zu und rief ihren Namen. Jetzt erst erkannte sie ihren Bruder. »Kurtl!« Und sie liefen aufeinander zu und fielen sich um den Hals: »An alles Mögliche hab' ich gedacht, aber dass du das bist!«

»Ganz kurz nur, ich muss gleich wieder weg! Die Sari da und die Kleine?«

»Na, die sind doch ... Komm' erst amal mit rein.«

Er hielt sie beunruhigt fest: »Warum, wo sind's denn?«

»In Sicherheit! Alle zwei. Und die Mutti is auch dabei. Und der Bua vom Adi.«

»Wieso Sicherheit? Is was passiert?«

»Nix. Alles in Ordnung jetzt. Komm' halt schnell mit rein.« Die Kameraden im Wagen waren ungeduldig geworden und hupten.

»Es geht net, tut ma leid, Traudl. Aber vielleicht bin ich ja scho bald wieder da. Kann ma da hinfahr'n, wo die sind, die Sari und die andern?«

»Das müsst' ich dir drin auf der Karte zeigen.«

»Eine Minute noch«, rief er den anderen im Wagen zu und die Traudl drängte er, »aber bittschön, mach' schnell!«

*

Manchmal, bei Nacht, konnte man von den Hügeln hier draußen den Feuerschein über München sehen, wenn die Stadt in den letzten Kriegsjahren immer wieder zum Ziel von Luftangriffen geworden war. Und dann war auch oft so ein dumpfes Wummern zu hören, wie von einem weit entfernten Gewitter. Am Tag dagegen boten die Hügel, Wiesen und Wälder ein Bild des Friedens. Und seit ein paar Wochen war auch kein Feuerschein mehr wahrzunehmen und nicht das Wummern von Explosionen. Da hatten die Angriffe aus der Luft eine andere Form der Brutalität angenommen und die trat nun plötzlich auch hier auf dem Land in Erscheinung und nicht nur über den Städten.

Das Hermännchen war noch keine zehn Jahre alt, als es in der Umgebung des Ödhofes sein erstes Frühlingsgefühl erleben durfte, angeregt von Saras Tochter Gerti, seiner weitschichtigen Kusine. Schon etwas älter und um einiges reifer, duldete sie seine Hingabe, wenn auch nur aus Mitgefühl für einen Waisenknaben und ganz allgemein zu Übungszwecken; denn eigentlich konnte sie ihn nicht ausstehen wegen seiner Naziherkunft. Unter normalen Umständen wäre der Oma Soleder ein solches Frühlingserwachen bei Adolfs Sohn sehr bald schon aufgefallen und sie hätte kein Auge mehr von ihm gelassen. Aber seit sie hier draußen auf dem Bauernhof lebte, hatte sich ihr Blick fast ganz nach innen gewendet, vielleicht auch deshalb, weil sie in ihrem ganzen Leben nie einen Zugang zur Natur gefunden hatte. Ihr war es am liebsten, wenn sich ihre Schwiegertochter zu ihr auf die Hausbank setzte und sie immer und immer wieder in die Vergangenheit begleitete: »... gell, und die Seidentapeten! Die waren aus reiner Seide mit diesen ... so Blümerle und Ranken waren da drauf. Mein Gott, das war einmal! Oder aus Leder! Ledertapeten! Und da hat unser Vati dann gesagt zu dem Tapezierer: Jawoll, nix wie drauf damit! Der hat ja so drollig sein können, unser Vati. Und wenn er so an seinem Schreibtisch gesessen ist ... da hat's dann immer nach seinen Zigarren geduftet, im Herrenzimmer ... Das hast du doch auch noch gekannt, Saralein ... das Herrenzimmer von unserm Vati?«

»Ja, Omi, det hab ick ooch noch jekannt.«

»Gell, das hast du auch noch… mit diesen herrlichen handgeschnitzten…«

Im selben Moment kam plötzlich wie aus dem Nichts ein alliierter Jagdbomber wenige Meter nur über den Kamm eines Hügels herüber und flog im Tiefflug mit aufheulendem Motor über das Gehöft hinweg, dass die Hühner auseinanderstoben und den Menschen, die im Freien waren, der Atem stockte. Und bevor die Maschine hinter einem nahen Waldstück wieder abtauchte, schickte sie aus der Bordkanone einen Feuerstoß in Richtung Landstraße. Der galt einem PKW der Wehrmacht. Aber der Fahrer hatte ihn rechtzeitig aus der Schusslinie gesteuert, die Insassen konnten sich in Deckung bringen und anschließend weiterfahren.

Den Menschen vor dem Bauernhaus saß der Schrecken noch in den Knochen, Frau Soleder kauerte wie erstarrt auf der Bank, die Sara und eine alte Magd hatten die Kinder heimgeholt, die Gerti und den Hermann. Der Bub war furchtbar aufgeregt: »Den hat ma fei richtig g'sehn, Oma! Wie er vorn rauskommen is aus dem Flieger, der Feuerstrahl!«

»Nu bleibt mal lieber beim Haus, Kinder«, sagte die Sara.

»Det jeht so schnell! Eh' de kuckst, sind die da!«

»Ach Gott, ach Gott«, stammelte die Oma. »Was sind denn das bloß für Menschen… wenn die schon auf Kinder schießen!?«

Nach einer Weile – die Kinder waren im Haus – und die Sara hatte sich noch mal zur Oma hingesetzt –, da näherte sich das Wehrmachtsauto über die Zufahrt zum Hof. Die beiden Frauen nahmen es erst wahr, als es schon ziemlich nahe war und anhielt.

»Geh du amal lieber ins Haus, Sara«, flüsterte die Oma.

»Nu is et sowieso zu spät.«

Die Oma erhob sich ohne Zögern: »Ich mach' scho ... vielleicht woll'n sie bloß was fragen.« Und sie ging auf das Auto zu. Ein paar junge Männer in Wehrmachtsuniform waren inzwischen ausgestiegen, zwei hielten sich diskret zurück und einer rief lachend: »Mama!« Da fing sie an zu taumeln und der Kurt konnte sie gerade noch auffangen. Auch die Sara kam angelaufen, glückselig, als sie ihren Mann sah. Dann brachten sie die Oma zur Hausbank.

»Jetzt setz' dich erst amal hin, Mama!«

Aber sie weigerte sich eigensinnig: »Ich muss mich net ... ich bin doch ganz ... tu mich halt erst amal in den Arm nehmen, mein Bub!« Über ein Jahr war es her, dass sie sich zum letzten Mal gesehen hatten. Und dazwischen nur ein paar Feldpostbriefe. »Is jetzt alles vorbei, Kurt?«, fragte die Mutter und wischte sich die Tränen aus den Augen.

»Bald, Mama, bald!«

Und die Sara rief ins Haus: »Gertilein, komm schnell! Papa is da!« Dann umarmte sie ihn lange und selbstvergessen, bis sie ihn leise fragte: »Kannste nich bleiben?«

»Noch nicht. A paar Tag' noch! Aber die mach' ich zum ersten Mal freiwillig!«

*

28. April, ein Samstag, und es goss wie aus Feuerwehrschläuchen. Oben im Kreitmeierhaus hörte man den Regen aufs Dach trommeln. Die Grandauers lagen noch im Bett. Es war kurz vor sechs Uhr und noch stockdunkel. Der Wecker hatte schon gerasselt, aber er ging ja immer ein paar Minuten vor. Sicherheitshalber.

Die Traudl hatte ihre Hand auf die seine gelegt und sagte: »Hast noch ganz fest g'schlafen, gell.«

»Dafür bin ich heut' Nacht wieder stundenlang wach gelegen. Wie die Schießerei g'wesen is. Ganz in der Näh' war die.«

»Die hab' ich gar nicht g'hört«, sagte sie eher unbeeindruckt. Schießereien gab es öfter, auch wenn die Front noch ziemlich weit entfernt war.

Er krabbelte etwas umständlich aus dem Bett, in stabiler Unterwäsche, die ihm als Bombengeschädigtem zuteil geworden war. Und er machte sich am Verdunklungsrollo zu schaffen und fluchte hemmungslos, als es ihm aus den Händen flutschte: »Kruzifix, Scheißding! Jetzt is' endgültig kaputt!«

»Vielleicht brauch' ma's ja nimmer lang, Karli.«

»Ja mei … was weiß man, Traudl.«

»Unser Rudi …«, sagte sie und war in Gedanken weit weg: Sein Abitur hätt' er machen soll'n! Dann is er da g'standen … und hat nix g'wusst. Ganz verzweifelt war er, hab' ich träumt.«

Der Karl drehte kurz den Lichtschalter an und wieder aus: »Strom hama. Gott sei Dank. Machst' mir vielleicht danach a Rasierwasser warm, sei so gut.«

»Ich geh' heut' noch amal zum Onkel Rudi. Des wird ma nämlich langsam unheimlich, weil er nie da is.«

»Aber bittschön, Schatz, halt' dich nicht lang im Freien auf. Die schießen mit ihre Jabos auf jeden Fußgänger!«

Auch die Traudl ließ in ihrer dicken wollenen Verpackung, die ihr die Kathi überlassen hatte, keine anderen Wünsche erkennen als solche nach Wärme und Geborgenheit. Und nachdem sie Vordringliches im Badezimmerchen erledigt hatte, bat sie ihren Karl, wie schon so oft: »Bleib' halt jetzt daheim … wenn vielleicht in ein paar Tagen alles vorbei is. Es geht doch jetzt sowieso alles drunter und drüber.«

»Schau, Traudl, ich hab's dir doch scho so oft erklärt: Wenn ich a Doktor wär … könnt' ich auch nicht einfach sagen: Von mir aus geht's drauf, Leut'! Ich bleib' daheim! Was glaubst denn du, wie des dann erst zuging', wenn's heißen würde: Die haben ihren Laden zug'sperrt! Die trau'n sich nimmer auf'd Straß!«

Währenddessen hörte man von unten schon die Kathi rufen: »Karl, Traudl! Schnell, dreht's euern Radio auf! Der Kurt!« Das kam für alle völlig überraschend und auch die Kathi wusste nichts Genaueres: »Der da geredet hat, der hat g'redt wie der Kurt. In der Backstub'n drunten ham's die Sendung zuvor scho amal g'hört. Irgendwas mit am Aufruf! Aber da ham andre g'redt. Jetzt passt's auf, jetzt kommt's! Des is er doch, oder?!« Und es war unverkennbar Kurt Soleders Stimme, so wie man ihn im Radio von früher kannte, nur mit dem Pathos einer großen Sache jetzt: »... beseitigt die Funktionäre der nationalsozialistischen Partei! Die Freiheitsaktion Bayern hat heute Nacht die Regierungsgewalt erstritten. Die Alliierten stehen vor den Toren unserer Sperren. Ihre Panzerspitzen stehen am Ufer des Ammersees. Der Feind ist weit über Augsburg in Richtung auf unsere Stadt vorgegangen. Achtung, Achtung! Die Freiheitsaktion Bayern hat das Joch der Nazis in München abgeschüttelt! Sie hören in Kürze weiter unsere Sendungen!«

Dieses Joch abzuschütteln, waren in der Nacht vom 27. auf den 28. April mehrere Versuche unternommen worden – in München und draußen auf dem Land – von Einzelnen und Gruppen, die lange, manchmal zu lange schon darauf gewartet hatten und die ihre verschiedenen Ziele, verschiedenen Pläne der chaotischen Verhältnisse wegen nicht immer sinnvoll, oft gar nicht, aufeinander abstimmen konnten.

Sie alle vereinten sich so gut es eben ging im Namen der Freiheitsaktion Bayern unter einem Hauptmann Gernegroß. Dessen Absicht war es vor allem, die beiden Münchner Sender Freimann und Erding in die Hand zu bekommen. Und das war gelungen. Mit ihren pausenlosen

Aufrufen vom frühen Samstagmorgen bis gegen Mittag hatten sie vielen verängstigten Menschen Hoffnung gegeben, viele deutsche Soldaten ermutigt, ihren sinnlosen, selbstzerstörerischen Widerstand zu beenden.

*

Eine Dame aus dem Haus hatte Herrn Grüner am Vormittag flüchtig gesehen, wie er anscheinend seinen Hund Gassi führte. Also gab die Traudl nicht gleich auf und klingelte so lange bei ihm, bis sie jemanden zur Tür schlurfen hörte.

Herr Grüner öffnete aber erst, nachdem er durch den Spion die Traudl erkannt hatte, und er sagte mit müder Stimme: »Weißt, ich lass' niemand rein, solang' mein ganzes Personal auf Urlaub is. Aber bei dir mach' ich natürlich a Ausnahme.«

Das ging ja nun schon länger so, dass der alte Kriminaler seine Beziehungen zur Umwelt stark eingeschränkt hatte. Er fand offensichtlich auch keinen Sinn mehr darin, sein Äußeres einigermaßen instand zu halten und ebenso wenig sein Zuhause. Die Wohnung war seit Langem nicht mehr aufgeräumt worden, überall stapelte sich benütztes Geschirr, lagen seine Sachen herum, wie er sie vorher hatte liegen oder fallen lassen. Und auch er selber bot das Bild eines Menschen, den die Zeit hier verloren hatte und vergessen, in seinem schäbigen Morgenrock, auf dem Kopf, ungekämmt und wirr, seine letzten grauen Federn und im Gesicht greisenhaft die grauen Bartstoppeln.

Und wie gepflegt war es hier immer, Herr Grüner selber allem voran und mit ihm sein kleiner lebhafter Hund, der nunmehr ebenso leblos und grau neben seinem Herrle auf dem Kanapee hockte.

»Und dein Gatte, is er noch auf Verbrecherjagd? Oder tun sie's bloß noch zählen, für die Statistik?«

»Mei, der mit seinem Pflichtgefühl! Anstatt dass er daheim bleibert! Aber du kennst ihn ja, Onkel Rudi.« Die Traudl hatte dabei mit einem Ohr auf das Radio geachtet, das im Hintergrund leise zu hören war: »Das is jetzt, glaub' i, wieder was wegen dem Aufruf ... wo mein Bruder mitgemacht hat. Darf ich es scho a bissl lauter drehen?« Danach vernahm man die aufgeregte Stimme des Gauleiters: »... versuchte heute Nacht gegen zwei Uhr eine Abteilung von Drückebergern, die sich leider noch Soldaten nennen ... mich als Gauleiter des Traditionsgaus München – Oberbayern festzunehmen und auszuschalten.

Aber sie haben dann, unter Zurücklassung ihrer Waffen, die Flucht ergriffen. Wenige Stunden später hat ein Hauptmann namens »Gerngroß« ... ausgerechnet Gerngroß! ... sich der Welle des Senders München bedient und verbreitete Aufrufe und Lügenmeldungen mit dem Zweck, euch, liebe Volksgenossen, zu verwirren und eure Standhaftigkeit zu lähmen.

Inzwischen ist der Aufstand niedergeschlagen, seine Urheber sind vernichtet und ...« An der Stelle verschwand die Stimme aus dem Lautsprecher, das Radio schwieg und die Traudl fragte etwas verdutzt: »Was is jetzt?«

»Strom weg. Leider zu spät.«

»Aber, wenn das stimmt, Onkel Rudi«, sagte sie bestürzt, »und die ham's vernichtet ... da is doch unser Kurtl dann auch dabei!?«

»Geh, Traudl ... glaub' doch nicht, dass der noch weiß, was los is. Der hat sich in seinen Bunker verkrochen, der Herr Gauleiter ... und lügt sich selber was vor. Aus München will er ›ein positives Stalingrad‹ machen! Solche Ideen hat der Mensch!« Und er nahm die Traudl an der Hand und zog sie behutsam neben sich auf das Kanapee: »Jetzt tu dich amal net ab, Madl.«

»Ach, Onkel Rudi ... ich sag' dir's, i möcht' manchmal gar nimmer aufwachen.«

»Ja, freilich, wenn ich das sag. Aber du!«

»Keinen Krieg mehr … keine Bomben … nimmer in Keller 'nunter …«

»Jeden Tag a Schweinshaxl!«

»Und unsre Buam alle wieder daheim! Kannst dir du des überhaupt noch vorstell'n, Onkel Rudi?«

»Für euch schon«, antwortete er und tätschelte ihr ermutigend die Hand. Ihr werdet noch viel erleben!«

»Hoffentlich was G'scheit's auch!«, sagte sie und rappelte sich auf. »Jetzt mach' ich uns erst amal einen Kaffee. Bohnenkaffee! Den hat mir der Max extra mitgegeben.«

»Der Max … so einen kann ma suchen!«

»Und hinterher räum' ich a bissl auf, bei euch zwei … damit ihr euch wieder rühren könnt!«

»Woll'n mir des überhaupt?«, fragte der Amtmann a.D. leise seinen alten Hund und streichelte ihm liebevoll über sein struppiges, graues Fell.

Aus der Ferne hörte sich das Geschützfeuer an wie dumpfe Paukenschläge. Und es klang auch, als ob es wieder ein Stück näher gerückt wäre. Eine Menge Menschen hofften, dass damit auch das Ende des Krieges näher rücken würde. Aber die Traudl empfand das Donnern nur unheimlich und sie beeilte sich heimzukommen. Heim? Manchmal, für Stunden, fühlte sie sich im Kreitmeierhaus tatsächlich schon so ähnlich wie daheim. Es wäre ja alles zu ertragen gewesen, hätte es da nicht die Sorgen um ihre Buben gegeben und um ihren Mann, von dem sie ja auch nicht wissen konnte, ob er den nächsten Fliegerangriff überleben würde. Und jetzt auch noch die Angst um ihren Bruder. Immer, sein Leben lang, musste er sich mit den Größeren balgen und wie oft hatte er dafür schon Prügel bezogen. Und wofür?

In dem ausgebombten Schulhaus, an dem die Traudl gerade vorbeilief, waren unten im Keller vierzehn-, fünfzehnjährige Hitlerjungen kaserniert. Sie gehörten zum Volkssturm und wurden, als Ersatz für die nicht vorhandenen Wunderwaffen, zu Panzerjägern ausgebildet. Einer von ihnen stand vor dem Eingang Wache, im Tarnumhang mit Stahlhelm und Karabiner. Eine resolute ältere Frau hatte ihn in ein Gespräch verwickelt und der Posten wäre sie gerne wieder losgeworden. Die Frau kannte das Schulhaus vom Putzen, sagte sie, aber inzwischen war sie Großmutter.

Die Traudl war schon im Begriff weiterzugehen, als eine Horde Buben, als Soldaten verkleidet mit Panzerfäusten und Karabinern, auf die Straße herausstürmte. Hinterher, als Anführer, ein junger einarmiger Mann von der Waffen-SS, der die Horde sodann antreten ließ.

Zugleich stürzte sich die Großmutter auf den kleinsten Panzerjäger, der kaum unter seinem Stahlhelm hervorschauen konnte: »Hansi! Da gehst her! Gehst her!«

»Lass' mi! Spinnst du, Oma!«

»Und tu des Rohr da weg!« Dabei riss sie ihm die Panzerfaust aus der Hand und ließ sie in den Rinnstein kullern. Zu seinem Anführer sagte sie dann: »Der geht jetzt mit mir hoam, der Bua! Dass Sie's wissen!« Und sie zerrte auch an seinem Stahlhelm, bis er aufs Pflaster fiel, nahm ihm den Karabiner ab und drückte ihn dem völlig verdutzten SS-Mann in die Hand. Das geschah alles so schnell und mit solcher Selbstverständlichkeit, dass dem zum Glück nichts Dümmeres einfiel, als zu lachen: »Is ja köstlich! Vielleicht erfahre ich auch mal, mit wem ich überhaupt das Vergnügen habe?«

»Ich bin seine Oma! Und der is der oanzige Bua! Und sei Vater is g'falln! Und seh'n tut er a net guat auf seine Augen. Und wegen dem nimm ich ihn jetzt mit heim! Und wenn Ihnen des net passt, dann müssen S' mich derschießen. Des is mir dann aa wurscht.

So, und jetzt kommst, Hansi! Los, weiter und dua net lang rum …«

Als die Traudl danach weiterging, fiel ihr noch mal ihr Bruder ein und sie sagte sich im Stillen: Es kann schon auch amal ein Kleiner gewinnen. Gott sei Dank!

*

In der Nacht auf den 30. April 1945 war München kaum zur Ruhe gekommen, fast überall in der Stadt wurde geplündert und geschossen, herrschte ein Durcheinander von militärischen und kriminellen Aktivitäten und wer unterwegs war, hatte zu tun, um sein Ziel unbeschadet zu erreichen.

Auch der Gefreite Soleder schlug sich, ein paar Stunden nach Mitternacht, bis Haidhausen durch. Und dort stand er dann, im eiskalten Nieselregen, vor dem verschlossenen Bäckerhaus. Unter normalen Umständen hätte der Kurt die eineinhalb Stunden sicher draußen gewartet, bis der Max sowieso aufstehen würde. Aber es schlichen sich auch hier in der Dunkelheit undurchschaubare Gestalten herum, sodass er sich lieber bemerkbar machte.

Natürlich war die Freude bei den Kreitmeiers groß, als sie dann mit ihm am Küchentisch saßen, sie hatten doch schon mit dem Schlimmsten gerechnet. Die Traudl kam auch dazu und es war ihr erst später bewusst geworden, dass sie ihren Bruder noch nie so innig umarmt hatte.

»A schöne Nudelsupp'n hätt' ich noch, Kurt. Die tät' dir vielleicht gut.«

»Dankschön, Kathi. Aber ich hab' bloß Durst.«

»In der Speis' is noch a Flaschl Bier, Dünnbier!«

»Da sag' ich nicht Nein, Max.«

Und die Traudl sagte: »Das is mir übrigens schon vorgestern aufg'fall'n, wie ich den Onkel Rudi besucht hab'... dass sich überall so komische Leut' rumgetrieben ham.«

»Die erschlagen sich für a Flaschl Haaröl! Trampeln sich halbtot! Vorn, am Gasteig, müssen's an Weinkeller ausgeplündert ham. Eimerweise hams'n rausgetragen! Und a Frau soll drin ersoffen sein, im Wein!«

»Aber das is ja erst der Anfang!«, sagte der Max. »Was glaubt ihr, was los is, wenn's die Gefangenen auch noch alle rauslassen! Und die Fremdarbeiter, die's von überall hergeholt ham.«

»Und die Amis?«, fragte die Kathi. »Hast' irgendwas g'hört, ob's jetzt scho in der Stadt sind, Kurt?«

»Da weiß jeder was anders. Was sagt'n das Radio, Max?«

»Seit gestern gar nix mehr. Is auch kein Schaden. Lieber hör i nix ... wie lauter Durchhalteparolen.«

»Wo is'n eigentlich der Karl? Schläft er noch?«, fragte der Kurt und es geriet ihm dabei, ohne es vielleicht gewollt zu haben, ein Hauch von Missachtung in seine Frage. Die Traudl, die das spürte, antwortete ihm ein wenig pikiert: »In der Polizeidirektion is er. Seit gestern schon.«

»In der Mordabteilung«, sagte der Kurt darauf etwas zugespitzt. »Da gibt's Arbeit nach'm Krieg! In der Mordabteilung! Ich fürcht' bloß, das wird wieder nix. War ja alles kriegsrechtlich abgesichert! Dass man die Leut' reihenweise an die Wand stellt. Weil's endlich Schluss machen wollten mit dem Gemetzel!«

»Sind von euch auch welche dabei ... von eurer Freiheitsaktion?«, fragte der Max.

»Kannst dir ja denken. Mir waren vielleicht militärisch nicht sehr eindrucksvoll. Und auf amal sima der SS gegenübergestanden. Im Erdinger Moos. Und die überlegen nicht lang. Die machen alles nieder, was sich ihnen in den Weg stellt. Da hätt' ma dann von Anfang an genauso erbarmungslos handeln müssen wie die. Aber für das müsste man dann halt auch genauso sein wie die, Max.«

Gegen Nachmittag war es dann auffallend ruhig geworden in der Stadt. Da und dort noch ein paar Schießereien mit kleineren Kalibern, aber das war nichts Besonderes mehr, wenn man davon nicht gerade selber getroffen wurde.

Der Hausmeister Dirscherl machte seinen Kontrollgang durch die Polizeidirektion, blieb immer wieder stehen und lauschte hinaus. Nichts zu hören, was ihn beunruhigen hätte können – oder war es vielleicht so, dass er etwas Besonderes erwartet hatte. Kalte Zugluft blies ihm von überall entgegen, wo das Gebäude von Bomben aufgerissen, abgedeckt oder durchlöchert war. Und manches Mal war es stockdunkel in den Gängen, weil man die offenen Fensterhöhlen mit Brettern vernagelt hatte.

Am Vortag noch war das Haus belebt von militärischen Aktivitäten, zeigte sich Verteidigungsbereitschaft drinnen und draußen. Aber momentan wirkte es eher wie ausgestorben. Nur wenige Dienststellen waren noch besetzt. Und das an einem Montag! Einem Montag allerdings mit Aussicht auf einen Platz in der Geschichte.

Ein starkes Motorengeräusch und das Rasseln und Malmen von Ketten hatten ihn zu einer Stelle über dem Haupteingang gelockt, von der aus er sehen konnte, was er schon lange sehen wollte. Er sah es mit Angst und Dankbarkeit: Amerikanische Panzer fuhren soeben durch das Löwentor in den Vorhof und ihre Geschütztürme waren bedrohlich auf die Münchner Polizeidirektion gerichtet.

»Jetzt hamas doch noch so lang ausg'halten!«, flüsterte der Hausmeister und richtete einen Blick nach oben. »Und, dass' halt nicht gar so bös san mit uns, die Amis!«

In der Kriminalabteilung 1 – für Verbrechen wider das Leben – war an diesem Montagnachmittag nur noch ein Notdienst anwesend, zumal man die Verbrechen wider das Leben ja längst nicht einmal mehr zahlenmäßig erfassen konnte. Die beiden Beamten taten ihre Pflicht, indem sie auf ihren Bürostühlen ausharrten, um auf alles, was da kommen könnte, vorbereitet zu sein. Der Ältere, Oberkommis-

Da musste der Herr Uhl sogar laut lachen: »Der Herr Soleder! Macht immer noch seine Spassetteln, gell! Immer noch …«

»Wieder, Herr Uhl! Wieder! Jetzt kann man ja auch wieder lachen! Und sogar auf Ihre Kosten! Das genieße ich sehr, Herr Uhl!« Dabei zeigte er hinauf zu seinen ehemaligen Fenstern im ersten Stock und sagte, als wäre es, um ihm eine persönliche Freude zu machen: »Vielleicht zieh ich ja auch demnächst hier wieder ein! Dann kann ich es jeden Tag genießen!«

Herr Uhl zuckte nur kurz zusammen, ohne seinen freundlichen Ausdruck ganz zu verlieren: »Ach ja … soso … no, und der Gattin … und dem Töchterle geht's hoffentlich auch gut?«

»Stellen Sie sich vor: Die haben es beide überlebt! Hätten Sie nicht gedacht, gell?! Alle hat man sie halt doch nicht erwischt, die Juden. Wäre ja auch zu viel verlangt. Aber Sie haben getan, was Sie konnten, Herr Uhl! Das gebe ich Ihnen schriftlich!«

*

Auch wenn es so aussehen konnte, als würde die Maschinerie schon wieder laufen, so lief sie doch mehr, um sich selbst in Gang zu halten. Herr Deinlein hatte nun den Schreibtisch gegenüber dem von Karl Grandauer übernommen und momentan ordnete er darauf überflüssig gewordene Akten, um sie anschließend in den Papierkorb zu werfen. Aber gelegentlich entnahm er ihnen auch noch brauchbares Schreibpapier, das er dann sorgfältig glättete und von Gebrauchsspuren säuberte. Und sein Lächeln dabei verbarg nicht mehr nur die Verbitterung, es sprach daraus auch Lust an der Qual.

Grandauer hatte schon eine Weile sehr ernst vor sich hingeblickt, weil es ihn nach seinem Pausebrot gelüstete, er wollte es aber nicht vor seinem Kollegen Deinlein auspacken. Also ließ er es vorerst in der Mappe und begann lieber ein Gespräch: »Schon eigenartig, net... dass er die Herzattacke ausgerechnet in dem Moment kriegt, wo er ja hier die Leitung übernehmen sollte.«

»Ja, ja, mein Lieber... eine Beförderung ist schon manchem zum Verhängnis geworden, wenn er nicht von Natur aus dafür geschaffen war. Unser guter Schäfer ist ein ehrenwerter Mann... aber besitzt er auch die Durchsetzungskraft, wenn es einmal hart auf hart geht?!« Dabei streckte sich der Oberinspektor beispielgebend in seinem zu weit gewordenen Anzug und versetzte auch die erschlafften Gesichtszüge für ein paar Sekunden in Spannung.

»Bitte, ich dräng' mich ja nicht vor«, sagte der Karl bescheiden, »aber fragen darf man sich schon: Was hat man falsch gemacht? Vielleicht schon ein Fehler, dass man noch lebt? Heißt ja so schön: Ein guter Deutscher ist ein toter Deutscher!«

Herr Deinlein nickte nur dazu und warf in seiner Betroffenheit einen ganzen Akt in den Papierkorb, ungesehen und ohne ihn zuvor auf brauchbares Papier ausgewertet zu haben. Dann begann er von Neuem: »Aber Ihr Herr Schwager vom Radio, der müsste doch jetzt über die geeigneten Beziehungen verfügen. Dass der vielleicht das eine oder andere zurechtrücken könnte?!«

»Ja, mei... der Kurt, der hat auch mit sich selber zu tun ... damit er sich entschädigt. Er hat ja einiges mitgemacht. Und wir mit ihm...«

Der Karl konnte seine Antwort nicht mehr zu Ende bringen; denn jemand klopfte an und trat gleich darauf ein: ein großer knochiger Mann mit langem, etwas schiefen Gesicht und einer mächtigen, alles beherrschenden Nase. Der Karl erkannte ihn sofort wieder: »Ja... jetzt glaub' ich's gleich!«

Und Herr Deinlein erinnerte sich: »Das ist doch unser Waldhauser!«

Auf das Wort »unser« zuckte es leicht um Waldhausers Nase.

»Mein Gott, ja ... lang, lang ist's her!« Der Oberinspektor schüttelte ihm heftig die Hand dabei.

»Da könnte man schon amal jemand vergessen, in der langen Zeit«, sagte der Gast ohne Verbitterung.

»Nicht vergessen! Wir nicht! Hama oft gefragt, gell, Grandauer: Was ist wohl aus unserm Waldhauser geworden?!«

»Beurlaubt hat's damals geheißen. Bis zur Wiederverwendung.« Grandauer wusste es noch. Obwohl es ja schon zwölf Jahre her war: »Wie das grad angefangen hat, mit die Nazi. 1933, gell! Sima doch noch alle so empört gewesen! Wissen S' aber schon noch, Waldhauser, gell?!«

Der Gast lächelte beeindruckt über so viel unerschütterliche Anhänglichkeit und sagte: »Hat halt a bissl länger gedauert ... mit der Wiederverwendung. Aber was lange währt ...«

»So ist es«, sagte der Karl und legte ihm ermutigend die Hand auf die Schulter, »und vielleicht sieht man ihn ja eines Tages auch wieder bei uns?«

»Das wäre doch schön!«, ergänzte Herr Deinlein und ergriff noch einmal Waldhausers Hand: »Und sagen Sie uns bitte ungeniert, ob wir was für Sie tun können, Waldhauser.«

»Sehr freundlich ... aber vorerst bleib' ich sowieso bei Ihnen ... ich soll den Herrn Schäfer ablösen. Als Dienststellenleiter.«

*

Die Traudl hatte schwer zu tragen, als sie am selben Vormittag zur Wohnung ihres Erbonkels unterwegs war. Und man merkte ihr an, dass sie sich ihrer Sache noch immer nicht ganz sicher war. Aber eine Stunde später sah es dann schon anders aus, da hatte sie für ihre Mitbringsel dankbare Abnehmer gefunden. Die Flüchtlingsfrau brachte sie sogar bis zur Haustüre und da konnte man sie sagen hören: »Ach, ich bin ja selber so froh, glauben Sie mir! Man macht ja so was nicht gern. Es war halt in der Not. Und in dem feuchten Keller … die Kleine krank, seine alte Mutter die Tuberkulose! Und nichts mehr gerettet als das, was sie am Leib tragen.«

»Freilich, das versteht man doch«, sagte die Traudl und nahm es geduldig hin, dass die Flüchtlingsfrau ihre Hand gar nicht mehr loslassen wollte. »Aber gell, Frau Grandauer, ich muss es noch mal sagen: Sie wollen von da erst ganz rausgehen, wenn Sie in der neuen Wohnung schon Fuß gefasst haben. Man kann's Ihnen auch nicht verdenken. So wird man halt, wenn man so viel schlechte Erfahrungen gemacht hat.«

Es wäre sicher zu früh gewesen, den Wohnungskampf als gewonnen zu feiern. Aber vielleicht war ihr Erfolg ja Anlass genug, die Flasche Wein aufzumachen, die sich der Max bei einem Kunden eingehandelt hatte, um sie dann scheinbar grundlos der Traudl zu vermachen. Solche Anwandlungen bekam der Max öfter, seit der angebliche Kriegskamerad vom Grandauer Rudi bei ihm aufgetaucht war.

Für diesen Abend hätte sich die Traudl auch gerne ein wenig zurechtgemacht und keine Hemmungen gehabt, sich dafür etwas aus dem Kleiderschrank ihrer Schwägerin Sara auszuleihen. Aber in deren hübschen Sachen brachte sie nicht annähernd unter, was ihr figürlich, allen kriegsbedingten Einschränkungen zum Trotz, verblieben war.

Als der Karl dann heraufkam, war er über alles im Bilde. Die Kathi hatte ihm bereits zu seiner tüchtigen Frau gratuliert, was ihn nicht immer gleich erfreute, vor allem, wenn es um Einsätze ging, die man eigentlich von ihm hätte erwarten können. Und standen da nicht schon wieder, wie früher so oft, tausend Bedenken in seinem Gesicht, kaum dass ihn sein vermaledeites Amt wieder hatte.

Nun tat es ihr leid, dass sie die Flasche aufgemacht hatte. Und bevor sie, wie sie sich das gewünscht hatte, mit ihm anstieß, nahm sie für sich alleine einen deftigen Schluck und sagte: »Alle sind glücklich, dass ma's wenigstens so weit g'schafft ham! Nur du freust dich gar nicht!«

»Ja, ja … aber es ist und bleibt eine sehr fragwürdige Sache, Traudl.«

»Mein Gott, was ist denn heut' nicht fragwürdig? Schau dich doch um!«

»Ihr tut euch leicht. Und so lange ich meiner Amtspflichten enthoben war, konnte ich mir auch eine großzügigere Betrachtungsweise erlauben. Aber so, wie sich die Dinge offenbar jetzt entwickeln … Und außerdem: Wir wissen nicht amal, was dem Onkel Rudi seine Wohnung Miete kostet! Der hat sich die natürlich leisten können. Als Amtmann! Und keine Kinder und nix! Aber ich? Wobei ich leider ernsthaft zweifeln muss, dass ich in dieser neuen Ära irgendeine größere Zukunft habe. Wenn ehemalige Assistenten von mir … die ich eingearbeitet habe … die sind heute meine Vorgesetzten! Gell, Mädchen … so schaut es nämlich aus!«

»Warum … wer is'n des?«

»Der Herr Waldhauser!«

»Kenn' ich den?«

»Ihn vielleicht weniger … aber seine Nase!«

*

Nun waren sie doch alle ein wenig traurig, auch die Leute vom Hof, und die Kinder vor allem und die Oma. Die Sara hatte sogar etwas Verhangenes im Blick, etwas Melancholisches und der »Herr« Mister Fischer ebenso. Bei ihm war die Traurigkeit schon mehr als nur »schade«.

Leon Fischer hatte ihnen den kleinen Armeelaster organisiert für den Heimtransport: Vier Personen und es waren dann auch noch etliche Koffer und Schachteln zusammengekommen. Man war der Meinung, die Oma nach vorne neben dem Fahrer zu platzieren, weil sie es dort am bequemsten hatte. Nun war aber der Fahrer ein beängstigend großer, schwarzhäutiger Mensch, wie sie ihn bislang nur aus Märchenbüchern kannte: »Na, bittschön, Sara ... tut mich net zu dem nei! Der is mir unheimlich, der Mensch!«

»Omi, bitte! Lass' et dir nich anmerken!«

»Aber so nah, Kind ... hab' ich die ja noch nie geseh'n!«

»Denn sei froh, dass de jetzt Gelejenheit hast. Die helfen uns! Von denen musste dich nich fürchten.«

Dem Fahrer waren die ängstlichen Blicke der Oma, mit denen sie ihn beobachtete, nicht entgangen und er half ihr über ihre Vorurteile hinweg, indem er sie lächelnd und ohne grob zu werden auf den Beifahrersitz hinaufhievte.

Nachdem auch die beiden Kinder im Wagen untergebracht waren, gab es für die Sara keinen Vorwand mehr, ihrem amerikanischen Freund auszuweichen. Sie spürte, wie sehr er sich zu ihr hingezogen fühlte, und auch sie hatte ihn gern; nicht nur der vielen Annehmlichkeiten wegen, mit denen er sie verwöhnte. Sie hatte ihn auch gerne, weil er so viel Ruhe und Sicherheit in ihr Leben brachte. Aber das gemeinsame Schicksal, das sie mit ihrem ruhelosen, ewig suchenden, unbestechlichen, ungezügelten Kurt verbunden hatte, das stand noch vor allem anderen da, wie eine Brandmauer.

»Ick dank dir noch mal, Leon ... für allet! Dass de uns heimbringen lässt ...«

»Ich muss ein Idiot sein, dass ich das gemacht hab.«

»Du kommst uns ja besuchen. Hast du doch versprochen!«

»Dich!«

Der Motor sprang an und Saras Töchterchen Gerti rief: »Mami, komm'! Sonst musst du dableiben!«

»Also dann … Shalom, Sara!«

»Leon … Shalom …«

*

Karl Grandauers kümmerliches Talent für zweifelhafte Machenschaften war bis zum Äußersten gefordert, als er den jungen, abgebrühten Konkurrenten zum Wohnungstausch herüberbegleitet hatte. Aber auch wenn sich der Karl in dieser Angelegenheit moralisch gesehen mit ihm auf eine Stufe stellen musste, versuchte er wenigstens so viel wie möglich von der Würde eines Kriminalbeamten zu wahren: »Ich gebe Ihnen jetzt den Schlüssel. Dann gehen Sie hinein. Ganz normal. Parterre erste Tür links. Der Hausmeister hält sich lieber aus der Sache raus, sagt er. Er nimmt an, es kommen erst Leute von uns, die wir vorläufig hineinlassen. Bis wir unsere eigenen Wohnungsangelegenheiten geregelt haben. Und wenn Sie erst amal drin sind … wissen Sie ja selber sehr gut, wie man sich dann andere vom Hals hält!«

Unterdessen hatte der Armeelaster Schwabing erreicht und sorgte vor Kurts altem Wohnhaus für einiges Aufsehen. Er selber stand bereits unten auf der Straße, um seine Familie überschwänglich zu begrüßen. Dass seine Frau dabei eher zurückhaltend wirkte, mag mehrere Gründe gehabt haben. Einer davon war vielleicht auch, dass jemand, der für ihren Hinauswurf seinerzeit gar nicht verantwortlich war, nun mit dem Verlust seiner Wohnung dafür büßen musste.

Unvermutet herzlich und ungetrübt verlief dagegen Omas Abschied von ihrem rabenschwarzen Nebenmann in der Fahrerkabine, nachdem der sie, wie von Engelsflügeln getragen, wieder zu Boden hatte gleiten lassen.

Die Szene löste lediglich bei einigen älteren Herrschaften Befremden aus, die sich mit dem ehemaligen Blockwart Uhl als Zuschauer auf der anderen Straßenseite befanden.

»Mich macht so etwas immer traurig, wenn ich sehe, wie alte Leute ihren Stolz verlieren.«

»Und die hat man einfach auf die Straße gesetzt, die Leute, die da gewohnt haben?«

»Aber ich habe schon so etwas geahnt, wie ich den Herrn Soleder neulich gesehen habe!«, flüsterte Herr Uhl. »Er ist nämlich jetzt beim amerikanischen Radio. Und sie ist eine Jüdin! Da weiß man dann schon, wie so was geht!«

»Ach du lieber Gott!«

*

Die Kreitmeiers standen vor ihrem Laden und winkten dem Armeelaster nach, mit dem der Kurt Möbel und Hausrat in seine Schwabinger Wohnung transportieren ließ. Und eigentlich hätte man annehmen können, das Ende der langen Einquartierung würde auch von den Hausleuten eher als Erleichterung empfunden. Aber in dem, was die Kathi anschließend sagte, war auch so etwas wie Enttäuschung rauszuhören: »Und morgen ziehen dann die andern aus. A jeder kommt und geht, wie er's grad braucht. Bloß mir sind allerweil für alle da!«

»Soll uns nix Schlimmeres passier'n, Kathl.«

»Und danach setzen's uns wildfremde Leut' ins Haus!«

»Muss auch nicht unbedingt ein schlechter Tausch sein.«

Und während sie in ihren Laden zurückgingen und die Kathi hinter ihnen die Türe abschloss, schob sie, etwas muffig noch, eine Erklärung nach: »Aber die sind fremde Leut'. Und der Kurt und die Sara sind für mich Angehörige. Auch wenn's einem manchmal ganz schön auf die Nerven gegangen sind.«

»Hätt' ich nicht gedacht, dass du so an denen hängst.«

»Wenn ma sonst scho koa Familie hat!«

»Am Adi sein Buam krieg'n ma ja wieder. Er muss ihnen jetzt bloß noch a bissl beim Einrichten helfen. Und vielleicht kommt ja dein Bua dann auch amal wieder nach Deutschland, jetzt wo der Krieg vorbei is.«

»Oh mei... zwölf Jahr hab i den nimmer g'sehn! Ob der überhaupt noch Deutsch kann?«

»Für des hat er da drüben überlebt, Kathl. Sonst ging's dir jetzt vielleicht wie der Traudl... die wartet und wartet und ihr Bua hat sein Löffel längst abgegeben.«

»Genau weiß ma des bei dem meinen auch nicht. Die haben Erdbeben in Neuseeland... und alles Mögliche.«

»Ja, ja, ich weiß scho, Weiberl«, sagte der Max und legte besorgt den Arm um sie: »Da drüben gibt's schlimme Sachen. Allein scho, dass die andauernd mit'm Kopf nach unten rumlaufen müssen!«

»Wieso... was heißt des?«

»Ist doch bekannt, dass die unsre Antipoden sind. Und wenn mir den Kopf oben haben, net... dann hängt er doch bei den Neuseeländern nach unten: Oder seh' ich des falsch?«

»Oh mei, Max... dich wenn ma hört, könnt' man manchmal meinen, es ist umgekehrt... und dir hängt der deine schon zu lang nach unten.«

Seine Ehebetten hatte der Kurt auch mitgenommen, sodass die Grandauers ihre letzte Nacht bei den Kreitmeiers in einem Kammerl verbringen mussten. Aber das war weniger ein Problem, zumal sie die Bettstatt darin aus vorehelicher Zeit in schönster Erinnerung hatten. An Schlaf war in dieser Nacht sowieso kaum zu denken, aus anderen Gründen als seinerzeit allerdings. Jetzt gab es eine Menge zu bedenken: Was zum Beispiel musste geschehen, um die Übernahme der Wohnung mit dem ganzen Zubehör möglichst schnell auf eine solide, rechtmäßige Bahn zu lenken? Und die Traudl beschäftigten dabei mehr praktische Erwägungen: Wie ließ sich ihre Scheu überwinden, mit dem verwahrlosten Haushalt zurechtzukommen – oder, wie das Bild von dem toten alten Mann im Schlafzimmer aus dem Kopf zu bringen? Auch empfand sie es irgendwie schäbig und undankbar, einfach so sang und klanglos auszuziehen. Aber wie sonst? Und als es dann so weit war, blieb sowieso kaum Zeit für Beteuerungen und Betulichkeiten.

Das war vielleicht ganz gut so. Man war ja auch nicht aus der Welt. Das bisschen Hab und Gut der Grandauers füllte gerade mal ein paar Pappkartons – die wenigen Sonderzuteilungen für Bombengeschädigte und die Kleiderspenden von Kathi und Max. Das Meiste trug man ohnehin am Leib und die Kartons passten leicht in das Kreitmeier'sche Handwagerl.

»Was is jetzt? Seid's ja immer noch da!«, rief der Max und trat in voller Bäckermontur zu ihnen hinaus auf die Straße.

Der Karl gab sich ebenfalls locker: »Ja mei ... so schnell bringt ihr uns net los!«

»Mach' ma net Angst, Karli! Jetzt hab ich mir extra a frisches Schnäuztücherl eingesteckt zum Winken!«

»Aber, gell, wennst' mich fürn Laden brauchst, Kathi, musst' bloß was sagen.«

»Jaja, schaut erst amal, dass ihr euch dort einlebt! Dann red' ma weiter.«

»Und tut nimmer lang rum! Nicht, dass inzwischen wieder andere einzieh'n!«

Doch damit war der Karl nicht mehr zu beunruhigen: »Das passiert mir so leicht nimmer! Inzwischen hab' ich nämlich beide Schlüssel!«

Dass ihr der Abschied vom Bäckerhaus dann doch so nahegehen würde, das hätte die Traudl nicht gedacht. Sie sär Grandauer, hatte gerade einen hausinternen Anruf erhalten, von der Leiterin der Polizeibücherei. Die Angelegenheit, derentwegen ihn die Dame anrief, war bizarr: Sie selbst war nämlich von einem amerikanischen Offizier angerufen worden, der sie allen Ernstes gefragt hatte, ob sie die Stadt übergeben würde!

Das war doch hierzulande noch nie die Aufgabe einer Bücherfrau! Und es ließ Rückschlüsse zu auf ein sehr fremdartiges Verständnis von Zuständigkeiten. Würde das nicht ebenso bedeuten, dass man in Zukunft auch einen kleinen Oberkommissär für irgendein schuldhaftes Verhalten der Polizei oder ihres Präsidenten verantwortlich machen könnte? Ein beunruhigender Gedanke!

Indessen hatte der Kollege, der sich noch im Zimmer befand, eine neue Gefahrenquelle entdeckt: An der Wand über seinem Schreibtisch hing seit Jahren schon ein leicht vergilbtes Führerbild. Es war bereits zum Bestandteil des Raumes geworden wie die Möbel und Lampen, Dinge, die keine besondere Beachtung mehr fanden. Aber nun erhielt das Bild plötzlich wieder Bedeutung, würde womöglich zum Kennzeichen für eine Gesinnung werden!

Der Kollege besaß nur noch einen Arm, den linken musste er in Stalingrad zurücklassen. Insofern war es nicht ganz einfach für ihn, das Bild von der Wand zu nehmen. Grandauer hatte inzwischen sein Telefonat beendet und fragte: »Was tun S' 'n da, Kargus? Fall'n S' fei net runter!«

»Den Hitler hama vergessen! Wenn's den gleich bei uns herin seh'n, die Amis... das ist dann vielleicht auch nicht vorteilhaft.«

»Jessas na, ja! Aber wohin damit?«

»Zum Fenster naus! Dann is er weg.«

»Aber erst schau'n, Kargus! Nicht dass unten grad wer vorbeigeht! Warten S', ich mach' Ihnen das Fenster auf. Was is'n mit der Kochplatte da? Is die eingeschaltet?«

»Fürs Teewasser, ja«, antwortete Kargus.

In dem Moment hörte man vom Hausgang herein Stimmen und Türenschlagen, woraus man schließen musste, dass es nun für die Entsorgung des Führerbildes zu spät geworden war. Der Kollege ließ daraufhin das Bild zu Boden gleiten und stieß es mit dem Fuß unter seinen Schreibtisch. In dem Moment ging die Türe auf und herein kamen, ihre Maschinenpistolen im Anschlag, mehrere Männer in amerikanischen Kampfanzügen und sie machten nicht den Eindruck, dass sie als Befreier gekommen wären: »The American army has occupied Munich. You are required to follow our orders. Drop your arms and put your hands up!«

Das mit den Händen hoch hatten sie ja verstanden, alles weitere betreffend musste Grandauer eingestehen: »Leider … wir nicht Englisch sprechen … Kollege und ich.«

Der GI fragte nach Waffen und zeigte dabei auf seine.

»Ach so, ja … unsere Pistolen woll'ns, Kargus! Hama ganz vergessen in der Schreibtischschublade! Kollege auch.« Der Ami folgte den beiden dorthin und nahm ihre Pistolen an sich. Danach ließen sich die beiden Kriminaler bereitwillig abführen und sie waren schon draußen auf dem Hausgang, als Kargus plötzlich stehen blieb und flüsterte: »Unser Teewasser!«

»Um Gottes willen!«, sagte Grandauer besorgt und versuchte die damit verbundene Gefahr auch den Eroberern begreiflich zu machen: »Teewasser! Auf Elektrokocher! Ist noch an! Kann durchbrennen! Sehr gefährlich!«

Die Soldaten verstanden kein Wort. Bis auf einen, der scheinbar unbeteiligt zugehört hatte und für die anderen die Sachlage mit beißendem Spott übersetzte.

Dann wandte er sich an Grandauer und sagte in einem akzentfreien Deutsch und mit dem liebenswürdigsten Sarkasmus: »Es ist wunderbar, wie aufmerksam die deutschen Polizeibeamten sind. Man kann gut verstehen, warum so wenig kaputt gegangen ist in Deutschland.«

2.

Noch war der Krieg nicht ganz zu Ende und der Frieden nur ein Hoffnungsschimmer.

In den ersten Tagen nach dem Einmarsch der Amerikaner in München war das Chaos in der Stadt eher größer und noch lebensgefährlicher geworden. Und fast schien es, als wäre der Militärkommandantur daran gelegen gewesen, nachdem sie kurzerhand alle deutschen Behörden und Einrichtungen aufgelöst hatte, deren Aufgabe es war, für Ordnung zu sorgen.

Wieder daheim, nach seiner Festnahme in der Polizeidirektion, empfand Oberkommissär Grandauer in sich eine lähmende Leere. Und das war auch noch so in den darauf folgenden Tagen. Nicht, dass er immer zufrieden gewesen wäre und mit allem einverstanden, was er als Polizist in bald fünfundzwanzig Dienstjahren erlebt hatte. Weiß Gott nicht! Aber ein solcher Abgang! Ein Hinauswurf war das! Die Amerikaner hatten sie an diesem denkwürdigen Montagnachmittag in einem Innenhof zusammengetrieben, dann stundenlang im Regen stehen lassen. An die hundert Personen vielleicht, auch Damen darunter, der Kantinenwirt und der Hausmeister. Und niemand wusste so recht, wozu und weshalb. Das Einzige, was ihre Bewacher von Anfang an zu erkennen gaben, war eine abgrundtiefe Verachtung. Die war gegen alle gerichtet, ohne Unterschied, wer welche Rolle in der Vergangenheit gespielt hatte. Dabei zeigte sich bereits, wie geschickt sich manche in der Masse zu verbergen wussten. Später stellte sich heraus, dass die GIs angenommen hatten, Gestapoleute vor sich zu haben. Das hätte ja ihre Haltung einigermaßen verständlich gemacht. Aber erkennbar mehr Sympathien brachten sie ihren Gefangenen auch danach nicht entgegen, als sich der Irrtum herausgestellt hatte. Es hieß dann allerdings auch, dass dieselben Männer am Tag davor die Überlebenden im KZ-Dachau befreit hatten. Das war bestimmt ein schlimmes Erlebnis. Schlimm? Nur »schlimm«? Hatte da jemand vielleicht eine genauere Vorstellung von den Zuständen in solchen Lagern? Jedenfalls gab sich keiner zu erkennen. Hätte man es denn überhaupt wissen können? Oder gar wissen müssen!? Es sah verdammt so aus, als könnte das noch zu einer größeren Belastung werden!

Oberkommissär Grandauer durfte wenigstens von sich behaupten, dass er persönlich niemals ein solches Lager betreten hatte und dass er Beschreibungen darüber nur dem Hörensagen nach kannte. Gerüchte!, wie sein Bruder sie bezeichnete, immerhin ein Staatsanwalt und als Jurist ein Kenner der Materie!

Nicht ganz so einfach ließ sich Karls Unwissenheit womöglich im Zusammenhang mit dem Schicksal der Juden glaubhaft machen. Da gab es eben auch familiäre Erfahrungen. Aber es war ja wohl nicht anzunehmen, dass ihm die Frau seines Schwagers Kurt, die Sara, irgendetwas vorzuwerfen hätte, nachdem er sich doch soundso oft »vorbehaltlos« für sie eingesetzt hatte. Nein, von ihr war nichts zu befürchten. Eher schon war sein Verhältnis zum Schwager störanfällig. Zurzeit besonders. Kurts Angebot, sie könnten vorläufig droben in ihrer Dachwohnung bleiben, klang auch eher halbherzig in Grandauers Ohren. Das Wohnungsproblem sah er ohnehin schon länger auf sie zukommen. Und er schämte sich fast jedes Mal insgeheim, wenn ihm in dem Zusammenhang ihr Nennonkel Rudi eingefallen war. Aber der hatte ja ganz offen davon gesprochen, dass er ihn und die Traudl – und ihre beiden Buben vor allem – zu seinen Universalerben einsetzen wollte. Bei Traudls letztem Besuch – das war noch keine Woche her – gab er ihr sogar seinen Wohnungsschlüssel mit.

Das Haus, in dem Amtmann a. D. Grüner seine Wohnung hatte, war von Bombenschäden verschont geblieben. Ein gediegener Neubau aus den Zwanzigerjahren, in dezenter Anlehnung an Bauten für höhere Ansprüche. Aber der Krieg hatte hier wie überall an den Statussymbolen genagt. Im Treppenhaus zum Beispiel waren nur noch die Messingstangen vorhanden, mit denen man früher den roten Treppenläufer an den Stufen festgemacht hatte. Und auch die reichen Messingbeschläge an den vergilbten weißen Türen waren, wie so vieles, matt geworden.

Konnte man ehemals noch von einer bestimmten Schicht sprechen, die das Haus bewohnt hatte – von Leuten wie Herrn Grüner etwa –, so war es nun ein soziales Durcheinander geworden, in dem einer den anderen kaum noch wahrnahm. Oder vielleicht nur mehr seinen Hund, wenn er eine ganze Nacht lang nicht aufhörte zu bellen.

Das Bellen hatte die Dame in der Nachbarwohnung dann doch beunruhigt und sie wendete sich deshalb anderntags an eine Frau im Parterre, die das Flüchtlingsamt dort einquartiert hatte. Die Frau hatte schon allerhand mitgemacht und war in Problemfällen nicht zimperlich. Nachdem es keinen Hausmeister mehr gab, dachte sie sofort an ihren Neffen, der mit anderen im Keller wohnte. Er war Ingenieur und hatte sich ansonsten das viele Fragen längst abgewöhnt.

Es dauerte keine fünf Minuten, dann war die Wohnungstüre geöffnet. Der Hund brachte keinen Ton mehr heraus, er tappelte nur vor ihnen her ins Schlafzimmer. Dort war Herr Grüner neben seinem Bett zusammengebrochen und lag tot auf dem Bettvorleger. Die Dame wandte sich erschüttert ab, die Frau aus der Parterrewohnung war auch nicht gefühllos, aber etwas anderes in ihr war stärker. Das sah man an ihren blitzenden Äuglein.

Als sich ein paar Tage danach Herr und Frau Grandauer mit einer Tüte voll Backwaren dem Haus näherten, fiel ihnen gleich ein schrottreifer Pritschenwagen auf, der mit einer sargähnlichen Kiste beladen war. Und an der Haustüre stand die Flüchtlingsfrau mit ihrem Neffen, einem Rudel Kinder und Grüners Hund war auch dabei.

Ein ungutes Gefühl ließ die Grandauers zögern, bis das Auto wegfuhr und die Flüchtlingsfrau wieder ihr normales Gesicht zeigen konnte, aus dem ein starker Überlebenswille sprach. Nur kurz allerdings, dann erkannte sie plötzlich die Grandauers und sagte ergriffen: »Ach Gott, ach Gott… jetzt kommen Sie! Und ich hab' alles probiert, um Sie zu benachrichtigen. Aber ich hab' ja keine Adresse von Ihnen und nix!« Dann erzählte sie ihnen, wie man den einsamen alten Herrn aufgefunden hatte und dass sie einen Doktor aus der Nachbarschaft herbeirief, der seinen Tod bescheinigen konnte und dafür sorgte, dass man ihn irgendwohin brachte, wo er sich so lange halten würde, bis er im Grab seine ewige Ruhe fände. Und bei allem ließ sie es immer wieder anklingen, dass sich ja sonst niemand um den alten Herrn gekümmert hätte und dass nun auch sein armer Hund in guten Händen wäre, im Keller nämlich, bei ihrem Neffen und seiner Familie.

Die Grandauers waren sehr betroffen von der Nachricht, umso mehr, als man ja eigentlich damit rechnen konnte. Nun erschienen ihnen ihre eigenen Probleme und Kümmernisse auch gar nicht mehr so groß, dass sie dafür den längst fälligen Besuch immer wieder aufgeschoben hatten. Aber musste man sich deswegen die versteckten Vorwürfe von dieser Frau gefallen lassen? Ganz geheuer war sie dem Karl ohnehin nicht und schon von Berufs wegen misstrauisch, fragte er scheinbar beiläufig: »Den Wohnungsschlüssel des Verstorbenen haben Sie nicht zufällig gesehn… oder an sich genommen?«

»Ach … hätt' ich vielleicht soll'n, gell«, antwortete die Frau treuherzig: »Aber ich hab' nirgends einen gesehn. Wären Sie wohl gerne hineingegangen in die Wohnung?«

»Danke, wir haben unseren eigenen Schlüssel für die Wohnung«, betonte der Karl, um seinem Anspruch noch mehr Glaubwürdigkeit zu geben.

»Da sind Sie dann bestimmt auch an der Wohnung interessiert?«, fragte die Frau, so, als könnte sie sich keine bessere Lösung vorstellen. Und die Traudl gestand ihr arglos und wischte sich dabei die Tränen von den Wangen: »Sie glauben ja gar nicht, wie uns eine Wohnung glücklich machen tät! Wir ham beim Fliegerangriff alles verloren!«

»Wir auch! Sogar die Heimat!«, antwortete die Frau. Und um es nicht auf einen Vergleich der Verluste ankommen zu lassen, vertraute der Karl lieber auf sein Recht und sagte: »Der Herr Amtmann Grüner hat uns legitimiert, die Angelegenheit in seinem Sinne zu regeln. Und deshalb müssen wir uns jetzt leider, leider hinaufbegeben in seine Wohnung … so schwer es uns fällt. Was sein muss, muss sein!«

Die Traudl folgte ihm widerstrebend und oben angelangt sagte sie: »Glaubst, das fällt mir derartig schwer, Karli! Grad zuvor tragen's ihn naus, unsern Onkel Rudi … und mir stehn scho vor der Tür und machen uns über seine Sachen her.«

»Kann ich alles nachfühlen, Traudl. Aber woll'n ma warten, bis andere kommen, die keine solchen Hemmungen haben? Wir woll'n ja nix Unrechtes, schau. Sondern nur, dass alles so geschieht, wie er es gewollt hat, der Onkel Rudi. Und es ist ja auch vor allem für unsre zwei Buam! Dass man ihre Interessen wahrnimmt, wenn's wer weiß wo sind, die armen Kerl.«

Auch die Flüchtlingsfrau hatte noch so lange nach oben gelauscht, bis die Grüner'sche Wohnungstüre ins Schloss fiel. Dann erst ging sie zu ihren Angehörigen hinunter in den Keller.

Um sich die Aufgabe zu erleichtern, nahm der Karl nun eine möglichst amtliche Haltung an, ähnlich einem Gerichtsvollzieher: »Es geht jetzt erst amal nur um sein Testament. Und setz dich du bitte ruhig hin, Traudl, und entspann dich. Weil, ein Testament kann man nämlich sehr leicht verschwinden lassen! Da kommt dann vielleicht so ein weitschichtiger Neffe daher, verstehst ... hat sich nie um seinen Onkel gekümmert ... findet das Testament und verbrennt es! Alles schon da gewesen. Und mir schaun dann mit'm Ofenrohr ins Gebirg!« Zugleich versuchte der Kriminaler ein System in seine Nachforschungen zu bringen: »Manche Leut bewahren so was am liebsten im Schlafzimmer auf. Aber du gehst da bittschön nicht hinein, gell!«

Die Traudl winkte ab und sagte nüchtern: »Da ist es doch sowieso nicht. A Testament muss man doch nicht verstecken ... wie Schmuck oder Bargeld. Es wird halt in seinem Sekretär sein, wo er seine Schreibsachen drin hat. Wäre ja eigentlich logisch.«

Aber eben auch zu einfach für den Kenner. Darum überließ der Karl den Sekretär seiner Frau und sagte noch: »Ganz richtig wär's nämlich, wenn er das Testament bei einem Notar hinterlegt hätte.«

»Hat er ja vielleicht«, sagte die Traudl, während sie das Biedermeiermöbel aufklappte.

»Oder er hat es vielleicht nur vorgehabt ... er wollte ein Testament machen ... und hat es dann vergessen. Er war nämlich in der letzten Zeit schon ziemlich ... altersmäßig!«

»Von wegen!«, rief die Traudl kurz darauf und hob ein Kuvert aus Grüners Papieren: »Mein Letzter Wille!«

Der Karl trat hinzu und sein etwas tragischer Ernst, den er seit Betreten der Wohnung zur Schau trug, fiel schlagartig von ihm ab: »Tatsächlich! Unser Onkel Rudi! Korrekt bis zum Ende!«

Die Traudl kratzte schon ein wenig an dem verschlossenen Kuvert und sagte ungeduldig: »Mach' ma's auf, Karli?«

Aber er hielt sie davon ab und erklärte ihr: »Um Gottes willen! Das darf nur das Nachlassgericht!«

»Gibt's doch alles nimmer, Gerichte und so was. Die ham's doch genauso heimgeschickt wie euch.«

»Trotzdem, Traudl. Trotzdem! Bloß jetzt keinen Fehler machen! Alles korrekt!«

Nachdem sie das Testament an sich gebracht hatten, hielt sie auch die Neugier nicht länger in der Wohnung und sie waren fast erleichtert, als sie wieder draußen im Stiegenhaus standen. Der Auftritt hier hatte selbst den Karl mehr Überwindung gekostet, als er es sich anmerken ließ, aber er verlor sein Ziel auch jetzt nicht aus den Augen, schloss die Wohnungstüre gewissenhaft ab und entwickelte einen Plan, die Tüte mit den Backwaren betreffend, die sie eigentlich für den Onkel Rudi mitgebracht hatten. Vielleicht ließ sich ja damit die Flüchtlingsfrau bestechen und die Leute unten im Keller, die sich angeblich um Grüners Hund kümmerten; eine Aufgabe, die sie gerne selber übernähmen, sobald sie hier wohnen würden. Die Flüchtlingsfrau ging auch auf den Handel ein und versprach, ihr Mögliches zu tun, dass Grüners Wohnung in gute Hände käme.

Auf dem Heimweg dann erlaubte ihnen die Pietät schon kleinere Wunschträume im Hinblick auf die Wohnung und der Karl griff sich dabei immer wieder an die Brusttasche, in der das Testament aufbewahrt war.

Die Kreitmeiers hatten den Laden über Mittag geschlossen, es lohnte sich ohnehin nicht mehr, ihn nachmittags zu öffnen, so wenig war noch in den Regalen.

»A Nudelsuppe hätt' ich noch!«, sagte die Kathi, nachdem sich die Grandauers von ihrem ereignisreichen Ausflug wieder bei ihnen zurückgemeldet hatten. Der Karl, wieder in Nachdenklichkeit versunken, winkte dankbar ab: »A bissl später vielleicht... im Moment... wir sind noch wie vor den Kopf geschlagen.«

»Ja mei, Leut' … siebenundsiebzig war er … is a schön's Alter. Und viel versäumt er ja momentan a net. Weiß ma scho was, wo s'n eingraben?«

»Da hama bis jetzt noch nix erfahr'n, leider«, antwortete der Karl. »In ein Krematorium werden's ihn halt wahrscheinlich gebracht haben. Is ja auch immer sein Wunsch gewesen.«

Etwas flapsig, wie es seine Art war, mischte sich nun Traudls Bruder ein: »Aber seine Wohnung, die lasst's euch hoffentlich nicht wegschnappen!« Damit berührte er, nicht ganz unabsichtlich vielleicht, eine offene Wunde bei seinem Schwager.

»Keine Sorge, Kurt! Wir sind hier sobald wie möglich draußen! Kannst du ganz beruhigt sein. Und ich habe dir auch angeboten, wir ziehen einstweilen in den Keller hinunter, wenn du deine Familie hierherholen möchtest. Jederzeit, gell. Jederzeit!«

Die Kathi verdrehte die Augen und stöhnte: »Mein Gott, jetzt geht des wieder los!«

Der Kurt erhob daraufhin beruhigend beide Hände und sagte: »Alles wunderbar so! Die soll'n ruhig da draußen bleiben. Die Sara kann doch froh sein, dass sie sie nicht, wie die andern, in ein Lager getan haben! Is sowieso mehr, als sie erwarten durfte. Oder?«

Der Karl wäre am liebsten aufgestanden und hinausgegangen. Aber es ging nicht. Irgendwie ließ ihn der Stuhl nicht los. Oder war es dieses vage Schuldgefühl, gegen das er sich eigentlich gewappnet glaubte. Dieses Gefühl von mitgefangen, mitgehangen!

Da fuhr der Max dazwischen: »A Ruah is jetzt! Sakrament! Mit euerm Gehackl immer! Mir wär's anders auch lieber!«

Die Kathi war schon an der Türe und drehte sich noch einmal um: »Also, wer a Suppe mag … ich hol's jetzt amal her.«

Und die Traudl folgte ihr und fauchte im Vorbeigehen ihren Bruder an: »Du könntest dich ja vielleicht auch amal in unsere Lage versetzen! Wir können auch nix dafür, dass es so is, wie es is!«

»Eben! Deshalb sag ich ja: Kümmert's euch um die Wohnung! Dann hama scho amal ein Problem weniger.«

»Ja, ja, Kurt«, schaltete sich der Karl ein, »aber bitte mit etwas Pietät. Der Onkel Rudi ist grad amal einen Tag tot!«

»Jessas ja, die vergess' ich immer, die Pietät. Weil ma's halt in der letzten Zeit so selten gebraucht hat!«

»Gut, dass ich die Suppe auf'm Herd lassen hab'. Die is noch schön warm.«

»Der wird so aggressiv jetzt, manchmal ... so boshaft, der Kurt!«

»Mei, Traudl, aber wenn dei Mann dann immer so tut, so g'schmerzt ... als ob ma euch bloß immer rumschubst! Es is ja ursprünglich denen ihr Wohnung g'wesen, net. Vom Kurt und von der Sara. Und er hat nie was g'sagt, dass er euch jetzt draußen haben möcht. Mit keinem Wort! Aber, dass er natürlich auch glücklich wär, wenn er wieder mit seiner Familie beinander sein könnt' ... is doch klar! Ihr wollt ja auch beinander sein!

Also, komm, nimm du die Teller ... dann nehm ich den Topf ...«

Kurz vor neun Uhr abends, der Karl lag schon im Bett und die Traudl hatte ihm einen Kräutertee gebracht, mit dem er seine Magennerven zu beruhigen hoffte. Natürlich war es auch die Ungewissheit, was den Inhalt des Testaments anbelangte, die an seinen Magennerven zerrte. Aber der Karl vertraute nach wie vor auf den geraden Weg, für den es momentan allerdings nur wenig Bewunderung gab. Er stand vielmehr im Verdacht, dass er etwas mit Dummheit zu tun haben könnte.

Auch die Traudl bevorzugte einen geraden Weg, mit dem sich wenigstens Klarheit herbeiführen ließ. Zu diesem Zweck hielt sie das zugeklebte Kuvert mit dem Testament über einen kochenden Wassertopf, hörte dabei mit einem Ohr auf die Atemgeräusche des schlafenden Gatten und mit dem anderen auf den Volksempfänger, indem sich gerade die Wiedergeburt des Rundfunks kundtat: »... die Militärregierung weist darauf hin, dass die Sendestation Radio München täglich um 19.30 und 21.00 Uhr alle wichtigen Mitteilungen der Militärregierung und der Stadtverwaltung bekannt gibt. Stellen Sie zu den angegebenen Zeiten Ihren Apparat an, damit Sie ständig alle neuen Nachrichten erhalten.

Die Militärregierung weist nochmals darauf hin, dass von 19.00 bis 6.00 Uhr morgens alle Zivilisten, gleich welcher Nationalität, sich in ihren Wohnungen oder ihren Unterkünften aufzuhalten haben.

Wir senden jetzt bis zum Beginn der Nachrichten Musik.«

Zur selben Zeit kniete Traudls Bruder unten im Hausgang neben dem alten Bäckerrad und prüfte die Luft im Reifen. Die Kreitmeiers kamen dazu und die Kathi sagte kopfschüttelnd: »Willst' jetzt tatsächlich morgen früh da nausradeln, Kurt?!«

»Ich riskier's. Is ja beim letzten Mal auch nix passiert. Wenn ich erst amal draußen bin aus der Stadt, dann werden's vielleicht nimmer so hinter die Radler her sein, die Amis.«

»Des muss er selber wissen«, sagte der Max. »Er hat ja so einen Wisch von der Militärregierung.«

»Geh! Wo's nicht amal dem Bürgermeister erlaubt ham, dass er mit'm Radl in die Stadt fährt. Hat neulich wer im Laden erzählt.«

In ihrer Erregung hatte es die Traudl versäumt, sich auch auf das Wiederzukleben des Kuverts einzurichten. Die Büchse mit dem Pelikanol, die sie unter den Sachen ihres Bruders gefunden hatte, war völlig eingetrocknet und unbrauchbar geworden. Mehl gab es leider auch nicht in ihrem Haushalt. Ein wenig Mehl mit Wasser würde für den Zweck ausreichen. Muss ja nicht ewig kleben. Aber in Kathis Küche sollte doch Mehl zu finden sein.

Eigentlich hatte sie nicht damit gerechnet, die Kathi dort noch anzutreffen. Andrerseits war es ein Glück; denn auf die Kathi war Verlass und die Traudl benötigte jetzt unbedingt jemanden, dem sie sich anvertrauen konnte. Dringender noch als Klebstoff.

»Mei! Du bist vielleicht ein Luder!«, sagte die Kathi spontan und daraus sprachen weniger Bedenken als Bewunderung.

»Und dass er euch alles vermacht! Und ist noch nicht amal richtig verwandt mit euch! Des is fei nobel!«

»Glaub ma's, ich bin auch noch ganz … und ich hätt' doch nie gedacht, dass er noch so viel Geld auf der Bank hat!«

»Da werd's einiges davon hernehmen müssen für die Erbschaftssteuer!«

»Das wär' ma ja wurscht. Geld ist sowieso immer weniger wert, wennst nix mehr dafür kriegst. Aber das Grundstück is vielleicht was wert, das noch dabei is! Da hat er nie was erwähnt von dem.«

»Und seine Wohnung mit allem … das will er doch auch, dass ihr die übernehmt.«

»Hat er immer g'sagt. Und jetzt fehlt halt bloß noch, dass unsre Buben heimkommen! Dann wär ich die glücklichste Frau auf der Welt! Aber, bittschön, Kathi, verplapper dich bloß nicht vorm Karl, dass ich das aufg'macht hab', das Kuvert!«

»Das merkt er doch sowieso … mit dem Mehlpapp. Der hebt doch nicht lang.«

»Is halt a alt's Kuvert g'wesen, was weiß denn ich. Und ich leg's auch wieder genauso unterm Kurt seine Bücher, wie's war.«

*

Die Ausgangssperre am nächsten Morgen war noch nicht lange zu Ende, da standen schon die ersten Kunden vor der Bäckerei Kreitmeier. Um die Zeit konnte man wenigstens noch sicher sein, dass es für jeden etwas geben würde.

Zugleich verließ Kurt Soleder das Bäckerhaus und sein Rucksack mit den frisch gebackenen Broten darin wärmte ihm den Rücken. Er schob das Fahrrad an den wartenden Kunden vorbei auf die Straße und einer von ihnen rief ihm zu: »Gell, des wissen S' schon, dass man mit dem Fahrrad nicht fahren darf! Weil's verboten ist, von die Amerikaner!«

»Brav! So mag man die Deutschen!«, rief der Kurt zurück. »Ich werde Sie weiterempfehlen!« Dann schwang er sich auf den Sattel und fuhr los, etwas wacklig, des alten Koffers wegen vorne im Traggestell. Auf seinem Weg stadtauswärts vermied er Hauptstraßen, so gut es ging, und danach hatte er Glück und sah den Jeep mit den Amis gerade noch rechtzeitig, um sich in einer Hausruine zu verstecken. Aber das alles empfand der Kurt eher wie eine Spielerei, wie Räuber und Gendarm, verglichen mit dem bitteren Ernst in den Jahren davor. In der vergangenen Woche noch!

Nichtsdestoweniger war er erleichtert, als er auf die Landstraße kam und die Stadt hinter sich hatte. Auch wenn die Fahrbahn hier, wie überall, zerschunden war und verdreckt und rechts und links zerstörte, ausgebrannte Militärfahrzeuge die Straße säumten. Von den Wiesen und Feldern her kam nun ein Duft nach Frühling und es erfasste den Kurt ein lange entbehrtes Hochgefühl, das Gefühl von Frieden. Er wäre lieber ganz langsam gefahren, genüsslich, nur war da eben auch die Sehnsucht nach den Menschen, die er liebte, und die trieb ihn an. Bisher war er nicht vielen Leuten begegnet, meist Einheimischen vermutlich, Landarbeitern und hie und da raste auch ein Amitruck vorbei. Das ging dann so schnell, dass er gar nicht mehr dazu kam, sein Rad verschwinden zu lassen. Er musste froh sein, wenn er nicht im Straßengraben landete. Ansonsten jedoch schien alles gut zu gehen. Das ausgedehnte Waldgebiet, in dem er dann unterwegs war, es wirkte wie ausgestorben. Da und dort war die Straße mit Tannenzweigen übersät und kleinem Geäst, das den Brennholzsammlern wahrscheinlich von ihren Leiterwagen gefallen war.

Als kleiner Bub hatte der Kurt ja immer ein wenig Angst in Wäldern. Inzwischen war es eher umgekehrt, dass er sich darin geschützt fühlte. Aber das komische Ding, das vor seinem Rad plötzlich in die Höhe schnellte, es war dann doch kein Ast, wie er dachte: Es war ein Seil. Und er konnte den Lenker gerade noch herumreißen, bevor er mit allem, was er hatte, auf die Straße stürzte. Zugleich kamen von beiden Seiten obskure Gestalten aus dem Wald, die sich nicht lange Zeit für Erklärungen nahmen. Einer, der Anführer, richtete seine Pistole auf ihn und sagte mit einem harten Akzent: »Steh auf, Nazi!«

Im ersten Moment hoffte der Kurt, dass er die Meute mit dem Schreiben, das ihn als Mitglied der Freiheitsaktion Bayern auswies, abschütteln könnte: »Ich nix Nazi! Bescheinigung von Amerikanern …« Der Anführer aber setzte sich mit einer verächtlichen Handbewegung über den Wisch hinweg und antwortete: »Nix Nazi mehr in Deutschland! Dann wir nehmen auch von andere!«

Währenddessen schnappten sich die Kumpane, ohne lange zu palavern, Fahrrad und Koffer, und es war eindeutig geworden, dass sie an Verhandlungen kein Interesse hatten. Stattdessen trieben sie den Kurt ins Unterholz und weiter, bis sie von der Straße aus nicht mehr zu sehen waren.

*

Es war noch ein strahlend schöner Maitag geworden, das hatte man ihm am frühen Morgen gar nicht angesehen. Und in dem abgelegenen Hof, wo man die Oma Soleder mit ihrer Schwiegertochter Sara und den beiden Kindern untergebracht hatte, war kaum etwas von dem Elend der Nachkriegszeit zu bemerken, wie man ihm in Großstädten auf Schritt und Tritt begegnete.

Auch der US-Jeep, der in der Hofeinfahrt abgestellt war, ließ keine Bedenken aufkommen, sonst würden auf seinen Sitzen nicht die beiden Kinder lümmeln, die Gerti und der Hermann. Und das braune Zeug, das sie andächtig in Händen hielten und ab und zu daran knabberten, das war echte Schokolade!

Auf dem Tisch vor der Hausbank waren noch andere Kostbarkeiten aus dem amerikanischen Schlaraffenland: Pulverkaffee, Zigaretten, Donuts ... Der Glücksbringer war ein US-Sergeant aus der Ortskommandantur, ein ernster, eher verschlossener Mann, in Österreich geboren, und das hörte man auch, wenn er Deutsch sprach.

Sein Kontakt mit den Bewohnern hier hatte schon am ersten Tag der amerikanischen Besetzung begonnen. Es gab kein dramatisches Kriegsgeschehen mehr, die Truppen zogen auf der Hauptstraße ein und kleine Trupps durchkämmten sicherheitshalber die Umgebung. Ein Jeep inspizierte auch kurz den abgelegenen Hof. Der Sergeant, in der Annahme, er hätte die Bäuerin vor sich, bat die Sara um ein Glas Milch. Sie brachte es ihm. Dabei fielen ihm ihre Hände auf. Und dann erst ihr Gesicht, ihre Augen. Irgendetwas war an ihr, das ihn berührte, und er fragte sie: »Wo kommen Sie her?«

»Berlin. Und Sie?«

»Wien.« Und nach einer langen Pause fragte er: »Jüdin?«

*

Nun, nachdem das Schlimmste vorbei zu sein schien, war die Sara recht froh darüber, dass sie sich auch ein paar schickere Sachen aufs Land mit hinausgenommen hatte. Und es war auch durchaus im Sinne ihrer Schwiegermutter, wenn sie sich wieder öfter ein wenig zurechtgemacht hatte. Vor allem, wenn der nette Sergeant Fischer kam. Der wusste, wie er sein Erscheinen zu einem für alle beglückenden Ereignis machen konnte. Und für die Sara war er bald ein Freund geworden, der zuhören und ihr ein klein wenig von der Last der Erinnerungen abnehmen konnte.

»Und det war Vatis letzter Brief. Da schreibt er noch so drollig von frühern Nachbarn. Die kannt' ick ooch: Den ollen Herschel Niesenbaum mit seiner zittrigen Ida, weißte noch, wo du als kleene Göre immer die ängstlichen Augen gemacht hast, wenn sie den Kaffee in die Tasse gezittert hat! Und die hamse nu auch abjeholt. Zwei Goliaths von der SS. Die beeden kleenen, ollen Jidden. So viel Zores, so viel Zores! Umsiedeln woll'n sie die! Naja ... det müssen wir ja alle mal. Und drum bleib ick hier sitzen und lasse sie machen. Sie werden schon kommen. Ick bin bereit.«

Die Sara hatte die Zeilen viele Male gelesen. Und noch immer konnte sie die Tränen nicht unterdrücken. Ihr amerikanischer Freund hatte das Verlangen, sie zu berühren. Aber er tat es nicht und nach einer Weile sagte er nur: »Und seitdem ... nichts mehr von ihm gehört?«

Sie gab sich einen Ruck und antwortete kopfschüttelnd: »Nee. Mein Mann is mal in Berlin jewesen, als Soldat. Paar Monate nach dem Brief ... und hat sich dort nach ihm erkundigt. In dem Haus, wo Vati gewohnt hat. Und da haben ihm Nachbarn gesagt ... nach langem Hin und Her ... die hatten ja ooch Angst ... sie hätten geseh'n, wie sie ihn abgeholt haben. Im Polizeiauto.«

Eine Weile saßen sie nur da und keiner sagte was – bis sich das Leben etwas brüsk von einer anderen Seite zeigte: »Gerade denk' ich mir, wie ich rausschaue: das Auto kenn' ich doch! Das gehört doch dem Mister Fischer!« Und die Oma näherte sich dem Gabentisch, indem sie ihn selbstlos übersah, sodass sie ihre Schwiegertochter darauf aufmerksam machen musste: »Und schau nur, was er uns wieder alles mitgebracht hat!«

»Also, ich bitte Sie, Mister Fischer, das ist doch nicht immer alles nötig!«

»Soll ick dir ne Tasse holen oder nimmste die von mir so lange?«

»Ach, ich nehm gleich die deine, Kind«, sagte die Oma, ihrem heimlichen Verlangen nachgebend, und sie fügte noch hinzu: »Der Herr Mister Fischer weiß ja, was wir alles für Entbehrungen erlitten haben in diesem schrecklichen Krieg! Und dass wir auch einmal andere Verhältnisse gekannt haben ...« Dabei fiel ihr Blick auf einen zerlumpten Menschen, der sich auf nackten Füßen der Hofeinfahrt näherte. »Allmächtiger! Das ist doch der Kurtl!«

Die Sara sprang auf und lief ihm entgegen: »Kurtchen! Wat is denn mit dir?! Is dir was passiert?! Sag doch!«

»Alles wunderbar! Mein Gepäck hab' ich vorausgeschickt. Noch nix gekommen bis jetzt?«

»Nu red' doch mal vernünftig, Kurtchen. Biste überfallen worden?«

»Die Herren hatten noch etwas gut bei uns! Russen oder Polen. Aber die Hose haben sie mir gelassen. Anständig. Das Schlimmste war eigentlich, dass sie Nazi zu mir gesagt haben!«

»Ach, Kurtchen, und das dir!«, sagte sie und nahm ihn in die Arme.

*

Auch im Hof vor dem Hauptportal der Polizeidirektion verkörperten die amerikanischen Hausherren den Sieg der neuen Welt über die Ausgeburt der alten. Für die Deutschen galt noch immer fast ausnahmslos das »Off limits«, kontrolliert von gut genährten US-Boys meist dunkler Hautfarbe, hierzulande ohne böse Absicht beharrlich Neger genannt.

Zu den wenigen Auserwählten der ehemaligen Belegschaft, die man übernommen hatte, gehörte auch der Hausmeister Dirscherl. Er wusste sich, wie früher schon, auf vielfache Weise nützlich zu machen und beherrschte bereits die wichtigsten Worte in der Sprache der neuen Herren, wie: okay, yes Sir, thank you, aber er war es auch, der notdürftig wenigstens die Kontakte zu seinen früheren Herren pflegte, wenn sie etwas verschämt draußen vor dem Löwentor standen. Zufällig natürlich nur.

»Also, da bin ich jetzt doch recht froh, Herr Dirscherl, dass ich heut' zufällig vorbeigekommen bin. Und ich seh' Sie zum Glück auch noch!« Dabei griff Oberinspektor Deinlein durch die Gitterstäbe und nahm ein Einmachglas entgegen, das ihm der Hausmeister ans Tor gebracht hatte.

»In Ihrem Schreibtisch ganz unten is es drin g'wesen.«

»Von einer sehr lieben Dame aus unserm Kirchenchor hab' ich die. Kann man doch nicht einfach ... Es sind wunderbare Sauerkirschen!«

»No! So was kriegt ma ja gar nimmer!«

»Und wer weiß, wann ich wieder amal in mein Büro komm?! Hinein darf! Darf! Und dann sitzt womöglich a anderer drin!«

Herr Deinlein machte einen kleinen Mund und die bleichen, abgemagerten Backen hingen traurig über seinem zu weit gewordenen Hemdkragen.

Der Hausmeister nickte teilnahmsvoll, dann aber blitzte Schadenfreude aus seinen Augen: »Unsere leitenden Herren ... also, was halt die ganz Oberen waren ... die soll'ns ja alle zusammeng'fangt ham und eingekastelt!«

»Jawas! Eingesperrt ham's die!«, sagte der Oberinspektor etwas spöttisch jetzt. »Na ja ... das muss man vielleicht gar nicht in allen Fällen bedauern, denk ich.«

Nun aber wurde der Hausmeister mit einem Schlag dienstlich, nahm Haltung an, riss die Mütze vom Kopf, bis die dicke dunkelblaue Limousine in den Vorhof eingefahren war. »Unser Boss! Der Publiksäftioffisser!«, flüsterte er Herrn Deinlein zu, nicht ohne Stolz auf seinen Einblick in die neuen Machtverhältnisse.

Der Fahrer des Chefwagens hatte beim Passieren des Tores seine Zigarettenkippe aus dem Fenster geschnippst, was die Aufmerksamkeit des Hausmeisters nun mehr noch als alles andere auf sich zog: »Ham's des g'sehn, Herr Oberinspektor? Werfen halberte Zigaretten weg! Und gegen die hätten mir den Krieg gewinnen wollen!«

Sodann, nachdem momentan keine anderen Interessenten für die Kippe zu sehen waren, hob er sie in aller Gelassenheit auf, löschte die Glut und barg sie in einer Blechschachtel zur Weiterverwendung: »Wissen S', des mach' ich nur für einen Neffen von mir. Dem ham's beide Beine weggeschossen und jetzt mag er bloß noch rauchen. Kriegt er halt immer die Amikippen und da kommt ganz schön was zamm.«

»Das glaub' ich Ihnen gerne, Herr Dirscherl. Na ja ... und, wie gesagt, vielleicht seh'n wir uns ja dann morgen wieder bei der Einäscherung.«

»Ja mei, ich hab's dem Herrn Grandauer scho g'sagt: vorausgesetzt halt, dass mir die Amis dafür freigeben. Aber es wär schon schön, wenn wenigstens a paar Leut' dabei wären. Verdient hätt er's allemal, er war ja doch ein sehr ein nobler Mann!«

Mag sein, der massenhafte Umgang mit dem Tod und die katastrophalen Schwierigkeiten, denselben jeweils auch bürokratisch aufzuarbeiten, hatten begreiflicherweise zu Nachlässigkeiten geführt. Und so war es Karl Grandauer endlich gelungen, die gekühlten Überreste seines Wahlverwandten der erwünschten Einäscherung zuzuführen.

Aber niemand durfte erwarten, dass die noch vorhandenen Kapazitäten eine angemessene Aussegnung ermöglicht hätten. Es ging auch mehr darum, wenigstens den Anschein einer solchen zu vermitteln.

Anderntags, als die kleine Trauergesellschaft – bestehend aus dem Ehepaar Grandauer, dem Bäckermeister Kreitmeier und Oberinspektor Deinlein – nach kurzer Andacht das Krematorium wieder verließ, meinte der Max: »Eigentlich g'hörert sichs ja, dass ma sich hintennach wenigstens noch auf a paar Weißwürscht zusammenhockt. Aber im Moment funktioniert ja nicht amal mehr der schwarze Markt. Mir hams probiert. Nix zu kriegen.«

»Das hol'n ma dann alles amal nach, Max«, sagte der Karl.

»Nach'm Endsieg, gell!«

»Sehr gut, sehr gut«, ließ sich nun Herr Deinlein vernehmen und er verband seine Bemerkung dezent mit dem Hinweis: »Müssen ja auch nicht gleich Weißwürstl sein. Man wäre heutzutag schon glücklich, wenn man wenigstens ausreichend Brot hätte.« Der Bäckermeister hatte den Wink verstanden und antwortete freundlich: »Also, da wissert ich schon einen Weg, Herr Deinlein. Kommen S' halt wieder amal zu uns in die Bäckerei.«

»Um Gottes willen, Herr Kreitmeier, so war das aber nicht gemeint!«

»Macht nix, kommen S' ruhig trotzdem. Ihr Vorgänger, der Herr Grüner, hat sich früher auch nicht geniert, wie er noch besser beinander war.«

»Und weil Sie gerade mein ›Vorgänger‹ sagen, Herr Kreitmeier: das weiß ja heute wahrscheinlich auch keiner mehr ... oder will es nicht mehr wissen ... warum er mich damals 1933 unbedingt als Nachfolger haben wollte. Damit kein Nazi hinkommt! Deshalb!«

Frau Grandauer, die bisher geschwiegen hatte, kam leicht gereizt auf den Anlass zurück und sagte: »Das reinste

Schnellverfahren war das! Ich hätt' mir schon a bissl was Würdigeres gewünscht für unsern Onkel Rudi!«

Damit sprach sie allen aus den Herzen, auch wenn die Köpfe schon nicht mehr bei der Sache waren. »Mir müssen uns nämlich leider auch beeilen«, drängte der Karl, »weil ma noch in die Wohnung woll'n vom Onkel Rudi. Dass ma sich a bissl drum kümmert. Bis die Gerichte das wieder alles in die Hand nehmen. Zurzeit kann ja jeder hergehn und nimmt sich einfach, was ihm gefällt! Und keine Polizei und nix is mehr da, was ihn daran hindert!« Und nun sah er den Hausmeister Dirscherl schon ziemlich erschöpft auf sie zukommen und rief ihm entgegen: »Jetzt können Sie sich Zeit lassen! Alles schon vorbei!«

»Ich hab' ma's gedacht. Aber bis ma zu Fuß da herkommt! Und der Jüngste is ma halt a nimmer!«

»Is ja schön, dass er überhaupt gekommen ist, der Herr Dirscherl, gell«, sagte der Oberinspektor und klopfte ihm leutselig auf die Schulter. Und der Karl scherzte nicht ohne bitteren Beigeschmack: »Und sollten wir jemals wieder in unsere alte Wirkungsstätte hineingelassen werden ... was ich sehr bezweifle, sehr! Dann trink ma a Glaserl Molke mitanander auf unseren lieben, verehrten Dahingeschiedenen!«

Daraufhin tippte sich der Hausmeister mit dem Finger an die Stirne und sagte: »Apropos ... dass ich's nicht vergiss'! Des kann fei schon bald sein, dass Sie wieder hineingelassen werden! Weil, heut' in der Früh ham's eine Bekanntmachung herausgegeben, die Amerikaner ... dass sich unsre ehemaligen Beamten und Angestellten melden soll'n ... zwecks Wiederverwendung!«

In den Gesichtern der Beamten zeigte sich ein kurzes Aufleuchten, bis die Zweifel wieder ihre Schatten warfen und auch der Herr Dirscherl schränkte seine Nachricht gleich etwas ein: »Bloß, dass sie halt keine Nazis woll'n, heißt es. Aber ich glaub' nicht, dass sich da recht viele betroffen fühlen.«

Der Trauerflor, den ihm die Traudl für den Ärmel an seinem Jackett genäht hatte – aus einem Stückchen schwarzen Tüll – er kam nun doch noch zum Einsatz. Auf dem Friedhof hatte ihn der Karl in der Tasche gelassen, um sich vor den anderen, dem Max vor allem, nicht lächerlich zu machen. Aber bei den Nachbarn in Grüners Haus konnte es nicht schaden, seine Betroffenheit zu zeigen und die Nähe zu seinem Onkel.

Auf dem Weg dorthin war natürlich vor allem von der möglichen Wiederverwendung im Polizeidienst die Rede und der Karl gab, wie üblich, den Pessimisten.

»Aber dir kann man doch nichts nachsagen, Karl. Du warst kein Parteigenosse und hast dich auch nie bei denen hervorgetan. Im Gegenteil, sie haben dich doch immer unterdrückt, hast g'sagt.«

»Du glaubst doch nicht, dass sich daran noch jemand erinnert, wenn es drauf ankommt!«

»Der Herr Deinlein bestimmt ...«

»Der Deinlein! Der braucht doch selber wen, der ihn entlastet. Als Parteimitglied seit 1934! Wegen dem treibt's ihn ja so rum!«

»Ich kann mich aber erinnern ... vor a paar Jahr is amal was g'wesen ... wegen einem Pfarrer. Und der Deinlein hat von dem was verschwinden lassen. Einen Personalakt oder was.«

»Er?! Dass ich nicht lach'! Ich hab' den verschwinden lassen! Und Kopf und Kragen riskiert! Er is ja zu der Zeit im Krankenhaus gelegen. Mit seiner Blinddarmg'schicht.«

Als sie dann wieder in Grüners Straße kamen, waren sie wie jedes Mal beglückt über den Zustand der Häuser hier und sie konnten es gar nicht verhindern, sich schon in seine Wohnung hineinzuträumen. Was sollte sie auch in der Wirklichkeit noch davon abhalten?

An der Haustüre kam ihnen die Flüchtlingsfrau entgegen, etwas aufgeschreckt wie beim letzten Mal, aber auch sehr mitfühlend auf Karls Trauerbotschaft: »Friede seiner Asche! Wir kommen nämlich gerade von der Aussegnung unseres Onkels.«

»Ach, mein Gott, das wenn ich gewusst hätte!«

»Es hat halt ein jeder sein Päckchen zu tragen«, tröstete der Karl, »und sagen Sie, der zweite Schlüssel für die Wohnung, hat sich der inzwischen gefunden?«

»Nichts, leider. Und ich bin nur jetzt auch sehr in Eile, weil ich gehört hab', es kommt Pferdefleisch zur Verteilung.«

Den Grandauers war das ganz recht, die Frau war ihnen noch nie so ganz geheuer.

»Tante Erika, Tante Erika!«, riefen fröhliche Kinder von oben herunter. Aus einem Fenster im ersten Stock! Die Frau zog den Kopf ein, winkte den Kindern zu, ohne sich nach ihnen umzusehen und machte sich davon. In dem Moment schoss dem Karl ein fürchterlicher Verdacht durch den Kopf. Er trat ein paar Schritte von der Haustüre zurück und blickte hinauf zu dem Fenster mit den fröhlichen Kindern.

»Schau amal du, Traudl ... das is doch a Fenster vom Onkel Rudi seiner Wohnung!«

Traudl war auch der Meinung, aber sie unterdrückte ihre Ahnungen, um ihren Mann nicht noch mehr aufzuheizen.

»Das woll'n ma doch amal sehn!«, grollte der Karl und er vergeudete keine Zeit für irgendwelche taktischen Überlegungen, eilte, zwei Stufen auf einmal nehmend, hinauf in den ersten Stock und ließ sich auch dort von der Traudl nicht bremsen. Am liebsten hätte er, ohne lang zu fragen, aufgesperrt und wäre einfach mit seiner Frau hineingegangen. So, wie es ihnen ja auch zustand. Aber das ging nicht. Ein Schlüssel steckte von innen im Schloss. Also klingelte er, zurückhaltend, um niemanden zu warnen und die Traudl wies er an: »Sag du amal nix!«

Das wollte sie auch gar nicht. Sie sah nur etwas auf sich zukommen und schloss die Augen, bis jemand öffnete.

Ein ausgemergelter alter Mann war das, der nicht ausschaute, als ob er noch viel zu verlieren hätte. Der Karl, schon sehr mit Luft gefüllt, konnte die Worte kaum mehr halten: »Entschuldigung, das ist doch die Wohnung von Herrn Amtmann Grüner?! Steht ja auch an der Türe dran!«

Der alte Mann schaute etwas beunruhigt drein und sagte: »Der Herr ist verstorben …«

»Das ist uns bekannt«, entgegnete der Karl sehr streng, »wir haben ja selber … mit dem Herrn Amtmann … alles in die Wege geleitet. Und sind Sie vielleicht verwandt mit ihm … weil Sie hier in seiner Wohnung …«

Der alte Mann war offensichtlich überfordert und stammelte: »Bitte, ich bin hier nur … Aber ich hole Ihnen meinen Sohn …«

»Oder sind Sie hier irgendwie … eingewiesen worden? Behördlicherseits.«

Ein junger Mann in abgetakelter Wehrmachtsuniform kam dazu und hinter ihm etliche Kinder und Frauen, dem Äußeren nach sehr ärmlich allesamt, was sonst vielleicht nicht so in Erscheinung trat wie hier in dieser Wohnung für gehobenere Ansprüche.

»Tag! Um was geht's?«, fragte der junge Mann.

»Grandauer! Meine Gattin! Ich bin Kriminalbeamter, Kollege des verstorbenen Wohnungsinhabers. Der auch von einem Sohn von uns … der leider noch nicht heimgekehrt ist … der Patenonkel war. Und es ist der ausdrückliche Wunsch des Verewigten gewesen … auch durch die Überlassung der Wohnungsschlüssel kenntlich gemacht … dass wir diese Wohnung in Anspruch nehmen können!«

»Bitte, können Sie«, antwortete der junge Mann mit einer einladenden Geste, »wenn Sie's nicht stört, dass wir auch drin wohnen. Wir sind zu acht. Aber uns genügen zwei Zimmer. Und einige Sachen von dem Herrn, der vor uns hier wohnte, die haben wir so gut es ging in der Kammer gelagert. Sie können sich das gerne anschaun.« Einen Augenblick schien es, als wäre aus dem Karl die ganze Luft entwichen, die ihn zuvor so gebläht hatte. Und was zugleich in Traudls Gesicht aufblitzte, das könnte beinahe ein kleines flüchtiges Lächeln gewesen sein.

»Und Sie meinen, Sie können da einfach drinbleiben?!«, fragte der Karl ungewollt ruhig.

»Ja, ja, bin ich ganz sicher«, antwortete sein Gegenüber aufreizend gelassen.

»Is ja großartig! Sagt einfach, er bleibt drin und denkt, die Sache ist damit für ihn erledigt!«

Die Traudl war für eine Feuerpause und zupfte ihren Mann am Ärmel. Aber der Karl hatte bereits nachgeladen: »Ich denke ja gar nicht daran, dass ich vor solchen Raubrittermethoden kapituliere! Sie glauben vielleicht, im Moment kann man sich alles erlauben! Aber Sie werden sich wundern! Die Rechnung kommt nach!«

»Ach Mann, die haben wir doch längst im Voraus bezahlt. Da müssten wir ja eher noch was rauskriegen. Also ... Sie gestatten, dass ich die Türe wieder zumache.«

Aber bevor sie ins Schloss fiel, hatte der Karl schon seinen Schuh dazwischen und er rief empört: »Mit mir machen Sie das nicht!« Und er stemmte sich von außen gegen die Türe, sodass er infolge fehlenden Widerstandes um ein Haar in die Wohnung hineingefallen wäre. Die Traudl konnte ihn gerade noch aufhalten und bat ihn inständig: »Bittschön, Karl, fang' jetzt keinen Streit an!«

»Ich lass' mir doch nicht die Türe vor der Nase zuschlagen! Wer bin ich denn?!«

Der junge Mann in der abgetakelten Uniform hatte derweil seine verschreckten Angehörigen aus der Schusslinie gebracht und wendete sich anschließend noch einmal völlig unbeeindruckt an die Grandauers: »Bitte ... bedienen Sie sich. Und machen Sie dann die Türe wieder zu, wenn Sie gehen.«

Nach einigem Hin und Her war es der Traudl endlich gelungen, ihren Mann zum Rückzug zu bewegen: »So hat es doch überhaupt keinen Sinn! Mit Gewalt geht da gar nix!«

»So … und wie dann? Bitte, wie dann?!«

»Ich frag' mich nur, wie sind die überhaupt reingekommen in die Wohnung, Karl?«

»Da brauchst fragen! Die im Parterre drunten hat's reingelassen! Das Weibsstück!« Und mit einem letzten großen Aufbäumen schlug er noch einmal mit den Fäusten gegen die Wohnungstüre – die seine Frau zuvor sicherheitshalber zugezogen hatte – und er brüllte, dass auch die schwerhörigen Nachbarn im Haus auf ihre Rechnung kamen: »Aber glauben Sie bloß nicht, die Sache ist damit erledigt! Sie werden sich noch wundern!«

Nun wusste auch der Karl, dass es zurzeit viele Menschen gab, die aufgrund ihrer Lebensläufe und Schicksale das Wundern verlernt hatten; beziehungsweise, dass es ihnen meist Erfolg versprechender erschien, die Wunder durch eigenes beherztes Zugreifen zu ersetzen. Und er wusste auch, dass alle noch so guten Gesetze und Rechtsbegriffe für die Katz waren, solange es nichts und niemanden gab, der ihnen zur Durchsetzung verhalt. Ein wenig Hoffnung hatte ihm ja in diesem Zusammenhang am Vormittag auf dem Friedhof der alte Hausmeister Dirscherl gemacht, mit seiner Andeutung von einer möglichen »Wiederverwendung«. Nur war es eben leider auch mit seiner eigenen Wundergläubigkeit nicht mehr allzu weit her.

*

Herr Kreitmeier war noch nicht lange vom Friedhof heimgekehrt, da hielt ein Jeep mit zwei Angehörigen der Besatzungsmacht vor seiner Bäckerei. Kathi hatte gerade das

Pappschild mit der Aufschrift »ausverkauft« in die Auslage gestellt und wollte anschließend ihren Laden zusperren, als sie einer von den beiden GIs fragte: »Mister Soleder, Kurt … is living here?«

Die Kathi verstand nur den Namen und antwortete ihm: »Ist nicht hier, der Herr Soleder. Aber Moment bitte, ich hol' meinen Mann.«

Der Ami folgte ihr in den Laden und wartete, bis der Max aus der Backstube heraufgehumpelt war. Aber auch der war des Amerikanischen nicht mächtig und so radebrechten sie eine Zeit lang herum, bis klar geworden war, dass man den Kurt anscheinend für irgendetwas benötigen würde. Und nun rückte der Max auch einigermaßen beruhigt mit der Adresse von dem Bauernhof heraus, auf dem sich der Kurt schon ein paar Tage lang aufhielt.

Dass es den Karl nach ihrem Wohnungsdebakel nicht so sehr nach Hause zog, war zu verstehen, und man kam auch überein, die Situation den Kreitmeiers gegenüber weniger verfahren darzustellen und Karls Rolle, die er darin spielte, etwas souveräner als in Wirklichkeit.

Und sie blieben dann auch nicht lange, um sich die Kreitmeier'schen Kommentare zu ersparen. Aber der Max wartete diesmal wenigstens, bis sie wieder draußen waren und sagte hinterher zu seiner Frau: »Da seh ich ihn förmlich, den Karli! Wie der ihm die Tür vor der Nase zugeknallt hat. Aber so leicht bringens die nimmer raus aus der Wohnung. Solche Leut… wer weiß, was die schon alles mitg'macht ham. Für die gilt doch bloß noch: ›Vogel friss oder stirb.‹«

Die Kathi wendete sich wieder den Bergen von Lebensmittelmarken zu, um sie zu ordnen und aufzulisten, und nach einer Weile sagte sie: »Also, manchmal… das muss ich ehrlich zugeben… da tut mir des fei richtig gut, wenn's an Grandauer a bissl übers Ohr hauen. Mit seiner Betulichkeit immer.«

»Er is halt ein Beamter.«

»Des war doch der Herr Grüner auch. Und is ganz anders g'wesen.«

»Vielleicht wär' ja der Karli auch lieber so. Aber des kann ma halt nicht lernen.«

Danach brütete der Max eine Zeit lang still vor sich hin, bis er sagte: »Weißt, auf was ich mich freu? Wenn's amal wieder a Zeitung gibt!«

»Wär' gut, ja. Papier fürs Häusl geht uns aa langsam aus.« Und dann sagte sie unerwartet mokant: »Aber sie is scho manchmal auch a richtiges Hascherl, die Traudl. Anstatt dass' ihn amal a bissl in den Hintern tritt! So kommen die doch nie zu einer Wohnung.«

»Da magst recht haben, ja.«

Plötzlich drehte sie sich nach ihm um und fauchte ihn an: »Dann sag' halt du auch amal was! Und spiel net immer bloß den Verständnisvollen! Bei ihr bist du so was von sanftmütig jedes Mal!«

»Des hast' dir doch immer gewünscht von mir, Weiberl!«

»Zu mir, ja. Zu mir sollst as sein! Ned zu die andern. Und bei jeder Gelegenheit an Arm um sie rumlegen! Des muss ja aa net grad sein, oder?!«

»Ja, Mauserl! Du wirst ma doch nicht eifersüchtig werden ... auf so einen alten Dattel wie mich!«

»Alter Dattel, ja! Die müssen auch allerweil so rumtatscheln, an die andern Frauen. Is des denn gar so schön?«

Er rückte auf dem Kanapee ein Stückchen zur Seite und machte ihr einen Platz neben sich frei: »Jetzt hock dich amal her da, Kathl ... dann sag' ich dir was. Ich wollt's eigentlich noch a Zeit lang für mich behalten ...«

Sie zögerte und schaute ihn beunruhigt an: »Wieso ... was is'n?«

»Der junge Bursch, der vorige Woch amal bei uns g'wesen is ...«

»Aus Tölz der?«

»A Kriegskamerad vom Grandauer Rudi.«

»Hat er dir des g'sagt?«

Der Max nickte und nahm seine Frau bei der Hand: »Aber ich möchte nicht … auf keinen Fall, dass die Grandauers schon was davon erfahren. Also, bittschön, Kathi: Kein Wort!«

»Is er g'falln, der Rudi?!«, fragte sie entsetzt.

»Dass er nimmer lebt … hat er g'meint. Sie ham ihn geschnappt und … aufg'hängt. Höchstwahrscheinlich.«

»Um Himmels willen! An Rudi! Aufg'hängt?! Ja, aber wer? Wer hat'n des g'macht?«

»Die eigenen Leut ham des g'macht. Weils davong'laufen sind, die Buam. Desertiert. Angst g'habt, durchgedreht! Mein Gott, es is halt nicht a jeder a Held.«

»Aber wieso is dann der andere … den hätten's doch dann auch …«

»Er is ihnen grad noch auskommen, sagt er. Er hat ma's genau erklärt. Er war schon ziemlich am Schluss und alles is drunter und drüber gangen. Jetzt wart ma erst amal ab und behalten die G'schicht für uns. Wenn's wahr is, erfahr'n sie's noch früh genug.«

*

»Siehst ja nix mehr, Karli«, sagte die Traudl und ging zum Lichtschalter.

»Halt, Vorsicht! Erst das Verdunklungsrollo!«

»Geh! Is doch vorbei. Aber mir passiert das auch manchmal. Das ist so in einem drin.«

Der Karl sah noch einmal etwas überfordert auf den Titel, bevor er das Buch ins Regal seines Schwagers Kurt zurückstellte: »Ich kann mit so was leider nichts anfangen. Wegen dem Onkel Rudi hab' ich gedacht: ›Unfug des Sterbens!‹ Aber des is mehr was für die Spinnerten. Wie der Kurt. Und ich hoff' bloß, dass der noch a Zeit lang draußen bleibt auf dem Hof. Nicht, dass die plötzlich alle vor der Tür steh'n. Einschließlich Oma! Dann müsst ma da raus, Traudl. Und in den Keller nunter.«

Die Traudl, davon eher unbeeindruckt, legte nach einer Weile ihr Strickzeug aus der Hand und fragte ihn: »Schau amal ... meinst', der Ärmel is jetzt lang genug fürn Maxi?«

»Das kann ich dir auch nicht sagen ... ob die noch viel wachsen, die Buam.« Und wie wenn es auch ein wenig von ihm abhängen würde, fragte sie ihn leise, beschwörend: »Glaubst aber schon auch, dass' wieder heimkommen, unsere zwei? Oder?«

»Glaub' ich ganz fest, Traudl. Ganz fest.«

»Und vielleicht kriegen ma dann ja auch die Wohnung. Dass' doch noch irgendwelche Mittel und Wege gibt ... Wenn's so kommt, wie der Herr Dirscherl g'sagt hat ... und sie stell'n euch wieder ein ...«

»Was weiß man, Traudl, wir wissen ja nicht amal, was in dem Testament drinsteht. Danach steht was ganz andres drin!«

Die Traudl machte große Augen und sagte zaghaft: »Dass mas vielleicht doch aufmachen sollten, meinst?!«

»Aber bittschön, lass' mich das machen. Da gibt's nämlich einen Trick, dass man es nicht erkennt.«

Jetzt legte sie Bewunderung, die er so liebte, in ihren Blick: »Na, sag. Und wie geht der?«

»Über Dampf!«

*

Am späteren Abend, der Max war schon zum ersten Mal auf dem Wohnzimmerkanapee eingeschlafen, da hörte man erneut einen Jeep vor dem Bäckerhaus anhalten und kurz danach wieder wegfahren. Die Kathi legte ihre Handarbeit beiseite und ging ans Fenster. Von dort sah sie noch, wie jemand zum Sims über dem Hauseingang hinauflangte, wo der Türschlüssel immer versteckt war. Das konnte eigentlich nur der Kurt sein, dachte sie und weckte ihren Mann. Dann näherten sich auch schon über die Stiegen herauf seltsame Schritte, wie von Holzpantoffeln, anschließend klopfte es und Kurt Soleder trat in die Stube. Das wäre weiter nicht verwunderlich gewesen, wenn er ebenso wiedergekommen wäre, wie er vor Tagen weggeradelt war. Aber in den Klamotten, die er anhatte, sah er aus wie ein Stallknecht und ein solcher hatte sie ihm auch geliehen, draußen auf dem Hof.

»Leider ham's mir im Zuge der Wiedergutmachung auch euer Radl abgenommen, Max. Aber so, wie es ausschaut, werde ich euch das vielleicht bald ersetzen können. Morgen soll ich mich vorstellen. Bei Radio München. Ham's mich eigens mit'm Jeep g'holt, die Amerikaner. Ich kann's noch gar nicht glauben. Habt's nicht noch a Flaschl Dünnbier, dass ma's feiern können!«

*

Es war eher selten geworden, dass man nachts Schüsse hören konnte. Und dieses Mal war es nicht weit entfernt von der Bäckerei. Die Grandauers hatten ihr Dachfenster offen und waren beide davon aufgewacht. Die Traudl meinte sogar, dass jemand um Hilfe gerufen hätte.

»Von dem hab' ich nix g'hört«, sagte der Karl und wälzte sich verschlafen aus dem Bett zum Fenster hin. »Zu sehen is auch nix. Da könnt' einer außerdem lang um Hilfe schrein. Wer sollte denn da kommen? Und lässt sich übern Haufen schießen! Bei dem G'schwerl, was überall rumräubert.« Dann schloss er das Fenster und kroch wieder, vor sich hinbrabbelnd, in sein Bett: »Neugierig bin ich ja, was rauskommt auf das Verhör nauf, was die mit uns veranstaltet ham, die Amerikaner. Vielleicht ham sie's ja jetzt doch schon langsam begriffen, dass' ohne uns mit dem Chaos nicht fertigwerden!«

Es war noch zu dunkel im Zimmer, um der Traudl anzusehen, dass sich ihre Gedanken in eine andere Richtung bewegten, und nach einer Weile sagte sie: »Weißt, was ich grad' träumt hab': von unserer alten Wohnung und dass der Kurt drin g'wohnt hat und uns nimmer neilassen hat.«

»Und wir sitzen derweil in der seinen … aber das geht auch nimmer lang, dann müss' ma da raus!«

»Müss ma halt wieder in des kleine Kammerl nunter. Wo der Kurt jetzt drin schläft«, flüsterte sie fast ein wenig kokett. »Hama doch schon amal schöne Erfahrungen gesammelt … in der alten Bettstatt! Weißt es nimmer, Karli?«

Aber er war noch zu sehr in seine Sorgen verstrickt, als dass er auch gleich bemerkt hätte, wie seine Frau dabei langsam das brettartige Nachthemd über ihrem Dekolletee öffnete. »Zum ›Üben‹ ham's uns das Kammerl angeboten … der Max und die Luise. Zum Üben! Vor bald fünfundzwanzig Jahr' war das! Stell dir das vor! Und was is alles geschehn in der Zeit! Jetzt ruck halt a bissl her zu mir, Karli … dass ma nicht ganz aus der Übung kommen!«

Auch dort, wo in der Nacht die Schüsse fielen, fand sich lange niemand, der den Mut besaß, der Ursache nachzugehen. Die beunruhigende Angelegenheit blieb dann an dem alten Hausmeister hängen, der für das Mietshaus zuständig war. Er verschaffte sich, nach begreiflichem Zögern, Zugang in eine Wohnung im Hochparterre, an deren Stiegenhaustüre deutlich die Spuren eines Einbruchs zu erkennen waren. Und drinnen fand er dann die Inhaber der Wohnung vor, ein älteres Ehepaar, leblos in ihrem Blut auf dem Boden liegend.

Unter normalen Umständen konnte ein Hausmeister alles Weitere der Polizei überlassen. Aber was, wenn es die nicht mehr gab? Auch die Nachbarn hatten keine Idee, was in so einem Fall zu tun wäre, an wen sich wenden, wer berechtigt oder auch nur imstande wäre, Hilfe zu leisten. Dem Hausmeister fiel auf Anhieb lediglich der Bäcker Kreitmeier ein, bei dem, wie es hieß, ein ausgebombter Kriminaler wohnen würde.

»Tut mir leid … aber ich kann da auch nix machen«, antwortete ihm der Karl dann auf seine verzweifelte Bitte: »Uns ham's ja auch aufgelöst, die Amis. In einer Woche vielleicht oder zwei könnt's sein, dass sie uns gnädig wieder mitspielen lassen …«

»So lang kann man die doch da drin nicht liegen lassen« Des riecht ma doch!«

»Probier'n Sie's halt amal bei Ihrem zuständigen Pfarramt. Die finden eher Mittel und Wege … Oder, wenn's irgendwo a Militärpolizei sehn …!«

Der Hausmeister murmelte etwas Unfreundliches über die Amerikaner und war schon im Begriff zu gehen, als dem Karl noch eine scheinbar ganz nebensächliche Frage einfiel: »Übrigens, ham die allein da drin gewohnt … die beiden Opfer?«

»Allein, ja ja. Goldschmied war er. Früher. Und des werden's halt g'wusst ham, die Verbrecher. Weil's ganz systematisch vorgegangen sind. Nicht alles aufgerissen … bloß da, wo's halt wahrscheinlich die Wertsachen g'habt ham. Aber ich hab mich mit dem natürlich nicht lang aufgehalten.«

»Sonstige Angehörige … Kinder … sind Ihnen auch keine bekannt?«

»Also, so viel ich weiß, ham die sonst niemand g'habt.«

Der Karl legte noch mehr kalte Sachlichkeit in seine Stimme für die Frage: »Und wer der Hauseigentümer ist …?«

»Oh mei … das gehört einer Versicherungsgesellschaft. In Sachsen droben, wo die Russen sind!«

»Da kann's natürlich dann leicht sein, dass sich kein Mensch um die Wohnung kümmert. Also … jetzt mach' ma's vielleicht so, dass ich mir den Tatort amal kurz anschaue. Dass man wenigstens nichts versäumt hat. Kriminaltechnisch.«

Heilfroh, einen Teil der Last auf einen Fachmann abwälzen zu können, führte der Hausmeister den Kriminaler sodann eilig an den Ort des Verbrechens. Und der Karl gelangte dort auch sehr schnell zu der Erkenntnis, dass die Wohnungsinhaber mit mehreren Schüssen getötet wurden. Zudem machte er sich noch ein genaues Bild von der Wohnung, in der die Bluttat geschehen war. Das ging sogar weit darüber hinaus, wie es zur Aufklärung des Falles nötig gewesen wäre. Aber es war ja doch eine überraschend schöne Wohnung, in der sich auch die Oma komfortabel unterbringen ließe.

»Mir sind ja leider die Hände gebunden ... aber Sie tun am besten Folgendes: Sie setzen sich, wie g'sagt, mit dem Pfarramt in Verbindung. Und wenn S' zuvor jemand von der Militärpolizei erwischen, lassen S' ihn rein. Ich kümmer' mich auch drum. Und wenn gar nix klappt, dann benachrichtigen Sie das städtische Bestattungsamt. Die holen dann wenigstens schon amal die Leichen ab. Und dann noch was!« Er sagte das mit großer Eindringlichkeit: »Die Wohnung hinterher immer gut absperr'n! Und niemand hineinlassen, der nichts drin zu suchen hat! Sonst kann's Ihnen nämlich passier'n, dass aufamal wildfremde Leut' eingezogen sind! Alles schon vorgekommen! Und andere, bei denen man weiß, wer sie sind ... und die dankbar wären für eine solche Wohnung ... die können schau'n, wo sie bleiben.«

Dann verabschiedete er sich, nicht ohne dem Hausmeister mit einem solidarischen Handschlag das Gefühl der Verbundenheit zu vermitteln und seiner Bereitschaft zu helfen, wo immer er konnte. Und schon auf dem Heimweg ins Bäckerhaus fasste er den Entschluss, diesen Wink des Schicksals vorerst noch für sich zu behalten.

*

Als den Oberkommissär Grandauer plötzlich eine Aufforderung zur Wiederaufnahme seiner Amtstätigkeit erreicht hatte, waren seine taktischen Bemühungen um die eine oder andere Wohnung vorübergehend ins Hintertreffen geraten. Und wahrscheinlich hätte er sich für seinen Auftritt in der wiedergeborenen Polizeidirektion auch eine respektablere Bekleidung gewünscht; denn es stand ihm noch immer nichts anderes zur Verfügung als sein speckiger, abgetragener Anzug, mit dem er vor ein paar Monaten die Bombennacht überlebt hatte.

Wie er dann durch das Löwentor in den Vorhof kam, schlichen dort schon etliche deutsche Zivilbeamte herum, etwas unsicher und bedrückt oder manch einer auch schon ganz Herr der Situation.

Ein amerikanischer Armeelaster wurde gerade entladen von deutschen Kriegsgefangenen: Autoreifen, Fahrräder, Elektrogeräte, alles Mögliche und das kam erst einmal ins Amtsgebäude, durch das Portal, über dem noch zu lesen war: »Nach seinem Sinne leben ist gemein – der Edle strebt nach Ordnung und Gesetz.«

»Jetzt sima bald a Warenhaus da herin! Morgen, Herr Oberkommissär!« Der Hausmeister Dirscherl, im Umgang mit den neuen Gegebenheiten schon gewitzt, tippte sich dabei mit zwei Fingern an die Mütze und flüsterte mit einem pfiffigen Augenzwinkern: »Am Anfang is mir ja die Hand schon öfter amal ausg'rutscht zum deutschen Gruß! Der Mensch is halt ein Gewohnheitstier.«

»Hab' ich mir nie zur Gewohnheit gemacht, diesen Gruß«, sagte Herr Grandauer mit gutem Gewissen. »Ist bei Ihnen natürlich was anderes gewesen. Sie hätt' ma gleich hing'hängt. – Ja, und was geschieht jetzt mit dem ganzen Zeug, was die da neischleppen?!«

»Von die Amerikaner beschlagnahmt. Diebesgut! Was halt in der letzten Zeit alles geplündert worden is und zusammengestohlen.«

Währenddessen blieb Grandauers Blick an jemandem hängen, der etwas taumelnd, blass und mit hängendem Kopf durch das Portal heraustrat. Und er begrüßte ihn verwundert: »Nanu? Sie verlassen das Haus schon wieder? Morgen, Herr Deinlein!«

»Ich hab' jetzt erst amal einiges zu verdauen, mein Lieber!«

Der Karl wusste gar nicht gleich, wie er reagieren sollte. Würde er am Ende auch betroffen sein von diesen Verdauungsschwierigkeiten?

»Man hat mich meines Postens enthoben!«, sagte Deinlein mit Grabesstimme. »Ich darf noch mitarbeiten, ja, ja. Untergeordnet! Hilfsdienste! Akten ordnen! Bleistifte spitzen vielleicht. Man hat das noch nicht näher umrissen.«

Grandauer zuckte etwas zusammen, als hätte der Schuss auf seinen Chef auch ihn gestreift: »Und wer verfügt so etwas?«

»Die neuen Herren! Ohne Ansehen der Person! Über einen Kamm! Alles über einen Kamm! Und erwarten Sie für sich keine Gerechtigkeit, Grandauer! Nicht Sie rücken nach. Nicht Sie! Raten Sie, wer? Sie kommen nicht drauf. Es ist, bei allem Wohlwollen für die betreffende Person, geradezu grotesk! Herr Schäfer rückt nach!«

Auf Grandauers Mund kräuselte sich ein Lächeln wie nach einem Biss in eine Zitrone: »Der Schäfer, ja was …«, sagte er, als habe er dessen Ehre zu verteidigen, »kein unguter Mann, der Schäfer. ›Schläfer‹ hat man ihn halt früher genannt. Der ›Schläfer‹! War auch übertrieben. Und wir haben ihm ja damals das Leben gerettet. Die ganze Abteilung. Wie er den wahnwitzigen Nervenzusammenbruch hatte … Der hätte ihn Kopf und Kragen kosten können. Ich meine, das ist ja eigentlich noch kein Verdienst, wenn einer die Nerven verliert. Mir ham doch fast alle so gedacht wie er. Aber man hat es tunlichst für sich behalten. Naja, kriegt er halt jetzt eine kleine Entschädigung dafür, dass sie ihn seinerzeit versetzt haben … zur Verkehrspolizei! Und vielleicht hat man in Amerika ja andere Maßstäbe … warum einer was wird oder nicht.«

Viel hatte sich auf den ersten Blick nicht verändert, seit Karl Grandauer seinen Schreibtisch in der Mordabteilung ein paar Wochen zuvor geräumt hatte, unsicher, ob er ihn jemals wieder sehen würde. Nun sah er ihn zwar wieder, aber noch ohne Gewähr, für wie lange und in welcher Position. Er war lediglich für die »Neuaufstellung bis auf Weiteres« vorgesehen. Insofern berührte ihn der Zustand, in dem sich diverse Büroeinrichtungen befanden, auch nicht annähernd so wie personelle Veränderungen.

»… kein Telefon funktioniert mehr! Schreibmaschine hama grad noch eine! Die andern sind wahrscheinlich gestohlen! Beim Erkennungsdienst ist überhaupt nichts mehr vorhanden! Karteien, Laboreinrichtungen, Fotoapparate … alles verschwunden!«

Und während sein alter Mitarbeiter, der einarmige Kargus, die Schäden und Verluste aufzählte, warf der Karl schon einmal einen neugierigen Blick durch die offene Türe ins Chefzimmer: »Seine Sachen hat er scheint's schon hineingelegt … der Herr Schäfer! Ich meine … jetzt amal unter uns, Kargus … er ist ja kein unrechter Mensch. Im Gegenteil. Und auch fachlich … bitte, dass er früher oft … a bissl sehr oft vielleicht danebengelangt hat … Mein Gott … irren ist menschlich. Bloß jetzt so zu tun …« In dem Moment musste er seine Bedenken rasch hinunterschlucken, denn ein blasser, kleiner, in sich gekehrter Mann betrat, auf einen Stock gestützt, das Büro und veranlasste den Karl zu einem geradezu akrobatischen Stimmungsumschwung: »Da kommt er ja! Hab' schon gehört von der großen Veränderung! Meinen allerherzlichsten Glückwunsch, Schäfer!«

Etwas Zuversicht bescherte dem Karl am Abend noch die Begegnung mit dem Hausmeister in der Mordwohnung, der unterdessen, seinen Rat befolgend, die beiden Opfer in eine geeignete Aufbewahrung hatte überführen lassen.

»Der Herr Hochwürden hat noch selber rumtelefoniert und dem hams dann ein Fahrzeug g'schickt. Und von der Militärpolizei sind's auch dag'wesen. Aber g'macht ham die nix. Bloß immer o.k. g'sagt.«

»Mit dem Herrn Pfarrer ham's aber weiter noch nix vereinbart … wegen der Wohnung?«

»Nix, na na. Interesse hätt er schon eines gehabt. Weil er etliche Leute dafür wüsste, sagte er. Aber ich hab' ma halt gedacht: Danach bringt er an Haufen Flüchtling daher. Und die ham's vielleicht auch nimmer so mit der Sauberkeit. Versteht ma ja. Nur, an Unsereinem bleibt's hängen!«

Eigentlich sah es doch im Augenblick eher so aus, als würden sich die Widerstände im Kampf um eine Wohnung hier, in unmittelbarer Nachbarschaft, schneller und leichter überwinden lassen als dort in der Wohnung seines Onkels, für die der Karl zwar einen Schlüssel besaß, aber die andern leider auch. Und die waren bereits drinnen. Was half da schon das gute Recht, wenn man es nicht einklagen konnte.

Doch das Schicksal wollte es offenbar nicht, dass die Grandauers ganz leer ausgingen, und es hatte für sie, wenn auch auf sehr unschöne Weise, Platz geschaffen.

Der Karl war anschließend heimgeeilt mit der Absicht, seinen heimlichen Plan nun auch der Traudl und den Kreitmeiers gegenüber zu enthüllen, und er beschrieb das Haus und die Wohnung in hellen, freundlichen Farben, sodass die Kathi schon ihre Begeisterung darüber zügeln musste, um nicht in den Verdacht zu geraten, sie wollte die Grandauers loswerden. Aber natürlich war auch der Grund für den abrupten Ortswechsel der ehemaligen Mieter bekannt, die Traudl hatte sich bislang nur noch nicht als deren Nachfolger gesehen und darum reagierte sie jetzt schockartig: »Na! Na, bittschön, Karli, ich geh' in keine Wohnung, wo grad zwei Leut' drin umgebracht worden sind! Und die Mutti noch viel weniger! Des kannst jetzt nennen, wie'st magst!«

Die Kathi hätte sie gerne aufgerichtet und auch der Karl gab ihr in aller Ruhe zu bedenken: »So viel Mord und Totschlag in dem Krieg, Traudl ...«

»Das kann alles sein, Karl. Aber dass ich dann in denen ihre Betten drinlieg ... na! Nie und nimmer!«

Nun ging die Kathi begütigend dazwischen: »Jetzt lass' sie amal, Karl. Das mit die Betten ... da versteh' ich sie gut. Das tät ich auch nicht mögen. Man müssert halt vielleicht amal nachdenken, ob man nicht irgendwie ...«

Aber die Traudl wollte sich auch auf kein »Irgendwie« einlassen: »Und überhaupt, Karli: Wenn wir da einfach neigeh'n in die fremde Wohnung ... das wär' ja das Gleiche wie des, was die andern g'macht ham, in der Wohnung vom Onkel Rudi!«

»Das kann man doch so nicht vergleichen, Traudl. Wir nehmen ja niemand wissentlich was weg, net. Und außerdem ...«

»Jetzt passt's amal auf ...«, unterbrach die Kathi, »es geht doch nur darum, dass die Traudl in die Wohnung da vorne nicht hineinmag. Aber den andern in der Wohnung vom Onkel Rudi wär' das doch sicher wurscht, ob's da wen umgebracht ham oder sonst was. Die wollen halt irgendwo unterkommen. Also ... müsst's ja bloß mit denen tauschen. Die zieh'n da nüber mit ihrem bissl Zeug ... und ihr kriegt's die Wohnung, die euch sowieso zusteht. Dann habt's nix mehr zu befürchten ... und die andern ham sich das Fürchten längst abgewöhnt.«

Der Traudl ging die Idee zusehends ein, während sie sich beim Karl auf Anhieb nicht mit seinem Biedersinn vertrug: »Und wer sagt, dass die dabei mitmachen?«

»Muss ma's halt a bissl bestechen. Mit Geld zum Beispiel.«

»Von was? Ich hab kein Geld!«

»Ihr habt's doch grad was geerbt.«

»Oh mei! Bis ma des amal kriegen! Wenn überhaupt!«

»Dann leih' ma's euch so lang. Und a paar Fressalien könnt's auch haben von uns.«

Nun konnte man beobachten, wie der Karl erneut zum Opfer einer Grandauer'schen Eigenschaft wurde, die er selbst beharrlich als Stolz verstand: »Ich jedenfalls rede mit diesen Leuten nicht mehr! Nur, dass das klar ist! Da beiß ich mir lieber die Zunge ab!«

Die Traudl nickte derweil dankbar lächelnd der Kathi zu und sagte beiläufig: »Ich könnt's ja amal probiern.«

»Aber glaube bloß nicht, Traudl, dass du mit solchen Menschen zu einer verlässlichen Einigung kommst!«

Ohne ihrem Mann etwas davon gesagt zu haben, machte Frau Grandauer schon anderntags einen ersten Versuch, mit der Flüchtlingsfrau in Kontakt zu treten. Das erforderte allerdings viel Geduld und einiges Geschick, denn die Frau war an diesem Kontakt alles andere als interessiert. Aber es ergab sich dann doch nach längerem Hin und Her eine Gelegenheit, bei der die Traudl ihr Angebot machen konnte. Und dabei waren es vor allem die Zuwendungen aus der Bäckerei, die mehr als Geld und gute Worte ihr Herz öffneten.

*

Etwa um dieselbe Zeit war Traudls Bruder Kurt unterwegs in seinem alten Wohnviertel Schwabing. Auch dort waren die meisten Häuser ganz oder teilweise zerstört und unbewohnbar geworden und auch die Straßen waren noch längst nicht alle frei von Trümmern und vom Bombenschutt. Aber das alles fand kaum noch Beachtung, man hatte sich an diesen Anblick gewöhnt wie an das Leben in einer unwirtlichen Landschaft.

Das Haus, in dem Kurt und Sara Soleder vor Jahren miteinander wohnten, bis man sie gnadenlos hinausgekündigt hatte, das war, fast wie zum Hohn, von Bombentreffern völlig verschont geblieben. Ein paar Kratzer, sonst nichts. Und schmutzig war es geworden. Auch von außen.

Der Kurt stand an der Haustüre und las die Namen auf dem Klingelschild. Die meisten waren ihm fremd. Aber einen, den kannte er noch. Gut. Den würde er wohl nie vergessen. So wenig, wie der Träger dieses Namens den Kurt vergessen könnte. Er hatte ihn nun lange nicht mehr gesehen; aber gleich wiedererkannt, wie er da so harmlos an der Haustüre stand. Und er hatte gehofft, dass ihm eine Begegnung mit dem Kurt für immer erspart bliebe. Bei der zeitgemäßen Todesrate ja durchaus denkbar.

Uhl war sein Name, ehemaliger Hausmeister und Blockwart. Momentan befand er sich in einer Gruppe von älteren Herren, die man zur Strafe für ihre politischen Aktivitäten zu körperlichen Arbeiten herangezogen hatte. Viel Nutzen allerdings war dabei nicht zu erkennen, im Gegensatz zu dem Schaden, den sie vorher angerichtet hatten und den man überall sehen konnte.

Jetzt hatte ihn der Kurt auch bemerkt und sein Anblick bescherte ihm ein teuflisches Vergnügen: »Herr Uhl! Ja, Heil Hitler, Herr Uhl!«

Herr Uhl riss die Mütze vom Kopf und erwiderte scheinbar erheitert: »Grüßgott, Herr Soleder, Grüßgott!«

»Und gar nicht in Uniform heute?«

»Ach, so ... nein, nicht mehr. Das ist vorbei. Gott sei Dank, gell!«

»Aber in der Uniform ham Sie mir viel besser gefallen. Muss ich ehrlich sagen. Die hat zu Ihnen gepasst. So in der Arbeitskleidung und mit einer Schaufel in der Hand ... da ham Sie ja beinahe was Menschliches! Das irritiert mich direkt.«

musste sich sogar ein paar Mal verstohlen über die Augen wischen. Und nachdem die Grandauers mit ihrem ratternden Handwagerl weit genug entfernt waren, sagte der Max, auch eher nachdenklich: »No ja … so hat ma's ja recht gut haben können, die zwei. Wenn ma's so nimmt, wie sie sind.«

Den Karl dagegen beflügelte die Aussicht auf die eigene Wohnung, in der er wieder Hausherr sein könnte, und er beschleunigte seine Schritte, je näher sie ihrer neuen, vom Krieg kaum zerstörten Umgebung kamen. Als sie dann allerdings in die Straße zu ihrer Wohnung einbogen, erschreckte sie die ungewöhnliche Betriebsamkeit vor ihrem künftigen Haus; das hektische Rein und Raus der Hausbewohner und die Haufen von Koffern und Schachteln auf dem Trottoir. Offensichtlich gab es hier auch einen Zusammenhang mit dem Jeep von der amerikanischen Militärpolizei, der auf der gegenüberliegenden Straßenseite stand und dessen Insassen die Szene mehr amüsiert beobachteten.

»Da stimmt doch was nicht!«, konstatierte der Karl und blieb stehen.

»Schaut grad so aus, wie wenn die alle ausziehen täten!«, sagte die Traudl eher verwundert als entsetzt.

Da fiel ihnen die Flüchtlingsfrau auf inmitten der Leute und sie winkten und gingen aufeinander zu.

»Fliegerbombe oder was?!«, überfiel sie der Karl.

»Beschlagnahmt!«, brach es aus ihr heraus. »Stell'n Sie sich vor: das ganze Haus! Und beide Häuser nebenan! Von den Amerikanern! Heute in aller Früh haben sie überall geklingelt! Binnen zwei Stunden müssen alle draußen sein. Und mitnehmen nur, was man tragen kann!«

Da klammerte sich der Karl an eine letzte blasse Hoffnung: »Aber zu uns kommen die doch gar nicht rein, ohne Schlüssel!«

»Was denken Sie … die haben einen Mann dabei gehabt, der hat die Wohnung in nullkommanix aufgemacht!«

Ganz eindeutig war es nicht und es fiel auch nicht auf, dass in Sekundenschnelle ein winziges Lächeln über Traudls Gesicht huschte, während der Karl einmal mehr erkennen musste: »Der Anständige ist immer der Dumme!«

3.

Manche nannten das Isar-Stauwehr im Norden von München das Wasserschloss. Und ein wenig sah es ja auch so aus, wenn man weit genug davon entfernt war. Aber man kannte es vor allem als einen bequemen Übergang vom Englischen Garten zum Herzogpark. Und es kam gar nicht so selten vor, dass man dort auch Zeuge schauriger Funde werden konnte, wenn der Schleusenwärter Treibgut aus dem angestauten Fluss herausgefischt hatte.

An einem nasskalten Abend im Dezember 1945 – es war nicht mehr weit bis zum ersten Nachkriegsweihnachten –, da schob ein Mann mittleren Alters sein Fahrrad über das Stauwehr. Es war schon dunkel, die Sicht sehr schlecht, vom angestauten Wasser stiegen Nebelschleier auf.

Der Mann hatte sich tief in seinen dicken Wintermantel verkrochen und beeilte sich, zum anderen Ufer zu kommen. Anscheinend war ihm der Weg hier nicht so recht geheuer und er war ganz froh, dass er niemandem begegnete. Dann kam ihm aber doch noch – vor einem Durchgang – ein Radler entgegen, ein harmloser junger Bursche, Lehrling vielleicht oder Schüler. Und der grüßte schon von Weitem, blieb stehen und fragte höflich nach der Uhrzeit.

Der Mann zögerte kurz, ließ aber sicherheitshalber seine Taschenuhr stecken und sagte: »Ungefähr Viertel nach sechs.«

Daraufhin drehte sich der Junge um und rief: »Viertel nach sechs!« Alles andere ging dann blitzschnell: Zwei größere Burschen, die sich hinter dem Durchgang versteckt gehalten hatten, stürzten sich auf den Mann, schlugen ihn mit einem Prügel nieder, schleiften ihn zum Geländer und kippten ihn mit vereinten Kräften in den angestauten Fluss. Und sein Fahrrad warfen sie noch hinterher. Ein tadelloses Fahrrad! Dessen Wert war zu der Zeit beachtlich. Im Gegensatz zu dem mancher Menschen.

Auch Oberkommissär Grandauer war glücklich darüber, dass er sein Rad damals in der Bombennacht gerettet hatte. Und er fuhr damit seit ungefähr einem halben Jahr wieder regelmäßig in sein Amt.

Das war weniger zeitraubend und riskant als die Fahrt mit einer der schrottreifen und zum Bersten überfüllten Trambahnen, an denen die Leute auch außen dranhingen wie Trauben, und es ging sogar das Gerücht, dass es GIs gab, die absichtlich ganz dicht an diesen Trittbrettfahrern entlangschrammten. Nicht selten mit schlimmen Folgen. Aber das Gefühl, dass es sich auch bei den Deutschen um menschliche Wesen handeln könnte, das war aufseiten der Besatzer noch längst nicht allgemein gefestigt und am wenigsten bei solchen, denen es selber an Menschlichkeit fehlte.

Natürlich gehörte das Trittbrettfahren neben dem Schwarzhandel zu den häufigsten Verfehlungen, mit denen sich die US-Schnellgerichte zu befassen hatten. Eines davon befand sich übrigens auch im Polizeipräsidium. Es brachte viel Leben ins Haus und man erkannte die Delinquenten oft schon daran, dass sie – im Gegensatz zu den Angehörigen der Polizei – die Amerikaner in Uniform nicht grüßen mussten.

Hausmeister Dirscherl hatte damit keine Probleme. Eher passierte es ihm gelegentlich noch immer, wenn er etwas abwesend war, dass ihm in die Ehrenbezeugungen den Amerikanern gegenüber Elemente des »Deutschen Grußes« hineingeraten konnten. Er war überhaupt, seit die Spannung mit dem Ende des Krieges bei ihm nachgelassen hatte, deutlich gealtert und hatte nun auch nichts mehr dagegen, dass man ihm einen jungen Mann an die Seite stellte, damit er ihn einarbeite.

»Na also, ham Sie's jetzt endlich geschafft, Herr Dirscherl«, fragte Karl Grandauer, während er sein Radl im Innenhof mehrfach abschloss.

»Heißt doch: Wenn's am schönsten is, soll man aufhör'n!« Und seinen Nachfolger versorgte er Achtung gebietend mit dem Hinweis: »Der Herr Oberkommissär Grandauer ist jetzt Dienststellenleiter Mord. Können's Ihnen gleich merken.«

»Kommissarischer Dienststellenleiter!«, schränkte Grandauer vorsichtig ein: »Ändert sich ja alle Nasen lang.«

»Aber der Herr Waldhauser is nimmer bei Ihnen?«

»Der bearbeitet jetzt was ganz anderes: Schwarzhandel!«

»Mein lieber Schwan! Da braucht's einen starken Charakter! Wenn einer im Schmalzhaferl sitzt und sind ihm die Hände gebunden!«

»Darf einer halt nicht Polizist werden, wenn er so was nicht aushält, Herr Dirscherl!«

Als Grandauer danach in die Eingangshalle kam, hatten dort bereits Mitarbeiter des städtischen Gesundheitsamtes eine Personenwaage aufgestellt, mit der Absicht, willige Passanten zu statistischen Zwecken zu wiegen. Die Aktion, so gut sie auch gemeint war, rief jedoch mehr Unmut hervor, nachdem sich die große Mehrheit der Stadtmenschen mit ihren 1275 Kalorien am Tag nur noch einigermaßen sättigen konnte, indem sie sich allmählich selbst verzehrten. Aber um das zu erkennen, bedurfte es keiner Waage. Das sah man ihnen an. Freilich gab es auch andere, Gewichtigere, die die verschiedenen Schleichwege kannten, über die sich die Auszehrung vermeiden ließ, und diese waren geeignet, das Gesamtbild stark zu verfälschen.

Bei dem Herrn, der dem Karl plötzlich von hinten auf die Schulter klopfte, musste es sich um einen solchen gehandelt haben; denn ihm war keinerlei Mangel anzusehen und seine Freude war ungehemmt und riesengroß: »Der Karli! Also, glaubst, des is jetzt direkt eine Gedankenübertragung! Weil, grad zuvor hab' ich mir gedacht: Gehst amal nauf in sein Büro und schaust, ob's ihn überhaupt noch gibt, den Karli! Und siehe da …!«

Da war sie wieder, diese entwaffnende Herzlichkeit, in der all die ernüchternden Erfahrungen mit diesem Menschen dahinschmolzen wie Schnee in der Sonne: »Alter Spezi! Komm' her und lass dich umarmen! Is doch wie ein Wunder, oder? Dass man die Hölle überlebt hat! Mir zwoa! Aber 's heißt ja: Unkraut vergeht nicht!«

»Schaut ganz so aus«, sagte der Karl, um Sarkasmus bemüht.

Wie war das denn damals bei ihrer letzten Begegnung? Im Krieg – oder kurz davor war das. Auch hier im Präsidium. Der Metzger Willi – im langen schwarzen Kunstledermantel, Schaftstiefeln und Breecheshosen, das Parteiabzeichen am Revers. Er hatte ihn gar nicht gleich erkannt, war etwas verunsichert, wie manchmal bei Kollegen von der Gestapo.

Für den SD war er angeblich tätig. In der Wehrwirtschaft.

»Sind dreitausend Leute in dem Rüstungsbetrieb!«, hatte er dem Karl seinerzeit erzählt. »Und was meinst du, was da ein Gesindel drunter is! Also, regelrechte Staatsfeinde! Und das kann man ja nicht hinnehmen in so einem Betrieb. Da wär ja der Teufel los! Und ich kümmere mich hauptsächlich um die Kantine. Organisatorisch. Da hab' ich überall meine Leute. Is natürlich sehr günstig. Weil, in der Kantine erfährst du alles! Vor allem, wenn's b'soffen sind! Nicht immer angenehm, manchmal. Gefühlsmäßig. Aber ich sag mir halt: Wenn ich's nicht mach', macht's a anderer.«

»Und was machst jetzt?«, fragte der Karl. »Immer noch Spitzeldienste?«

»Geh, Karli!«, antwortete der Willi und blickte dem Jugendfreund offen und treuherzig in die Augen: »So gut dürferst' mich schon kennen, dass ich keinen hinhänge, in dem Sinne! Schon eher im Gegenteil. Was glaubst du, Karli, was ich damals Leute geholfen habe! Bis' mich halt dann selber ... nach Dachau naus! Und so weiter. Ein Buch könnt' ich drüber schreiben! Erzähl' ich dir alles amal ... ich muss mich jetzt bloß leider bei die Amis melden. Sonst krieg' ich Schwierigkeiten.«

»Ach so ... arbeitest du jetzt für die Amerikaner?«

»Na na, also ... schon auch irgendwie, aber ... zum Schnellgericht muss ich. Wegen Trittbrettfahren. Lachhaft! Aber red'n ma a andersmal weiter. Kommt's halt zu mir in mein Stammcafé, du und deine Gattin! Mach' ma uns a paar schöne Stunden. Mit a bissl einem ›Vitamin B‹! Weißt schon, was ich meine?«

»So so«, sagte der Karl und blickte ihn von Amts wegen strafend an, ließ aber noch einen kleinen Zugang offen: »Machst du so was auch?«

»Es gibt immer Wege, Karli. Nicht verzagen ... Willi fragen!«

*

Dem Oberinspektor Deinlein war für seine Parteizugehörigkeit noch keine Gnade zuteil geworden. Er saß nach wie vor in seinem ehemaligen Vorzimmer, wo inzwischen der Kollege Kargus sein Gegenüber war. Der zeigte sich immer sehr mitfühlend und kümmerte sich auch darum, dass ihr eiserner Büroofen, wenn nötig, fleißig bullerte. Dessen ungeachtet kauerte Herr Deinlein mit Mantel und Wollschal auf seinem Stuhl, hüstelte viel und griff sich oft ans Herz.

»Dass halt bloß nix Schlimmeres wird«, warnte der Kollege besorgt.

»Mich erschüttert so leicht nichts mehr, Kargus.« Da klingelte sein Telefon. Der Oberinspektor hob ab und sagte wenig interessiert: »K 1, Deinlein … Tot? … Am Stauwehr Oberföhring … Is er da hängen geblieben? … Und wer hat ihn … der Schleusenwärter. Von der Polizei schon wer da? … Die soll'n alles so lassen, wie's ist. Es kommt gleich jemand von uns.« Und, indem er auflegte, sagte er scheinbar nur für sich: »Bleibt wohl jetzt an mir hängen, die Wasserleiche…«

Kargus machte eine verlegene Geste: »Tut mir ehrlich leid, Herr Oberinspektor, aber ich schaff's nimmer. Ich muss jetzt gleich zu die Amerikaner nüber, wegen der Schießerei gestern. Und die andern sind auch alle im Einsatz. Aber ich red danach mit'm Chef. Vielleicht, dass er die Wasserleiche selber übernimmt.«

»Wäre ich Ihnen außerordentlich dankbar, Kargus.«

*

Im Ostflügel des Stauwehrs, gleich nach der Auffahrt, war auch die Wohnung des Schleusenwärters und nahe dabei standen, gegen Passanten abgeschirmt, mehrere Personen um Treibgut, das ein Greifarm bei der routinemäßigen Reinigung der Schleusenwände heraufbefördert hatte. Aber den Umstehenden ging es vor allem um eine Wasserleiche, die trotz der winterlichen Witterung nur mit Hemd und Hose bekleidet war.

»… Ich hab'n erst gar net g'sehn g'habt«, sagte der Schleusenwärter. »Er is ja noch drunten g'wesen, am Grund.«

Oberkommissär Grandauer, der hier die Untersuchung leitete, wandte sich an den Amtsarzt und Leichenbeschauer mit der Frage: »Wie lang dauert denn so was, bis' ihn von selber rauftreibt?«

»Bei Kälte oft gar nicht. Bleibt er drunten.«

Der Schleusenwärter vermied es offensichtlich, die Wasserleiche anzuschauen und suchte immer wieder Halt bei seiner Frau: »Auf amal hab' ich ihn am Greifarm g'habt. Dann hama'n gleich abgenommen, mei Frau und ich, gell, Frieda!« Und sie sah von einem zum anderen und nickte beteuernd. »Wissen S', dass er uns net noch amal neifällt«, fuhr er fort. »Und ham ihn dann daher g'legt. So wie er war ... so liegt er da. Gell, Frieda!«

Ein Polizist in Uniform, der darin aussah wie ein Briefträger, sagte noch: »Und Registrierschein hat er natürlich auch keinen bei sich. Hab' ich gleich nachg'schaut, Herr Oberkommissär.«

»Wär' ja auch eigenartig ... wenn er den im Hemd hätt' oder in der Hosentasche!«, folgerte Grandauer.

»Er hat aber bestimmt nichts anders net ang'habt, Herr Oberkommissär! Gell, Frieda!?«

»Aber, dass er so von daheim weggegangen is ... halt ich auch nicht für sehr wahrscheinlich.«

»Die Verletzungen da am Hinterkopf ... die hat er sich vermutlich auch nicht erst im Wasser zugezogen«, meinte der Leichenbeschauer.

»Und wenn sie ihn schon, bis auf des bissl Zeug, was er noch anhat, ausgeraubt ham ... wäre ja nichts Ungewöhnliches heutzutag ... dann wundert mich bloß ...«, bemerkte der Kriminaler und ließ den Schleusenwärter und seine Frau nicht aus den Augen, »dass sie ihm den dicken goldenen Siegelring da nicht auch abgenommen haben!« Und er lupfte dabei die aufgedunsene, blaue Hand des Toten ein wenig hoch.

Der Schleusenwärter zeigte erschreckt mit dem Daumen auf sich und schüttelte nur, ohne einen Ton hervorzubringen, den Kopf. Daraufhin sagte Grandauer mit einem etwas zweiflerischen Unterton: »Bei Ihnen tät's mich ja nicht wundern. Da muss einer schon saugrob sein, sonst bringt er den

Ring nachträglich nimmer runter. Aber zuvor … wär's vielleicht kein Problem gewesen.«

»Schaut eigentlich eher so aus … wenn ich mir die Bemerkung erlauben darf, Herr Oberkommissär … als ob man es dabei möglicherweise mit zwei verschiedenen Delikten zu tun hätte.«

Und Grandauer gab dem Polizeiwachtmeister zögernd recht, weil er es nicht schätzte, wenn Hilfsorgane ungefragt ihre Erkenntnisse bekannt geben.

*

Mittlerweile gehörte die Tragikomödie um ihren missglückten Wohnungswechsel auch schon zur Vergangenheit und die Grandauers fühlten sich recht wohl im Kreitmeierhaus. Die Traudl vor allem; denn hier war immer wer in ihrer Nähe, wenn sie die quälenden Gedanken an ihre beiden Buben überkamen. Dann war es ihr am liebsten, wenn sie die Kathi im Laden brauchen konnte, und der war das auch recht, besonders jetzt vor Weihnachten. Da gab es zwar nicht viel mehr zu verkaufen als sonst, aber die Kunden drückten sich im Laden herum und wollten gar nicht gehen, weil es darin so heimelig warm war und nach Weihnachten duftete. Dabei packten die Frauen ihre Erinnerungen an früher aus, gaben auf jedes Pfund Butterschmalz noch ein zweites obendrauf und aus sechs Eiern wurden mindestens ein Dutzend. Nie war die Weihnachtsvöllerei so hemmungslos wie in der Fantasie der ausgezehrten Normalverbraucher. Nur einer ließ sich davon nicht anstecken, ein Hungerkünstler mit Weitblick, den kein Buttergebäck, keine Schokobrezen und keine Mandelmakronen von den brennenden Fragen der Zeit abbringen konnte: »… Zu was woll'n sie denn die noch groß aufbauen, die Münchner Innenstadt?! Dauert ja schon Jahrzehnte, bis man den ganzen Schutt weggekarrt hat! Also, ich für meine Person finde diesen

Vorschlag sehr vernünftig: die Ruinen lassen, München, das war einmal. Und dann naus an den Starnberger See und dort von Grund auf neu bau'n. Neu-München!«

Ihnen allen war zunächst das schmale blasse Bubengesicht entgangen, das sich von draußen an das Außenfenster drückte. Nur der Traudl entging es nicht. Ihr fiel, im ersten Schrecken, der Brotlaib aus den Händen und dann schrie sie, aber ganz leise: »Maxi!« Und sie stürmte hinter dem Ladentisch hervor, bahnte sich einen Weg zur Türe, riss sie auf und vergaß alles andere, bis sie in den Armen ihres Buben langsam wieder zu sich kam.

Die Leute im Laden hatten nun auch kein anderes Thema mehr: »Mei … der Jüngere is des, gell … der Maxi.«

»Jetzt hat's wenigstens den wieder.«

»Is er heimgekehrt. Des kann ma gar net sagen, gell, was des für a Mutter is!«

Dann hatte sie ihn endlich für sich alleine, ihren Maxi, saß mit ihm droben in der warmen kreitmeierschen Wohnstube, auf dem alten großgeblümten Kanapee, eng an ihren Buben geschmiegt, und es war ein seliges Lächeln in ihrem Gesicht wie beim Anblick eines Neugeborenen. Auch ihm liefen ein wenig Augen und Nase und dann fuhr er sich immer wieder selbstvergessen mit dem Ärmel seiner verknautschten abgetakelten Uniformjacke übers Gesicht und sie redeten beide eine Zeit lang kein Wort. Mit einem Mal sagte er, und es war ihm der Schock noch anzusehen, als er ahnungslos vor der Ruine seines Elternhauses stand: »Ich hab' erst gedacht, ich hab' mich verlaufen … und wollt' schon wieder umkehr'n, weil ich mich gar nimmer ausgekannt hab'.«

»Und hast ja auch gar net g'wusst, ob wir noch leben, gell. Unsern Zettel hast aber schon gleich g'funden … dass ma bei die Kreitmeiers sind?«

»Gott sei Dank, ja.«

»Mei, aber jetzt stell' dir vor: Der Onkel Adi! Das hast' ja noch mitgekriegt … den ham doch die Russen g'fangen, hat's g'heißen. Und der, wenn heimkäm! Die ganze Familie tot! Bis auf den kleinen Hermann. Aber so klein is der auch nimmer. Wirst'n gleich sehen, wenn er aus der Schule kommt. Er lebt halt jetzt auch bei die Kreitmeiers.«

»Und die Oma?«

»Will erst amal beim Onkel Kurt bleiben und der Tante Sara. Die ham ja ihre alte Wohnung wieder und viel mehr Platz wie mir.«

Und plötzlich, weil sie die Frage schon von ihm erwartete, zog sie den Maxi ganz fest an sich und sagte, in einem Ton, der keinen Zweifel dulden sollte: »Jetzt fehlt nur noch unser Rudi, gell! Aber ich bin inzwischen so sicher … so sicher, dass er kommt! Und da glaub' ich dran. Und lass' mich von niemand abbringen. Ich weiß, unser Rudi kommt eines Tages wieder heim. Und vielleicht schon ganz bald!«

Es war noch nicht lange her, dass auch im Bäckerhaus das Telefon wieder funktionierte, und natürlich war die Nachricht von Maxis Heimkehr Grund genug, ihren Mann, trotz aller Vorbehalte, in seiner Dienststelle anzurufen. Aber nachdem der Karl noch nicht von seinen Untersuchungen am Isarstauwehr zurück war, nahm Kollege Kargus die freudige Nachricht entgegen und gratulierte von ganzem Herzen, auch im Namen von Oberinspektor Deinlein.

»Da wird er aufatmen«, sagte Herr Deinlein anschließend, »und vielleicht kommt ja dann Ihr älterer Sohn auch wieder. Vermisst, hat's geheißen. Das muss ja nicht unbedingt bedeuten … bei dem fürchterlichen Chaos …«

Dem Kollegen Kargus lag offensichtlich etwas auf der Zunge und es gelang ihm nicht, es hinunterzuschlucken: »Ich hab' gedacht, er hätt's Ihnen vielleicht auch anvertraut … das mit seinem Sohn?«

Deinlein sah ihn verwundert an und schüttelte den Kopf.

»Es ist schon a Zeit lang her … da bin ich amal am Abend … war schon ziemlich spät und weil er manchmal seinen Elektroofen nicht ausmacht … bin ich zu ihm rein ins Büro und da is er im Dunklen an seinem Schreibtisch gesessen und ich hab' gleich das Gefühl g'habt, dass ihn was … bedrückt. Ich glaub', er hat sogar … jedenfalls hat er auch so geklungen, als ob er geweint hätte. Und dann hat er mir das erzählt mit seinem Sohn. Dass sie ihn … wegen Fahnenflucht … aufgehängt haben. Der Herr Kreitmeier hat's ihm gesagt. Und der weiß es von einem Kameraden von Rudi. Der war damals dabei und ist grad noch davongekommen.«

»Mein Gott, das ist ja grauenhaft, Kargus! Da mag er freilich nicht drüber reden.«

»Vielleicht, dass es bei mir was anderes war … weil er's grad erst erfahren hat.«

»Aber seine Frau weiß davon noch nix?«

»Um Gottes willen, na! Und ich glaub', er möcht auch nicht, dass man ihn drauf anspricht. Vielleicht is es ja auch a bissl … wegen der Fahnenflucht.«

»Aber jetzt doch nimmer, Kargus. Nachdem, was alles gescheh'n ist.«

»Es gibt scho so Menschen, Herr Oberinspektor, die ham's nicht leicht, weil in denen so viel drin is, was nicht zusammenpasst.«

»Da mögen S' recht haben, mein Lieber«, antwortete ihm Deinlein und hätte nicht gleichzeitig die Türe nebenan geklappert, es wäre aus seinen Worten sogar etwas Selbsterkenntnis herauszuhören gewesen.

»Also, die Wasserleiche ist in der Gerichtsmedizin«, hörte man Grandauer sagen, noch eh er herüber in sein Vorzimmer kam. »Aber ich hätt' gern, dass noch amal wer von uns hingeht zu dem Schleusenwärter. Weil ich den Verdacht habe, dass der die Leiche ausgeraubt hat. Und das wäre insofern interessant, ob da was dabei ist … Papiere oder irgendein Hinweis auf seine Identität …« Und nun bemerkte er erst, dass die Aufmerksamkeit, die man ihm entgegenbrachte, eine andere Ursache haben könnte, und er fragte etwas irritiert: »Was is? Gibt's irgendwas?«

»Etwas sehr, sehr Erfreuliches«, sagte Deinlein, erhob sich und überließ dem Kollegen Kargus die Antwort.

»Ihre Frau hat zuvor angerufen: Ihr Sohn ist heut' früh heimgekommen aus der Gefangenschaft.«

Da blieb dem Kriminaler erst die Sprache weg und man konnte ihm ansehen, wie ein Glücksgefühl in ihm aufstieg: »Der Maxi… is er heimkommen. Mein Gott! Und alles noch dran an ihm? Händ' und Füass?«

»Gesund und wohlbehalten, sagt Ihre Frau. Und mir freu'n uns auch für Sie, Herr Oberkommissär… von ganzem Herzen!«

Darauf wurde dem Kriminaler ganz heiß und seine Augen fingen an zu schwimmen, sodass er sich genierte, und sagte: »Einen Moment, wenn S' mich bitte entschuldigen, aber ich muss schon die ganze Zeit… bin gleich wieder da.«

Kommissär Kargus war so ein Mensch, zu dem einfachere Leute schnell Vertrauen finden konnten. Und dazu trug auch der traurige Anblick bei, wenn an seiner Jacke auf der linken Seite ein leerer Ärmel baumelte. Herr Deinlein dagegen wäre für den Auftrag weniger ideal gewesen, weil ihm eher etwas von einem Gerichtsvollzieher anhaftete.

Nun war schon das Stübchen, in das der Schleusenwärter und seine Frau den Kommissär geführt hatten, so putzig und pedantisch ordentlich, dass es einen alten Hasen wie Kargus nicht überraschen sollte, wenn es dafür in den Bewohnern selbst ein paar Schmuddelecken geben würde. Wobei man ihnen zugute halten müsste, dass die miserablen Lebensbedingungen zurzeit auch stärkere Charaktere auf krumme Wege brachten.

Der Kriminaler ließ die beiden Alten eine Weile ihre Unschuld beteuern, dann machte er ihnen das Angebot:

»Sind S' froh, dass ich bloß allein da bin. Das nächste Mal kommen die zu dritt! Mit Durchsuchungsbefehl! Und dann nehmen's euch eure Bude auseinander! Nach Strich und Faden! Denen kommt nix aus! Glauben S' ma des! Und wenn S' gescheit sind, dann machen Sie's so, wie ich's Ihnen gesagt hab: Zeigen S' mir alles, was Sie ihm abgenommen haben ... und ich sorg' dafür, dass Sie straffrei bleiben. Passiert Ihnen gar nix. Mein letztes Angebot!«

Der Schleusenwärter ließ die Schultern hängen und schielte zu seiner Frau hinüber. Die rührte sich erst gar nicht und gab keinen Laut von sich. Man hörte nur die Möwen von draußen. Und es klang auch ein bisschen wie Lachen. Da bekam die Frieda um den Mund einen traurigen Zug und nickte.

Als Kargus die Puppenstube etwas später verließ, hing an seinem verbliebenen Arm ein dickes Bündel, zu dem man die Kleidungsstücke der Wasserleiche verschnürt hatte. Zum Glück schon etwas getrocknet, war die Last einigermaßen erträglich. Nachdem der Schleusenwärter zuvor noch mit der goldenen Taschenuhr des Opfers herausgerückt war, traf ihn dafür von Frieda ein missbilligender Blick. Geld dagegen konnte man bei dem Toten keines finden. Nur einen Registrierschein, wie er von der Militärregierung verlangt wurde. Ein Fahrrad, das man ebenfalls heraufbefördert hatte, ließ sich nicht zwangsläufig mit dem Toten in Verbindung bringen und blieb zunächst unerwähnt.

*

Anfangs lief Karl Grandauer ja noch die Stiegen hinunter mit freudiger Ungeduld; denn draußen vor dem Eingang zum Präsidium wartete seine Frau mit dem Heimkehrer. Sie waren nur gekommen, um den Vater wenigstens kurz zu begrüßen, bevor sie dann weitergehen wollten zur Oma und Tante Sara.

Der Hausmeister Dirscherl, der gerade in der Nähe war, hielt sich entgegen seiner Gewohnheit zurück, um das rührende Wiedersehen nicht zu stören. Ihm, wie allen anderen, bot sich jedoch ein eher seltsames Bild. Man hätte doch erwartet, dass Vater und Sohn aufeinander zulaufen und sich liebevoll und glücklich in die Arme nehmen. Aber, einen Meter noch voneinander entfernt, blieben sie plötzlich in einer Art Gefühlsstarre stehen und streckten einander – auch das eher zögerlich – die Hände entgegen. Und erst die Mutter löste die Lähmung, indem sie die beiden an den Schultern packte und zusammenschob, sodass sie sich endlich gelöst in die Arme fallen konnten.

Zur Wohnung von Kurt und Sara ging man am besten gleich zu Fuß, anstatt lange auf eine der unberechenbaren Straßenbahnen zu warten. Einziges Hindernis für Mutter und Sohn war dabei Maxis erbärmliches Schuhwerk. Er hatte die alten Knobelbecher schon von einem gefallenen Kameraden übernommen und füllte sie nur aus mit mehreren Lagen Fußlappen. Dass die Sohlen dünn und nicht mehr dicht waren, störte nur, wenn die Straßen, wie an diesem Tag, nass waren. Aber das Gefühl, wieder daheim zu sein bei den Eltern und allen, die seine Familie waren, wog solche Unzulänglichkeiten bei Weitem auf.

Das Haus, in dem die Soleders nun wieder wohnten, hatte der Maxi zum letzten Mal vor mehr als zehn Jahren betreten. Damals war er noch in der Volksschule. Und sehr intensiv war der Kontakt ja in der Zeit auch nicht mit dem Bruder seiner Mutter und dessen Frau, der Tante »Klara«. Aber lang schon, bevor der Maxi ahnen konnte oder gar wissen, was mit Sara und ihrem Mann anders war als bei anderen Menschen, die er kannte, wurde er irgendwie von ihnen angezogen und von allem, was sie umgab. Es war ein wenig so, als hätte man ihm ein Fenster geöffnet in eine andere Welt. Und manches Mal geriet ihm die hübsche, kesse Tante sogar in seine aufkeimenden Knabenträume. Nun saß ihnen die Tante Sara wieder gegenüber, war etwas älter geworden mit ein paar weißen Strähnen im Haar, aber immer noch gut für Träume. Natürlich wusste auch der Maxi jetzt mehr vom Schicksal vieler Juden, doch längst nicht alles.

Eigenartig war es schon, dass man in Saras Anwesenheit nicht mehr so unbefangen sein konnte wie früher. Auch die Traudl konnte es nicht, obwohl sich an ihrer gegenseitigen Zuneigung nichts geändert hatte. »Mei, und weißt noch, wie ma unsre Kinder immer dressiert ham, dass' Tante Klara zu dir sagen!«

»Mal hat er mich ja gefragt, der Maxi: Soll ick nu Tante Klara oder Tante Sara zu dir sagen?«

»Und immer die Unsicherheit! Wenn ich dran denk!«, sagte die Traudl und schüttelte den Kopf. »Und heut sind's alle scheißfreundlich zu dir!«

»Oder sie gucken weg. Vor lauter Angst und schlechtem Gewissen. Aber die Angst macht ooch keene besseren Menschen. Denn fragste dich nämlich: Wie lange halten sie det noch aus … eh dass sie wieder zubeißen! Ick will ooch jetzt keen Judenstern in Gold. Mir war det schon nicht ganz geheuer, wie Kurtchen sich die Wohnung wieder geholt hat. Und die Leute hamse auf die Straße g'setzt. Die konnten vielleicht ooch nischt dafür. Ick meine … wat se mit Vati jetan haben … und all den vielen andern … dafür gibt's sowieso keene Entschuldigung. Und det verjährt ooch nich.«

Während die Sara dann in der Küche war, um Kaffee aufzubrühen, fragte der Maxi seine Mutter: »Warum, was war mit ihm? Den hast du doch mal kennengelernt in Berlin, ihren Vater.«

»Den soll'n sie auch deportiert haben. Nach Auschwitz. Und jetzt hat Kurt erfahren über einen Suchdienst … dass sie ihn umgebracht haben. Mein Gott, Bub ... was da jetzt alles rauskommt! Was die mit den Menschen gemacht haben! Die Bilder! In allen Zeitungen! Und, dass ma da vorher nie was erfahren hat! Unser Papa sagt, davon hat er auch keine Ahnung gehabt. Sagt jeder. Aber es muss doch auch welche gegeben haben ...«

Sara kam mit Kaffee herein und sagte: »Nu müssten sie eigentlich gleich da sein. Aber ick werd Omi lieber vorwarnen, sonst kippt se uns noch um.«

Oma Soleder hatte es sich zur Aufgabe gemacht, ihre Enkeltochter täglich von der Schule abzuholen. Das lag vielleicht weniger in Gertis Interesse, aber die Oma vertrat dabei einen übergeordneten Standpunkt: Durch die katastrophale Knappheit an Schulräumen ließen sich in den Klassen ja weder die Glaubensbekenntnisse noch die Geschlechter immer sauber auseinanderhalten.

»Und die von der 1b, Omi, die ham auch alle Läuse, hat die Klassleiterin gesagt!«

»Allmächtiger! Aber du kommst doch hoffentlich nicht mit denen in Berührung, Kind!? Dass du dann vielleicht auch welche bekommst! Da ist nämlich nicht zu spaßen mit Läusen! Da kann man alle möglichen Krankheiten davon kriegen, gell!«

Nun kam Herr Uhl auch noch daher, der ehemalige Blockleiter, und die Oma legte schon bei der Begrüßung viel Missachtung in ihre Stimme: »So, so, sind Sie auch unterwegs?«

Und Herr Uhl entgegnete mit unbeirrbarer Liebenswürdigkeit: »Man hat halt immer seine kleinen Wege«, und dabei griff er servil nach Gertis Schultasche und sagte: »Is sie wohl recht schwer? Komm', ich trag' sie dir.« Aber die wendete sich trotzig ab und sagte nur: »Trag' ich selber!«.

»Die trägt sie selber. Die Kinder, gell ... die haben manchmal ihren Stolz. Da muss man sich oft direkt wundern.«

»Und da kann sogar mancher Erwachsene oft noch etwas dazulernen, Herr Uhl!« Das sagte sie in der Hoffnung, ihn zu beschämen, fand aber nur seine absolute Zustimmung: »Zum Lernen darf sich ein Mensch nie zu schade sein, sage ich immer.«

Daraufhin entwand sich die Gerti ihrer Oma und sagte: »Ich lauf schon amal voraus ...«

»Ein großes Mädel ist sie geworden! Und ganz die Oma!«

Das nahm Frau Soleder momentan etwas die Schärfe. Und Herr Uhl schlug vorsichtig einen Bogen in die Vergangenheit: »Und war noch so ein kleines Butzele damals ... wie wir sie immer im Kinderwägele naufgetragen haben, ihre verehrte Frau Schwiegertochter und meine Wenigkeit.«

Hier hakte die Oma noch einmal kurz ein als Mutter des Widerstandes: »Ja, ja, Herr Uhl ... sie haben mir schon einiges von Ihnen erzählt, meine Kinder! Aus Ihrer Vergangenheit!«

»Gell ... jaja. Und wie oft ist man innerlich ein ganz andrer Mensch gewesen ... als wie es vielleicht nach außen ausgesehen hat. Wir haben oft gesagt, meine Frau und ich: Das mit den Juden zum Beispiel! Das war doch schrecklich ... was man den Menschen angetan hat!«

»Mir brauchen Sie das nicht sagen, Herr Uhl!«

»Und hat es nicht einmal geahnt! Das ganze Ausmaß! Wenn man da etwas wieder gutmachen könnte?! Da würde man was drum geben!«

»Es ist ja manchmal schon ein Vorteil, Herr Uhl, wenn man wenigstens den guten Willen erkennt«, antwortete die Oma streng.

»Auf jeden Fall, Frau Soleder. Ich komme nämlich gerade von Verwandten«, dabei deutete er mit einem verführerischen Spiel der Augenbrauen auf seinen Rucksack, »und die haben eine Metzgerei!«

Da horchte die Oma auf und ließ die Vorstellung kurz auf sich wirken: »Ach ... eine Metzgerei haben die ...«

Er war ja schon immer ihr Lieblingsenkel, der Maxi, und wie sie sich ihn dann wenig später an die Brust nahm, da waren ihr direkt die Tränen gekommen, weil er ihr gar so mager vorkam und so hohlwangig und blass im Gesicht. »Mein Gott, und hat denn der Bub gar nix anderes zum Anziehen wie die schmuddelige Uniform da! Und das kaputte Schuhzeug! Jetzt sima so viele Leute in der Familie … da muss ma sich ja direkt geniern, dass wir nix anderes mehr herbringen für den Buben. Also, jetzt schau amal her, mei Büble …« Und dabei kramte sie ihre Lebensmittelmarken aus der Handtasche: »Da sind noch 150 Gramm Fleisch drauf. Traudl, schau du auch her! Dafür kannst ihm ein schönes Schnitzel machen. Aber das soll er dann alleine essen! Gell!«

»Mei, dann hast ja du nix mehr in der Dekade, Mutti.«

»Jaja, macht euch amal um mich keine Gedanken. Ich komm' schon zu meim' Sach!«

*

Dem Registrierschein aus der Tasche der Wasserleiche waren, wenn auch ziemlich unleserlich, Name und Adresse zu entnehmen.

Danach hatte der Mann alleine und in Untermiete gewohnt. Seine Zimmerwirtin, eine Kriegerwitwe, war auf die Nachricht hin zutiefst erschüttert und sie fühlte sich auch nicht gleich imstande, über den Toten irgendwelche Auskünfte zu geben. Nach einigem Zögern war sie dann aber bereit, sich in die Gerichtsmedizin zu begeben, um die Leiche gegebenenfalls zu identifizieren.

Dort war man indessen zu der Überzeugung gekommen, dass der Mann, den man aus der Isar gefischt hatte, im Wesentlichen an seinen Schädelverletzungen ums Leben gekommen war, Verletzungen, die er sich nicht erst beim Sturz in den Fluss zugezogen hatte.

Die Zimmerwirtin – eine Frau Altmann – war vom Anblick der Leiche so benommen, dass man sie in einen Aufenthaltsraum brachte, bis sie nach und nach wieder zu sich kam. Und dazu mag vielleicht auch die ruhige, gedämpfte Unterhaltung der beiden Pathologen beigetragen haben, die sich zu ihrer Entspannung ebenfalls dorthin zurückgezogen hatten: »… Also, a bissl was Süßes zu Weihnachten … für die Kinder wenigstens. Wir haben da neulich ein Rezept ausprobiert, von meiner Schwiegermutter: Ohne Eier und Fett! Eine ›Eichel-Kaffee-Torte‹. Eichelmehl … a paar Löfferl normales, wenn ma hat. Geht auch ohne. Zucker wäre natürlich fantastisch. Sonst halt einen Rübensirup oder so was Ähnliches. Dann Kaffeeersatz, Milchpulver … alles durcheinanderrühren … und a Backpulver g'hört natürlich auch rein. Aber mein Gott …«

*

Vor einem Monat hatte in Nürnberg der Prozess gegen die vierundzwanzig hauptangeklagten Kriegsverbrecher begonnen. Seither lieferte Radio München regelmäßig Kommentare über den Prozessverlauf und dabei ließ sich Kurt Soleder, wenn er denn um die Zeit schon daheim war, sehr ungern stören. Eine Gefahr ging auch nur von seiner Mutter aus. Sie konnte der juristischen Form der Vergangenheitsbewältigung nicht viel abgewinnen. Sie suchte bereits nach praktischen Formen der Wiedergutmachung: »… und ich meine eben, Kurtl, es ist doch ein Unterschied, ob einer ein unverbesserlicher Mensch ist oder … hörst du mir überhaupt zu?«

»Nein.«

»So was ist aber auch wichtig. Denn wenn sich einer schon Mühe gibt und geht in sich …«

»Dann soll er auch gefälligst drinbleiben! Und jetzt lass' mich bittschön Radio hören, Mama!«

»Aber ich muss das jetzt wissen, Kurt! Wenn er gleich läutet … der Mann kommt eigens zu uns rauf!«

»Sagst ma Bescheid, wenn er da is … dann schmeiß' ich ihn eigens naus! Mitsamt seiner Nürnberger Stadtwurscht!«

Die Mutter trat ein paar Schritte zurück, aber die Verbohrtheit ihres Sohnes ließ sie nicht schweigen: »So, wie du dich nämlich verhältst, das ist auch nicht richtig! Nein, Kurt! Bitte, man kann seinen Stolz haben. Ich habe auch meinen Stolz. Deshalb muss man ja nicht so rachsüchtig sein!«

Kurt nickte nur unberührt und rückte etwas näher an das Radio. Da wurde die Oma in ihrer Verzweiflung laut: »Du bist überhaupt immer öfter so … so nicht menschlich! Richtiggehend rachsüchtig bist du! Rachsüchtig!«

Und dann ging sie hinaus in die Diele, wo ihr die Schwiegertochter über den Weg lief: »Jetzt sag doch amal du, Saralein: Was hat er denn davon, wenn er den Menschen andauernd vor den Kopf stößt? Damit macht er doch nichts besser! Dann nehm' ich halt in Gottes Namen die Wurscht und denk mir meinen Teil!«

»Ach ja, Omi!«, sagte die Sara mit einem melancholischen Lächeln: »So is et am einfachsten und ick guck nich hin.«

*

Der Maxi lief eine Weile in der kreitmeierschen Wohnstube hin und her und es war für alle, die ihm dabei zusahen, unverkennbar, dass ihm die Füße wehtaten. »Komm, hör auf, Bua«, sagte sein Vater, »die passen dir doch hinten und vorne nicht, die Schuah!«

»Aber die sind Max seine größten«, bedauerte die Kathi.

»Vielleicht, dass doch der Kurt a Paar bequemere für ihn übrig hat.«

»Wenn er nicht von selber draufkommt … betteln tu ich nicht«, erklärte der Karl etwas schmallippig, worauf ihn die Traudl besänftigte: »Geh, woher soll er's denn wissen?«

»Aber die kriegen natürlich schon eher amal was«, meinte die Kathi, »von dem Amt, was es da gibt … für die Naziverfolgten.«

»Des kannst' laut sagen, dass die einiges kriegen!«, ließ sich der Karl etwas höhnisch vernehmen.

»No ja, so toll is des aa net«, widersprach ihm seine Frau. »Neulich, sagt die Sara, hättens amal a Haftcreme haben wollen, für der Oma ihr Gebiss. Aber nix! A Bruchband hättens haben können!«

»So eins hätt' ma aa no g'habt, vom Max seim Vater«, sagte die Kathi lachend. »Aber jetzt passt's amal auf: Vielleicht kann ma ja derweil seine Knobelbecher no amal notdürftig aufdoppeln lassen vom Schuster. Muss ma'n halt a bissl schmiern mit was.«

»Wer nicht schmiert, krepiert!«, resignierte der Karl und ließ damit einen sich anbahnenden Sinneswandel erkennen. »Kann ja heutzutag bald keiner mehr die Hand für sich selber ins Feuer legen!«

*

Anderntags kam Frau Altmann – die Zimmerwirtin des Toten am Stauwehr – noch einmal unaufgefordert in die Mordabteilung, um ihre Aussage zu berichtigen.

Sie hatte verschwiegen, dass der Mann, der bei ihr wohnte, ihr Bruder war und dass er sich unter falschem Namen aufhielt.

»Und aus welchem Grund?«, fragte Grandauer.

Genaueres wusste sie auch nicht: »Nur, dass er sich eine Zeit lang verstecken wollte. Aber ich soll mir keine Gedanken darüber machen, er hat nichts … nichts Kriminelles getan. Und es hat alles seinen tieferen Sinn.«

Solche Begründungen waren dem Karl schon einige Male untergekommen und sie lenkten seinen Verdacht wie von selber in politische oder spiritistische Zusammenhänge. Also fragte er: »War er vielleicht was Höheres in der Partei, Ihr Bruder? SA … SS?«

Frau Altmann war sich schon im Klaren darüber, dass eine solche Mitgliedschaft nach gegenwärtiger Auslegung nichts Gutes nach sich zöge: »Also, er war schon, glaube ich … irgendwie bei der SA. Aber was Höheres … eher nicht, so viel ich weiß.«

»Geht's vielleicht auch a bissl genauer«, drängte Grandauer. »Ihrem Bruder helfen S' damit nicht mehr, wenn's uns was verschweigen. Höchstens seinem Mörder!«

Das Wort Mörder hatte sie bis dahin offenbar noch aus ihren Gedanken verdrängen können. Aber jetzt stand es erbarmungslos vor ihr.

»Denn freiwillig wird er ja nicht in die Isar gesprungen sein. Und bei einem Raubüberfall hätten sie ihm vorher alles abgenommen. Sogar seinen Finger, wenn's den Ring nicht anders runtergebracht hätten.«

Die Frau Altmann war eine biedere Frau und sie hing an ihrem Bruder, wie es schien. Deshalb verschloss sie sich noch immer nach Kräften gegen die Bilder, die sich ihr nun aufdrängten.

»Oder könnt' es sein, dass sich wer an ihm rächen wollte? Müsste er ja selber noch nicht einmal was Schlimmes getan haben.«

Frau Altmann ließ erkennen, dass sie sich so etwas bei allem Entsetzen noch am ehesten vorstellen könnte. Und auf die Frage nach seinem Bekanntenkreis wurde sie allmählich etwas gesprächiger. Grandauer ließ sie reden, ohne sie mit allzu vielen Zwischenfragen zu irritieren.

In der Zwischenzeit hatte sich sein Mitarbeiter Kargus einen Durchsuchungsbeschluss verschafft und er begleitete die Frau Altmann anschließend gleich ein Stück mit der Trambahn und den Rest zu Fuß bis zu ihrer Wohnung.

Sie hatte damals Glück gehabt, weil ein Teil ihrer Wohnung mit Küche und Toilette und dazu noch zwei Zimmern stehen geblieben war. Der Rest war in einer Bombennacht abgesackt. Einfach weg. Und bis die offene Wand dann mit Brettern wieder zugenagelt war, schlug immer bei Westwind der Regen in die Wohnung. Dafür musste Frau Altmann keine Zwangseinquartierung in Kauf nehmen. Und davon hatte auch ihr Bruder profitiert. Ihm passten auch viele Sachen von ihrem gefallenen Mann; denn in seiner alten Uniform durfte er sich nach dem Krieg nicht mehr blicken lassen.

Die Uniform war es auch, an der sich das Interesse des Kriminalers festgemacht hatte: »Sturmbannführer! Ich seh's an den Rangabzeichen«, sagte Kargus mit Blick auf ein Foto. »Da war er aber dann schon was Höheres bei der SA!«

Frau Altmann gab sich ahnungslos, aber vielleicht war sie es ja auch.

»Und der andere SA-Führer auf dem Foto … der neben Ihrem Bruder? Mit der Augenklappe …«

»Ist, glaub' ich, der, bei dem er a Zeit lang gewohnt hat. Bevor er zu mir gezogen ist. Aber ich kenn' den kaum.«

»Keinen Namen … oder Adresse?«

»Nur den Vornamen: Hannes. Und das Haus, wo sie gewohnt haben … er hat's mir amal gesagt, mein Bruder. Und ich hab's auch irgendwo aufgeschrieben.«

»Vielleicht find' ich's ja selber«, sagte Kargus. »Ich werd' sowieso noch a bissl rumstöbern, in seinen Sachen. Aber Sie können gern dabei bleiben, wenn Sie wollen.«

Eine solche Hausdurchsuchung entsprach allerdings nicht den Vorschriften, wie sie in normalen Zeiten gegolten hatten. Aber normal waren die Zeiten auch davor nicht, obwohl es in ihnen einen Wust an Verordnungen und Vorschriften gegeben hatte. Zugleich hatten Krieg und Zeitgeist die Menschen zu Millionen verschlungen und nicht wenige, die hinterher aus dieser Hölle wieder herausgekommen waren, hatten ihren Respekt vor Verordnungen eingebüßt und schlimmer noch: auch den Respekt vor dem menschlichen Leben.

Es war nicht gerade die Zeit der raffinierten Verbrechen, die Täter waren auch nicht angetreten, um sich mit der Polizei einen intelligenten Wettkampf zu liefern. Vieles, das Meiste geschah aus Gier oder im Affekt und nicht selten auch aus Rache. Manches wurde erst viel später aufgedeckt, vieles vermutlich nie. Denn auch der persönliche Leistungswille der Polizeibeamten wurde immer wieder stark behindert durch den kräftezehrenden Kampf ums eigene Dasein.

Zu den Herausforderungen, deren Bewältigung dem Oberkommissär Grandauer momentan wichtig erschien, gehörte auch die Beschaffung von Schuhen für seinen Sohn Maxi.

»... Ich hab bloß leider einen relativ kleinen Fuß, Grandauer, sonst hätt' ich schon amal bei mir nachgeschaut ...«

»Na, na, um Gottes willen! Wegen dem hab' ich's nicht g'sagt, Herr Deinlein. Ich wollte damit nur veranschaulichen: Da sind mindestens fünf Paar Schuh drin gewesen, im Onkel Rudi seiner Wohnung. Und was wollten die denn damit, die Amerikaner? Die brauchen's doch gar net! Wahrscheinlich haben sie's ja nur ihre Matschackerl geschenkt! Und unser Bua brauchert so dringend a Paar Schuh!«

»Aber ham Sie nicht amal was angedeutet von einem ... Jugendfreund, der hätte eventuell gewisse Beziehungen? Sie wissen schon, was ich meine.«

»Freund möchte ich eigentlich zu dem nicht sagen. Und legal wäre so was, fürchte ich, auch nicht. Muss man schon gut bedenken, Herr Deinlein.«

»Hätt' ich inzwischen keine Skrupel mehr. Nachdem, was heutzutag' alles legal ist!«

Im Krieg war das Café »Atelier« im Erdgeschoss einer Hausruine mehr was für Soldaten, die schnelle Bekanntschaften machen wollten. Dann, nach dem Krieg, war es vorübergehend eine Art Tauschzentrale, wo man für sein altes Bügeleisen einen ebenso alten Elektrokocher einhandeln konnte. Und inzwischen war es wieder ein Café, aber von außen kaum als ein solches erkennbar. Es war ein Café nur für Eingeweihte. Die Fenster waren zum Teil noch mit Brettern verschalt und wo nicht, waren sie von innen dicht verhängt. Passanten, die tagsüber daran vorbeiliefen, sahen sicher kaum einen Anlass, das dreckgraue Gemäuer zu beachten. Auch nicht, als es für gewöhnlich gegen Nachmittag seinen Betrieb aufnahm.

Demgegenüber verhielten sich die Eingeweihten oft auffallend lässig, wenn sie an der Eingangstüre klopften – oder aber seltsam unsicher, wie auch der Herr soeben mit dem hochgestellten Mantelkragen, den Hut tief ins Gesicht gezogen: Der Herr war Oberkommissär Grandauer. Eine kleine Klappe an der Türe war aufgegangen und jemand fragte durch sie nicht eben freundlich nach seinen Wünschen.

»Ein gewisser Herr Leitner ... Willi ... soll hier anzutreffen sein«, flüsterte der Karl mit vor Peinlichkeit ersterbender Stimme.

Darauf öffnete sich die Türe, eine Art Portier legte ihm vertraulich die Hand auf die Schulter und komplimentierte ihn hinein. Dann schloss er die Türe wieder sorgfältig ab und sagte: »Er ist schon da, der Herr Leitner. Er ist bloß grad in Verhandlungen. Wenn S' derweil Platz nehmen wollen. Trinken S' a Tasserl Kaffee. Mir haben auch einen Kuchen ...«

Der Kerl lehnte nur dankend ab und vermied es, auf seine dürftigen Finanzen hinzuweisen, um sich nicht gleich zu dieser Welt, in die es ihn da verschlagen hatte, in Gegensatz zu bringen.

»Ich bleib' solang da steh'n, wenn's recht is. Wird ja nicht ewig dauern.«

Wenn ihm seine Anwesenheit hier nicht so peinlich gewesen wäre, er hätte sie genießen können. Für einen Kriminaler eine Augenweide. Aber eben nicht für einen, der selber in nicht ganz redlicher Absicht gekommen war.

Die Tische waren zurzeit noch nicht alle besetzt, aber wo sie es waren, schien es weniger um Kaffee und Kuchen zu gehen. Dort wurde vielmehr ganz offen um alles Mögliche gefeilscht, was seit Langem in keinem einzigen Laden der Stadt mehr zu bekommen war. Ein solcher Handel war zwar verboten, aber scheinbar unentbehrlich und er fand weniger bequem und komfortabel auch auf öffentlichen Straßen und Plätzen statt.

Grandauer stellte, um sich ein wenig abzulenken, Überlegungen an, wie viele Jahre Stadelheim momentan hier summa summarum alleine auf der Händlerseite zusammenkämen, und er schätzte: an die fünfzig. Dabei musste er sich wohl oder übel eingestehen, als er das Publikum hier so Revue passieren ließ, dass er in mancher vermeintlich ehrbareren Gesellschaft schon schlimmeren Typen begegnet war. Diese hier hatten eher etwas Strizzihaftes, indem sie mit ihrem Schwarzhandel aus der Not ihr krummes, kleines Geschäft machten, das andere, hoch angesehen, im großen Stil betrieben.

Der gewisse Herr Leitner, Willi, den der Karl hier anzutreffen hoffte, saß währenddessen in Verhandlungen mit einer ähnlichen Zeiterscheinung namens Erwin etwas vor Blicken geschützt in einer Nische des Cafés.

»Also, ich kann den Mann nicht ewig warten lassen, Erwin. Bringst as her oder net? Die wär'n für seinen Buam. Kriegsheimkehrer.«

»Ein Paar g'scheite Schuhe, Willi, das weißt du selber, die

kriegst du nicht unter dreitausend Mark. Und da derfst noch Dankschön sagen.«

»Vielleicht, dass sich was mit Kompensieren machen lässt, Erwin? Hättest du was?«

»Altertümer hätt' ich zum Beispiel. Eine heilige Maria. Geschnitzt. Wunderbar! In Farbe!«

»Kann man nur leider schwer danebenlangen, mit so was, Erwin.«

»Nix! Einwandfrei, Willi! Ich kenne die Kirche, wo die raus is.«

»Für Amerikaner vielleicht. Gegen Zigaretten. Bloß, die meinen inzwischen auch, sie kriegen für a Stange Lucky Strike an ganzen Altar!«

»Oder was anders, Willi: Hättest du Zugang zu Dokumenten? Gefälschte von mir aus, des is wurscht.«

»Welcher Art?«

»Doktortitel. Weil, da kenn' ich Leute, die zahlen für so was jeden Preis. Wären leicht fünf Paar Schuh drin, Willi! Wenn nicht mehr!«

*

Die schäbige kleine Wohnung, in der die SA-Führer bis Mitte August unter falschem Namen gehaust hatten, war inzwischen längst wieder vermietet. Die Nachfolger, die das Wohnungsamt dort einquartiert hatte, wussten so gut wie nichts von den beiden Männern, die, einem Gerücht zufolge, nacheinander plötzlich verschwunden waren. Angeblich ohne eine Spur zu hinterlassen. Aber auch das war so ungewöhnlich nicht, ein paar Monate nach dem Krieg.

Erst als Kommissär Kargus die alte Hausmeisterin ausfindig gemacht hatte, gab es ein paar brauchbarere Hinweise: »... man hat's ja hinterher auch kaum noch g'sehn g'habt, die zwoa. Aber so harmlos, wie's getan haben, waren die aa net. Da reden S' amal mit dem Wirt ... bei uns vorn am Eck. Der weiß einiges. Über den Pfeifer Hannes vor allem. Des war der mit seiner schwarzen Augenklappe. Des solln's ihm ja ausgeschlagen haben, das Aug'. In der Kampfzeit. Hat er doch immer rumerzählt, früher! Danach nimmer! Und heuer im Sommer … hat mir a Frau erzählt, die hat's selber g'sehn g'habt … da soll'n ihn die Amis aus'm Auermühlbach rauszogn haben! Und is er von selber neig'falln? Oder hams'n neitaucht?! Er selber hat nix mehr sagen könna!«

»Dünnbier nur gegen Abgabe von Brotmarken!«, stand auf der Schiefertafel überm Schanktisch. Aber gelegentlich machte der Wirt eine Ausnahme. Für den Kriminaler stellte er unaufgefordert ein Halbeglas auf seinen Tisch, hockte sich dazu und sagte: »Ja ja, des sin die scho, die zwei. Bloß dazumal hams noch solche Hitlerbarterl g'habt. Rotzbremsen.« Bevor der Wirt dann fortfuhr, gab er Kargus das Foto von den beiden SA-Führern zurück: »Und stutzig bin ich worn … da is doch vor a paar Tag was in der ›Süddeutschen‹ g'standen: dass sie einen am Stauwehr aus'm Wasser gezogen haben. Und weil's doch den andern im Sommer aus'm Auermühlbach gefischt ham, da is mir die ganze G'schicht auf amal wieder eing'falln. Ma hat's bloß damals in dem fürchterlichen Durcheinander nicht so wahrgenommen. Aber die zwei … das war ja offiziell … die haben in die letzten Kriegstag noch eine Hinrichtung vollstreckt. Standrechtlich oder wie man so was g'heißen hat. Im Keller von der Unionsbrauerei. Und den's da erschossen haben, der is a Rentner g'wesen, a alter Mann. Und der Grund war: weil er ihnen seine drei Buam nicht ans Messer geliefert hat. Seine Enkel waren's sogar. Junge Kerl, a Lehrling der eine und der Älteste a Soldat, glaub' ich. Und hinter denen sind's herg'wesen, weil's bei so einer Widerstandsaktion mitgemacht ham. Sind's halt aa rumgangen und ham Nazibonzen verprügelt und ham ihnen die Waffen abgenommen. Und dafür hat der Alte büßen müssen.«

Ein rechtlich geordneter Unrechtsstaat übernahm auch im Chaos noch die Verantwortung für seine Amtshandlungen. Die Unterlagen waren der Vernichtung entgangen und nur die beiden Scharfrichter fanden ein vorzeitiges Ende. Sie wären gewissensmäßig noch für lange entlastet gewesen.

»Scheint's hat sich da nämlich jemand mit einer Hinrichtung revanchiert«, sagte Grandauer auf den Bericht seines Mitarbeiters Kargus. »Und was wiss' ma von dem Rentner seine drei Enkel? Die hätten ein Motiv, zum Beispiel!«

»Hama inzwischen die Wohnung ermittelt. Heißen auch Obermeier wie der Alte. Und der Jüngste is a Lehrbua ... bei der Bahn. Die zwei andern waren Soldaten. Und der Älteste is als ... fahnenflüchtig gemeldet.« Das Wort fahnenflüchtig ist ihm beinahe im Hals stecken geblieben, weil ihm einfiel, dass es bei seinem Chef eine Wunde berühren könnte. Aber es kam anders: »Ja mei, Kargus ... man muss schon erst amal wissen, warum. Warum macht einer nimmer mit. Weil er feig is? Mein Gott, feig ... feig sind andere auch. Sonst hätten's nicht alles mitgemacht. Also, jetzt schaut's euch amal die drei Buam a bissl näher an. Und wenn's is, dass sie als Täter infrage kommen, dann hol'n ma's nicht her, sondern gehen zu ihnen hin. An einem Abend vielleicht, wenn's alle drei daheim sind. Und jetzt muss ich los. Ich krieg' vielleicht a Paar Schuh heut'. Als Weihnachtsgeschenk für unsern Maxi.«

Ein Fahrzeug, das als Gefangenentransporter diente, und ein voll besetzter Mannschaftswagen verließen an diesem Spätnachmittag den Innenhof des Polizeipräsidiums. Oberkommissär Waldhauser war Einsatzleiter. Nichts Besonderes, Routine.

»Aha, aha! Und wohin geht's?«, rief ihnen der Hausmeister nach.

»Des täten S' gern wissen, gell?!«, antwortete ihm Waldhauser. »Soll ma Ihnen was mitbringen? Zigaretten, Kaffee, Schokolade?!«

»Na, bittschön net scho wieder, Herr Oberkommissär! Ich weiß ja scho gar nimmer, wohin mit dem Zeug!«

Es begann dunkel zu werden und allem Elend zum Trotz lag beinahe etwas von Weihnachten über der Stadt. Aus den Ofenrohren, die durch vernagelte Fenster nach draußen ragten, stieg der Rauch und in den Wohnungen da und dort glomm das sanfte Licht von müden alten Glühbirnen. Unten auf den Straßen rumpelten Handwagerl mit Brennholz beladen und wer so eines hinter sich herzog, konnte sich schon auf die Feiertage freuen, an denen er es warm haben würde.

Das Café »Atelier« lag auch diesmal da wie im Schlaf und Oberkommissär Grandauer näherte sich der Eingangstüre nicht weniger zögerlich und tief in seinen Mantel verkrochen. Dem Portier kam er, nach einigem Hin und Her, dann wieder in Erinnerung, sodass er wie einer der ihren eingelassen wurde. Das Markttreiben im Inneren war im Hinblick auf die bevorstehenden Weihnachtstage noch heftiger als beim letzten Mal und vereinzelt sah man auch christliche Zutaten im Angebot.

Der Leitner Willi hatte seinen Jugendfreund schon erwartet und kam ihm entgegen: »Alles vorbereitet, Karli! Geh ma hinter.« Und an den Portier gewandt, sagte er: »Alles in Ordnung! Is a Kundschaft von mir.« Der Karl folgte ihm mit hochgezogenen Schultern und steifen Beinen an seinen Tisch in der Ecke. Dort holte der Willi ein Paar schwarze Lackschuhe aus der Schachtel und pries sie, bevor der Karl noch etwas einwenden konnte, mit viel Überzeugungskraft an: »Ein Dreiundvierziger! Aber eher 44! Passt auf alle Fälle! Und wäre eben auch was für den Abend, wenn er amal was Besseres vorhat. Also, die nimmst, Karli! Da tu ma gar nimmer lang rum.«

Aber der Karl hatte sich etwas ganz anderes für seinen Heimkehrer erhofft als Abendschuhe: »Der Bua braucht doch a Paar feste Schuh, Willi. Fürn Schneematsch und keine zum Tanzen.«

»Andre sind halt leider auf die Schnelle net hergangen. Und wasserdicht, Karli, sind die auch.«

»Ich hab' aber nicht so viel Geld, dass ich ihm gleich zwei Paar kauf. Übern Preis hama sowieso noch net geredet.«

»Nix, Karli, überlass' das mir. Des mach' ich dann scho irgendwie.«

»Na na, des mag i net. Mit Schuhe, weißt... da hama schon amal Probleme g'habt, mir zwei.«

»Ach so, des meinst. Bei deinem Polterabend damals! Mein Gott... des is ja scho gar nimmer wahr, so lang is des her.«

Obwohl sich die Gäste im Café aus guten Gründen nicht allzu laut verhielten, ging das Klopfen an der Eingangstüre anfangs im allgemeinen Gebrabbel unter. Erst als der Portier, mühsam verhalten, in das Lokal rief: »Polypen! Abhauen! Aber leise! Die machen a Razzia!« Erst dann verloren etliche der Unerfahrenen den Überblick, während die Fachkräfte schon ihre Handelswaren zusammenrafften und nach Fluchtwegen Ausschau hielten.

Und dann, in die angstvolle Stille hinein, hörte man von draußen: »Aufmachen! Polizei! Wir haben mit Genehmigung der Militärregierung den Befehl zur Hausdurchsuchung! Öffnen Sie sofort die Türe! Oder wir öffnen gewaltsam!«

Der Karl war von seinem Stuhl aufgesprungen und schaute wie ein gefangenes Tier um sich: »Um Gottes willen! Ich bin ruiniert! Die dürfen mich auf gar keinen Fall seh'n da herin!«

Aber bei solchen Gelegenheiten bewährte sich eben Willis Vertrauen in die Unzulänglichkeit der Polizei und er nahm seinen Spezl an der Hand und beruhigte ihn: »Ich bring dich scho raus, Karli. Nicht verzagen, Willi fragen! Jetzt lass' ma die Bummerl erst amal alle zum Hinterausgang... da stehen's nämlich auch schon, deine Kollegen und fangen's 'zamm wie die Maikäfer. Aber mir verdrücken uns durchs Klofenster. Des geht auf'n Hinterhof naus und von da geht's durch a kaputtes Haus auf die Parallelstraß'.

Brauchst dich bloß immer an uns halten, was die Eingeweihten sind.«

Sein Berufsleben hatte dem Oberkommissär schon länger keinen Körpereinsatz mehr abverlangt wie diesen Sprung aus dem Klofenster und seine Erleichterung war groß, als er im finsteren Innenhof aufrecht gelandet war. Eine leichte Entspannung erlaubte es ihm nun sogar, sich innerlich wieder etwas mehr von den dubiosen Gestalten abzusetzen, mit denen er sich notgedrungen auf die Flucht begeben musste. Und auf dem Weg durch die Hausruine fragte der Willi plötzlich: »Deine Schuhe, Karli, wo hast'n die?«

»Ich denk', die hast du! Ich hab's nicht«, antwortete der Karl zwischen Bedauern und Erleichterung.

»Leck mich! Die hama g'sehn! Oder du siehst as demnächst an einem von deine Kollegen wieder!«

*

Indessen hatte Frau Grandauer beschlossen, das Schuhproblem selber in die Hand zu nehmen, und sie machte sich mit ihrem Maxi kurz entschlossen auf den Weg zu Onkel Rudis ehemaliger Wohnung. Die Gegend hatte sie bislang stets gemieden, seit sich die Amerikaner vor einem halben Jahr dort einquartiert hatten. Das tat sie schon ihrem Mann zuliebe, der seinen kläglichen Abgang damals noch immer nicht ganz verkraftet hatte.

»Und, wie g'sagt, Maxi, wenn ma gar nix ausrichten, dann sag'n ma dem Papa auch nix davon, dass ma dort waren. Sonst ärgert er sich bloß.« Und wie sie dann in die unzerstörte Straße einbogen und alles war so sauber und hell erleuchtet, mochte es ihnen zumute gewesen sein, als hätten sie das schmutzige, graue München verlassen und wären in einem Vorort der neuen Welt gelandet. Am Straßenrand die chromglänzenden, dickbauchigen »Amischlitten«, und weil auch hier Weihnachten vor der Türe stand, waren überall Weihnachtsmänner und bunte Dekorationen, wie für einen Kindergeburtstag. Dieser Umstand mochte die Verhandlungen der Grandauers mit einem Angehörigen der Besatzungsmacht begünstigt haben. Sie mussten nicht lange im Stiegenhaus warten, dann kam er wieder zu ihnen heraus und sagte in perfektem Deutsch: »Kleidungsstücke und so weiter, sie werden generell an Naziopfer verteilt. Aber der Lieutenant erlaubt Ihnen, Sie können sehen, ob Sie noch ein Paar passende Schuhe finden. Kommen Sie herein.«

Wenig später verließen Mutter und Sohn das Haus, ohne sich noch einmal umzudrehen, ein wenig wie Kartoffeldiebe. Und der Maxi trug seine ausgelatschten Knobelbecher in der Hand und an den Füßen ungewohnte Stiefeletten aus dem Nachlass von Amtmann Rudolf Grüner.

*

Es war ja nicht das erste Mal, dass sich jemand so lange im Bäckerladen herumdrückte, bis die anderen Kunden alle draußen waren, um der Frau Kreitmeier dann ungestört einen Tauschhandel anzubieten. Und immer schlug die Kathi das auch nicht aus. Aber dann war es eher so, dass die Kundschaft sie erbarmte und nicht, um aus der Not anderer für sich ein Geschäft zu machen.

Die Frau war aus der Nachbarschaft, man kannte sich schon viele Jahre und die Kathi, obwohl sie längst absperren wollte, wartete geduldig, bis die Frau ihre Offerte auf den Ladentisch gelegt hatte: ein Paar derbe Haferlschuhe, wenig getragen.

»Weil's doch geheißen hat, von der Frau Grandauer der Bua is heimgekehrt und hat keine g'scheiten Schuh. Und der meine braucht's nimmer. Der hat ja keine Füaß nimmer.«

»Ich weiß scho«, sagte die Kathi. »Abgefroren, gell. Alle zwei.«

»Bis nauf zu die Knie. In Russland hinten.«

*

Auch wenn dem Mercedes nicht mehr viel von seiner glanzvollen Vergangenheit geblieben war – er gehörte vor nicht langer Zeit noch zum Fuhrpark der Gauleitung – hier, in dem schäbigen Glasscherbenviertel war er noch immer ein Fremdkörper und die Bewohner blickten mit tiefem Misstrauen auf ihn. Umso mehr, als der Fahrer des Wagens ein Polizist war.

Der junge Kerl mit dem kümmerlichen Christbäumchen war auch einen Moment irritiert, bevor er in das Haus hineinging. Aus der Parterrewohnung schob sich ein alter, faltiger Kopf und flüsterte: »Manfred! Die sind fei zu euch naufgangen! Mit dem Auto, die zwei. Vielleicht wolln's was rausbringa!«

»I weiß von nix.«

»Lasst's euch bloß net rei'legn!«

An der Wohnungstüre stand Josef Obermeier. Das war der Name des Großvaters, den man hingerichtet hatte. Und jetzt wohnten seine drei Enkel hier. Die beiden Älteren hockten nun schon eine Weile mit den Kriminalern in der Küche und sie ließen sich nicht die leiseste Unsicherheit oder Angst anmerken. Sie blieben auch scheinbar unbeeindruckt von den Verdächtigungen, die Oberkommissär Grandauer zwischendurch andeutete, sehr zurückhaltend allerdings, unaggressiv, ja fast mit einem persönlichen Wohlwollen.

»Oder gibt's vielleicht noch jemand ... außer euch ... der einen Grund gehabt haben könnte ... dass er die zwei Helden von der SA erschlägt und ins Wasser schmeißt?«

»Wird scho wen geben. Mir waren's nicht«, antwortete der älteste von den Brüdern und beeindruckte die Kriminaler, indem er ihrem Blick gelassen standhielt.

»Aber der wär' seiner Bestrafung auch so nicht entgangen … ohne Selbstjustiz«, sagte Grandauer; dabei fiel ihm das Foto von einem alten Mann auf, an der Küchenwand: »Das is er wohl, euer Großvater? – Kann ma scho versteh'n, was da in euch vorgegangen is, wie's gehört habt's, dass er sich für euch aufgeopfert hat.«

In dem Moment betrat der kleine Bruder mit seinem Christbäumchen die Wohnung und der Älteste wartete mit seiner Antwort, bis er in der Küche war. Dann sagte er unmissverständlich: »Und wenn's noch so viel Verständnis ham, von uns erfahren Sie nix. Und mir ham auch nix damit zu tun!«

»Grüß Gott, ich bin der Manfred«, sagte der Kleine mit seiner hellen, freundlichen Stimme, die sich anhörte wie jene vor etlichen Tagen draußen im Wasserschloss. Aber dafür gab es keine Zeugen. Und noch etwas hatte den Oberkommissär in seinem Inneren bewegt, sodass er, schon im Weggehen, den ältesten der Brüder fragte: »Übrigens … waren das Sie … der beim Militär desertiert is?«

Und der reagierte ziemlich unfreundlich und aggressiv darauf: »Wieso? Was hat des damit zu tun?!«

»Nix, na na«, sagte Grandauer und das Missverständnis tat ihm offensichtlich leid, »das interessiert mich nur so … ganz persönlich.«

»Das war ich, ja«, antwortete ihm der junge Mann nicht stolz, nicht schamhaft. Und Grandauer nickte noch, als er schon auf der Treppe war, wie auf eine Sache hin, die ihn nicht loslassen wollte.

»Mich fahren S' bittschön heim in die Bäckerei Kreitmeier«, sagte er anschließend zum Fahrer des Dienstwagens. Der war ihnen in Anbetracht des Weihnachtsabends zur Verfügung gestellt worden. Und seinem Begleiter Kargus gegenüber zog Grandauer die Bilanz: »Nichts nachzuweisen. Und wenn's die tausendmal fragen. Die ham auch kein schlechtes Gewissen. Nicht einen Funken.«

»Aber gell, ma muss sich direkt zammreißen, dass ma ihnen nicht recht gibt«, meinte Kargus verlegen.

»Ja ja, mein Lieber ... so tief sind wir schon gesunken.« Und nach einer Weile gestand er dem Kollegen: »Und ich hab' immer wieder an unsern Buam denken müssen ... an unsern Rudi ... weil der doch auch ... Fahnenflucht!«

Er ließ sich nicht ganz vor die Bäckerei fahren, er wollte noch ein paar Schritte gehen und durchatmen. Es war ihm schon klar, dass er nicht ganz korrekt gehandelt hatte. Sonst hätte er die Burschen schärfer anpacken müssen. Denn, dass sie die Täter waren, das lag doch auf der Hand.

Manchmal ist es schon verdammt schwer, dass man den Tätern nicht recht gibt. Oder nur insgeheim. Aber nun war erst einmal der Heilige Abend und die Kathi hatte schon angedeutet, dass sie Würstl organisiert hat. Wie schön wäre es gewesen, der Karl hätte dann vor seinen Maxi hintreten können und sagen: »Da Bua, hast a Paar g'scheite Schuah von deinem Vater!«

Man sollte sich eben nicht auf solche dubiosen Charaktere einlassen, wie dieser Leitner Willi einer war.

»Karli! Moment! Gut, dass ich so lang g'wart hab'. Ich bin nämlich schon a halbe Stund' vorm Laden auf- und abgegangen, weil ich gehofft hab, dass ich wen von euch seh.«

Damit war der Leitner Willi aus der Dunkelheit hervorgetreten und drückte seinem verblüfften Jugendfreund Karl eine Schachtel in die Hand: »Schuhe! Für dein' Buam! Aber g'scheite desmal. Dreiervierz'g auf Vierervierz'g! Vielleicht brauchst' as als Christkindl. Und a recht a schönes Weihnachtsfest wünsch' ich euch alle mitanander!«

So kam es, dass das Christkind dem Heimkehrer gleich vier Paar Schuhe beschert hatte und seinem Vater noch ein weiteres Beispiel von der Unberechenbarkeit menschlicher Charaktere.

4.

Ein ganzes Jahr war über dem Ereignis vergangen, aber als die beiden älteren Damen im Sommer 1946 zufällig sein Foto in der Süddeutschen Zeitung sahen, sagten sie wie aus einem Mund: »Das is er!«

Und sie entschlossen sich, noch am selben Tag Anzeige zu erstatten. Nicht wie damals draußen bei der Landpolizei, nicht noch einmal so ein peinliches Verhör, bei dem man sich vorkommen musste, als wäre man schon nicht mehr zurechnungsfähig. Die beiden Damen – sie waren Schwestern – beschlossen deshalb, in die nahe Stadt zu fahren, nach München, wo man von der Polizei eine respektvollere Behandlung erwarten durfte. Und sie kleideten sich mit dem Besten, was sie besaßen: Complets, die Mariechen, die jüngere von den beiden Schwestern, aus alten Vorhängen und anderen Stoffresten geschneidert hatte. Dazu trugen sie, passend, kleine Hütchen, die seinerzeit schon ihre Flucht aus Ostpreußen mitgemacht hatten.

Bereits die erste Begegnung mit der Stadtpolizei verlief ermutigend, der Beamte empfahl ihnen, sich gleich an die Kriminalabteilung im Präsidium zu wenden, und er zeigte ihnen sogar den Weg dorthin durch Ruinen und Schuttberge. Auch an der alten Zwingburg für die öffentliche Ordnung waren – ein Jahr erst nach Ende des Krieges – noch längst nicht alle Wunden verheilt. Aber immerhin: Der Vorhof zum Haupteingang war aufgeräumt und das Vorhandensein heimischer Mitarbeiter gegenüber jenen von der Besatzungsmacht hatte offensichtlich zugenommen.

Kurz vor dem Portal schärfte die Ältere, Lilo, ihrer Schwester noch einmal ein: »Und bitte, es kann immer nur einer sprechen!«

»Ich weiß es, Lilo. Und ich sage auch nichts.«

»Du kannst ja etwas sagen, Mariechen. Aber bitte nur, wenn es nötig ist!«

Oberkommissär Grandauer war gerade im Begriff, das Haus zu verlassen, als ihn die Dame mit Vornamen Lilo ansprach: »Entschuldigen Sie bitte, mein Herr ... aber wir möchten einen Mord zur Anzeige bringen.«

Grandauer behielt seine Leidensmiene bei, mit der er heraustrat, und sagte unbeeindruckt: »Lassen Sie sich bitte, gleich wenn Sie reinkommen, von dem zuständigen Beamten weiterhelfen ...« Dann war ein Lächeln aufgeblitzt in seinem Gesicht, er zog den Hut und rief: »Ja, wen sieht man denn da wieder amal! Habedieehre, Herr Oberregierungsrat!«

»Jaja, mein Lieber ... ich muss mich nämlich jetzt auch politisch, net wahr ... durchleuchten lassen! Zwecks Anerkennung meiner Pensionsansprüche.«

»Aha! Hat man Ihnen auch diesen wunderbaren Fragebogen aufgebrummt? Mit 131 Fragen!«

»Eine Zumutung! Aber Ihnen kann ja nix passieren, Herr Grandauer. Sie haben ja, hör' ich, keinerlei braune Flecken an der Weste!«

Auf diese Bemerkung, die er jetzt öfter zu hören bekam, liebte es Grandauer mit selbstgefälliger Bescheidenheit zu sagen: »Jaja, mag sein, Herr Oberregierungsrat. Aber ich will mich wegen dem nicht hervortun.«

»No also ... Sie sind aber doch jetzt immerhin Abteilungsleiter geworden!«

»Kommissarisch! Und jetzt sollte ich eigentlich den Lehrgang machen, für den gehobenen Dienst ... aber ...«, und dabei tippte er sich an die Brust: »Geht nicht! Bin gerade auf dem Weg zum Doktor.«

Damit ließ er den Oberregierungsrat Einschlägiges vermuten, bis er ihm nicht ohne Tragik den Grund nannte: »Magen!«

»Was Ernsteres?«, fragte der Oberregierungsrat mitfühlend.

»Ja mei…, was weiß man. Mein Vater is halt dran gestorben!«

Es sah fast so aus, als hätten die beiden älteren Damen ihren Eifer schon bereut, der Strafverfolgung einen Dienst zu erweisen. Man hatte sie einstweilen in einem Büro abgestellt, in dem sich ein halbes Dutzend Beamte sehr beschäftigt gaben, telefonierten, Akten wälzten, rein und rausliefen. Und das alles ohne die Damen zu beachten, bis dann endlich der freundliche Kommissär mit dem einen Arm wiederkam und sagte: »So bitte, gehen wir einstweilen zu mir rüber. Da haben wir mehr Ruhe.«

Dort ließ er sich dann noch einmal das Foto in der Zeitung zeigen und die Ältere mit Namen Lilo sagte ohne jeden Zweifel: »Das ist er! Von Kallwitz! Der da! Angeblich ein Gutsbesitzer! Aus Gumbinnen.«

Ihre Schwester ging zaghaft dazwischen: »Aus Insterburg, Lilo. Entschuldige…«

»Es war Gumbinnen! Und das weißt du so gut wie ich«, fauchte Lilo streng. Mariechen zog hinterrücks eine Schnute und flüsterte trotzig: »Insterburg.«

Kargus verzichtete nun fürs Erste auf das Protokoll, wendete sich von seiner Schreibmaschine ab und fragte: »Und wann ist das passiert… dieser Raubmord?«

»Im Mai letzten Jahres. Gleich nachdem die amerikanischen Soldaten bei uns einmarschiert waren.«

»In Ihrem damaligen Wohnort am Starnberger See?«

»Im Landhaus von Arno Böckler.«

»Dem Bildhauer«, ergänzte Mariechen.

»Ich denke doch, der Herr wird wissen, wer Arnold Böckler war!«

Kargus machte nicht den Eindruck und notierte sich den Namen: »Und Sie haben zu der Zeit, als das passiert ist, in dem Haus gewohnt? Bei dem Bildhauer.«

»Wir waren vom Flüchtlingsamt dort einquartiert. Bei seiner Witwe. Böckler war ja Bluter und starb sehr früh.«

»Aber gestorben ist er an der Schwindsucht«, sagte Mariechen und dafür traf sie erneut ein strafender Blick von der Schwester.

»Dieser Mann auf dem Zeitungsfoto ... von Kallwitz ... war der auch in dem Haus untergebracht? Oder woher haben Sie ihn gekannt?«

»Er wohnte auch in dem Haus, ja. Bis zum Kriegsende. Dann verschwand er plötzlich. Und nach Tagen kam er wieder ... mit dieser Horde von Dieben und Plünderern! Und die haben alles ausgeraubt! Das ganze Haus! Böcklers besaßen ja wertvolle Kunstschätze, Möbel ... alles geraubt und mitgenommen! Und wir haben uns in unserem Zimmerchen eingeschlossen und gebetet, dass uns nichts geschieht.«

»Und da waren Sie dann wahrscheinlich auch, als der Mord an der Witwe geschehen ist«, fragte Kargus scheinbar ganz nebenbei.

»Es geschah ja direkt unter uns! Wir haben alles miterlebt! Alles!«

»Aber nur gehört, Lilo. Nur gehört!«

»Ich denke doch, das hat genügt, Mariechen! Sie müssen wissen, Herr Kommissär: Durch unser Zimmer führte ein Abflussrohr. Und durch das hörte man alles von unten, wenn man wollte. Und ich hörte die alte Dame noch schreien: Herr von Kallwitz ... Sie werden doch nicht!? Hilfe! Nein! Bitte nicht! Und danach dieses fürchterliche Röcheln!«

»Haben Sie die Tote später gefunden? Oder war noch jemand im Haus?«

»Niemand, so viel wir wissen. Und wir waren so verängstigt, dass wir uns erst aus unserem Zimmer gewagt haben, als die Bande alles schon hinausgetragen hatte und davonfuhr. Die waren ja mit einem Lastwagen gekommen.«

»In der Nachbarschaft hat auch niemand reagiert?«

»Keine Menschenseele. Niemand war da, der etwas hätte verhindern können. Alle hatten sie Angst. Und keine Polizei, die sich den Verbrechern in den Weg gestellt hätte! Die kamen erst am anderen Morgen. Und man musste sie mehrmals bitten!«

»Und was war mit der Leiche? Oder hat die Dame noch gelebt?«

»Ein Arzt hat sich um sie gekümmert. Ein junger, unerfahrener Mann. Sie wäre eines natürlichen Todes gestorben, hatte er behauptet! Ein Schlaganfall! Und was immer wir gesagt haben, es wurde abgetan, als wären wir schon plemplem. Mariechen, bitte, nun sag du auch etwas!«

»Ja, Lilo … es war schon so, wie du sagst …«

*

Doktor Anton hatte einen guten Ruf als praktischer Arzt, auch wenn sein Behandlungsraum eher einer Wohnküche glich. Als Hilfsmittel besaß er zurzeit nicht viel mehr als sein Stethoskop und eine Höhensonne, dazu reichlich Erfahrungen und ein feines Gespür für Menschen.

Karl Grandauer war bei ihm wegen seiner Magenprobleme und der Doktor hatte sich viel Zeit für ihn genommen, was den Oberkommissär jedoch eher beunruhigte: »Und auch dieser starke … also manchmal fast direkt bohrende Schmerz …?«

»Ganz typisch, ja ja …«, sagte der Arzt etwas abwesend, weil ihm der Name des Medikaments nicht gleich einfiel, von dem man hoffen konnte, dass es mit einigem Glück zu bekommen war.

»Aber bitte nicht, dass Sie vielleicht denken, Herr Doktor, Sie müssten mich jetzt irgendwie schonen. Ich bin Manns genug…«

»Schonen müssen Sie sich selber!«, sagte der Doktor. »Und nicht so viel aufregen! Nicht zu ehrgeizig! Geht alles auf den Magen!«

»Aber es ist halt leider bei mir erblich, Herr Doktor. Mein Vater hat's ja auch gehabt. Und ist eines Tages daran gestorben.«

»Ihr Vater hat vermutlich Krebs gehabt. Dafür gibt's bei Ihnen vorläufig noch keine Symptome.«

»Vorläufig!«, wiederholte der Karl und zwang sich dabei zu einem entsagungsbereiten Lächeln.

»Ja mei, an irgendwas sterben wir eines Tages alle, Herr Grandauer. So, und da hab ich Ihnen a bissl was aufgeschrieben. Hoffentlich kriegen Sie's. Mit'm Essen sama ja sowieso auf Diät gesetzt. Zu viel trinken oder rauchen… muss man heut' auch niemand mehr verbieten. Warme Umschläge. Wenn's geht mit Leinsamen oder Heublumen…«

*

Die Frau Grandauer genierte sich schon ein wenig, wollte auch niemandem etwas davon sagen und sie schaute sich erst um, bevor sie das heruntergekommene Haus wieder verließ. Die Adresse hatte sie im Bäckerladen bekommen von einer Kundin, der es ähnlich ging wie ihr. Und eigentlich konnte sie ja nun ganz erleichtert sein, weil ihr die hellsichtige Frau, bei der sie soeben war, bestätigt hatte, dass ihr Rudi lebte und bald heimkommen würde. Dafür hatte sie die fünf Reichsmark gerne bezahlt, zuzüglich einem Wecken Mischbrot. Aber diese Weissagung war nur möglich, weil sich in Grandauers früherer Nachbarschaft, bei einer gewissen Franzi, ein Foto von ihrem Sohn auftreiben ließ, das das Mädchen lange in ihrem Nachtkästchen aufbewahrt hatte. Über diesem Foto ließ die Wahrsagerin dann ihr magisches Pendel sprechen mit der heiß ersehnten Botschaft: Er lebt!

Und auch die Frau Kreitmeier hatte an diesem Vormittag ein Lebenszeichen von ihrem Sohn erhalten. Auf postalischem Weg nur und nicht zum ersten Mal. Der Postbote, der den Brief überbrachte, war hocherfreut, weil er auf die Briefmarken spekulierte: »Da haben wir wieder einen heute, einen feinen! Aus dem fernen Neuseeland!«

»Mei, jetzt verwöhnt er mich aber, mein Peter! Dankschön. Und ich heb's Ihnen schon auf, die Marken.«

»Sind nämlich eine Seltenheit! Und da hätt' ich noch was für die Grandauers. Is wer droben?«

»Brauchen S' net extra nauf. Geben Sie's ruhig mir.«

Es war eine Mitteilung vom Suchdienst des Roten Kreuzes – betreffend Vermisstenanzeige – Unteroffizier Rudolf Grandauer – zuletzt an der Ostfront. Das Folgende hatte die Kathi schon geahnt und nur noch überflogen. Es schien, als hätte man eine Spur ausfindig gemacht und stünde für Auskünfte zur Verfügung.

Dann vergrub sie die Postkarte fürs Erste in ihrer Schürzentasche und wendete sich wieder den Kunden zu.

Karl Grandauer war auf dem Rückweg ins Amt schon ziemlich erleichtert über den ärztlichen Befund, auch wenn sich damit sein Anspruch auf Hilfsbereitschaft und Nachsicht vonseiten der Kollegen verringern würde. Inwieweit, das ließe sich ja dann jeweils noch dosieren. Aber vielleicht wäre es ja seiner Position im Amt sogar dienlich, das Leiden in gewisser Weise beizubehalten, um gleichzeitig damit Stärke zu demonstrieren.

Eine erste Gelegenheit dazu ergab sich bereits im Stiegenhaus der Polizeidirektion, als ihm Oberinspektor Deinlein entgegenkam. Dessen Sorge um Grandauers berufliche Zukunft konnte eigentlich schon von Natur aus nicht so überwältigend groß gewesen sein, seit die beiden die Rollen getauscht hatten und Deinlein noch immer unvermindert unter seiner Zurücksetzung litt: »Da is er ja! Grandauer! Die ganze Zeit muss ich dran denken! Was meint er denn nun, der Doktor?«

»Oh mei! Danach wenn's ginge …! Die übertreiben doch alle, die Dokter! Muss ma nicht so ernst nehmen. Ich hab' grad' drunten zum Dirscherl g'sagt: Falls jemand schon mit meinem Ausscheiden gerechnet haben sollte … so weit ist es noch nicht! Ich bleibe Ihnen schon noch a Zeit lang erhalten!«

»Na, das woll'n ma aber doch alle hoffen! Nicht, dass ma am Ende noch unsern Hausmeister kriegen, als Dienststellenleiter! Alles möglich, heutzutage!«

Kollege Kargus war unterdessen im angeblichen Mordfall, den die beiden Damen zur Anzeige gebracht hatten, schon ein Stück weiter gekommen: »Erst hab' ich ja auch gedacht, die ham sich da was zusammenfantasiert, die zwei alten Tanten. Aber der Raubüberfall im Haus der Bildhauerswitwe ist tatsächlich passiert. Voriges Jahr kurz nach Kriegsende. Und einer von der Landpolizei da draußen hat das auch alles protokolliert. Bloß, den gibt's nimmer, den Polizisten! Und das Protokoll auch nicht! Verschwunden. Nichts Ungewöhnliches, bei dem Chaos damals. Und der Doktor, der den Totenschein ausgestellt hat, ist auch nicht mehr vorhanden. In die Ostzone abgewandert. Der neue Leiter von der Polizeistation meint: Da ist Einiges nicht astrein an der G'schicht. Aber es hat sich noch niemand gerührt, den das gestört hätte.«

Grandauer hatte währenddessen das Foto in der Zeitung betrachtet und fragte: »Und was sind das noch für Leut', die andern da auf dem Foto? Von der Presse oder was?«

»Anzunehmen. Ich hab' unsern Lehrling schon amal nüberg'schickt in die Redaktion. Die müssten das eigentlich wissen. Oder der Fotograf kann uns was sagen.«

*

Der Grandauer Maxi hatte sich schnell wieder zurechtgefunden in dem, was vom früheren Leben übrig geblieben war. Er hatte gelernt, dass auch wenig sehr viel sein konnte, und damit war er nicht alleine.

Mit siebzehn hatte er die Schule abgebrochen und eilte zu den Fahnen. Das heißt, er selber eilte nicht. Es eilte. Wenn es nach ihm gegangen wäre, hätte er lieber weiter tote Sprachen gelernt, als auf lebendige Menschen zu schießen. Der Maxi hatte nichts Heroisches.

Er war kein Draufgänger. Und das Eiserne Kreuz bekam er eigentlich nur, weil die Angst oftmals mehrere Ursachen hat und die Angst vor dem Feind ist nicht immer die größte.

Inzwischen war der Maxi wieder auf der Schulbank gelandet, neben anderen ehemaligen Soldaten; etliche vom Krieg verstümmelt, die meisten älter als er, manche wurden schon von ihren Kindern abgeholt.

Nun waren die Sommerferien da und die Traudl hatte ihrem Buben dafür eine Badehose gestrickt aus der wollenen Unterwäsche von seiner Oma. Die Hose ließ sich auch, und das war nötig, mit einem Band über den Hüftknochen zusammenziehen. Nur an den Beinen war sie, auf Anraten der Oma, sehr lang.

Der Maxi hatte sich mit einem Klassenkameraden zu einer Radltour verabredet, über Grünwald hinaus an einen kleinen Moorweiher. Dort war er früher schon ein paar Mal, als sich der Krieg in den Sondermeldungen noch wie siegreiche Sportveranstaltungen anhörte. Und Vater Grandauer wusste darauf oft auch nichts anderes zu sagen, als: »Schon irgendwie bewundernswert, die Unsern! Das muss man ihnen lassen.«

An dem Weiher waren ein Wirtshäusl und eine kleine Badeanstalt, aber beides hatte den Betrieb noch nicht wieder aufgenommen. Dafür war der Eintritt frei und von den ehemaligen Badekabinen ließen sich einige wenigstens noch zum Umziehen benützen. Das war vonnöten, denn unter den Leuten, die sich im Wasser oder auf der Wiese tummelten, waren auch schüchterne, junge Mädchen, die nichts von sich preisgeben wollten. Allerdings fiel auf, dass, sobald eines sich in so einen Verschlag zurückgezogen hatte, sofort auch der Verschlag unmittelbar daneben begehrt wurde, meistens von frühreifen Knaben.

Auch der Maxi verdankte erste, nachhaltige Eindrücke von den Besonderkeiten des weiblichen Geschlechts einem Astloch. Noch vor dem bekannten volksaufklärenden Doktorbuch »Des Weibes Leib und Leben«, das seine Eltern nicht sorgfältig genug vor den Kindern versteckt hatten. Es erlaubte sogar Einblicke in das Innere des Weibes. Aber er wollte darin eigentlich keine Organe sehen, Engel haben keine Eierstöcke. Wesentliches hatte sich an dieser Haltung bei ihm bis zu diesem Tag nicht geändert, obwohl inzwischen so vieles geschehen war, was ganz allgemein ernüchtern musste.

Da lagen sie nun, die beiden angehenden Abiturienten, im warmen Gras, um sich trocknen zu lassen, und sie kauten zufrieden an den dicken Kanten Brot mit Magerquark und Rübenmarmelade, die ihnen die Tante Kathi mitgegeben hatte. Und sie ließen sich dabei auch nicht von den Mädchen beeindrucken, die in ihren züchtigen Badeanzügen auf der Wiese Ball spielten. Bis ihnen der Ball einmal auskam und den Maxi am Kopf traf – da war der Kontakt hergestellt: »Wollten S' uns den schenken, den Ball?«, fragte sie der Maxi.

»Na, eigentlich net.«

»Aber vielleicht wollen S', dass ma mitspiel'n?«, kokettierte der Schulfreund.

Während sich die Mädchen mehr halbherzig dagegen aussprachen, hatte sich eines von ihnen mit den Augen an den Maxi geklammert und sie nannte, noch unsicher, seinen Namen. Und er erhob sich daraufhin und sagte, als stünde er vor einem Wunder: »Hildegard?! Ich werd' verrückt!« Dann gingen sie etwas staksig aufeinander zu und nahmen sich in die Arme. Die andern standen dabei und keiner sagte etwas.

»Mei ... und ich hab' scho so oft g'fragt nach dir! Weil euer Haus nimmer steht.«

»Und ich hab' auch immer wieder g'fragt nach dir. Aber ihr wohnt ja nimmer da.«

»Meine Mutti hat noch mal geheiratet. Fröschle heiß' ma jetzt.«

Der Maxi schaute sie ganz verzückt an und sie hatte das gleiche Leuchten in ihren Augen wie er: »Maxi ... mei!«

»Die Hildegard!« Und seinem Schulkameraden sagte er: »Sie is ... wo ma früher gewohnt ham ... meine Jugendliebe!«

*

Die Kathi war über sich selber erschrocken, als sie am Abend, ehe sie mit dem Ladenputz begann, ihre Kittelschürze auszog und dabei die Karte vom Suchdienst in der Tasche fand: »Glaubst, ich hab' die direkt vergessen g'habt, Max. Weil ma's auch immer verdrängt, so was.«

»Also, jetzt wart' ma halt noch a bissl und vielleicht geben's mir ja auch a Auskunft. Dann red' ich hinterher selber mit'm Karl ... wenn's tatsächlich ... dass es endgültig is. Er hofft ja auch immer noch ... und mag's bloß nicht zugeben.«

»Und sie is ganz durchdrungen, die Traudl, dass er noch lebt.«

»A bissl wenigstens, wenn ma sie vorbereitet hätt'... Achtung, die Oma kommt!«

Oma Soleder war draußen vor der Ladentüre erschienen mit einem tragischen Gesicht und der Max sperrte noch einmal für sie auf.

»Ich will Sie gar nicht aufhalten, Herr Kreitmeier...«

»Kommen S' nur rein, mir freu'n uns doch.«

»Ach Gott, ich sag' Ihnen... ich war doch bei meinen Jungen droben... der Karl ist auch grad heimgekommen... und ist es nicht schrecklich? Da denkt ma immer, es müsste doch endlich amal a bissele eine Ruhe eintreten und dann kommt schon wieder was daher!«

Die Kreitmeiers waren einen Moment in Sorge, dass es etwas mit dem Suchdienst zu tun haben könnte. Aber die Oma kam gleich auf die eigentliche Tragödie: »Er war nämlich beim Arzt heute, der Karl. Wegen seinem Magen.«

»Und was hat er g'sagt, der Doktor?«, fragte der Max noch ahnungslos.

»Nicht gut. Gar nicht gut. Der Doktor hat große Bedenken!«

»Ja was«, sagte der Max betroffen, aber mehr der Oma zuliebe; denn als sie kürzlich die Grandauers zu ihrem dritten Hochzeitstag eingeladen hatten und es gab einen absoluten Ausnahmeschweinebraten vom Schwarzen Markt – fett und für den entwöhnten Normalverbraucher unverträglich –, aber der Karl ließ sich davon nicht abschrecken und gab auch hinterher keine Verdauungsprobleme zu erkennen.

»Er tut natürlich nur so, der Karl, dass man sich keine Sorgen macht«, sagte die Oma. »Aber man hört es ja aus allem heraus. Und es ist doch sein Vater auch an diesen Magengeschichten gestorben.«

Dass der Maxi ausgerechnet jetzt von seinem Badeausflug zurückkam und noch dazu mit einem unbekannten, etwas molligen Mädchen, das hätte die Oma selbst unter normalen Umständen vor ein Problem gestellt. Und natürlich waren die beiden fröhlich und schmachteten einander an, wobei sich die Hildegard aber auch sehr bemühte, einen artigen Eindruck zu machen. Ein Glück nur, dass die Kreitmeiers dabei waren. Mit der Oma allein wäre das Examen schwieriger ausgefallen.

»Und das Wasser, war's nicht recht kalt?«, fragte die Kathi.

»Na, wunderbar war's, richtig warm!«, schwärmte der Maxi.

»Da hat man sich dann nämlich ziemlich schnell was an der Blase geholt! Im kalten Wasser«, unkte die Oma.

»Ich hab' mir dafür was anderes geholt, Oma!« Und dabei zog er seine Jugendliebe mitsamt ihrem Fahrrad an sich heran. »Und jetzt musst du raten, wer sie ist! Du kennst sie nämlich, sie hat früher ganz in unsrer Nähe gewohnt.« Aber die Oma hob nur einmal kurz die Schultern und blieb auf Distanz.

»Und sie ist auch schon öfter bei uns g'wesen, in der Wohnung, und hat mit mir vierhändig gespielt!«

»Vierhändig ham's g'spielt, Oma! So was vergisst ma doch net«, flachste der Max.

»Jaja ...«, sagte die Oma. »Ich kenn' sie schon noch. Und sie wollt' dann immer net heimgeh'n am Abend, des kleine Luderle.«

»Wird halt die Musik so gern g'habt ham, gell, Fräulein?«

Die Hildegard lachte verschämt und wurde rot im Gesicht. Und der Maxi wollte sie gerne erlösen, indem er fragte: »Die Mama droben? Dass sie ihr auch schnell Grüßgott sagen kann.« Worauf die Oma seine Begeisterung dämpfte: »Ja, aber da kannst jetzt fei nicht mit ihr nauf. Deine Eltern haben andere Sorgen.«

»Wieso, was is?«, fragte der Maxi etwas erschreckt. Und die Antwort klang fast bedrohlich: »Dein Vater war heute beim Arzt…!«

Karl Grandauers Magenbeschwerden hatten derweil neue Nahrung erhalten, in Form eines meterlangen Fragebogens, der auch ihm, wie allen seinen Kollegen, ausgehändigt worden war mit der Verpflichtung, ihn wahrheitsgemäß auszufüllen. Und er nörgelte bei dessen Lektüre missmutig vor sich hin: »…wie bei die Nazi! Auch nix anderes! Eine Zumutung!«

Die Traudl stellte ihm eine Tasse Magentee auf den Tisch und sagte: »Dann hör' halt jetzt auf mit dem Zeug. Trink deinen Tee und geh' ins Bett. Den kannst doch auch a anders Mal ausfüllen.«

»Aber sagst ma dann bitte, was ich da reinschreiben soll auf die Frage: ›Haben Sie irgendwelche Verwandte, die jemals Amt, Rang oder einflussreiche Stellung in irgendeiner NS-Organisation hatten? – Falls ja, geben Sie deren Namen und Anschrift an, den Grad Ihrer Verwandtschaft sowie eine Beschreibung der Stellung und Organisation.‹«

»Ham mir da wen?«, fragte sie arglos.

»Du bist gut! Meinen Bruder, den Adi!«

»Ach so, stimmt ja.«

»Muss ich anzeigen! Den eigenen Bruder! Denunzieren! Wie bei die Nazi!«

»Mei, dann schreib' halt nei, du hast niemand und wenn's dir draufkommen, sagst, du hast es nicht gewusst. Ganz einfach.«

»Nicht gewusst!«, höhnte er und langte sich an den Kopf. »Das hat jeder gewusst! Ein jeder! Der Adi ist doch auch bei uns im Präsidium ein- und ausgegangen. Und so und so oft in der Uniform! Was glaubst du, wie viele da bloß drauf warten, dass' ihn neitauchen können!«

»Mein Gott, der Adi is in Russland, Karl! Und wer weiß, ob er überhaupt noch lebt.«

»Aber ich werde gefragt! Und ich bin dran, wenn ich mich dumm stell und sie erfahren's von wem andern!«

*

Die Druckerei von Adam Fröschle war erst im letzten Kriegsjahr von einer Fliegerbombe demoliert worden. Bis dahin hatte der Betrieb in erster Linie mit Druckerzeugnissen für nationale Belange floriert. Aber Herr Fröschle war auch bedacht, nebenher die katholische Kirche zu bedienen, für den Fall, dass der Endsieg ausbleiben sollte. Und das war ja nun der Fall; bloß sein betriebswirtschaftlich abgestütztes Glaubensbekenntnis hatte bisher noch keine Früchte getragen.

Als der Maxi dann am Abend dieses Glückstages seine Jugendliebe nach Hause begleitete, hatte er kein Auge mehr für den heruntergekommenen Zustand des Druckereigebäudes, indem sich auch die Wohnung der Fröschles befand. Er war im Gegenteil ganz froh darüber, dass es rundherum so düster war und unbelebt. Sie lehnten ihre Räder an die Hauswand, nun hatten sie die Hände frei, aber noch eine ganze Weile nicht den Mut, sie irgendwie zärtlich anzubringen.

Die Hildegard war vielleicht schon ein bisschen weiter in ihren Vorstellungen, weshalb sie fragte: »Gehst noch mit nauf zu meine Eltern?«

Das hemmte den Maxi momentan, aber mehr aus der Sorge heraus, den elterlichen Anforderungen auf Anhieb nicht gewachsen zu sein: »Is scho a bissl spät vielleicht. Aber das nächste Mal. Seh'n ma uns morgen?«

»Wennst es willst.«

Er nahm sie bei der Hand und sagte: »Wir ham uns auch schon amal geküsst… weißt noch?«

Da wurde sie sehr verlegen. Aber weil ihn auf das hin der

Mut ganz verließ, übernahm sie die Initiative, legte ihre Arme um ihn und küsste ihn auf den Mund. Und er wusste nicht mehr, womit er diesen Augenblick hätte vergleichen können.

Wieder daheim im Kreitmeierhaus, schlich sich der Maxi dann in seine Kammer, um sich ungestört dem Nachbeben hinzugeben. Aber es dauerte gar nicht lange, da erschien seine Mutter: »Na, wie war's denn? Hat sie sich recht gefreut, dass du sie heimgebracht hast?«

»Ja, sehr.«

»Aber in der Wohnung bei ihnen bist' nicht gewesen?«

»Das nächste Mal vielleicht.«

»Aha! Eine Druckerei ham's, gell? Hast gesagt. Sind's recht wohlhabende Leut, ihre Eltern?«

»Das is ma eigentlich wurscht, Mama. Sie is wohlhabend, die Hildegard ... weil's so einen wertvollen Charakter hat.«

»Da schau her! Mir scheint, da hat einer Feuer gefangen!«

»Zwei!«

»Mei, Bua ... Jetzt schlaf' erst amal drüber. Und ich muss wieder nauf, am Vati noch amal einen Magenwickel machen.«

»Wie geht's ihm denn?«

»Nicht so gut wie dir.«

*

Herr Dirscherl trug wieder den blauen Kittel und seine abgegriffene Schirmmütze, woran er seit Jahrzehnten als Hausdiener, respektive Hausmeister zu erkennen war.

»Ich denk', Sie hör'n auf da herin? Wo is'n Ihr Nachfolger?«, fragte ihn Karl Grandauer, als er morgens die Polizeidirektion betrat.

»Wissen S' des noch gar net, Herr Oberkommissär? Den ham's doch nausg'schmissen! Von heut auf morgen! Wegen falsche Eintragungen in seinem Fragebogen!«

Grandauer schwieg betroffen, lag ihm doch sein eigener Fragebogen im Zusammenhang mit seinem Bruder noch auf dem Gewissen.

»Dass er beim NS-Fahrradsturm g'wesen is, der depperte Kerl, das hat er zum Angeben vergessen! Und scheint's hams Unterlagen g'funden, oder es hat ihn einer hing'hängt. Und da kennen die gar nix, die Amis. Da kann er froh sein, wenn's 'n net noch einkasteln!

Grandauer war sowieso schon etwas später dran an diesem Morgen, nachdem er sein Fahrrad dem Maxi überlassen hatte für dessen Ferienausflüge, und die Straßenbahn war dann auch noch aufgehalten worden, wegen eines Blindgängers.

»Direkt ungewohnt, dass der Chef um halb acht noch nicht im Büro ist«, meinte Kollege Kargus. Und Oberinspektor Deinlein folgerte etwas maliziös: »Vielleicht wieder beim Arzt! Oder Umschläge ... mit Heublumen! Tjaja, mein lieber Kargus ... eine leitende Position kostet viel Kraft und Nerven. Das hat er sich wahrscheinlich auch leichter vorgestellt, unser verehrter Grandauer.«

Jedes Mal, wenn sich Herr Deinlein mit seinen kleinen, boshaften Nadelstichen ein wenig Erleichterung zu verschaffen suchte, lenkte ihn Kargus mit einem sachlichen Thema ab: »Die solln übrigens Russen gewesen sein, die anderen vier bei dem Raubüberfall am Starnberger See. Und dieser angebliche Herr von Kallwitz, der hat wahrscheinlich das alles organisiert, weil er sich in dem Haus ausgekannt hat.«

»Mich wundert bloß, dass nicht noch viel mehr passiert ist, damals. Achteinhalb Millionen ausländische Zwangsarbeiter, Kriegsgefangene, KZler ... achteinhalb Millionen, Kargus! Mit einem Schlag freigelassen! Und was die in dem Moment alle g'habt ham ... das war doch ihr Hass auf uns!

Dass die nicht alles niedergemacht haben ... man hätt's ihnen nachfühlen können.«

Ein Kollege von nebenan öffnete kurz die Türe und meldete: »Der Herr Oberkommissär wär' jetzt eingetroffen!«

Was Herrn Deinlein zu der Bemerkung verleitete: »Wär' er eingetroffen. Na also, dann kann ja nichts mehr schiefgehen ...«

Anhand des Zeitungsfotos könnte der Mann, den die beiden alten Damen als Täter erkannt zu haben glaubten, durchaus auch ein Mitarbeiter von Radio München gewesen sein. Nur würde er dann bestimmt nicht unter demselben Namen – von Kallwitz – dort auftreten.

Um nicht gleich die Gäule scheu zu machen, besann sich der Karl seiner familiären Beziehungen zum Münchner Sender und erwog sogar einen persönlichen Besuch bei seinem Schwager Kurt. Dazu hatte er allerdings einige innere Widerstände zu überwinden.

Der Kurt hatte nämlich Karls Haltung im Dritten Reich und die Tatsache, dass er nicht in der Partei war, immer schon sehr ironisch abgetan. Herabwürdigend. Das ärgerte den Karl; denn schließlich war er aus mehreren Überprüfungen jedes Mal unbelastet hervorgegangen. Und nur daraus, dass er nie so unbeherrscht wie sein Schwager Kurt war und seine Zunge, wenn auch oft mühsam, im Zaum halten konnte, nur daraus war ihm doch bei Gott kein Vorwurf zu machen. Oder etwa doch?

Das Münchner Funkhaus, von dem es noch vor eineinhalb Jahrzehnten hieß, dass es eines der modernsten Europas wäre – nun war es wenigstens wieder eine Baustelle, die man einigermaßen gefahrlos betreten konnte und auf der man in diesen Tagen das Richtfest gefeiert hatte. Noch waren es die Vertreter der Militärregierung, die hier das Sagen hatten, und wer von deutscher Seite mitsprechen wollte, benötigte weniger eine Berufserfahrung als ihr Okay

Oftmals war Berufserfahrung sogar ein Hindernis. Davon profitierten vor allem junge Leute, die auf jeden Fall weniger oder noch gar keine Möglichkeiten gehabt hatten, sich im Dritten Reich schuldig zu machen.

»Herr Soleder ist noch bei Aufnahmen im Studio 5. Dauert aber nicht mehr lange. Sie können hier warten oder zu ihm hinaufgehen ...«

»Wart' ich lieber.«

Allerdings gingen dem Oberkommissär die vielen Wichtigtuer auf die Nerven, die man hier vor der windigen Empfangsloge beobachten konnte. Der Kurt, der passte hierher. Künstler ... Journalisten! Als ob sie der Nabel der Welt wären. Aber auch auffallend viele gut aussehende Frauen! Meistens im Kielwasser der Amerikaner. Und wenn diese nahe genug an einem vorbeigingen, konnte man den Duft der siegreichen Zivilisation einatmen, den Duft von Rasierwasser und echter Seife, den sie hinter sich herzogen. Nun gab es ja auch im Polizeipräsidium Amerikaner, aber dort war vielleicht der heimische Stallgeruch schon etwas stärker und prägender geworden.

Als dann der Kurt die Treppen herunterkam, waren sie auch gleich wieder da, Karls Vorbehalte gegen den Schwager. Es schien ihn auch nicht im Geringsten verlegen zu machen, dass ein junges Frauenzimmer ziemlich aufdringlich an ihm hing. Er hatte sie später als seine Assistentin vorgestellt. Na ja ... bei der Polizei gab es solche Assistenzen nicht. Auch nicht dieses seltsame Kleidungsstück, das er anhatte, eine Art Russenhemd. Es wäre an einem Polizeibeamten undenkbar gewesen.

Der Karl wollte rasch zur Sache kommen, ohne ihn gleich über den Fall zu informieren, zeigte ihm erst das Pressefoto, und der Kurt meinte: »Gesehen, glaub' ich, hab' ich den schon bei uns. Aber wie er heißt und was er genau macht? Warum? Um was geht's?«

Der Karl senkte ein weiteres Mal die Stimme: »Wenn du das für mich rausbringen könntest, Kurt ... ohne, dass wer was erfährt ...! Vor allem er nicht!«

»Spitzeldienste ... oder was?!«

Der Karl reagierte mit verhaltenem Zorn: »Der Mann soll an einem Raubüberfall beteiligt gewesen sein, Kurt. Möglicherweise sogar an einem Mord!«

»Das war'n wir doch alle ... in gewisser Weise! Oder?!«, antwortete ihm der Schwager mit seinem tückischen Sarkasmus.

Da setzte sich der Karl mit Schwung den Hut wieder auf und erklärte ihm: »Zu solchen Bemerkungen möchte ich mich nicht äußern. Und zwar grundsätzlich nicht.«

»Ja, warum denn nicht, Karli? In diesem Haus darf sich doch jeder äußern! Das ist die Demokratie!« Der Kurt sagte das so, dass es auch der US-Offizier hören konnte, der eben hereinkam. Und für ihn fügte er noch laut hinzu: »Hier kriegen sogar alte Nazi ein Mikrofon zur Verfügung gestellt! Hallo, Mister Brill!«

Der Karl hatte sich währenddessen schon abgewandt und sagte nur noch: »Tut mir leid, aber ... ich hab' noch einen Arzttermin. Meine leidigen Magengeschichten. Wird dir ja die Oma schon erzählt haben. Sagst alle schöne Grüße ... und falls du was erfahren solltest ...kannst mir ja Bescheid geben ...«

Die Bemerkung, die der Kurt indirekt an den Radiooffizier gerichtet hatte, bezog sich auf einen Deutschen, den die amerikanischen Hausherren für einen Programmbeitrag engagiert hatten. Das taten sie ohne Abstimmung mit der zuständigen Redaktion und mit der Begründung: »Der Mann ist von der CIC gecleart und hat das Okay der Information Control! Das genügt uns. Kein weiterer Kommentar.«

Nun schien es aber genügend Hinweise darauf gegeben zu haben, dass der Mann, den die Amerikaner gecleart hatten, im Dritten Reich eine sehr wirkungsvolle Rolle gespielt hatte. Dem Kurt jedenfalls genügten diese Hinweise und er organisierte den Widerstand mit ein paar anderen zusammen, die, wie er, unter den Nazis zu leiden hatten, und sie neigten schon deshalb dazu, den Amerikanern furchtloser zu begegnen als andere. Es ging auch bald weniger um den Nazi als ums Prinzip und das lautete für die Amerikaner: »Wir sind ein Sender der Militärregierung und wer hier in ein Mikrofon spricht oder nicht, das entscheiden nicht die Deutschen, sondern die Besatzungsmacht.«

»Sonst könnt' ma ja vielleicht auf die Idee kommen, die haben das mit der Demokratie ernst gemeint«, sagte der Kurt, als sie unten in der kleinen schäbigen Kellerkantine beisammensaßen.

»Keine Chance, Kurt. Die Sache ist gelaufen.«

»Noch nicht«, antwortete der Kurt und machte ein entschlossenes Gesicht: »Der Nazi wird nicht sprechen über Radio München! Wetten?!«

»Der Kurt hat nämlich eine tolle Idee!«, schwärmte seine Assistentin und sie himmelte ihn an wie immer.

*

Es war nach Ladenschluss und die Frau Kreitmeier kippte ihren Putzeimer gerade in den Rinnsteingully, als der Karl von seiner Arbeit heimkam und es war ihm gleich anzusehen, dass er nach seinem Befinden gefragt werden wollte. Also fragte ihn die Kathi: »Wie geht's dir denn heut' mit deinem Magen?«

»Bittschön, frag' mi net, Kathi. Ich muss halt damit leben. So ist das nun einmal.«

»Übrigens, der Max sagt … mir ham ihm deinen Fragebogen gezeigt … also … er täte da gar nix neischreiben. Einfach freilassen. Weißt scho, wegen deinem Bruder.«

Da setzte der Karl ein wehmütiges Lächeln auf und antwortete ihr: »Der Max, der Max ... der tut sich leicht. Der ist sein eigener Herr. Ich werde entlassen! Ruckzuck! Siehe unser neuer Hausmeister! Hat sich auch zu Unkorrektheiten hinreißen lassen, in seinem Fragebogen ... und draußen war er!«

Währenddessen humpelte von der Trambahnhaltestelle herüber der Kreitmeier Max auf seinen Laden zu, und wie er den Karl dort stehen sah, hemmte etwas seine Schritte. Aber seine Traurigkeit war ihm schon von Weitem anzusehen. Die Kathi wusste gleich, was das bedeuten würde: Der Max war am Nachmittag beim Suchdienst vom Roten Kreuz. Es ging um den Grandauer Rudi und jetzt war der Max drauf und dran, die Wahrheit zu sagen. Er hatte schon damit begonnen: »Karl ... jetzt muss ich dir was sagen ... das hätt' ich dir gern erspart ...« Da fiel ihm die Kathi heftig ins Wort: »Wegen seinem Fragebogen, gell! Aber ich hab's ihm schon g'sagt, dass du da gar nix neischreiben tätest!«

»Jaja, das ist eben der Unterschied, Max! Und das nächste Mal, wenn ich wieder auf die Welt komm', werd' ich auch ein Bäcker.«

Nachdem der Karl dann hinauf in die Wohnung gegangen war und die Kreitmeiers unter sich waren, sagte die Kathi: »Ich hab's dir sofort angeseh'n. Aber ich wollt' halt nicht, dass du was sagst. Gleich so direkt auf'n Kopf zu. Und wo er grad so rumkränkelt.«

»Ja mei, Kathi ... angenehm is das nie!«

»Is' jetzt endgültig ... dass er tot is?«

»A Pfarrer is rübergekommen von der Ostzone. Der hat'n beerdigt.«

»Hat er auch g'sagt, was' mit ihm g'macht ham ... mit'm Rudi?«

Der Max nickte nur und nach einer Weile fragte er: »Magst as wirklich wissen?«

»Na … lieber net«, sagte sie und machte sich fluchtartig wieder an die Arbeit.

»Und ich schau amal nunter, ob's den Backofen g'scheit aufg'heizt ham …«

Es dauerte nicht lange, dann klopfte jemand an die Ladentüre und die Kathi hatte schon ihr »geschlossen – morgen wieder!« auf den Lippen. Dann sah sie aber den Maxi draußen stehen und sperrte noch mal auf.

»Entschuldige Tante Kathi, aber ich geh' doch heut' Abend zu der Hildegard ihre Eltern und … weil du g'sagt hast, du gibst mir a bissl was zum Mitbringen …«

»Einen schönen Laib Brot, hab ich gedacht. Und ich hab' dir schon einen wegg'legt. Den tun ma noch a bissl nett einwickeln … dann hast a wunderbares Mitbringsel.«

*

»Bittschön, mach' an Radio aus, Traudl! Ich hab jetzt keinen Kopf mehr für diese Ewigkeitsveranstaltung!«

Es handelte sich dabei um einen der ungezählten Berichte über den Nürnberger Kriegsverbrecherprozess, der sich inzwischen schon über ein Dreivierteljahr hingezogen hatte, sodass es allmählich sehr schwierig wurde, das allgemeine Interesse daran wach zu halten.

»Mei, dann geh' halt in dein Bett, Karl. Wennst so müd' bist. Und bleib' amal a paar Tag liegen. Des tät dir bestimmt gut. Andere machen's ja auch.«

»Von denen erwartet man auch nicht, dass' immer hundertprozentig funktionieren! Ich habe ja laufbahnmäßig keinerlei Voraussetzungen, net. Muss ich alles ausgleichen! Durch Tüchtigkeit! Habt's ja ihr gar keine Ahnung, was das bedeutet! Und wie viele sich ins Fäustchen lachen würden, wenn es hieße, der Grandauer ist dieser Aufgabe leider nicht gewachsen!«

»Dann schmeiß' ihn doch hin, den blöden Abteilungsleiter! Wennst' von dem Magengeschwüre kriegst!«

»Kriegst, ist gut, die habe ich bereits! Und darf froh sein, wenn's nicht mehr ist! Gell! Ja ja, Mädchen … wo ist denn eigentlich der Maxi?«

»Auf Brautschau! Hab' ich dir doch g'sagt …«

Das Bild, das sich der Maxi von Hildegards Elternhaus gemacht hatte, war natürlich auch beeinflusst von den vielen Erzählungen seiner Oma Soleder. Wenn sie ihm damit von frühem Kindesalter an und am Beispiel ihrer eigenen Vergangenheit den erlesenen Geschmack beschrieben hatte und das hohe Niveau in solchen Geschäftshäusern. Insofern, dachte der Maxi, als er sich dem Druckereigebäude von Adam Fröschle näherte, insofern musste er den alliierten Bombern direkt dankbar sein, dass sie ihm den Weg zu seinem Glück etwas geebnet hatten.

Anders als erwartet kamen ihm Hildegards Eltern schon an der Wohnungstüre entgegen und er übergab ihrer Mutter als Erstes sein Mitbringsel. Das hatte auch ihre Aufmerksamkeit sofort mächtig auf sich gezogen: »Mein Gott, Vatile, schau nur, was da drin is! So ein wunderbarer Laib Brot!«

»Wunderbar!«, sagte Herr Fröschle und schnalzte mit der Zunge.

»Eine Kostbarkeit!«

»Von meinem Patenonkel«, sagte der Maxi bescheiden, »der hat eine Bäckerei.«

»Jaja, hat uns unsere Hildegard schon angedeutet! Eine solche Verwandtschaft, wenn einer halt hat!« Und indem er ins Wohnzimmer vorausging, sagte er einladend: »Bitte einzutreten! Es ist halt alles leider nur sehr primitiv bei uns!«

Während der Maxi noch grübelte, wie er artig widersprechen könnte, drückte sich die Hildegard ganz nahe an ihm vorbei und fasste kurz nach seiner Hand. Da spürte er, dass ihm das Blut ins Gesicht schoss.

»Dem Maxi seine Eltern haben auch eine Jüdin in der Familie, gell, Maxi!«, sagte das Mädchen, nachdem alle Platz genommen hatten, und ihre Eltern zeigten angemessene Bewunderung und Betroffenheit.

»Von meinen Onkel Kurt ist sie die Frau.«

»Donnerwetter!«, antwortete der Stiefvater und blickte nachdenklich nach innen. »Dann wissen Sie ja bestimmt mehr als Unsereiner, dem man immer die Wahrheit vorenthalten hat. Und jetzt lässt man uns dafür die Suppe auslöffeln! Mir hat man ja alles ... meinen Betrieb, die Konten und so weiter und so weiter, alles gesperrt! Durch das, dass man halt mit den Wölfen mitgeheult hat. Als Geschäftsmann ist einem doch gar nichts anderes übrig geblieben, net.«

»Unser Vatile könnte ein Lied davon singen«, sagte Frau Fröschle und legte fürsorglich den Arm um ihn. Aber der Maxi war weit entfernt, ihn zu verurteilen. Ihm ging es ja um die Hildegard, wozu ihm am Wohlwollen ihrer Eltern gelegen sein musste. In dem Moment fehlte ihm auch die nötige Aufmerksamkeit für das leidige Thema; denn die Hildegard machte gelegentlich, wenn sie saß, gewisse Bewegungen mit den Beinen, sodass dadurch tiefere Einblicke entstanden, denen sich der Maxi nicht entziehen konnte. Und manches Mal – so wie eben wieder – hatte er sogar den Eindruck, dass ihr daran gelegen war. Da war er dann ganz froh, als sich die Unterhaltung alltäglicheren Dingen zuwandte, auf die man eingehen konnte, selbst wenn die Gedanken gerade anderswo waren: »Das ist nur ein Notabitur gewesen, was ich gehabt hab'. Weil wir fast alle zum Militär mussten.«

»Und dann will er studieren. Jura. Und geht vielleicht zum Gericht. Oder als Anwalt. Gell, Maxi?«

Herr Fröschle bedachte die Pläne kurz auf Nutzen und Kosten und sagte dann: »Kann ma natürlich schon was anfangen mit Jura. Bloß lang dauert's halt. Bis ma amal was damit verdient. Aber wenn's der Herr Papa finanzieren kann … Ich könnt's nicht.«

»Wir haben auch a bissl was geerbt, von einem Onkel.«

»Ich sag's ja! Da is ma natürlich fein raus.«

»Gehst vielleicht schnell amal in' Keller nunter, Vatile. Da muss doch noch a Flascherl Wein sein!«

Es hatte der Traudl dann doch keine Ruhe gelassen und sie blieb so lange auf, bis sie ihren Maxi heimkommen hörte. Und er lag dann, noch angezogen, auf seiner Bettstatt und lächelte verklärt, als sie eintrat. »Is' so schön g'wesen?«, fragte sie und es war schon auch ein bisschen Eifersucht dabei.

»Die sind so unheimlich nett, die Leut. Und so verständnisvoll. Er ist ja schon ziemlich älter, ihr Vater. Aber der redet mit einem … ganz offen. Und wie's den behandeln! Bloß weil er in der Partei war.«

»Und ihre Mutter?«

»Is unheimlich lieb. Und die ham sich so g'freut über das Brot. Und wenn's euch recht is, dann kommen's am Sonntag vielleicht amal kurz vorbei.«

»Mei, Bua … hat des so pressiert?!«

»Pressiert nicht, aber … es war einfach ganz spontan … Ich kann's ja noch absagen. Aber die Hildegard tät sich halt auch freu'n …«

Der Karl hatte in ihrer Abwesenheit die Nachttischlampe angeknipst und lag mit offenen Augen im Bett. Die Traudl kam zurück und fragte ihn: »Hab' ich dich aufg'weckt? Der Maxi! Wunderschön war's!«

»Ja ja …«, sagte er ohne hinzuhören, denn ihn beunruhigte etwas anderes, »Er, der Max mit seine Ideen immer! Er täte einfach gar nix neischreiben in den Fragebogen! Er hat leicht reden. Aber ich als Beamter … mich schmeißen's doch naus! Kann ich einen Straßenkehrer machen. Bloß weil ich etwas nicht angebe, was sowieso jeder weiß. Der Adi ist doch politisch dermaßen exponiert g'wesen, … das lässt sich doch nicht verheimlichen, so was.«

*

Seit Frau Soleder bei ihren Kindern in Schwabing wohnte, hatte die Sara gelernt, ihr manches Mal nur mit einem Ohr zuzuhören; denn die Oma hatte die Angewohnheit, sich auch über andere Gespräche hinweg mitzuteilen. Am folgenden Morgen war es wieder so, dass sie ihre Ansichten über den neuen grandauerschen Familienanschluss nicht zurückhalten wollte, und das, obwohl ihr Sohn Kurt gerade im Begriff war, etwas von seinem bevorstehenden Abenteuer bei Radio München anzudeuten: »… Der Mann ist nachweislich ein Erznazi! Aber er hat ein fabelhaftes Alibi: Er war im KZ!«

»Und der Hildegard ihr Vater … ihr richtiger Vater … das hab' ich durch Zufall erfahren, der is ein ganz gewöhnlicher Bierfahrer gewesen!«

»Da war er auch, im KZ. Aber wegen Unterschlagungen! Gibt es Zeugen dafür.«

»Und den Fröschle, den hat sie vor ein paar Jahren erst geheiratet, ihre Mutter. Wegen seinem Geld, nehm' ich an!«

»Und jetzt spielt er den politisch Verfolgten! Hält Vorträge! Auch bei uns drin. Will er! Aber da mach' ma ihm einen Strich durch die Rechnung!«

Nun war auch die Oma neugierig geworden und verließ ihr Thema, um den Sohn zu fragen: »Wieso? Was is denn scho wieder, Kurtl?«

»Nix, Mama. Alles wunderbar!«

»Geh zu, ich seh's dir doch an. Hast wieder recht viel Ärger bei deinem Radio?«

»Noch nicht«, beruhigte sie der Sohn. Aber die Sara verstand es richtig und seufzte.

»Gell, Sara, der hat doch was? Tut er scho wieder gegen was aufbegehren?«

»Nichts, Mama. Von mir kein böses Wort! Und ich berühre auch niemand! Der Herr soll seinen Vortrag halten, wie von den Amerikanern gewünscht. Heut' Nachmittag, sechzehn Uhr. Nicht vergessen, Mama! Kann sehr lustig werden!«

Sieben ehemalige Mitarbeiter hatten die Amerikaner anfangs bei Radio München zugelassen. Inzwischen, nach etwas mehr als einem Jahr, waren es schon ein paar hundert mehr oder weniger Berufene, die ihr Talent mit Genehmigung der Militärregierung ausprobieren durften. Gelegenheit dazu gab es reichlich. Das Radio war unentbehrlich geworden, eine andere Art von Lebensmittel sogar, für die vielen ausgehungerten Menschen.

Kurt Soleder hätte es noch weiterbringen können in der Hierarchie des Senders. Aber an ihm schieden sich die Geister. Das war mehr eine Frage des Charakters als seiner Fähigkeiten. Die amerikanischen Hausherren schätzten ihn nicht nur aufgrund seiner Haltung in der Vergangenheit, aber sie taten sich manches Mal schwer mit seiner Rechthaberei und Unberechenbarkeit. In Kollegenkreisen hieß es eher – hinter vorgehaltener Hand natürlich –, dass ihm offenbar das Gefühl verloren gegangen wäre, wozu ihn seine Haltung im Dritten Reich noch immer verpflichtete. Allerdings schien es, als ob man in dem Zusammenhang mehr seine Freizügigkeit im Umgang mit seiner Assistentin im Auge hatte. Und dabei wurde dann gerne auch Kurts jüdischer Frau gedacht, auf die er ja wohl eine ganz besondere Rücksicht zu nehmen hätte. Sollte man meinen! Aber es wäre nicht Kurt Soleder gewesen, wenn er sich davon hätte beeindrucken lassen. Im Gegenteil, er provozierte sie noch, die Moralisten, zumal sie allesamt nicht dafür bekannt waren, dass sie sich seinerzeit für eine menschliche Behandlung der Juden starkgemacht hätten.

Was war nicht alles zugrunde gegangen in diesem schrecklichen Krieg und was, allen Erwartungen zum Trotz, war ungeschoren geblieben!

Als der Kurt, mit seiner Assistentin tuschelnd, die Stiegen zum Empfang herunterkam, ließ sich nach ihrem Verhalten manches vermuten, nur nicht das, was sie vorhatten.

»… den Schlüssel hat er mir nur gegeben, weil ich geschworen hab', dass ich niemand was sag'! Und ich weiß auch, wie's funktioniert. Es ist ganz einfach, Kurt.«

»Aber du lässt die Finger davon, Mädchen! Ich mach' das! Du hältst dich da raus! – Moment mal!« Ein Mann war ihm aufgefallen, der am Empfang stand: »Wer ist das? Der in dem grauen Kleppermantel.«

»Gesehen hab' ich ihn schon öfter im Haus … aber wie er heißt? Warum?«

»Tu amal langsam … bis er weg is.«

Danach sagte ihm die Dame am Empfang: »Der heißt Miller … Udo Miller. Berichterstatter.«

»Festangestellt im Haus?«

»Freier Mitarbeiter, so viel ich weiß.«

Die Assistentin notierte sich den Namen, während ein Herr etwas eilig hinzukam und die Empfangsdame fragte: »Entschuldigung, ich habe um sechzehn Uhr einen Studiotermin! Hetzl mein Name!«

Da riss es den Kurt und die Empfangsdame sagte zugleich: »Ich weiß Bescheid, Herr Hetzl. Der Dr. Herbert hat schon nach Ihnen gefragt. Studio 2 … den Gang entlang, die letzte Tür.«

Und während der Herr nach hinten zu den Studios eilte, flüsterte der Kurt: »Das war er! Der Nazi! Den kann ich mir auch gut in der Uniform vorstellen. Und jetzt nix wie los, Mädchen!«

Im Keller des Funkhauses, wo auch die Kantine war und ein Friseur, der noch nach alter Schule rasierte, befand sich hinter einer Eisentüre noch aus Kriegszeiten ein Schaltraum, in dem man die Verbindung des Hauses zur Sendestation unterbrechen konnte.

Die Assistentin, die sich den Schlüssel dafür ausgeliehen hatte, öffnete die Türe, machte Licht und sie gingen hinein.

»Zehn Minuten noch! Also, was ist zu machen?«, fragte der Kurt.

»Ganz einfach ... den Hebel umlegen. Und wenn ich das machen würde, kannst du schwören, dass du es nicht warst.«

»Woher weißt du, dass ich es so nicht auch schwöre?«

»Ach, Kurt, ich find dich einfach toll!«

Oben im Sprecherraum saß mittlerweile Herr Hetzl etwas angespannt vor dem Mikrofon, während in der Regiezelle hinter der Glasscheibe der Toningenieur über sein Mischpult hinweg gelangweilt auf die Studiouhr blickte. Der Aufnahmeleiter neben ihm flüsterte: »... und angeblich soll er ein hohes Tier in der Reichsjugendführung gewesen sein, der Hetzl. Behauptet der Soleder.«

»Glaubst, das is mir so was von wurscht, was der war! Ich hab die Schnauze voll mit der Scheißpolitik immer!« Danach betätigte der Toningenieur die Sprechanlage und sagte: »45 Sekunden noch, Herr Hetzl.«

Die Oma umkreiste das Wohnzimmerradio, sie war zu unruhig innerlich, um sich hinzusetzen: »Wenn er nur nicht wieder a Dummheit macht, der Bub! Wie damals! Hat er auch g'meint, er kann was ausrichten, wenn er sich mit seinen Oberen anlegt!«

Nun war auch die Musik im Radio zu Ende und die Oma rief: »Jetzt, glaub' ich, is es so weit! Saralein! Kommst du?«

Und gleichzeitig vernahm man die Stimme des Ansagers: »Hier ist Radio München, ein Sender der Militärregierung. In der Reihe ›Menschen unserer Zeit‹ bringen wir heute einen Vortrag von Richard Hetzl: ›Zeit zu reden, Zeit zu schweigen‹.«

Auch der Kurt und seine Assistentin konnten drunten im Schaltraum die laufende Sendung über ein hausinternes System von Lautsprechern hören. Der Vortragsredner hatte gerade begonnen: »Meine sehr verehrten Damen und Herren, lassen Sie mich diesen Satz des Predigers Salomo ›Es ist eine Zeit zu reden und eine Zeit zu schweigen‹ als Leitspruch nehmen …«

In dem Augenblick legte der Kurt den Schalter um und der Lautsprecher schwieg. Da standen sie nun wie ausgestopft, von der eigenen Tat überwältigt und erschreckt zugleich, als würden sie sie jetzt erst erfassen.

»Auf Stichwort!«, sagte der Kurt und seine Komplizin küsste ihn auf die Backe und schwärmte: »Du bist einfach toll, Kurt!«

Wie sie dann wenig später den Schaltraum wieder hinter sich abgeschlossen hatten, war es ihnen allerdings, als hätte sie ein Haustechniker dabei beobachtet. Dadurch fiel es ihnen nicht mehr so leicht, den Erfolg zu genießen.

Im Studio stand man zunächst vor einem Rätsel. Während Herr Hetzl noch immer weitersprach, meldete die Sendeleitung, dass nichts davon über die Luft an die Empfänger ging. »Soll ma abbrechen?«, fragte der Aufnahmeleiter. Und der verstörte Toningenieur war der Meinung: »Zu was soll er reden, wenn ihn keine Sau hört?!«

Die Oma drehte verzweifelt an der Skala von ihrem Radio: »Aber die andern hört man doch auch! Und wenn unser Radio kaputt wär', tät' ma doch gar nix hör'n!«

Ihre Schwiegertochter saß mit bangen Ahnungen daneben und sagte nur: »Da is schon was passiert, fürcht' ick.«

»Du meinst, bei uns im Apparat?«

»Nee … bei uns nich, Omi.«

»Dass vielleicht doch er dahintersteckt?! Der Kurt. Weil er gestern schon so komische Bemerkungen gemacht hat.«

Und nun hörte man plötzlich das Pausezeichen und danach den Ansager: »Hier ist Radio München, ein Sender der Militärregierung. Infolge einer Betriebsstörung ist unsere Station in der Zeit von 16 Uhr bis 16 Uhr 10 ausgefallen. Wir bitten um Ihr Verständnis. Der Vortrag ›Zeit zu reden, Zeit zu schweigen‹ wird zu einem späteren Zeitpunkt nachgeholt …«

Und der Oma fiel beinahe hörbar ein Stein vom Herzen: »Hama ihm vielleicht doch Unrecht getan, unserm Kurtl.«

»Ja, Omi … dein Wort in Gottes Ohr.«

*

Der Maxi hatte wenig geschlafen in der vergangenen Nacht. Zu aufregend waren die Gedanken daran, was dieser Tag womöglich bringen würde. Es war ausgemacht, dass sie noch einmal an den Moorweiher radeln wollten, ohne den Schulfreund diesmal, nur die Hildegard und er.

Und da war eben noch etwas, ein Angebot von ihr, vielleicht nur so dahingesagt: »Wennst' dich nicht umdrehst, darfst' mit mir in die Kabine gehen zum Umziehen. Aber nur wennst' mir versprichst, dass d' dich nicht umdrehst!«

Das war weit mehr, als er schon erwarten durfte, das war gleichsam die Einladung ins Vorzimmer zum Paradies. Und natürlich versprach er, ihren Wunsch zu respektieren. So gut wie möglich eben. Er war ja auch nicht so einer wie die Kerle beim Kommiss, die stundenlang mit ihren Weibergeschichten renommiert hatten.

Es sollte ein harmonischer, unbeschwerter Tag werden und der Maxi hatte sich auch schon reichlich mit den braunen klebrigen Malzkuchen eingedeckt, als ihn sein Patenonkel Max nichts ahnend beiseitenahm: »Also … ich glaub', dir kann ma's jetzt schon amal sagen, Bua. Du bist ja selber Soldat g'wesen und wirst dir wegen deinem Bruder keine Illusionen mehr gemacht ham. Aber vielleicht gehst danach selber noch amal hin, zu dem Suchdienst vom Roten Kreuz … bevor ma's deinem Vater sagen. Und wie ihr's mit eurer Mutter machen wollt, das müsst's dann selber wissen.«

Da wars dem Maxi, als ging die Sonne unter und seine Freude war dahin. Der arme Bruder! Und auch die arme, arme Hildegard! »Vielleicht, dass' ma noch a bissl warten, Onkel Max … bis ma's den Eltern sagen. Am Sonntag wollten doch der Hildegard ihre Eltern zu Besuch kommen. Und das tät' ja dann alles ausfallen …«

Maxis Bruder war anschließend auf der ganzen Radltour zum Moorweiher hinaus dabei und er verdarb ihnen freilich auch die gemeinsame Badekabine. Das war nun leider nicht mehr passend.

Sie ließen es auch sein, den Badeball aufzublasen, lagen die meiste Zeit schweigend im Gras und hielten sich an den Händen oder sie redeten über den Bruder: »Aber er ist doch so begeistert g'wesen von seiner Hitlerjugend, dein Bruder. Und wie er Soldat geworden is, war er da auch so begeistert?«

»Ich weiß gar net, ob des immer die reine Begeisterung war«, meinte der Maxi. »Vielleicht hat er oft nur so getan … und überall mitgemacht mit den andern, weil er allein gar nicht so stark war. Die Mutti hat amal zu jemand g'sagt … des hab' ich zufällig g'hört: Der Rudi is eigentlich eher a bissl a Schisser. Bloß der Vati wollt' halt immer, dass wir ganze Kerle werden!«

»Aber du bist a ganzer Kerl, Maxi … weil du sogar das Eiserne Kreuz hast. Und das ist allerhand, hat mein Vati g'sagt.«

Eigentlich war ihm bislang nicht gar soviel daran gelegen, mit seiner Auszeichnung zu renommieren. Aber nun, da es seinem Ansehen im Hause Fröschle nützte, unterließ er es, seine Tapferkeit selber einzuschränken. Und es gefiel ihm natürlich auch, wenn die Hildegard dessentwegen zu ihm aufschaute.

»Mei, aber deine arme Mutti, die tut mir am allermeisten leid.«

»Ich weiß auch gar nicht, wie wir ihr des beibringen wollen. Weil sie so überzeugt is, dass er wieder heimkommt.«

Die Hildegard gab ihm, vom Mitgefühl getrieben, ein zärtliches Küsschen auf die Backe und es klang ganz uneigennützig, wie sie sagte: »Ich tät ja auch jetzt amal noch gar nichts sagen. Deinem Vati auch nicht. Weil, dann sind's vielleicht so traurig, dass ma am Sonntag gar nicht zu euch kommen können.«

»Na na, das hab' ich auch schon mit'm Onkel Max ausgemacht, dass wir derweil noch gar nix sagen.«

*

Wieder in seinem Büro, erreichten Kurt Soleder eher weniger Solidaritätskundgebungen, als er erwartet hatte. So richtig für seinen Streich bewundert wurde er nur von ein paar jungen Leuten, die mit der ganzen Sache selber kaum etwas zu tun hatten. Er musste dann auch nicht lange warten, bis ihn die amerikanischen Hausherren zu sich zitierten. Und schon der Ton, in dem das geschah, ließ ihn nichts Gutes erwarten.

Ihrem Urteil war eine Beratung vorausgegangen, bei der er nur einen Fürsprecher fand. Der drängte darauf, ihm wenigstens seine lautere politische Absicht zugute zu halten und sein und seiner Angehörigen Schicksal im Dritten Reich.

»Wir reden von zwei grundverschiedenen Dingen, Mister Grünfeld. Das eine sind seine persönlichen Angelegenheiten. Für die habe ich größtes Verständnis. Das andere aber betrifft die Ordnung in diesem Haus … für die ich gegenüber der Militärregierung verantwortlich bin. Und diese Ordnung hat für mich Priorität!

Also … es bleibt dabei: Herr Soleder erhält mit sofortiger Wirkung ein Hausverbot. Die letzte Entscheidung trifft die Militärregierung. Und an ihr ist es dann auch, die Recherchen der CIC noch mal überprüfen zu lassen.«

Es war wie oft, wenn nach einem großen Ereignis plötzlich so eine leere Ruhe eintritt. Die Mitverschwörer hatten sich nach und nach verdrückt, im Inneren erleichtert wahrscheinlich, dass sich die Verantwortung nicht aufteilen ließ. Nur die Assistentin war noch bei Kurt im Büro und half ihm seinen Schreibtisch ausräumen.

»Kommst' dann gar nimmer in den Funk, Kurt?«

»Hausverbot! Im Tausendjährigen Reich hab' ich sogar Berufsverbot gehabt. Die sind auch vorbeigegangen … die tausend Jahre.«

Und nach einer Weile fragte sie schüchtern: »Sehen wir uns dann vielleicht amal woanders?«

Darauf packte er sie etwas burschikos an beiden Armen, als wollte er sie aufwecken. »Mädchen, was willst denn mit so einem alten Zyniker wie mir? Ich verderb' dir doch bloß die Laune!«

»Das kannst du doch gar nicht, Kurt.«

»Du bist ein Schaf.«

»Und du bist der tollste Mann, den ich … in meinem ganzen Leben … den ich mir überhaupt vorstellen kann!«

Aber so, wie er sich momentan fühlte, war ihm ihre Schwärmerei eher unangenehm und er fragte sie nüchtern: »Übrigens, hast du meinen Schwager schon angerufen, den Kriminaler? Wegen dem … wie heißt er … Miller?«

»Ihn selber hab' ich nicht erreicht, aber ich hab's hinterlassen.«

Eher zögerlich war der Kurt an dem Abend heimgegangen. Nicht stolz. Er wusste nicht so recht, wie er seinen Streich und dessen Folgen der Sara gegenüber darstellen sollte. Aber die war schon über alles informiert. Sein Fürsprecher, Mister Grünfeld – auch ein Berliner Jude, der unter den Nazis zu leiden hatte –, rief die Sara an und erzählte ihr, was passiert war.

Und nun stand ihr der Rebell gegenüber, etwas belämmert und von Zweifeln angenagt, und er ließ ihre Begrüßung ohne jeden Widerspruch über sich ergehen: »Deine Elogen wirste ja, nehm ick an, schon gekriegt haben. Ick muss dich jetzt nicht ooch noch bewundern. Det würde mir ooch schwerfallen, Kurt. Nachdem, wat allet jeschehn is … und was wir allet mitjemacht haben … kann ick deine Heldentat gar nich so toll finden. Eher 'n bisschen läppisch. Bisschen sehr, Kurt … tut mir leid …«

*

Verbrechen wie jenes am Starnberger See, das sich im totalen Chaos gleich nach dem Krieg so oder so ähnlich zugetragen hatte, gab es etliche und es war eher unwahrscheinlich, dass die Bemühungen der Polizei um Aufklärung zu einem Erfolg führten.

Aber nun gab es ja in diesem Fall den Hinweis auf eine Person, die im Verdacht stand, zumindest an dem damaligen Raubüberfall beteiligt gewesen zu sein; womöglich sogar als Haupttäter. Nach den Aussagen der beiden alten Damen ein Herr von Kallwitz, den sie nach über einem Jahr auf einem Zeitungsfoto wiedererkannt zu haben glaubten. Die Frage war jetzt, ob der Mann identisch mit einem Mitarbeiter von Radio München war, der sich dort als Udo Miller ausgab. Um das zu klären, hatte man Herrn Miller unter einem unverfänglichen Vorwand an den Empfang des Funkhauses gebeten und zugleich die zwei Zeuginnen – Lilo und

Mariechen – zusammen mit zwei Kriminalern so platziert, dass sie ihn sehen konnten, ohne selber gesehen zu werden. Dessen ungeachtet waren sie natürlich sehr erregt bei der Vorstellung, einem vermeintlichen Mörder gegenüberzustehen, und sie hätten das Verfahren allem Anschein nach gerne abgekürzt: Mariechen, indem sie partout zweifelte, und Lilo, die schon deshalb umso überzeugter war: »Und ich sage dir: Mariechen, er ist es!«

Die Schwester zischelte zurück: »Schau doch nur die Haare, Lilo! Die sind doch nie so gelb gewesen!«

»Das kann man doch alles machen, wie du weißt!«

»Aber nicht seine Größe! Er war viel kleiner! Und korpulenter! Das ist nicht von Kallwitz, Lilo!«

Kommissär Kargus, der das Hin und Her der Schwestern mit angehört hatte, neigte schon dazu, der Zweiflerin recht zu geben, auch weil der Mann für ihn nicht den Eindruck eines Schwerverbrechers machte. Und überhaupt, weil man genügend andere Arbeit hatte.

Da stampfte die Lilo trotzig mit dem Fuß auf, trat völlig überraschend aus ihrem Versteck hervor und rief dem Mann, der mit dem Rücken zu ihr stand, zu: »Herr von Kallwitz!«

Daraufhin zuckte dieser, wie man glauben konnte, zusammen, drehte sich betont langsam um und blinzelte unsicher – um Zeit zu gewinnen? – in die Richtung der älteren Dame, ohne sie scheinbar erkannt zu haben.

»Darf ich fragen … weil Sie mich mit meinem Namen ansprechen … woher wir uns …«

»Arnold Böckler!«, stieß Lilo hervor, immer noch auf dem Sprung, notfalls sofort die Flucht zu ergreifen.

»Mein Gott!«, sagte der Mann überaus erfreut. »Natürlich! Sie müssen entschuldigen, gnädige Frau!« Und er ging auf Lilo zu, verbeugte sich, ohne ihr – wie sich das ja auch nicht gehörte – die Hand hinzustrecken. Ein Kavalier der alten Schule: »Die ganze Zeit schon wollte ich draußen am

See der Dame des Hauses, der lieben Frau Böckler, einen Besuch machen. Und immer und immer wieder kam etwas dazwischen. Sagen Sie bitte: Wie geht es ihr denn?«

Und Lilo antwortete, um Fassung ringend: »Frau Böckler ist ... sie lebt nicht mehr!«

»Oh Gott! Das Herz?! Es war ja fast zu befürchten ... nach dem Schock seinerzeit über den plötzlichen Tod des Gatten. Bitte ... wo finde ich ihr Grab?«

Anstatt zu sprechen, vermochte Lilo nur noch trocken zu schlucken und er nahm ihr die Antwort ab: »Man kann es mir sicher auch auf der Gemeinde sagen. Und Sie selbst, meine Gnädigste, wohnen noch immer dort ... mit Ihrer lieben Frau Schwester?«

Lilos heftiges Kopfschütteln war geeignet, jedes Interesse seinerseits an einem Wiedersehen im Keim zu ersticken. Der Herr nahm das unverändert freundlich zur Kenntnis: »Also dann ..., es war mir ein Vergnügen, gnädige Frau ... zumal mich besonders freut, wenn ich, was leider nur noch selten geschieht, mit meinem guten alten Namen angesprochen werde. Ich nenne mich ja jetzt Miller ... nach dem Mädchennamen meiner Mutter. Eine kleine Konzession an die neue Zeit, in der halt alles andere mehr zählt als die Herkunft ...«

Damit sowie einer beispielhaft höflichen Verbeugung wendete sich Udo Miller ab, sprach kurz noch mit der Dame am Empfang und verschwand sodann, ohne sich noch einmal umzudrehen. Das erlaubte es den Beteiligten, das Funkhaus wie geplant wieder zu verlassen. Aber ihre Stimmung, als sie draußen das Polizeifahrzeug bestiegen, war nicht so wie nach einer gelungenen Veranstaltung.

Nach dem Rapport seiner Mitarbeiter sah sich Oberkommissär Grandauer einmal mehr bestätigt, dass der Fall – wenn überhaupt – in ein anderes Dezernat gehörte; nicht in die Mordabteilung, allenfalls zum Raub und man sollte es in Kauf nehmen, dass man damit den Kollegen dort auch keine Freude machen würde.

Die beiden Zeuginnen, Lilo und Mariechen, hatte man noch mit dem Auto zum Bahnhof gebracht, wobei sie auf der ganzen Fahrt, was ungewöhnlich war, kaum etwas sprachen. Und es war auch nicht zu erkennen, ob es mehr die Erleichterung war oder Enttäuschung. Erst als sie dann schon in ihrem Vorortszug saßen, sagte Lilo plötzlich laut: »Und er war es doch! Der Räuber und der Mörder! Aber die Herren von der Polizei wollten es ja nicht wahrhaben!«

Da lächelte Mariechen in aller Unschuld den Leuten auf der Bank gegenüber zu, weil diese ziemlich verstört auf ihre Schwester blickten, und sie sagte: »Es geht nur um einen Roman. Nicht um das wahre Leben.«

*

Die Arbeit, mit der sich Karl Grandauer in die winzige Küche zurückgezogen hatte, sie war für ihn ärgerlich genug, um ihm den ganzen Sonntag zu verderben. Aber nun kam ja auch das noch dazu: »Die werden gleich da sein, Karl!«

»Das ist mir wurscht!«

»Dann zieh dir halt wenigstens a Jackett an! Deshalb muss ma sich ja nicht wegen denen rausputzen.«

»Ich versteh' das sowieso nicht, Traudl…«, sagte die Oma und folgte ihrer Tochter ebenfalls in die Küche.

»Herrschaftzeiten! Könnt ihr das nicht draußen besprechen!«, grollte der Karl. »Ich muss mich konzentrieren, mit dem verdammten Scheißfragebogen da!«

»Naja…«, begann die Oma etwas pikiert, weil sie gewisse Worte nicht ästimieren konnte, »das geht dich ja schließlich auch etwas an, Karl… wen euch euer Maxi ins Haus bringt. Und gleich so offiziell! Mit den Eltern! Mir ist das Mädel sowieso nicht ganz geheuer. Wenn sie immer so unschuldig tut!«

Der Karl hatte in seinem Zorn schon die Hand mit dem Federhalter erhoben, aber die Geste hinterließ lediglich einen Tintenklecks auf seinem Fragebogen. Und in dem Moment kam dann auch der Maxi hereingeschossen, bis zum Äußersten erregt: »Sie kommen! Ich hab sie schon vom Fenster aus geseh'n, dass sie's sind! Geh' ich ihnen vielleicht schon amal entgegen ... dass sie rauffinden!«

»Mein Gott, Bua, dann kommen's halt!«, sagte der Karl kopfschüttelnd. »Das is doch kein weltbewegendes Ereignis!«

Und die Oma rief ihm noch nach: »Kind, dir laufen doch bestimmt noch hundert andere über den Weg!«

Aber eben keine wie die Hildegard. Und er öffnete die Haustüre. Da stand sie mit ihren Eltern und er hätte sie am liebsten gleich über die Schwelle getragen. Es war ihm so sehr nach Familie. Nach Gemeinsamkeit. Und den Fröschles war es sicher auch nach Gemeinsamkeit, denn sie schnupperten den anheimelnden Duft der Bäckerei.

Oben, in der Dachwohnung, hatten die beiden Damen, Mutter und Tochter, doch noch rasch ein paar kleine Verschönerungen an sich vorgenommen, während der Karl, einer plötzlichen Eingebung folgend, seinen Fragebogen in Fetzen zerriss und sagte: »So, und das ist hiermit auch entschieden! Von mir erfahren die nichts über meinen Bruder! Keine Silbe! Und wenn's mich wegen dem nausschmeißen!«

»Recht hast', Karli«, sagte die Traudl und drückte ihn kurz an sich. »Alles muss man auch bei denen nicht mitmachen!«

»Was hat er denn da zerrissen, Traudl?«

»Seinen Fragebogen, Oma.«

»Allmächtiger! Dass er bloß keine Schwierigkeiten bekommt wegen dem!«

»Er wird schon noch einen in Reserve haben, denk' ich.«

»Jetzt sind sie da!«, rief der Maxi mit bebender Stimme. Er war dem Besuch über die Stiegen zum Dachgeschoss vorausgegangen. Der Karl schlüpfte noch rasch ins Jackett und alle drei bemühten sich nach Kräften um ein freundliches Gesicht. Herr Fröschle war auf den steilen Stiegen außer Atem geraten und vergaß, oben angekommen, seine kümmerlichen Nelkenstängel vor der Übergabe aus dem Papier zu nehmen. Das gab der Gattin Gelegenheit für eine scherzhafte Bemerkung.

»So schöne Blumen«, heuchelte die Traudl. »Das hätt's aber wirklich nicht gebraucht.«

Dem Maxi gefiel es zusehends, wie leicht und locker sich, entgegen seinen Befürchtungen, die Familienbande knüpfen ließen und wie heiter diese erste Schicksalsbegegnung bislang ablief. Da griff Frau Fröschle völlig unerwartet noch einmal nach der Hand seiner Mutter und sagte in tiefster Betroffenheit: »Mein Gott, und das mit Ihrem älteren Sohn, gell! Das ist ja fürchterlich! Wir waren auch so erschüttert, wie's uns unsere Hildegard erzählt hat. Gell, Hildegard! Darf ich Ihnen bei der Gelegenheit mein allerherzlichstes Beileid aussprechen und auch Ihnen, Herr Grandauer …«

Da fielen der Traudl die Blumen aus der Hand und es war ihr auf einmal, als wäre sie tot.

5.

Im Mai 1948 hatten die Zeitungen das Foto von einem ehemaligen deutschen Soldaten veröffentlicht, der in diesen Tagen als 500-Tausendster aus sowjetischer Kriegsgefangenschaft heimgekehrt war. Der junge Mann trug ein properes Jäckchen und die Mütze kess, wie ein Optimist; nur sein Gesicht passte nicht recht dazu. Er sah aus, als hätte er das Lachen verlernt. Aber vielleicht war er ja auch nur verdutzt, weil man ihm von allen Seiten Blumen in die Arme drückte und so viel Gewese um ihn machte. Andere Heimkehrer bekamen selten Blumen und wenn, dann allenfalls von Angehörigen, die sie am Bahnhof schon sehnsüchtig erwartet hatten. Oft war das nicht der Fall. Die meisten standen erst einmal alleine dort und wussten nicht, ob es überhaupt noch jemanden gab, der sie erwartete.

So, wie ein paar Wochen danach auch der ältliche, ausgemergelte Spätheimkehrer in zerlumpter Offiziersuniform, der als Letzter aus dem Viehwagen gekrochen war und nun ebenso dastand und schaute, wie wenn er noch im Käfig wäre.

Drüben im Westen, in einem ehemaligen Lazarettzug bekam der Mann seine Entlassungspapiere und eine Tagesration Brot und Büchsenwurst. Daraufhin war er, zumindest verglichen mit vorher, frei und durfte nach schier endlosen Jahren wieder heim in seine Vaterstadt München.

Er nahm kostenlos den Zug dorthin, hatte Glück, fand noch Platz drinnen auf einer Plattform und musste sich nicht wie andere außen an den Wagen hängen. Die Leute um ihn herum waren mager, aber alle hatten sie dicke Rucksäcke und es roch stark nach Naturalien. Das war kein unguter Geruch, wie er ihn auch kannte. Die Frau vor ihm stellte ihren schweren Rucksack auf den Boden und meinte: »Da können Sie sich ruhig draufsetzen. Bloß Krautköpfe und vorjährige Kartoffeln.« Der Heimkehrer schaute sie dankbar an und ließ sich darauf nieder. Die Frau legte ihm ihre Hand auf die Schulter, weil er ihr leidtat: »Oh mei … da habt ihr gebüßt, in dem Sibirien. Für andere mit.« Und nach einer Weile fragte sie ihn: »Ham's aber schon wenigstens ab und zu Post gekriegt von daheim?«

Er schüttelte nur den Kopf, ohne aufzuschauen.

»Keine Post und nix?! Da wissen S' jetzt ja gar nix, wenn S' heimkommen!« Und, wie um ihn ein wenig aufzurichten, sagte sie schnell darauf: »Aber, ich denk', das hätten S' bestimmt erfahren, wenn was … Schlimmeres passiert wär.«

*

Das Münchner Polizeipräsidium hatte mittlerweile manches wieder instand gesetzt, vor allem baulich. Aber oft zeigte es sich, dass Bombenschäden leichter zu beseitigen waren als geistige Verwerfungen, die sich nur selten so klar und eindeutig wie Ruinen erkennen ließen. Aber Ruinen waren sie ja manchesmal auch.

Herr Dirscherl war zwar im Ruhestand, aber allzeit bereit, um einzuspringen, wenn der Posten des Hausmeisters, wie soeben wieder, vakant geworden war.

»Jetzt hab' ich gedacht, Sie kriegen aushäusig a Wohnung und hör'n daherin auf?«, wunderte sich ein Wachtmeister von der Schutzpolizei.

»Hab' ich auch gedacht, ja. Aber den Nachfolger von meinem Nachfolger, den ham's doch auch wieder heimg'schickt. Weil er früher amal der Hausmeister von einem ganz dicken Nazibonzen war.«

»Ja was! Den Nägele ham's … Der war doch ein ganz ein kommoder Mensch!«

»Ja ja, er schon, aber sein Herrle halt nicht. Jetzt hab' ich schon neulich zu ihm g'sagt, zum Nägele: Er muss halt noch a bissl a Geduld aufbringen. Bis sein früherer Arbeitgeber wieder in Amt und Würden is. Net! Dann werden's doch seinen Hausmeister in Gottes Namen auch amnestieren!«

Bis der Wachtmeister dann den Hintersinn ganz erfasst hatte, war der Mordwagen in den Fahrzeughof eingefahren und Herr Dirscherl nahm die Gelegenheit wahr, sich auf dem Laufenden zu halten: »Ja, was hama denn da? Is wer g'storben bei Ihnen?« Die Frage war an Kommissär Kargus gegangen, der dem alten Mercedes mit einem trauermäßigen Blumengebinde entstiegen war.

»Na na, ein Jubiläum! Vom Chef«, antwortete Kargus und eilte ins Haus.

»Auch so ein Beispiel!«, sagte Dirscherl und wandte sich damit an den Wachtmeister. »Der hat sich auch wieder hochgerappelt, denen ihr Chef. Und dem ging's vorher gar nicht gut.«

»Is er krank g'wesen?«

»Wie ma's nimmt. Da hat er's halt g'habt, auf der Brust!« Und er deutete auf die Stelle hin, die einstmals das Parteiabzeichen schmückte.

Oberinspektor Deinlein hatte schon zu Jahresbeginn wieder das Zimmer des Dienststellenleiters bezogen und darin lediglich ein paar kleinere Veränderungen vorgenommen. Augenfällig waren eigentlich nur Albrecht Dürers Betende Hände, die auf Deinleins Anregung hin die Stelle an der Wand bedeckten, an der drei Jahre lang nichts und vorher das Führerbild hing.

»… die Abteilung erlaubt sich, ihrem verehrten Chef … mit den besten Wünschen zum Jubiläum … und wir hätten eigentlich auch was dichten wollen. Aber es is leider nichts geworden.«

»Kann man nicht erzwingen so was«, sagte Herr Deinlein gerührt. »Freue mich um nichtsdestoweniger. Und die wunderschönen Blumen!«

»Hama eigentlich auch gedacht, die machen uns a bissl was ... Freudigeres in dem Blumengeschäft. Jetzt is' halt leider fast eher a Grabschmuck geworden.«

»Nicht unpassend«, scherzte Herr Deinlein. »Nicht unpassend! Ist doch schon eine halbe Beerdigung, so ein Jubiläum.«

Da mussten die Gratulanten lachen und die Jungen unter ihnen wunderten sich, weil er nicht immer so einsichtig war.

»Aber der Kollege Grandauer ... ist der noch gar nicht im Haus heut'?«, fragte der Jubilar, nachdem er sich umgeschaut hatte.

»Der hat doch Urlaub ... weil's umziehen wollen.«

»Richtig ... die sind ja jetzt endlich raus, die Amerikaner!«

Das kam ziemlich überraschend für die Grandauers, aber nachdem drei Jahre seit der Beschlagnahmung ihrer Wohnung durch die Militärregierung vergangen waren, hatten sie deren Verlust einigermaßen verschmerzt. Und damit ihnen nicht noch einmal so eine Pleite wie damals passieren würde, hatte der Karl seinen rechtmäßigen Anspruch beim Hauseigentümer längst ordnungsgemäß angemeldet. Dem war es auch ganz recht, wenn er in diesen unruhigen Zeiten wieder einen Kriminalbeamten ins Haus bekommen würde.

Nun war's so weit und die Grandauers standen inmitten von Körben und Kartons, die ihnen der Max zur Verfügung gestellt hatte. Nicht gerade hoffnungsfroh im Hinblick auf die schöne neue Wohnung, melancholisch eher, weil sie ja hier in den winzigen Dachzimmerchen auch schon ihre Wurzeln geschlagen hatten und manches Mal dort etwas zu spüren bekamen vom Reichtum in der Beschränkung.

»Man soll es nicht für möglich halten«, sagte der Karl und seufzte tief. »Jetzt sama doch vor a paar Jahren mit Nullkommanix da herin eingezogen… und wennst dich umschaust: ein Haufen Zeug!«

»Naja, das meiste g'hört uns ja gar nicht. Das ham uns die Kreitmeiers doch bloß geliehen. Und wir sollten vielleicht auch die Betten noch in irgendwas neitun, Karli… dass' aufm Transport nicht so einstauben.«

»Ja mei… die Flüchtlinge ham's durch halb Europa mitgeschleppt, ihre Betten!«

»Oder wir wickeln's wenigstens in die alte Tischdecke ein, die der Kurt dalassen hat.«

»Und dann gibt's Leut, die ham nie was mitgemacht. Die sind überall ungeschoren durchgekommen. Siehe Deinlein! Bei seiner Spruchkammerverhandlung hat er sich ja auch durchgeschlängelt. Allerdings: nicht zuletzt dank meiner Fürsprache! Sonst säß er heute nicht wieder auf dem Chefsessel. Den ich ihm frei gemacht habe!«

»Sei froh, dass d'n los bist! Du hättest dich doch aufgerieben auf dem Posten. Mit deinem Naturell.«

»Mit Naturell hat das gar nix zu tun. Das war eine reine Vernunftabwägung. Mit Rücksicht auf meine angeknackste Gesundheit. Sonst wäre das für mich ein Leichtes gewesen. Lächerlich…« Und um sich ihrem zweiflerischen Blick zu entziehen, wandte er sich von ihr ab und schaute durch das offene Dachfenster hinunter auf die Straße. Doch was ihm dort als Erstes ins Auge fiel, war auch nicht geeignet, sein Gemüt aufzuhellen. Im Gegenteil: »Der saudumme Kerl, der!«

Die Traudl wusste auch gleich, wer mit der Bemerkung gemeint war: Sohn Maxi stand drunten vor dem Bäckerladen mit Schwiegertochter Hildegard und ihrem acht Wochen alten Stammhalter. In einem Kinderwagen wie ein amerikanischer Straßenkreuzer! Für den hatten sie ein Schweinegeld hinblättern müssen. Aber sie hatte ihn sich halt so sehr gewünscht, den Kinderwagen! »Das is es nämlich, was mich in Wahrheit aufgerieben hat! Und nicht der läppische Abteilungsleiter. Die kommt daher, das Trutscherl, verdreht unserm Buam den Kopf und bringt ihn von seinem vernünftigen Weg ab!«

»Bittschön, hör' auf, Karl. Und übertreib' net immer so...«

»Mach' ma uns doch nix vor, Traudl. Du bist ja selber nicht glücklich.«

»Sima froh, dass er gesund is und lebt. Mir hätten ja ihn auch verlieren können.«

»Eben! Jetzt hama bloß noch den einen. Und der hätte alle Möglichkeiten gehabt! Abitur mit Note eins bis zwei! Studium! In a paar Jahr wär er ein fertiger Jurist gewesen! Und was macht er?! A Kind! Jetzt kann er für seinen Schwiegerpapa den Strohmann spielen, bis der seine braunen Flecken wieder losgebracht hat. Und danach darf er vielleicht seinen Hausmeister machen... unser Einserabiturient!«

Auch unten im Laden nahmen ein paar Kundinnen aus der Nachbarschaft regen Anteil an den Veränderungen, die sich im Umfeld der Kreitmeiers vollzogen: »Ziehen's dann wohl auch mit, die Jungen, zu die Grandauers in ihre neue Wohnung?«

»Von dem weiß ich nix«, antwortete die Kathi. »Die wohnen doch schon im Haus von ihre Eltern.«

»Ja, gehen S' zu. Da wird sei Mama aber traurig sein. Wo sie so glücklich war, die Frau Grandauer, wie's ihren Buben wiedergehabt hat.«

»So is das halt amal«, gab sich die Kathi resolut, »man kann's nicht behalten, die Kinder. Ich hab' den meinen bald fünfzehn Jahr nimmer g'sehn.«

»Im Ausland lebt der, gell. Sie ham's mir schon amal g'sagt g'habt. Aber... jetzt amal was ganz anderes, Frau

Kreitmeier: Wenn die ausgezogen sind, die Grandauers ... dann wird doch bei euch im Haus a Wohnung frei?«

»Na, da wird gar nix frei!«, fuhr die Kathi ziemlich barsch dazwischen. Es tat ihr dann selber leid. »Wissen S', es is nämlich so: Er hat mir zuletzt geschrieben, mei Peter, dass er vielleicht plötzlich amal bei uns vor der Tür steht. Und dann will er mir seine junge Frau vorführen. Eine von drüben, von Neuseeland.«

»Sind die ... aber nicht schwarz?«, fragte die Kundin etwas besorgt. Und die Kathi antwortete ihr lachend: »Auf dem Foto, was er uns von ihr amal g'schickt hat, is sie noch ganz weiß g'wesen.«

Sicher waren es weniger die kümmerlichen Brotrationen, derentwegen sich die Stammkunden länger als nötig im Laden aufhielten – aber wo ließen sich schon so ungewöhnliche Familienverhältnisse in Erfahrung bringen? Wer zum Beispiel hatte schon so eine schillernde Figur unter seinen Angehörigen wie diesen bekannten Rundfunkmenschen Kurt Soleder, der hier auch öfter persönlich in seinem offenen DKW aufkreuzte – so, wie gerade eben wieder mit seiner Frau Mutter – immer noch eine elegante Erscheinung.

»Eine Dame!«, bemerkte bei ihrem Anblick eine Kundin. »Und ihr Herr Sohn is ja der Frau Oberkommissär Grandauer ihr Bruder, gelln's. Vom Radio kennt man ihn. Ganz bekannt!«

»Aber ... hat's da nicht amal was gegeben mit dem? Weil man ihn danach a Zeit lang gar nimmer g'hört hat. Und in der Zeitung, mein ich, is auch was g'standen. Scho länger her.«

»Die Frau Kreitmeier kann's uns bestimmt sagen, was da g'wesen is, gell.«

»Ich weiß bloß, dass er amal eine längere Kur gemacht hat. Aber inzwischen geht's ihm wieder wunderbar. Und man hört ihn ja auch oft.«

Um dem Schwiegersohn Karl keine Gelegenheit für spöttische Bemerkungen zu geben, ließ Oma Soleder ihr schickes Hütchen, das sie des Fahrtwindes wegen mit einem Chiffontuch festgebunden hatte, in Kurts Kabriolett zurück. Dann stieg sie, etwas kurzatmig geworden, die steilen Stiegen zur Dachwohnung hinauf, in der sie ja damals, nach der Bombennacht, selber eine Weile lang untergebracht war.

Die Stimmung, in die sie nun dort oben hineingeriet, war nicht die beste. Aber das war auch nicht zu erwarten, nachdem sich das Verhältnis zwischen Vater und Sohn auf dessen Heirat hin stark eingetrübt hatte. Nicht nur, weil die Jungen es vorgezogen hatten, bei den Schwiegereltern einzuziehen, und das, obwohl die Grandauers nach ihrem Umzug fest mit ihnen gerechnet hatten. Schon um keine fremden Leute aufnehmen zu müssen. Es war auch noch ein anderer Umstand hinzugekommen, indem sich der Maxi ganz offensichtlich für die geschäftlichen Interessen seines Schwiegervaters einspannen ließ und dabei unverhohlen auf das Barvermögen aus der Hinterlassenschaft des Onkel Rudi spekulierte: »Geliehen! Bloß geliehen! Ich will's ja nicht geschenkt, Baba! Und es ist für einen vernünftigen Zweck! Wir kaufen uns ja kein Auto dafür … oder a Mahagonischlafzimmer!«

»Ich kaufe mir auch nichts von dem Geld! Ich spare es nur! Für euch!«

»Bitte, war ja auch nur eine Frage. Weil, so eine Druckmaschine, wie der sie uns besorgen kann … die kostet normal über hunderttausend Mark! Wir kriegen sie für fünfundzwanzigtausend.«

»Und dafür taugt's nix!«

»Meinst' nicht, der Hildegard ihr Vater kann das besser beurteilen, ob die was taugt oder nicht?!«

»Ja ja, aber woher die stammt, diese Druckmaschine!? Das möchte ich nicht wissen! Wenn ich mir vorstelle, wer euch die besorgt! Hehlerware! Was sonst!«

»Die war ausgelagert, Baba! Auf dem Land! Und der Besitzer von der Druckerei ist jetzt gestorben! Völlig legal!«

»Oh mei, Bua! Ich kenne den Herrn, der euch die besorgt! Den Herrn Willibald Leitner! Aus diversen Begegnungen! Mein Gott! Und außerdem: Fünfundzwanzigtausend Mark … ist ja schließlich kein Pappenstiel!«

»Eine ausgesprochene Okkasion, sagt der Schwiegervater.«

»Jaja, da sagt ma einfach Wurscht! Und schon liegt sie auf dem Teller!«

Der Maxi ließ die Schultern hängen und sagte resignierend: »Es wäre ja da, das Geld. Und wir könnten was draus machen. Stattdessen liegt's auf der Bank …«

»Und da liegt es gut! Du hast ja außerdem einen Teil schon ausbezahlt bekommen. Für deine Nobelhochzeit! Mit goldenen Eheringen und so weiter! Und das in der heutigen Zeit!«

Der Maxi wollte schon die Flucht ergreifen, als er seiner Oma in die Arme lief: »Ach, und unser Maxile ist auch da! Tust' a bissele mithelfen? Das ist schön. Ich will euch gar net lang aufhalten. Der Kurtl ist nämlich drunten und der kann euch fei auch was transportieren mit seinem Auto, gell!«

Darauf sagte der Karl etwas pikiert: »Hätt' ich mir ja den Lieferanten vom Max mit seinem Holzvergaser ersparen können … wenn dein Sohn mir vorher was g'sagt hätt'.«

»Mein Gott, der Kurtl weiß halt auch nicht immer gleich, wann er Zeit hat und wann nicht. Und ich werde ja von euch auch nicht mehr gefragt, ob ich was helfen kann. Aufdrängen tu ich mich nicht. Das solltet ihr wissen. – Die Traudl is gar net da?«

»Auf'm Speicher, glaub' ich.«

»Na, und ihr?«, fragte die Oma dann ihren Enkel, ohne etwas Erfreuliches von ihm zu erwarten: »Seid ihr denn glücklich?«

»Wenn man uns lässt«, antwortete der etwas trotzig.

Aber das nimmt der Vater nicht auf sich: »Ja, wir stören euch nicht!«

»Und deine junge Frau … is wohl gar nicht dabei heut'?«

»Doch, Oma. Aber sie wollte a bissl frische Luft schnappen mit unserm Kleinen.«

Da lächelte der Vater säuerlich und sagte: »Weil ja die Luft vorn am Max-Weber-Platz frischer is wie bei uns heroben!« Damit entlockte der Karl seiner Schwiegermutter sogar ein Augenzwinkern zum Zeichen der Übereinstimmung und diese nützte sie, um rasch noch eine Herzensangelegenheit anzusprechen: »Ja, und wisst ihr denn jetzt wenigstens, wo ihr eure Taufe machen wollt? Doch nicht bei deinen Schwiegereltern, hoffentlich?!«

»Ich habe ihnen ja erklärt, wenn's a bissl gewartet hätten, bis ma in der neuen Wohnung einigermaßen eingerichtet sind … hätt' mas ja ohne Weiteres bei uns machen können.«

»Na ja, also …«, ging die Oma besorgt dazwischen, »eine Taufe, Karl, ist nicht etwas, was man beliebig herumschieben kann. Das ist man seinem Kind schuldig.«

»Und darum mach ma's in einem Restaurant, Oma. Damit niemand beleidigt is. Und ich bezahle auch selber!«

Die Oma schlug ihre Hände vors Gesicht und sagte: »Um Himmels willen! Das wäre ja noch schöner! Da wird sich doch dein Vater nicht lumpen lassen! Oder … wie is'n das eigentlich bei Taufen? Sind da nicht die Schwiegereltern zuständig?«

Darauf stieß der Karl erst einen bitteren Ton hervor, bevor er das Thema zum Abschluss brachte: »Oh mei … wo nix is, Oma … hat auch der Kaiser sein Recht verlor'n!«

*

Der Heimkehrer im Zug nach München war mittlerweile dort angekommen und hatte sich zu Fuß auf den Weg in die Innenstadt gemacht. Man konnte meinen, dass er sich in der

Ruinenlandschaft nicht immer gleich zurechtfand, er blieb oft stehen und suchte irgendetwas, woran er sich orientieren konnte.

Bevor er in eine Seitenstraße abbog, schien es, als wollten ihn die Angst, die ihn antrieb, und die Angst, die ihn lähmte, auseinanderreißen.

In dieser Straße war kein Haus ganz geblieben. Ein paar waren bis zum Erdgeschoss abrasiert. Und da stand er dann vor dem Nichts und hatte noch das Bild im Kopf, wie alles einmal war, als er es vor fünf Jahren zum letzten Mal gesehen hatte. Regungslos stand er da, sodass ein Passant, der an ihm vorbeigegangen war, nach einer Viertelstunde zurückkam und ihn behutsam ansprach: »Kann ich Ihnen helfen?«

Ohne sich nach dem Passanten umzudrehen, fragte der Heimkehrer kaum hörbar: »Wo die hingezogen sind … von dem Haus …?«

»Ich war noch nicht hier, wie das passiert is. Aber fragen S' doch mal bei dem Friseur dort drüben. Der weiß vielleicht mehr.«

Bei dem Friseur hatte er sich sogar einmal die Haare schneiden lassen, wie er auf Heimaturlaub war. Als frisch gebackener Hauptmann. Und seine Frau war entsetzt: viel zu kurz hat er sie geschnitten!

Der Friseur konnte sich nicht mehr an ihn erinnern. Aber daran, wie es war, als das Haus noch stand. Und an seine Frau erinnerte er sich auch. Er durfte sie manches Mal etwas blonder machen. Nur, wo sie hingezogen wären …? Es war eine Luftmine damals, schrecklich. Auch bei ihm im Laden war nicht die kleinste Flasche Haarwasser heil geblieben. Aber vielleicht könnte man ja etwas beim Roten Kreuz in Erfahrung bringen.

*

Das Firmenschild mit der Aufschrift »Druckerei Adam Fröschle« war – provisorisch allerdings – ergänzt worden mit dem Wort »Nachfolger«. Und man hatte auch wieder Fensterscheiben eingesetzt und eine Flachdruckmaschine in Gang gebracht, auf der sich Erbauliches von beiderlei Konfessionen vervielfältigen ließ; denn daran bestand allgemein ein großer Bedarf. Und inzwischen war auch das Firmengelände schon soweit aufgeräumt, dass Kunden und Lieferanten wieder gefahrlos vorfahren konnten.

Einer der Ersten kam sogar in einem Opel Admiral, ein Wagen, der im Krieg nur höchsten Offizieren zustand. Zurzeit diente er einem Mann, der seinen Rang in der neuen Zivilgesellschaft durch nicht immer ganz legale Geschäfte eingenommen hatte. Herr Fröschle verdankte die Bekanntschaft mit ihm den Grandauers, und weil der Leitner Willi zu den Menschen gehörte, deren Wahrnehmung auf alles Verhandelbare ausgerichtet war, kam es zu der Idee mit der Druckmaschine.

»Firma wächst und gedeiht!«, rief er Herrn Fröschle zu, der mit seiner Stieftochter zur Begrüßung aus dem Haus gekommen war.

»Seniorchef ... meine Verehrung!«

Der winkte ab und antwortete zutiefst gedemütigt: »Nix Seniorchef! Ich nicht mehr, Herr Leitner! Vielleicht grad noch Hilfsarbeiter ... wenn's nach der Spruchkammer geht!«

»Entlockt uns doch nur ein müdes Lächeln, Herr Fröschle. Wenn man so einen gelehrigen Schwiegersohn hat! Mit dem Eisernen Kreuz! Und die Frau Juniorchefin verleiht dem ganzen Unternehmen, wie soll man sagen ... eine Grandezza!«

Daraufhin wiegte sich die Hildegard kokett in den molligen Hüften, weil ihr auf Grandezza nichts anderes einfiel.

»Und wegen der Druckmaschine, wo ich Ihnen gesagt habe? Wie nennt sich die?«

»Eine Tiegeldruckpresse ... nennt man die.«

»Noch keine Entscheidung gefallen?«

»An mir liegt es nicht, Herr Leitner. Ich, wenn noch über mein Kapital verfügen würde ... ich tät's sofort kaufen. Aber Sie wissen ja, wie der Hase läuft.«

»Rückt er nichts raus, der Karli? Das übersteigt natürlich seinen Horizont. Jetzt amal rein unternehmerisch geseh'n. Als Kriminaler ... erstklassig. Aber für das Geschäftsleben reicht das leider nicht aus.«

Der Willi hielt einen Moment inne und dabei konnte man beobachten, wie düstere Ahnungen in ihm aufstiegen. Mit diesen trat er dann ganz nahe an den entmachteten Druckereibesitzer heran und meinte: »Weil nämlich irgendwann ... demnächst! Das sag' Ihnen ich, Herr Fröschle! Da können's Ihnen dann mit dem lumpigen deutschen Geld bestenfalls den A... abwischen!« Und mit einer weltmännischen Geste zur Juniorchefin hin ergänzte er: »Die passendere Bezeichnung dafür unterdrücke ich mit Rücksicht auf die junge Mutter!«

*

Auf dem offenen Kleintransporter hatten die Grandauers ihren ganzen Hausrat untergebracht und zum Glück regnete es nicht. Der Fahrer musste noch seinen Holzvergaser mit Hackschnitzel nachheizen, dann zockelten sie ab zur neuen Wohnung. Die Traudl saß auf dem Beifahrersitz und der Karl wollte mit dem Rad nachkommen. Er stand noch mit dem Kreitmeier Max vorm Laden: »Bei euch droben hama jetzt natürlich noch nichts aufgeräumt, Max. Aber für des kommen wir ja noch amal her.«

»Ja ja, jetzt schaut's erst amal, dass' euch dort einrichtet's.«

»Das kann noch Monate dauern, Max. Die ham ja die Wohnung in einem Zustand verlassen! Überall die Kaugummi drunter! Und die Wände und alles verräuchert! Jetzt wollt mir der Oberzigeuner, der Willi ... du kennst ihn ja ... der wollte mir eine Malerfarbe besorgen. Aber auf den Kerl ist ja kein Verlass.«

»Hätt'st halt mir was g'sagt.«

»Ihr habt's ja schon so viel für uns getan, Max!«

»Da hätt' uns das bissl Farb' auch nicht umgebracht. Übrigens ... is des jetzt endgültig ... mit eurer Taufe am Montag? Und dass ihr's in am Gasthaus machen wollt?«

»Nicht meine Disposition! Macht alles der Herr Sohn nach eigenem Gutdünken!«

»Sonst hättet ihr doch auch alle miteinander zu uns kommen können. Wie ma's euch angeboten haben. Spart's an Haufen Geld!«

»Sparen, ja! Das ist doch ein Fremdwort heutzutage bei der jungen Generation! Die ham überhaupt keine Einstellung mehr zum Geld.«

»Wundert mich nicht. Wennst' nix dafür kriegst.«

»Mei, Max, das is jetzt amal so, aber es kommt auch wieder anders. Sparsamkeit hat sich auf die Dauer noch immer bewährt!«

Was die Amerikaner an Einrichtungsgegenständen in ihren beschlagnahmten Wohnungen nicht mehr benötigten, hatten sie ausgelagert oder an Bedürftige verteilt. Dass sie dabei auch bedürftiger Fräuleins gedachten, die ihnen den Aufenthalt in Deutschland angenehmer gestalteten, konnte nicht ganz ausgeschlossen werden.

Als die Grandauers nun ihr Wohnungserbe angetreten hatten, war nicht mehr viel von dem vorhanden, was sie hätte anheimeln können, keine Vorhänge mehr und keine Teppiche, dafür war ein Bild von General Dwight D. Eisenhower hängen geblieben, welches allerdings auch keine wohltuende Wirkung auf das Gemüt ausübte.

»... aber raummäßig ... lässt sich durchaus was machen«, meinte der Leitner Willi, der wie versprochen mit einem

Kübel Wandfarbe gekommen war. Und die Traudl war ganz froh über den Besuch, weil sie sich alleine in den kalten, muffelnden Räumen so verloren fühlte: »Schön wär's halt, gell, wenn man wie früher in ein Geschäft gehen und einfach sagen könnte: ›Zwanzig Meter Vorhangstoff ... und Stores hätt' ich gern und einen Teppich ...‹«

»Kommt alles wieder, Frau Grandauer«, sagte der Willi und versuchte sie mit seinem Optimismus etwas aufzuheitern.

»Aber wann, Herr Leitner, wann?!«

Daraufhin blinzelte er ihr zu und sagte, als hätte er geheime Informationen: »Schneller vielleicht, wie Sie denken!«

»Der Karl meint ja, wir erleben das gar nimmer.«

»Ich kenn' ihn ja ... er is halt immer a bissl a Schwarzseher, der Karli.«

Die Traudl verdrehte ein wenig die Augen zum Zeichen der Übereinstimmung. Und dann sagte sie: »Mei ... ich tät Ihnen ja gern was anbieten, Herr Leitner. Aber ich hab' noch gar nix da.«

Der Willi holte im Gegenzug ein Päckchen Amizigaretten aus der Tasche – das Stück zu zehn Reichsmark – und lud sie mit der Lässigkeit eines Humphrey Bogart ein, sich zu bedienen. Die Traudl zögerte, dem Wert der Sache entsprechend, und fragte bescheiden: »Darf ich's für meinen Sohn nehmen? Ich rauch' selber nicht.« Für ihn erhöhte der Willi sein Angebot auf zwei Stück, die die Mutter behutsam wie eine Kostbarkeit entgegennahm.

»Und für Sie hab' ich auch was, Frau Grandauer!« Dabei zauberte er einen Schokoriegel aus der Tasche. »Aber selber essen! Sofort! Eher bringen S' mich nicht los!«

»Also ...Sie sind mir vielleicht einer, Herr Leitner!« Und während sie sich noch ein wenig zierte, riss sie schon – scheinbar unabsichtlich – am Schokoladenpapier. Der Willi beobachtete sie wohlgefällig und ermutigte sie mit netten Gesten, einfach hineinzubeißen, und nachdem sie genüsslich schmatzte, sagte er beinahe philosophisch: »Mit so wenig, gell … kann man die Menschen eine Freude machen, heutzutage. Das hört sich dann auch auf.«

Die Traudl, noch mit einem Rest von Schokolade im Mund, glaubte ihm nun für seine Nettigkeiten eine Erklärung schuldig zu sein und sagte: »Und wissen S', wegen der Druckmaschine, die sie uns … meinem Sohn angeboten haben: Es is halt im Augenblick durch die neue Wohnung und alles … und die jungen Leut' ham ja auch noch gar nichts … der Maxi hat ja erst vor einem halben Jahr mit seinem Studium aufgehört … und dann noch dazu am Montag die Taufe! Es is halt vielleicht jetzt alles besonders ungünstig mit dem Geld.«

Da antwortete der Willi prophetisch: »Aber ob's noch amal günstiger wird … sehr die Frage!«

*

Oberinspektor Deinlein hatte sein Blumengebinde so gut es ging in Packpapier verhüllt, um nicht draußen im Stiegenhaus auch ständig darauf angesprochen zu werden, und ebenso das original handgemalte Frühstücksbrettchen – mit dem Sinnspruch: Mach' es wie die Sonnenuhr, zähl' die heiter'n Stunden nur –, das ihm ehemalige Kollegen vom Raub zu seinem Jubiläum verehrt hatten. Derlei Kunstgewerbe gehörte zu den wenigen Produkten, die zurzeit ohne besondere Bezugsberechtigung zu haben waren.

Als Herr Deinlein dann aus dem Amtsgebäude hinausging in einen hellen, freundlichen Sommerabend, wäre er beinahe mit einem Passanten zusammengestoßen, der im Begriff war, das Haus zu betreten. Der Mann machte einen ziemlich erbärmlichen Eindruck, aber an diesen Anblick war man ja gewöhnt, er gehörte schon lange zum Stadtbild. Und plötzlich, noch ohne zu wissen, warum, blieben sie beide stehen und drehten sich nacheinander um.

»Herr Deinlein?«, fragte der Passant leise, mit brüchiger Stimme.

»Dr. Grandauer?!«

Sie gingen dann auch nicht gleich aufeinander zu, es schien, als hätten sie eine Hürde zu überwinden. Bis sich Adolf Grandauers Angst und Verzweiflung Luft machten: »Ich such' meine Familie … wissen Sie irgendwas? Ich bin heute erst heimgekommen. Aus der Gefangenschaft. Und unser Haus is … weg … Trümmer! Und ich hab' nichts mehr gehört von meiner Familie! Von niemand! Ich weiß überhaupt nichts! Mein Bruder … wie geht's ihm denn? Is er noch …«

»Ist noch im Amt, ja ja.« Deinlein klammerte sich förmlich an das einzig Positive, was er dem aufgewühlten Menschen sagen konnte. »Geht ihm auch durchaus … den Verhältnissen entsprechend. Also schon … gut, doch doch. Er ist nur zurzeit daheim in Urlaub.«

»Und wissen Sie was von meiner Familie? Geht's ihnen … sind sie am Leben?!« Die Frage kam nicht zaghaft, sie kam wie eine Explosion.

Und Deinlein versuchte ihn zu beruhigen: »Ich … weiß nur so viel … aber bittschön, geh' ma vielleicht erst amal nauf in mein Büro …«

Um dieselbe Zeit war Adam Fröschle damit beschäftigt, auf dem Wohnzimmertisch seine Tagesausbeute an Fundstücken auszubreiten und zu ordnen. Er hatte nämlich die Gewohnheit, alles aufzuheben und zu sammeln, was vielleicht irgendwann einmal nützlich sein könnte: krumme Nägel, verrostete Schrauben, abgerissene Schnüre, vertrocknete Gummis, einfach alles. Das war in Zeiten wie diesen gar nicht so unvernünftig. Aber Herr Fröschle sammelte mehr aus seiner Natur heraus und erfreute sich dabei seiner Redlichkeit und Anspruchslosigkeit; denn wer den Pfennig nicht ehrt, ist des Talers nicht wert.

»A bissl was, wenn die von mir hätten, die Grandauer! Von meiner Anspruchslosigkeit! Dann täten's ihrem Buam unter die Arme greifen und die Druckmaschine kaufen! Und nicht auf ihrem Geldsack hocken bleiben. Ham doch auch noch a Grundstückl geerbt von ihrem Nennonkel. Aber von dem hörst du kein Wort!«

Die so Angesprochenen waren Mutter und Tochter, die dem Hausherrn bislang nur mit halbem Ohr zugehört hatten, weil sie ihren Thronfolger trockenlegen mussten. Herr Fröschle war auch noch nicht fertig: »Haben eine Mordsverwandtschaft! Alles Leute mit Geld! Aber da muss man dann die Taufe in einem Gasthaus machen! Und selber zahlen dafür!«

Die nasse Windel in der Hand stimmte Frau Fröschle nun auch mit ihm überein: »Mir liegen die ja sowieso nicht. Denen ihre ganze Verwandtschaft. Der Bäcker … und sie, seine Frau … die haben doch beide so etwas Gewöhnliches in ihrer Art. So grob sind die.«

Da drückte die Hildegard ihren nackten Säugling an sich und sagte trotzig: »Wir mögen die aber schon, gell, mei Herzibobele! Und der Maxi mag sie auch!«

Herr Fröschle wollte sie ja nicht alle über einen Kamm scheren: »Von die Bäcker sag' ich ja auch nix. Von denen hat man wenigstens was. Aber die andern! Die in Schwabing draußen! Der is doch der reinste Kommunist! Der Radiomensch.«

»No!«, stimmte die Mutter mit ein, »und dass ihr ausgerechnet den als Taufpaten haben wollt! Wo er sich noch nicht amal drüber freut!«

»Der Maxi sagt, dass die ihm sehr viel bedeuten, weil sie ihm früher ein ganz anderes Leben gezeigt haben. Und das soll unser Bubi auch sehen!«

»Da möchte ich mich weiters nicht dazu äußern … was für ein Leben das gewesen ist. Mir jedenfalls kann der Mensch nicht gerade in die Augen schaun! Vor lauter: alle sind Nazi! Und mich wundert es auch nicht, dass die ihn seinerzeit eingesperrt haben. Freilich, das wird heute ganz anders ausgelegt. Jetzt sind die natürlich durch das die großen Leute!«

»Schau, wir woll'n doch nur, dass du glücklich wirst, Kind. Aber du musst schon auch noch a bisserle auf unsern Vati hör'n. Und ich bitte dich, sei vorsichtig! Die Frau von ihm ist eine Jüdin! Und überleg' dir immer, was du sagst. Die sind nämlich jetzt sehr empfindlich geworden. Sei einfach nett zu ihr … und lass' dich auf nichts ein.«

*

Auch der Bäcker Kreitmeier hatte sich einen kleinen Materialvorrat beiseitegeschafft, für den ominösen Tag X, an dem sich, wilden Gerüchten, aber auch ernsthaften Vermutungen zufolge, etwas mit dem maroden deutschen Geld ändern sollte.

»Derfst ma aber schon a Flascherl Bier extra geben, Max … dafür, dass ich mein Gewissen betäuben kann und dich nicht verraten muss wegen dem«, sagte sein Altgeselle, der Toni, und blinzelte durchtrieben.

»Das Bier hilft da auch nix mehr, Toni«, meinte der Max. »Da musst du danach schon beichten gehen und recht bußfertig sein!«

»Oh mei«, sagte die Kathi und hob ihren Kopf aus dem Haufen von Brotmarken, die sie am Tisch sortierte, »wann der amal kommt, der Tag X? Des wenn ma halt wüsst'!«

»Dann wär's keiner mehr, Weiberl!« Zugleich klingelte es unten an der Haustüre und die Kathi stand auf: »Na endlich! Zeit wird's. Und wieder keinen Schlüssel dabei, der Lausbua!«

Aber der Toni wollte sowieso hinuntergehen, um noch mal nach der Glut im Backofen zu schauen. »Und wennst gehst danach, sperr' wieder ab, Toni.«

Der Lausbub, den die Kreitmeiers erwarteten, war nun der letzte Grandauer, der bei ihnen geblieben war; Adolfs Ältester und der Einzige von seiner Familie, den der Tod in jener Bombennacht vor vier Jahren nicht ereilt hatte. Und es sah gerade so aus, als hätte sich das schreckliche Erlebnis inzwischen so tief in den Buben hineinverkrochen, dass er hier, im neuen Elternhaus, seinen Anlagen entsprechend eine ganz normale Entwicklung nahm.

»Wird er halt wieder nach Schwabing zur Sara ihrer Kleinen geradelt sein«, meinte die Kathi, »unter irgendeinem Vorwand, weißt. Dass er was an ihrem Radl richten wollt.«

»Die Gerti ... die hat's ihm angetan!«

»Er hat nämlich sogar ein Foto von ihr steh'n in seinem Bücherregal!«

»Da hätt' ich an Adi hör'n woll'n in seiner Glanzzeit! Als Blutordenträger! Sei Bua ... und a Judenmadl!«

Die Schritte auf den knarrenden Holzböden, die man zum Wohnzimmer heraufkommen hörte, waren nicht, wie man sie vom Hermann sonst gewöhnt war. Und es waren zwei Personen. Der Toni öffnete die Türe und bevor man den Zweiten sah, sagte er, selber noch ganz verdutzt: »Jetzt werd's schaun!«

Der Adi kam zögernd nach, blieb an der Türe stehen und es war einen Moment mucksmäuschenstill. Bis der alte Regulator plötzlich blökte.

Die Kathi stand schon und sagte unsicher, denn sie hatte ihn ja noch nicht so oft gesehen: »Das ist doch der Herr Doktor Grandauer?« Es war keine jubelnde Begrüßung, nicht einmal eine wirklich freudige. Dafür hatte sie der Gedanke nicht losgelassen an das, was damals in Adolfs Abwesenheit mit seiner Familie geschehen war. Wusste er es schon? Wenn nicht, wie und wann sollte man es ihm nahebringen? Gleich? Er könnte ja jeden Moment danach fragen. Die Kathi machte einen unbeholfenen Versuch, ihn erst einmal abzulenken. Ob er nicht Hunger hätte ... oder

Durst? Aber es war kaum möglich, so zu tun, als ob nun mit seiner Heimkehr alles wieder gut wäre. War nicht das, was ihn daheim erwartete, viel schlimmer noch als Sibirien?

Der Max hatte sich neben ihn aufs Kanapee gehockt und behutsam den Arm um ihn gelegt: »Jetzt sama halt erst amal dankbar, Adi … dass'd da bist. Und mir kriegen dich aa wieder auf d'Füaß.«

Der Adolf nickte nur und dann sagte er, wie gar nicht anwesend: »Ich hab's schon erfahren, Max … im Präsidium … vom Deinlein.«

Dabei biss er sich auf die Lippen, bis er nicht mehr anders konnte und hemmungslos zu schluchzen begann. Keiner fand noch Worte, um ihn zu trösten, und nur der Toni, der an der Türe stand, reagierte auf die Schritte, die man nun über die Stiegen heraufkommen hörte. Der Hermann trat ahnungslos in die Stube, sah auf dem Kanapee den schäbigen alten Mann mit seinem tränennassen Gesicht und erkannte ihn nicht.

»Dein Vater …«, flüsterte ihm der Toni zu.

Das sollte sein Vater sein?! Von ihm hatte der Bub immer ein ganz anderes Bild vor Augen. Und er rührte sich nicht von der Stelle, bis der Toni ihn behutsam zu ihm hinschob.

»Trau dich nur«, sagte der Max und zum Adi sagte er: »Dein Hermann is des! A bissl fremdeln tut er halt noch. Aber das gibt sich.«

Am folgenden Tag war der Grandauer Maxi schon zeitig unterwegs auf einem Fahrrad, das für Transporte geeignet war. Im Gepäckträger ein Konvolut erbaulicher Schriften, die das Erzbischöfliche Ordinariat in Auftrag gegeben hatte. Von dort mit Segenswünschen wieder verabschiedet, machte der Maxi noch einen Abstecher zu der kleinen Gartenwirtschaft hin, die man für die bevorstehende Kindstaufe ausgewählt hatte.

»… und auf die Tische vielleicht überall a paar Blümerl, dass es halt a bissl nett ausschaut.«

»Ich versteh' Ihnen schon, Herr Grandauer … und wie g'sagt, wenn's Wetter nix is, dann geh'n ma halt nach innen.«

»Ich könnte Ihnen auch gern schon was anzahlen«, erbot sich der Maxi treuherzig in der Annahme, damit einen guten Eindruck zu machen. Aber der Wirt war davon gar nicht angetan: »Nana, des mach' ma dann alles hinterher. Weil ma ja heutzutag nix mehr vorausplanen kann: werd's billiger, werd's teurer …«

*

Aber es waren das auch die Tage, für die sich Vater Grandauer etwas mehr Unterstützung von seinem Sohn Maxi erwartet hätte. Und er hatte wenig Verständnis, dass ihn ausgerechnet jetzt der Herr Schwiegerpapa, der alte Nazi!, andauernd für seinen läppischen Betrieb einspannte. Das tat der doch mit Absicht! Folglich musste der Karl auch die verbliebenen Möbelstücke alleine beiseiteschieben, damit er die Wohnzimmerwände unbehindert anstreichen konnte. Auf die Malerarbeiten hatte er sich sogar gefreut, vor allem, wenn er daran dachte, wie viel Geld sich damit sparen ließ. Und er stand dann schon mit Papierhelm auf einem wackligen Gerüst, das er sich aus zwei Stühlen und einem Bügelbrett gebaut hatte, als seine Frau vom Einkaufen heimkam. Er hörte sie schon von draußen mit erregter Stimme: »Wer meinst, wer da is?! Ich hab' grad a Brot g'holt, bei die Kreitmeiers.«

Der Karl tippte, ohne seine Arbeit zu unterbrechen, auf die Neuseeländer. Inzwischen war die Traudl eingetreten und sagte: »Besser, du steigst erst amal von deinem Bügelbrett runter.«

Er drehte sich zu ihr um und schaute sie erwartungsvoll an.

»Dein Bruder! Der Adi! Bei die Kreitmeiers is er.«

Der Karl war einen Moment sprachlos: »Der Adi!? Mein Gott … hat er's doch g'schafft! Ich hab's nimmer geglaubt. Und … wie schaut er denn aus?«

»Heut' geht's ja schon wieder einigermaßen, sagen's. Aber wie er gekommen is!«

»Und das mit seiner Familie … hat er's schon erfahren?«

»Im Präsidium ham sie's ihm g'sagt. Der Deinlein.«

»Is er recht niedergeschlagen?«

»Des kannst' dir denken.«

»Herrschaftzeiten … und ich hab' grad mit'm Malern ang'fangen! Wenn ich jetzt unterbrech' … trocknet mir ja alles ein! Und überall gibt's Ränder! Meinst, die täten mir das übel nehmen, Traudl, wenn ich erst später zu ihnen nübergeh?«

»Mei … du musst es ja nicht gleich erfahren haben. Aber … mir is noch was eingefallen, Karli: Wegen dem Grab von der Lilli und die Kinder! Weil wir doch die Grabpflege gehabt hätten in dem Quartal!«

»Und? Ham mir da nix g'macht, Traudl?«

»Hast du was g'macht?«

»Ich? Wann sollte ich … Ich habe einen Beruf! Und jetzt noch der Umzug! Und zuvor auch alle naselang was anderes!«

»Bei mir doch dasselbe!«

»Also, da muss sofort wer nausgeh'n auf den Friedhof, Traudl! Bevor der Adi hingeht!«

»Und wer bittschön?«

»Wer, wer … ich kann unmöglich weg! Das siehst' doch selber …«

Die Vorstellung, dass anstatt seines Bruders sein Sohn Rudi heimgekehrt wäre, hatte den Karl schon ein paar Mal angeschlichen, aber er hatte sie tapfer bekämpft. Und ebenso verdrängte er die Gedanken über Adolfs Mitschuld an dem Elend, in das er selber geraten war.

Dort, in der kreitmeierschen Wohnstube, saß nun wieder der ängstliche kleine Bruder, der so oft beim Gewitter zu ihm ins Bett gekrochen war. Mager war er geworden, verschwunden die dicken Backen, aber wenigstens trug er nicht mehr die verwahrloste Uniform. Der Max hatte ihm einen ordentlichen Anzug verpasst und gewaschen und rasiert war er auch. Jetzt fiel es dem Hermann leichter, sich neben seinem Vater aufs Kanapee zu hocken, er war ihm sogar von sich aus schon ein bisschen näher gerückt. Davon angerührt sagte der Karl: »Der Hermann, gell, der freut sich halt am allermeisten, dass sein Baba wieder da is.«

Viel konnte man ja auch nicht sagen, ohne gleich wieder an offene Wunden zu geraten. Man redete halt so drum herum, weil schweigen noch unerträglicher war. Es waren quälende Minuten, bis dann der Max plötzlich hereinplatzte: »Im Radio soll was laufen, wegen der Währungsreform!« Und dabei schaltete er das Gerät ein.

Dem Adolf war anzusehen, dass ihm die Nachricht nicht viel sagte.

»Was aus unserm Geld wird … wart' ma ja scho Monate drauf, auf den Tag X«, erklärte ihm der Max und der Adolf nickte abwesend.

»Bloß, was sie wirklich vorhaben, Max, das werden's uns kaum sagen. Und so was geht auch nicht von heute auf morgen«, meinte der Karl. Währenddessen hatten sich die Radioröhren erwärmt und ein Sprecher wurde allmählich hörbar: »… erhält jeder Einwohner der Westzone als Kopfquote sechzig Mark der alten Währung in neues Geld umgetauscht. Vierzig Mark werden am Sonntag, den 20. Juni, ausgezahlt, die restlichen zwanzig Mark in einem Monat. Die Auszahlung des Kopfbetrages erfolgt durch die Stellen für die Verteilung der Lebensmittelkarten. Diese und die Kennkarten sind beim Umtausch vorzulegen. Der Familienvorstand kann den Umtausch für die Familie vollziehen.

Löhne und Gehälter sind in der neuen Währung in gleicher Höhe wie bisher zu bezahlen …«

Auch bei den Fröschles schlug die Radiomeldung ein, man hatte sich gerade zum Abendtisch begeben, die Hausfrau war noch in der Küche und Schwiegersohn Maxi, der für das Aufdecken zuständig war, hatte alles liegen und stehen gelassen und sagte betroffen: »Aber, wenn unser Geld plötzlich nichts mehr wert is … mit was soll ich dann zum Beispiel am Montag in dem Gasthaus bezahlen?!«

Der Schwiegervater hatte sogar etwas Schadenfrohes im Gesicht, als er ihm antwortete: »Aus! Da geht gar nix mehr mit eurer Taufe! Die könnt ihr gleich abblasen! Hat doch kein Mensch mehr einen Sinn für so was!«

Darauf stampfte die Hildegard heftig mit dem Fuß auf und protestierte: »Na! Die blas'n ma net ab, die Taufe! Gell, Schatzi! Wo ma uns schon so drauf g'freut ham!«

Aber der Maxi war schon weiter mit seinen Befürchtungen: »Und das Geld, was wir geerbt haben … meine Eltern? Ist doch dann auch …«

»Futsch! Können sie sich aufs Klosett hinaushängen! Ihre Tausender! Ja ja, deshalb hab' ich ja immer g'sagt zu deinem Vater: ›Kauft's die Druckmaschine!‹ Aber nein!«

Der Maxi blickte hoffnungsvoll auf seine kleine Frau, dass wenigstens sie ihm recht geben möge: »Weil, vielleicht kann man mit dem doch noch amal reden, mit dem Leitner. Dass er's uns verkauft.«

Dem Schwiegervater entfuhr ein Lacher, der aus der Galle kam: »Der?! Is doch nicht blöd! Oh mei! Ihr habt ja alle keine Ahnung vom Geschäftsleben!«

Karl Grandauer geriet nach dem Radiobericht, wie so viele, in Wallungen und er rief noch von den Kreitmeiers aus bei seinem Jugendfreund Willi an. Vielleicht würde der die Dinge ja ebenso sehen wie er, dass man mit der alten Währung so lange noch Geschäfte tätigen könnte, bis man am Sonntag dann das neue Geld bekäme. Und das müsste doch eigentlich auch für den Kauf einer Druckmaschine gelten.

Der Willi sah im Telefon nicht das geeignete Mittel, einen etwas störrischen und in kaufmännischen Angelegenheiten eher rückständigen Menschen über das Verhältnis von Freundschaft und Geschäft aufzuklären, und er versprach, bei ihm an dem Abend noch persönlich vorbeizukommen.

Als der Karl dann daheim mit seinem Fahrrad eintraf, stand der Opel Admiral schon vor dem Haus und beeindruckte die Nachbarn, die an den Fenstern standen, nicht nur im positiven Sinne.

Die Traudl kam ihrem Mann schon an der Wohnungstüre entgegen und flüsterte: »Er is fei scho da und tut ausmessen, wie viel Wandfarb' dass ma noch brauchen. Und mir hat er wieder Schokolade mitgebracht!«

Der Karl machte einen kleinen Mund und begnügte sich fürs Erste mit einer maßvollen Deklassierung: »Jaja, er ist ja der Typ, der auf Frauen wirkt. Da zählt weniger der Charakter.«

»Den hast doch du, den Charakter.«, zischelte sie ihm hinterher. »Aber so a Schokolad' is schon auch was Feines.«

Für den Karl hatte der Willi diesmal zwei ziemlich neuwertige Glühbirnen mitgebracht. Sie waren Kostbarkeiten, nur leider nicht stark genug, um sein Gemüt aufzuhellen.

»Ich hab's euch aber g'sagt, Karli! Vor a paar Tag noch!«

»Und dass ma vielleicht doch noch irgendwelche Mittel und Wege findet, Willi! Es werden sich ja nicht grad Menschenmassen um so eine Druckmaschine reißen! Und ich bezahle bar auf die Hand! Ich könnt' das Geld morgen noch abheben. Ohne Weiteres ...«

»Abheben kannst' as freilich, Karli. Bloß kriegen tust nichts mehr dafür.«

Da stieg in dem redlichen Beamten ein heiliger Zorn auf: »Das muss man sich einmal vorstellen: Da werden rechtschaffene Menschen bestraft für das, dass sie gespart haben und ihr Geld zusammengehalten! Was is das für eine Welt!«

Nun war die Katze aus dem Sack! Es war Freitagabend – ab Montagfrüh war die alte Mark also vollends beim Teufel, der ja ganz offensichtlich schon lange sein Interesse an ihr bekundet hatte. Aber man wollte ihm verständlicherweise nur so wenig wie möglich übrig lassen. Und bei ihren drängenden, ja hektischen Überlegungen, ob und wie da noch was zu retten wäre vom alten Geld, sind den westdeutschen Normalverbrauchern die politischen Folgeerscheinungen dieser Währungsreform zunächst gar nicht so zum Bewusstsein gekommen.

Natürlich konnte man nicht sagen, dass der Gegensatz zwischen der westlichen und östlichen Besatzungspolitik erst mit der Geldumstellung aufgetreten war. Er war von Anfang an vorhanden. Die Sieger brachten ihn mit. Und weil – nach einem Zitat aus dem alten Deutschen Reichstag – bei Geldsachen die Gemütlichkeit aufhört, darum kam es eben auch in dieser Geldsache zu sehr ungemütlichen Auseinandersetzungen im alliierten Kontrollrat in Berlin – kam es zur ersten offenen Konfrontation zwischen Ost und West.

Noch bis ins Frühjahr 1948 war man sich einig, die Reformen in allen vier Zonen – also auch in der Ostzone – gleichzeitig und gemeinsam durchzuführen. Die Russen wollten sogar netterweise das Geld für uns alle liefern. Aber die Amerikaner hatten Anlass, diesem russischen Entgegenkommen zu misstrauen; denn, wie gesagt, in Geldsachen hört die Gemütlichkeit auf.

Und so machte sich zwischen dem 18. und 20. Juni ein jeder, der dazu noch fähig war, auf die Beine, um so viel wie möglich von dem alten, abgewirtschafteten Geld in Sachwerte oder wenigstens in Dienstleistungen anzulegen.

Auch Grandauer senior und junior mit Familien hatten sich vom Strom der Zeit mitreißen lassen und während die Traudl in einen Laden gespült wurde, zeigte sich der Karl seinen Kindern gegenüber von einer weltmännischen Großzügigkeit: »Also, ich habe jetzt amal a paar tausend Mark abgehoben. Und wenn du was brauchst … bitte, kannst du jederzeit …«

Der Maxi fiel ihm verächtlich ins Wort: »Jetzt, ja! Jetzt is' zu spät!«

Dem Vater bot es eine Gelegenheit, den Sohn zu belehren: »Man muss es eben probieren! Man muss alles probieren!«

Daraufhin ereiferte sich die Hildegard: »Der Maxi hat ja schon alles probiert! Gell, Maxi?«

Das ging dem Karl zu weit und er sagte gereizt: »Er kann mir das auch selber sagen, net! Da muss er nicht dich … benützen! Als Sprachrohr!«

»Ich brauch' kein Geld mehr, danke.«

»Könnte ja durchaus sein, dass du wegen der Taufe am Montag, net … irgendwie als Vorschuss … Für das bissl Speis und Trank wird's ja wohl reichen!«

»Hab' ich doch alles schon abgesagt, in dem Gasthaus.«

»Wieso?«

»Soll ich vielleicht von meine 40 Mark die ganze Verwandtschaft einladen?«

Einstweilen war die Traudl wieder aus dem Laden herausgeschwappt und rief von Weitem abgekämpft: »Drei Topflappen ham's noch g'habt! Und die hat mir alle so eine dicke Frau weggeschnappt! Jetzt hab' ich grad noch die paar Fliegenfänger da ergattert! Besser als nix. Und dann hab' ich gedacht, könnt' ich mir doch Dauerwellen machen lassen. Und ihr könnt euch auch noch die Haare schneiden lassen …«

*

Das Schild »Ausverkauft« hing schon seit dem frühen Nachmittag an der Ladentüre der Bäckerei Kreitmeier. Aber die Oma Soleder wusste ja, dass man für sie immer etwas in Reserve hatte.

»Bitte, gell, nur wenn es Ihnen keine Ungelegenheiten bereitet.«

»Wär' ja noch schöner«, sagte der Max. »Mei Frau holt's Ihnen gleich rauf.«

»No, und was sagen Sie denn zu der Überraschung, Herr Kreitmeier? Jetzt geht halt schon wieder das ganze Geld kaputt. Mich trifft's ja nimmer. Ich hab' nix mehr.«

»Ja, wenn Sie natürlich alles für den Friseur ausgeben!«, sagte der Max mit einem amüsierten Blick auf das Gebilde, das ein begnadeter Friseur auf ihren Kopf gezaubert hatte.

»Fürchterlich, gell, wie der mich zugerichtet hat! Also, ich kann mich gar net anschaun«, sagte sie und hielt ihre Hände vor die Augen.

»Im Gegenteil, Oma Soleder! Flott! Direkt jugendlich!«

»Ach, Sie alter ... Ich weiß schon, dass Sie nur wieder ihre Witzle machen. Aber jetzt amal im Ernst, Herr Kreitmeier: Ich komm eigentlich mehr, weil ich mich nach euerm Heimkehrer erkundigen wollte. Wie geht's ihm denn?«

»Dem Adi ... ja mei, der hockt halt die meiste Zeit auf'm Kanapee und versteht die Welt nicht mehr.«

»Ich glaub's ihm. Und war einmal so ein großer Mann! Ein Oberstaatsanwalt! Und ob der wieder auf die Beine kommt, im Leben?«

»Derweil kann man sich's noch nicht recht vorstellen, gell? Aber man hört jetzt immer öfter von solche Wunder.«

Der Oma blieb der Hintersinn verborgen, sie fragte fürsorglich: »Tut ihr ihm aber schon a bisserle unter die Arme greifen?«

»Jaja, das tun ma schon. Und nächste Woche, hama jetzt beschlossen, kommt's dann alle mitanander a bissl zu uns, nach der Kirch.«

»Aber ihr könnt doch nicht die ganze Taufgesellschaft verköstigen!«

»Na, das hama auch net vor. Da schmier ma halt a paar

Brote … und zum Anstoßen wern ma dann scho auch noch was herbringen.«

»Und alles bloß, weil sich die kleine Madam das so einbildet! Ja, wenn sie nur aus so einem besonderen Haus wäre! Dann tät ich ja nichts sagen. Aber so!? Und dann auch noch gleich ein Kind machen!«

Auf das rückte der Max ganz nahe an die Oma heran und offenbarte ihr seine geheime Vermutung: »Ob sie es nicht bloß gemacht haben wegen dem neuen Geld?!« Der raffinierte Trick war ihr auf Anhieb nicht klar geworden: »Ganz einfach«, erklärte ihr der Max, »morgen kriegen S' vierzig Mark für den Buam! So viel wie mir!«

»Glauben Sie wirklich?«, fragte sie unsicher, weil ihr die Sache auch vom Standpunkt der Gerechtigkeit nicht gleich einleuchten wollte. Aber dann ging ihr plötzlich ein Licht auf: »Ach, geh zu … das mit dem Geld ham Sie doch damals noch gar nicht wissen können!«

*

Irgendwie hatte das Premierenfieber auch die Grandauers erfasst an diesem frühen Sonntagmorgen. Der Karl stand schon an der Wohnungstür mit Hut und Mantel: »Hab' ich alles … Kennkarte … Lebensmittelkarte … Geld …«

»Und was machst', wenn's noch gar nicht aufhaben?«, fragte die Traudl, während sie ohne hinzusehen an seinem Mantel herumbürstelte.

»Anstellen! Was glaubst, was da Leut' sind!«

»Aber gell, brenn' mir fei nicht durch mit meine vierzig Mark!«

»Müsste mir schon eine Witwe in die Hände fallen, mit sechs unmündigen Kindern! Das wären … mit der und mir … achtmal vier sind dreihundertzwanzig Mark!«

»Hätt' ich natürlich keine Chance mehr. Nimm an Schirm mit.«

»Mögst dich einschmeicheln bei mir? Pfüadi.«

»Pfüadi! Und bleib' mir treu!«

Schlange stehen war man ja gewöhnt – seit Jahren, bei Tag und Nacht – um drei Briketts, um ein Stück vergammeltes Pferdefleisch, einen Stempel, eine Kinokarte – Schlangen immer und überall. Aber dieses Mal wusste man wenigstens, dass man nicht vergeblich anstehen würde. Jeder hatte Anspruch auf seine vierzig neue deutsche Mark, ob Säugling oder Greis, Hauptsache man hatte einen Kopf – dann bekam man auch sein Kopfgeld – ohne Würdigung des Inhalts. Ob Köpfchen oder Dummkopf – das sollte erst ab Montag wieder zum Tragen kommen. Es war ein junges, optimistisches Geld – sauber, bunt, amerikanisch. Manchen erschien es nicht sehr glaubwürdig. Für sie hatte es mehr etwas von Eintrittskarten für mirakulöse Veranstaltungen. Und am anderen Tag schien es, als ob sie mit dieser Betrachtungsweise gar nicht so Unrecht gehabt hätten.

Was für ein Anblick tat sich plötzlich überall auf, in allen Auslagen und Schaufenstern, wo jahrelang bis zum Vortag noch die pure Armseligkeit vorgeherrscht hatte. War es Zauberei? Eine Fata Morgana vielleicht, aus der flirrenden Hitze des Verlangens entstanden? Denn wie sollte es sonst möglich gewesen sein, dass über Nacht die Ladenbesitzer mit paradiesischen Dingen lockten – da mit Sahnekuchen, Prinzregententorten, Weißbrotpyramiden – dort mit Schwarzgeräuchertem und Dauerwürsten – andernorts mit Radios, Uhren und Spielzeugeisenbahnen – Sachen, die viele Kinder in ihrem ganzen Leben noch nie gesehen hatten. Und alles stand zum Verkauf. Wenn nur diejenigen, die davorstanden, schon das nötige Geld dazu gehabt hätten. So aber waren sie oft mehr verärgert als erfreut über das zauberische Schauspiel: »Da sieht ma's wieder, wie die uns beschissen ham, all die Jahre! Selber ham's alles g'habt, aber uns ham's net amal a Wurschthaut verkauft ohne Marken!«

Am Wochenende darauf, nachdem sich das große Staunen und der bittere Nachgeschmack schon etwas gelegt hatten, öffneten die Kreitmeiers wie versprochen ihr Haus für die Taufgesellschaft. Der eigentliche Akt war ja zuvor schon in der Kirche vollzogen worden. Danach hatte der Täufling auch seinen Vornamen, den ihm der Taufpate Kurt Soleder auf allgemeines Drängen hin nun doch gegeben hatte.

Wer die Wohnverhältnisse im Bäckerhaus kannte, der wusste, dass es nicht immer einfach werden würde, sich gegenseitig aus dem Weg zu gehen. Und dazu hatte nicht nur der Patenonkel seine Gründe. Die Sara, seine Frau, war bemüht, einen unmittelbaren Kontakt mit dem Heimkehrer Adolf zu vermeiden, und der fürchtete geradezu die Begegnung mit ihr. Aber ein von solchen Empfindungen unabhängiges Bedürfnis brachte es mit sich, dass sie vor dem Badezimmer aufeinandertrafen. Und niemand kam hinzu, der sie aus ihrer anfänglichen Lähmung hätte befreien können. In diesen endlosen Sekunden hatte die Sara einen Kampf mit ihrer rechten Hand zu bestehen, weil diese sich dem Adolf ein paar Mal scheinbar versöhnlich entgegenstrecken wollte. Und er stand nur da und blickte wie ein Schulbub zu Boden, zu schwach noch, um ein Gefühl seiner Unschuld zu mobilisieren.

»Da stehn wa nu … alle beede … Deine Zukunft haste dir ooch anders vorjestellt.« Und nach einer Weile streckte sie ihm dann doch die Hand hin und sagte: »Hat mir sehr leidgetan, mit deiner Familie.«

Und er würgte lange und verzweifelt an den Worten: »Mir auch, Sara … mit deinem Vater … und Bruder … und …«

Dem setzte Herr Fröschle ein Ende, indem er, mit vor Erregung rotem Kopf, an die beiden herantrat: »Gnädige Frau … darf ich mir erlauben … falls der Herr Doktor nachher vielleicht selber ein paar Worte sagen möchte … sonst kann ich das auch gerne für Sie übernehmen, Herr Doktor …«

Willibald Leitner hatte seine Einladung zur Taufe Herrn Fröschle zu verdanken, dem er ja womöglich auch unter den veränderten Marktbedingungen wieder von Nutzen sein konnte, und mag sein, dass die Herren den Vorschlag, mit dem der Willi nun an seinen Jugendfreund herantrat, sogar gemeinsam ausgebrütet hatten: »Weil … ich wollt' dir das nämlich neulich schon sagen, Karli … aber da hast du vielleicht den Kopf noch nicht frei gehabt. Sie wäre nämlich noch zu haben! Respektive wieder! Die Druckmaschine!«

Damit löste der Willi allerdings nur ein Hohnlachen aus: »Auf einmal! Wunderbar! Aber jetzt hama, wie du weißt, kein Geld mehr!«

»Pressiert ja nicht, Karli. Hat Zeit. Ich bin auch bloß drauf gekommen …«, und nun legte er völlige Belanglosigkeit in seine Stimme: »Weil du hast ja neulich amal beiläufig geäußert, dass euch euer Grundstückl da draußen langsam übern Kopf wächst. Arbeitsmäßig …«

»Und?!«, fragte der Karl deutlich zugespitzt, sodass man sich leicht daran verletzen konnte. Nicht aber der Willi, der solchen Gefahren zu entgehen wusste: »War auch nur so eine Überlegung, Karli … falls euch amal, sag'n ma, eine dauerhaftere Rendite lieber sein sollte als wie so ein unergiebiges Stückerl saure Wiesen.«

Zugleich näherte sich Herr Fröschle, noch immer nicht im Klaren darüber: »Ob es nicht vielleicht doch besser wäre, Karl, wenn du vor dem Anstoßen ein paar passende Worte … und ich dann nach dem Anstoßen … oder wir könnten es auch so machen, wenn dir das lieber wäre: dass du vor mir nach dem Anstoßen oder ich vor mir …«

Da gellte ein Schrei durchs Kreitmeierhaus: »Sie sind da! Sie sind da …« Und die Kathi polterte die Stiegen hinunter und durch die Haustüre hinaus auf die Straße. Dort stand ein junges Paar, sommerlich gekleidet und in ihren Gesichtern Unsicherheit und freudige Erwartung, aber auch noch der Schock vom Anblick der zerstörten Stadt.

Der Fahrer des Taxis hatte derweil etliche Koffer ausgeladen, weit gereistes Gepäck mit bunten Plaketten. Ein Anblick, wie man ihn nur noch vom Kino kannte.

»Peter!«, rief die Kathi und nahm den jungen Mann in die Arme.

»Mama!«, hauchte der Peter und es dauerte lange, bis sie sich wieder losließen.

6.

Vor Sonnenaufgang fuhr ein Lieferwagen von einer Teppichfirma stadtauswärts in Richtung Geiselgasteig. Dort, nicht weit vom Bavaria Filmgelände, bog das Auto dann in eine Villenstraße ein und blieb vor einem Landhaus inmitten eines weitläufigen Waldgrundstücks stehen. »Filmpension Gloria« stand über dem Eingang.

Die Insassen des Firmenwagens stiegen aus, drei Männer, jung noch, praktisch gekleidet wie Lieferanten oder Handwerker – nur, wozu die Handschuhe und die Wollmützen? Es war Sommer.

Die Männer gingen auf das Haus zu und klingelten, nachdem die Eingangstüre verschlossen war. Es dauerte eine Weile, bis sich der alte Nachtportier aufgerappelt hatte. Er hockte in seiner spärlich beleuchteten Empfangsloge und war eingenickt.

An der Eingangstüre dann fragte er, bevor er öffnete: »Ja, bitte?«

»Wenn's bittschön aufmachen, wir bringen den Teppich«, sagte einer der Männer draußen.

»Da weiß ich nix«, sagte der Portier, »wir haben zurzeit geschlossen. Wegen Renovierung.« Dabei schaute er durch den Spion, sah aber kaum etwas im Morgengrauen. Die Lieferanten vor der Türe besprachen sich kurz, anschließend sagte einer: »Dann leg' ma ihn halt wenigstens solang bei Ihnen ins Haus und das andere soll der Chef ausmachen.«

»Bittschön, meinetwegen«, sagte der Nachtportier und sperrte auf.

Mit einem Mal standen die drei vor ihm, ihre Mützen wie Masken übers Gesicht gezogen und der Erste, der Anführer, drängte den alten Mann in sein Kabuff zurück: »Hände auf'n Kopf! Und Maul halten! Wie viel Leut' sind im Haus?«

»Niemand ... außer mir. Wir renovieren. Hab' ich Ihnen doch scho g'sagt«, antwortete der Portier und gab sich furchtlos.

Die beiden anderen Banditen rissen währenddessen die Telefonleitungen heraus und wühlten in den Büroschränken.

»Und wo is euer Tresor?«, fragte der Anführer.

»Weiß ich nicht. Suchts'n!«

»Denk' nach!«

»Mir kannst du nicht Angst machen, Bürscherl. Für des bin ich schon zu alt.«

»Nicht, meinst?«, sagte der Anführer lässig und plötzlich versetzte er dem alten Mann einen brutalen Schlag mit dem Pistolenknauf ins Gesicht: »So geht des bei uns, Opa. Mir machen koan Film. Mir meinen des ernst.«

Der Portier war auf den Schlag rückwärts an die Wand getaumelt und dann auf den Boden gesackt. »Der wird scho wieder«, meinte der Anführer. »Aber zuvor tun ma'n a bissl verschnüren, dass er uns keine Probleme macht.«

*

Auch an diesem Morgen wurde die Stadt bald überall von Baugeräuschen geweckt und Tausende von Münchnern, die auf eine bezahlbare Wohnung gewartet hatten, fühlten sich vom Lärm nicht gestört, vielmehr sahen sie darin ein Zeichen von Aufbruch in eine bessere Zukunft.

Es war im Sommer 1950 – die Einwohnerzahl war durch den Zuzug von Flüchtlingen und Ausländern auf weit über achthunderttausend angestiegen, die Zigarette kostete wieder zehn Pfennig und die Maß Bier dreiundneunzig.

Auf dem Plakat am Bauzaun stand: »Marschallplan hilft bauen!«

Der Bagger dahinter fraß sich tiefer in den Ruinenkeller und spuckte den Aushub dann auf einen Lastwagen. Es war ein Zufall, dass der Fahrer gerade danebenstand, wie mit dem Schutt auch ein Totenschädel und Teile von einem Skelett auf den Laster prasselten. Aber das war bei den vielen Kriegsopfern nichts wirklich Sensationelles, nur irgendwie konnte man ja auch nicht einfach darüber hinweggehen. Also verständigte man die Polizei.

Ein kleiner Aufbruch war zur selben Zeit auch daheim bei den Grandauers zu beobachten. Dort ging es in gewissem Sinne ebenfalls darum, Kriegsschäden so gut wie möglich zu beheben. Traudl Grandauer und ihre Mutter, die Oma Soleder, hatten sich nämlich auf ärztliches Anraten entschlossen, gemeinsam eine Kur anzutreten, in Bad Wörishofen. Und nun standen sie vor der Abreise. Für Ungeübte mitunter der schwierigste Teil eines solchen Unternehmens. Um ihn den Damen nicht alleine zu überlassen, hatte sich der Karl dafür sogar einen halben Tag freigenommen: »Ihr hättet ja auch einen späteren Zug nehmen können, wenn ich schon da bin. Zu was pressiert's denn gar so?«

»Mir ham halt gedacht, dann könn' ma uns dort schon ein bissl umschaun. Und der Maxi hat auch nur in der Früh Zeit, dass er uns zum Bahnhof fährt. – Aber gell, beim Gasherd müssen's fei aufpassen, wenn's da sind mit ihrem Buam! Weil der immer an den Hähnen rumspielt!«

»Jaja ... am gescheitesten, ich bleib' gleich ganz daheim die drei Wochen! Dann kann nix schiefgehen.«

Inzwischen war die Traudl allerdings auch nicht mehr überzeugt, dass es eine gute Idee gewesen war, die Kinder während ihrer Abwesenheit ins Haus zu holen. Aber der

Karl konnte sich ja nicht einmal alleine einen Kaffee kochen. Und das stand ja auch nie zur Debatte. Schon gar nicht, als die Oma noch bei ihnen lebte. Ein solches Ansinnen hätte in ihren Augen gegen die Manneswürde verstoßen. Vielleicht sah sie das bei ihrem Sohn Kurt nicht mehr ganz so streng in Verbindung mit der Manneswürde, nachdem er ja dieselbe in so vielfacher Weise missachtete.

Es war im Übrigen das erste Mal, dass Frau Soleder in der neuen Wohnung der Grandauers übernachtet hatte. Ein Grund mehr, dass sie sich von ihrem Traum in dieser Nacht tief beeindrucken ließ: »Also, das war so ein eigenartiges Gefühl ... wie ich da heut' in der Früh aufgewacht bin in dem Zimmerl bei euch ...«

Und nebenher sagte die Traudl: »Übrigens, die Betten für die Kinder hab' ich frisch bezogen. Und deins auch, Karl.«

»Ich hab' gar nicht gewusst, im ersten Moment, wo ich bin! Des is fei ein komisches Gefühl!«

»Hauptsach', Oma, du weißt immer, wo du bist, wennst' dich ins Bett legst!« Aber die Oma war noch zu benommen, um sich von ihrem Schwiegersohn ernüchtern zu lassen: »Und das war alles dermaßen echt und so lebendig in dem Traum. Als ob es die Wirklichkeit gewesen wär!«

»Hast jetzt endlich alles beieinander, Traudl? Schau noch amal nach: Ausweis, Fahrkarten, Brille ...«

»Jessas, siehst, die Brille! Die hätt' ich jetzt glatt vergessen. Weil ich's noch nicht gewöhnt bin.«

»Das muss in unserer früheren Wohnung gewesen sein ... weil alles noch so war ... dein Rauchtischle, Karl ... und die Standuhr ... und alles so schön und gepflegt. Aber jetzt stellt euch vor, Kinder: Auf amal hör ich jemand die Stiegen raufpoltern ... die ham doch immer so gepoltert, die Holzstiegen. Und dann steht er plötzlich vor mir ... und ich spür richtig, wie ich mich über ihn ärger ... und fing schon an zu schimpfen: Jetzt kommt er erst heim von seiner Hitlerjugend! Und wieder mit nackte Knie! Ist das nicht unheimlich!«

Da gab es der Traudl einen Riss und sie schaute ihre Mutter mit großen Augen an, als hätte ihr das Schicksal durch sie eine Prophezeiung zukommen lassen: »Unser Rudi …!«

Auch der Karl war einen Moment lang irritiert; um die Dinge dann aber ganz rasch wieder zurechtzurücken: »Träume sind Schäume, Oma. Und bittschön, jetzt konzentriert's euch noch amal, ob ihr nix vergessen habt!«

*

Eine halbe Stunde länger, wenn die drei Ganoven in der Filmpension geblieben wären, hätten sie die ersten Handwerker, die zu den Renovierungsarbeiten erschienen waren, noch selber ins Haus lassen können. So standen die Leute den halben Vormittag herum, weil ihnen niemand öffnete. Die Haustüre war verschlossen und sie konnten ja nicht ahnen, dass ihre Vorgänger den Schlüssel in die Mülltonne geworfen hatten. Der ungewöhnliche Zustand klärte sich erst auf, nachdem man den Eigentümer der Pension herbeigerufen hatte. Und nun fand man auch den Nachtportier in seinem Abteil, gefesselt und geknebelt und, wie man erkennen konnte – tot.

Ein Amtsarzt, der daraufhin mit der Landpolizei gekommen war, fand keine eindeutigen Anzeichen, dass der alte Mann unmittelbar durch Gewalteinwirkung ums Leben kam. Alles deutete darauf hin, dass er an einem Herzversagen gestorben war – das aber höchstwahrscheinlich infolge der brutalen Freiheitsberaubung.

»Ihre Damen schon im Zug?«, fragte Oberinspektor Deinlein, als sich sein Mitarbeiter Grandauer wieder zum Dienst zurückmeldete.

»Die werden inzwischen schon dort sein, nehme ich an.«

»Na, hoffentlich bekommt ihnen die Kur gut. Ihrer Frau vor allem. Die hat ja doch sehr gelitten seit dem Schicksalsschlag mit Ihrem Sohn.«

»Ja, da hama was mitg'macht! Und das ist noch längst nicht vorbei. Ob's überhaupt jemals drüber hinwegkommt, mei Frau … das wissen die Götter.«

»Und die Wunden sind noch nicht verheilt, Grandauer … noch nicht verheilt, da wird schon wieder über einen deutschen Wehrbeitrag nachgedacht!«

»Ich hab' schon amal was davon gehört … aber ehrlich g'sagt nicht ernst genommen.«

»Wegen Korea wahrscheinlich …«

»Was geht uns Korea an?! Sagen S' doch amal selber, Herr Deinlein …«

Kommissär Euringer erschien an der Türe: »Darf ich kurz … es is wegen dem Nachtportier in der Filmpension da draußen.«

Euringer war erst vor Kurzem vom Raub in die Mordabteilung versetzt worden und Grandauer zugeteilt. Das Verhältnis der beiden war eher unterkühlt.

»Aber gell, wir wollen Ihren ehemaligen Kollegen vom Raub nicht die Arbeit wegschnappen, Herr Euringer!«

»Kommt halt drauf an, was schwerwiegender ist, Herr Grandauer.«

»Kein Mord … soviel ich mitgekriegt hab.«

»Aber immerhin ein Verbrechen mit Todesfolge. Bestätigt jetzt auch die Gerichtsmedizin.«

»Und haben wir sonst schon irgendwelche Anhaltspunkte?«, wollte Deinlein wissen.

»Wenig. Der Erkennungsdienst hat zwar einen Haufen Fingerabdrücke und alle möglichen Spuren, aber vorderhand noch niemand, dem man sie zuordnen könnte. Die Täter sind unerkannt verschwunden. In der Umgebung hat sie angeblich auch niemand gesehen. Im Haus selber ham's die Telefonleitungen rausgerissen, Schränke aufgebrochen … Schadensaufstellung gibt's noch keine. Aber viel können's dabei nicht erwischt haben. Den Tresor ham's zwar gefunden, aber nicht aufgebracht. Die Hotelzimmer waren weitgehend ausgeräumt, da waren allenfalls ein paar Möbelstücke drin. Und ich könnt' mir gut vorstellen, dass die eine Sauwut g'habt ham, wie's abgezogen sind. Bleibt aber immer noch der Tod von dem alten Mann.«

*

»Vielleicht hätt' ma den Alten nicht so fest fesseln soll'n, Benno. Der hat ja zuvor scho so komisch g'schnauft.«

»Schmarrn! Wegen dem Alten denk' ich mir gar nix. Der is ein harter Hund.«

Inzwischen hatte der Fahrer des Lieferwagens seine beiden Komplizen vor einer Wurstbude in der Vorstadt abgesetzt und seine Arbeit als Lieferant für eine Teppichfirma aufgenommen. Die zwei andern nahmen sich Zeit für eine Bockwurscht mit Semmel, Senf und ein Flaschl Bier.

»Aber mit dem, der mir den Tipp verkauft hat, rechne ich noch ab! Des hätt' der doch wissen können, dass die renovier'n, der Depp! Und mit unserm Conny muss auch bald amal was passier'n. Das is jetzt das dritte Mal g'wesen, dass sich der einfach stillschweigend verpisst hat, wenn was ausg'macht war. Mir san doch kein Kegelklub!«

Wenn der Klärner Benno was sagte, hatte das meistens etwas Endgültiges. Aber sein Gesicht blieb ganz gelassen dabei und unberührt. Wie von einem Pokerspieler. Keiner, der ihn kannte, erinnerte sich, dass er irgendwann einmal gelacht hätte. Gegrinst vielleicht. Oder dass er Angst gezeigt hätte oder so etwas wie Traurigkeit. Äußerlich war er klein und eher schmächtig, aber alle hatten sie einen Mordsrespekt vor ihm, verehrten ihn beinahe und fürchteten ihn insgeheim.

Grandauer hatte schon die wichtigeren Akten in seinem Schreibtisch verschlossen und alles andere, was oben drauf lag, in einen ordentlichen Zustand gebracht, als ihn noch ein Bericht vom Gerichtsmedizinischen Institut erreichte. Er betraf den Schädel- und Knochenfund, der beim Ausbaggern des Ruinenkellers entdeckt wurde.

»Die menschlichen Überreste stammen mit großer Sicherheit von einem jüngeren Mann, der erst nach dem Krieg – etwa Anfang 1946 – auf gewaltsame Weise ums Leben gekommen war, und zwar durch einen Genickschuss: erkennbar an dem Schusskanal. Das Projektil ist von rückwärts – auf Höhe des ersten Halswirbels – in den Schädel eingedrungen, mit zweifellos tödlicher Wirkung. Zuverlässige Erkenntnisse die Tatzeit betreffend sind noch nicht ermittelt, zumal an Schädel und Knochenteilen die Spuren einer Explosion erkennbar sind, die eine exakte Zeitbestimmung erschweren.«

Nun hatte dieser junge Mann, der offenbar mit Genickschuss ermordet worden war, schon mindestens vier, wenn nicht fünf Jahre warten müssen, bis sein Schicksal ans Licht kam. Insofern war es ihm ja vielleicht zuzumuten, dass ihm der Oberkommissär erst anderntags seine Aufmerksamkeit zuwenden wollte. Denn für diesen Abend hatte er sich gedacht – schon, um bloß nicht zu früh heimzukommen –, dass er wieder einmal bei den Kreitmeiers vorbeischauen sollte. Auch um dort seinen Bruder zu treffen, den Adi. Und er war nicht wenig überrascht, als er ihm schon bald darauf im Stiegenhaus begegnete: »Adi! Was tust denn du bei uns herin? Wolltest du zu mir?«

»Auch, Karli, auch. Aber zuvor hatte ich schon ein sehr interessantes Gespräch … mit einem ehemaligen Kollegen. Ermittlungsrichter. Is aber alles noch topsecret!«

»Mach's nicht so spannend. Mir kannst du's doch sagen.«

»Nur so viel, Karl: Scheint's kommen jetzt doch allmählich wieder Leute zum Zuge … die weniger unversöhnlich urteilen über die Rolle der Juristen im Dritten Reich.«

»Heißt im Klartext: dass sie vielleicht auch dich wieder in dein ehemaliges Amt einsetzen.«

»Sagen ma so, großer Bruder: das Ei ist noch nicht gelegt. Aber man hört schon ein leises Gackern.«

»Wunderbar! Hoff' ma halt, dass' kein faules Ei wird! Was is... geh'n ma mitanander? Ich wollt' sowieso heut' amal wieder bei die Kreitmeiers vorbeischaun, nachdem mich ja meine Damen verlassen haben.«

»Weiß ich. Bloß heut' hab ich leider... von meiner ehemaligen Einheit... sind ja sowieso nicht mehr viele übrig geblieben... so eine Art Kameradschaftsabend. Völlig unmilitaristisch natürlich!«

»No ja, a bissl soldatisch, glaub' ich, hätten's die Amis inzwischen gar nicht mehr so ungern.«

Auch die Kreitmeiers, die einiges von der ersten großen Fresswelle profitieren konnten, ließen die Fassade ihres Hauses, die im Krieg ziemlich gelitten hatte, frisch verputzen. Zugleich erhielt das Haus im Erdgeschoss zwei zusätzliche Fenster, um bislang wenig genutzte Räume zu erschließen. Der Maßnahme lag ein Plan zugrunde, den sie vor ein paar Jahren bereits ausgeheckt hatten, als die Neuseeländer überraschend zu Besuch gekommen waren: Kathis Sohn Peter, ein gelernter Konditor, mit seiner Frau Susan.

»Wo is er denn, Kathi, der Bauherr?«

»Max! Der Karl is da! Viel sieht man ja noch net bis jetzt. Und pass' auf, dass'd dich nicht dreckig machst!«

»Da kommt er ja, der Herr Cafetier!«, begrüßte ihn der Karl.

»Einen Rauputz wollten's mir da reinmachen, die Pfuscher! Des soll a Kaffeehaus werden, hab' i g'sagt, und kein Kuhstall! Grüaß di Karl!«

»Sehr gut! Und kann man schon was bestellen in euerm Café, Max?«

»Alles, Karl, alles! Das Fräulein kommt gleich.«

»Das Fräulein, weißt, das geht ihm halt arg im Kopf rum! Das tät er am liebsten heut schon einstellen, das Fräulein!«

»Ja mei, Weiberl, in unserm Alter zählt jeder Tag!«

»Dann kriegst du dein Kuchenfräulein und ich nimm' mir dafür einen feschen Ober!«

»Und ich war immer der Meinung, das soll'n eure Neuseeländer machen, das Cafég'schäft?«

»Wird am End' schon auf das hinauslaufen«, sagte der Max, »falls ma uns nicht einig werden, ob Fräulein oder Ober.«

»Wann wolln's denn dann rüberkommen, endgültig?«

»Nächstes Jahr, denk' ich. Der Peter muss halt erst sei Arbeit drüben beenden und die Susan soll derweil a bissl besser Deutsch lernen. Beim letzten Mal hat's ja bloß immer ›Apfelstrudel‹ sagen können.«

Jedes Mal, wenn der Karl in die Straße zu seiner Wohnung einbog und er sah den Fröschle-Lieferwagen vor der Haustüre stehen, verdunkelte sich sein Gemüt. Dann konnte er es nicht unterdrücken, dass sich der Kummer in bitteren Worten Luft machte, lautlos, aber an seinen Lippen deutlich abzulesen: Heut könnt er Referendar sein! Stünde ihm alles offen! Aber nein, er musste ja dieses kleine, faule Frauenzimmer heiraten. Karls Ärger saß so tief, dass er sich nicht einmal mehr richtig über sein Enkelchen freuen konnte. Das Kerlchen hatte überdies auch noch die gleiche Gesäßfalte in der Nasenspitze wie dieser alte Nazi-Druckereibesitzer! Und der war ja nicht einmal Hildegards richtiger Vater!

Dass ihm anschließend in der Wohnung niemand gleich entgegenkam, war ihm nur recht. Im Zimmer dröhnte das Radio mit den Schlagern der Woche und aus dem Schlafzimmer drangen Stöhnen und albernes Gequietsche an sein Ohr, dessen Ursache er sich gar nicht vorstellen wollte. Lieber sah er darin den Missbrauch seines vom Onkel Rudi ererbten Mobiliars.

Auch in der Küche fand er keine Entspannung, dort stand alles noch vom Abendessen herum und es sah aus, als ob sie den Tisch danach fluchtartig verlassen hätten. Also beschloss der Karl, den Rest des Abends in dem kleinen Zimmer zu verbringen, wo ihm die Traudl auch ein Bett frisch bezogen hatte, dasselbe übrigens, in dem die Oma in der Nacht zuvor ihren wundersamen Traum hatte vom schmerzlich vermissten Rudi.

»Baba! Ich hab' dich gar nicht kommen g'hört!«

»Das wundert mich nicht!«, antwortete ihm der Vater, befremdet noch von den Lauten aus dem Schlafzimmer.

»Hast aber schon gegessen? Weil sonst ... wenn ma's g'wusst hätten ... die Hildegard hat nämlich a bissl was gekocht.«

»Man sieht es! Habt's des ganze Haus dazu eingeladen ... so, wie es ausschaut in der Küche!«

»Naja ..., das räum' ich jetzt dann gleich weg, Baba. Oder kommst noch a bissl zu uns ins Wohnzimmer? Der Bubi is, glaub' ich, auch noch wach.«

»Ah geh! Müsstest halt an Radio noch lauter drehn, dann schlaft er schon ein.«

»Ich mach'n dann schon leiser«, antwortete der Sohn etwas gequält. »Die Hildegard hört die halt so gern, die zehn Schlager der Woche. Das ist doch nicht so schlimm ... oder?«

»Oh mei, Bua ... wie man sich bettet, so liegt man!«

»Jaja ... und wegen morgen früh ... wann magst'n dein Kaffee? Langt sieben Uhr?«

»Sie soll sich bloß nicht übernehmen, deine Frau. Sonst trink' ich ihn halt in der Kantine.«

*

Solange der Karl alleine im Büro war, tauchte er sein Bamberger Hörndl ungeniert in den Pappbecher mit Kaffee, so wie das schon sein Vater früher daheim immer getan hatte. Er schmatzte auch dabei. Und langsam fiel der Grant von ihm ab, mit dem er an diesem Morgen seinen Dienst angetreten hatte.

Kollege Euringer kam dazu und fragte mit seinem süffisanten Grinsen: »Ham Sie nix kriegt heut' in der Früh? Morgen, Grandauer!«

»Na na, Morgen Euringer … mein Sohn hat früher wegmüssen, dienstlich … und die Schwiegertochter war nicht gut beinander. Da wollt' ich sie nicht … Und der is ja auch nicht schlecht, unser Kaffee aus der Kantine.«

»Also … der Erkennungsdienst hat inzwischen einiges ermittelt in dem Ruinenkeller …«

»Wegen dem Knochenfund?«

»Schaut ganz so aus, als ob da eine Bande ihr Versteck drin gehabt hätte. Und durch die Sprengung …«

»Was für a Sprengung?«

»Die haben wahrscheinlich, um Spuren zu verwischen, den Laden explodieren lassen. Unser Sachverständiger hat sogar lokalisieren können, wo die Sprengladung untergebracht war. In der ehemaligen Waschküche. Und diese Mengen von Metallsplittern … alles Teile von einem Waschkessel. Den hat's völlig zerfetzt. Und dazwischen verkohlte Kleiderreste, Teile von Stiefeln und so weiter. Das haben die vorher offenbar alles in dem Waschkessel verbrennen wollen. Fast alles amerikanische Militärware! Das Zeug ist ja seinerzeit massenhaft geklaut worden und verscheppert.«

»Dann sollte man aber auf alle Fälle die Amis mit einschalten.«

Wie für ein demokratisches Staatswesen unerlässlich, informierten die Zeitungen mehr oder weniger ausführlich über die beiden Kriminalfälle, so wie sie von der neuen Pressestelle herausgegeben wurden. Danach gab es auch keinen Zusammenhang der beiden Ereignisse: Der Knochenfund inspirierte die Journalisten eher zu makaberen Spekulationen und der Raubüberfall auf die Filmpension hätte eigentlich das Zeug zur Komödie gehabt, wenn der tote Nachtportier nicht gewesen wäre.

Zur selben Zeit radelte der Klärner Benno hinaus zur Großmarkthalle, wo er seinen Kumpan, den Wiesner Hardy, anzutreffen hoffte. Der verdiente sich dort oft ein paar Mark mit Transportarbeiten, wenn seine normale Erwerbstätigkeit – wie der Überfall in der Filmpension – nichts einbrachte.

Eigentlich hatten ihn seine Eltern ja für eine anspruchsvollere Tätigkeit vorgesehen und dafür auch auf ein Gymnasium geschickt. Der Vater hatte eine gut gehende Praxis als Zahnarzt. Vieles sprach dafür, dass sie der Sohn eines Tages übernehmen könnte. Doch es kam anders. Der Krieg fraß beide Eltern und warf den Buben aus der Bahn.

Manches Mal spürte man noch etwas von ehedem, als der Hardy noch der Eberhard war.

»Hast an Moment Zeit, Hardy? Wär' wichtig!«, sagte der Benno, nachdem er ihn gefunden hatte und sie verzogen sich beide hinter einen Turm aus Obststeigen, wo sie keiner belauschen konnte: »Zeitung scho g'lesen heut? Sima zweimal drin! Der is tatsächlich eingegangen, der Alte. Aber von selber. Juckt mich auch weiter nicht, weil ... eingegangen wär' der auch ohne uns. A bissl später vielleicht. Und dann steht noch was drin! Grausiger Fund in einem Ruinenkeller! Sagt dir des was?«

Lang musste der Hardy nicht nachdenken, dann dämmerte es ihm: »In unsrer alten Burg?!«

»Den Stricker Billy ham's ausgegraben! Den falschen Hund! Er wird zwar nimmer zu erkennen sein ... nach vier Jahren ..., aber dumm, wenn des läuft ... dass einer nicht dichthält!«

»Von uns einer, meinst?«

»Hat uns ja schon amal wer neig'ritten ... damals bei dem Amidepot. Und uns ham's auf des nauf verknackt!«

»Der Lechner Konrad ...«

»Genau der. Und der hätt' damals schon wegg'hört. Nach unsere Gesetze. Aber du bist ja auch dagegen g'wesen, wie ma abgestimmt ham im Forum. Und noch amal lass' ich mich nimmer überstimmen! Auch von dir nicht, Hardy! Der Konrad is fällig! Bevor ma alle auffliegen! Und des machen mir drei: Ich und der Teppich-Fredy und du!«

»Mich lass raus, Benno ... bittschön. Weil, ich bin mit dem Konrad ... ich hab sei Mama gekannt ...«

»Mir drei! Und wennst dich verdrückst, dann is das für mich ein Treuebruch! Und was des is, weißt' auch!«

*

Das sechste Polizeirevier in München hatte unterdessen auf eine Ausschreibung hin von der Eintragung in ihrem Tagebuch berichtet: danach war in der Nacht vom 23. auf den 24. November 1946 die Detonation in einem Ruinenkeller angezeigt worden.

Offenbar war aber polizeilicherseits nichts daraufhin unternommen worden. Und das war weiter nicht ungewöhnlich in einer Zeit, in der es immer wieder Explosionen von Blindgängern gegeben hatte.

Ein möglicher Zusammenhang mit dem Knochenfund ergab sich erst aus den Unterlagen der CIA. Grandauer kannte den Officer bereits und war nicht ungerne zu ihm hinaus in die McGraw-Kaserne gefahren. Für ihn war auch kein Dolmetscher nötig, er sprach nach eigenem Bekunden besser Deutsch als Englisch.

»In derselben Nacht, in der es die Explosion gab ... vom 23. auf den 24. November ... hatte auch ein Einbruch stattgefunden. In einer Garage der US-Army. Die Einbrecher hatten offenbar vor, ein Militärfahrzeug zu klauen. Sind dann aber vom Wachposten daran gehindert worden. Einer der Täter wurde festgenommen ... die anderen konnten fürs Erste entkommen.

Der Name des Festgenommenen wird hier, in meinen Unterlagen, mit Konrad Lechner alias Conny angegeben. Und er hatte dann später bei Verhören durch uns die Namen seiner Komplizen genannt. Finden Sie übrigens alles auch in den Militärgerichtsakten: verurteilt zu sechzehn Monaten Jugendstrafe: Benno Klärner – zwölf Monate für Manfred Rogler, genannt Fredy, und ebenso für Eberhard Wiesner alias Hardy.

Der Lechner Conny, der die Aussage gemacht hat, bekam dafür Strafmilderung und musste bloß vier Monate absitzen. Und jetzt kommt der dicke Hund: Nirgends genannt wird ein fünfter Täter, obwohl die Wachleute übereinstimmend ausgesagt haben, sie hätten fünf Täter gesehen.

Dieser fünfte Mann war möglicherweise ein Agent von uns. Willy oder Billy Stricker. Eine ziemlich dubiose Figur, aber mit den einschlägigen Kontakten. Deutscher. Und der ist seit dem 21. November 46 ... zwei Tage vor dem Einbruch ... nicht mehr mit uns in Verbindung getreten. Und wir haben bis heut nichts mehr von ihm gehört. Trotz aller Nachforschungen ... unter anderem auch von unserer Vermisstenstelle. Der Mann ist entweder untergetaucht oder ... wir nehmen an: tot.

Es war so: Wir sind damals sehr an Informationen interessiert gewesen über Jugendbanden in unserer Besatzungszone. Und das war nötig, nachdem unsere Waffen- und Bekleidungsdepots ständig von solchen Banden überfallen wurden.

Strickers letzte Nachricht ist gewesen, dass er sich um die Aufnahme in der Münchner »Tigerbande« bemüht hat. Er wollte sich, um die anderen zu überzeugen, an einem Raubüberfall beteiligen. Der war für den 21. November geplant.

Und es schaut verdammt so aus, als ob ihn der Bagger jetzt gefunden hätte!«

»Sind alles diese typischen Nachkriegserscheinungen«, folgerte Herr Deinlein, nachdem ihn Oberkommissär Grandauer über sein Gespräch mit der CIA informiert hatte. »Die Amerikaner haben sich eben damals begreiflicherweise darauf beschränkt, kriminelle Handlungen, vor allem solche, die gegen sie gerichtet waren, akut zu bestrafen. Und dann war der Fall meistens für sie erledigt. Der Bandenkriminalität war damit nicht beizukommen. Und deshalb meine ich, wir sollten noch mal dort anknüpfen, wo vor allem die vier Hauptakteure nach ihrer Haftentlassung in der Freiheit untergetaucht sind. Behutsame Personenüberprüfung...«

»Behutsam, jawoll! Und nicht wie der Euringer... der immer gleich mit Zugriff! Geduld bringt Rosen, sag' ich ihm jedes Mal. Aber er is da... Ich will den Fuchs und der reißt ihm den Schwanz aus!«

»Sie leiten die Untersuchung, Grandauer. Der Euringer ist Ihnen lediglich...« Das Telefon rasselte. Deinlein bedauerte und hob belästigt ab. Dann aber verklärte sich sein Gesicht und er wandte sich schamhaft von seinem Mitarbeiter ab, verzog sich, soweit die Telefonschnur es zuließ, in den Hintergrund, wo man ihn nur noch unverständlich säuseln hörte.

Grandauer blickte irritiert auf die Wand mit Dürers »Betenden Händen«, bis der Oberinspektor das Gespräch beendet hatte und sich etwas umständlich und verlegen erklärte: »Sie müssen bitte entschuldigen, mein Lieber... ein völlig überraschender... wenn auch nicht unangenehmer Anruf.«

Grandauer war noch zu sehr in das Problem Euringer verstrickt, um den Stimmungsumschwung seines Vorgesetzten nachzuvollziehen. Er sagte nur: »Man ist ja schon froh, wenn man amal was Positives hört.«

»Gell«, sagte Deinlein und nahm das vermeintliche Interesse seines Mitarbeiters zum Anlass, den Schleier über seinem Geheimnis ein wenig zu lüften: »Es war ein Anruf von unserm neuen Chorleiter. Ich glaub', ich hab Ihnen ja schon ... ich singe doch schon seit Jahren im Kirchenchor. Und nun haben wir einen neuen Leiter ... und der ist eine Leiterin!«

»Ach was«, sagte Grandauer scheinbar verblüfft.

»Es ging uns ja anfänglich allen so. Man war gar nicht sehr glücklich bei dem Gedanken: eine Frau als Leiterin! Aber inzwischen muss ich zugeben ... auch alle anderen ... unsere Pfarrei hätte keine bessere Wahl treffen können.« Und er schickte diesem Bekenntnis noch einen Blick hinterher, der mehr besagte als nur seine Liebe zum Chorgesang.

*

Die Lizzi war seine Flamme, was für den Konrad alias Conny bedeutete: Er wäre für das Mädchen auch in den Auermühlbach gesprungen, um sie zu retten. Und das, obwohl er nicht schwimmen konnte. Aber eine Schönheit war sie nur für ihn. Und sie war auch schon ein paar Mal vom Leben arg gebeutelt worden. Was sie an ihm so mochte, war seine Treuherzigkeit. Ihr gegenüber. Sonst war er vielleicht manchmal anders. Sie wusste schon einiges von ihm, was nicht leicht zu verdauen war. Es passte einfach vieles nicht zusammen bei ihm: von außen ein Bär, von innen ein Hase. Das war keine gute Kombination.

In der Wirtschaft am Eck hatten sie ihren Stammplatz. Dort traf sich der Konrad manches Mal mit seiner Lizzi und oft auch mit den anderen, mit seinen Blutsbrüdern, die sich unauflöslich miteinander verbunden glaubten.

An dem Abend war die Lizzi schon gegangen. Sie mochte es nicht, wenn er zu viel hatte. Sechs Halbe Bier, davon bekam er dann immer kleine rote Augen. Sein Freund war noch geblieben, der Eberhard oder Hardy. Der Sohn vom Zahnarzt mit seinen Gewissensbissen. Und er hatte sich auch den ganzen Abend schon so eigenartig benommen. So, als ob ihm etwas Unangenehmes bevorstünde. Er redete kaum und konnte dem Konrad nicht ins Gesicht schaun. Aber dem fiel das nicht auf, der war mit sich beschäftigt und seinem verkorksten Leben: »Darfst as bittschön nicht weitersagen, Hardy: Ich hab' mich nämlich sogar schon bei der Fremdenlegion beworben g'habt. Bloß, dass ich aus dem allen rauskomm. Aber dann hab' ich die Lizzi kennengelernt... und dann wollt' ich dableiben.« Er holte tief Luft und griff nach seinem Bierglas, als müsste er es zerdrücken: »Der Benno ist da... direkt unbarmherzig! Der lässt mich nicht aus! Andere hat er ja auch aussteigen lassen aus der Bande. Aber bei mir is er da ... Eid is Eid! Ich versteh' des net. A Mensch is doch nicht immer derselbe. Mit der Lizzi kann ich a ganz andrer sein. A anderer Mensch. Ach, scheiß drauf! Geh ma hoam!«

Der Hardy hielt ihn widerwillig zurück und sagte: »A bissl noch, wenn ma warten... Kommt vielleicht der Fredy mit'm Teppichwagen. Der nimmt uns dann a Stückl mit...«

*

Oberinspektor Deinlein hatte sich am selben Abend – bei Mendelssohn-Bartholdy – sogar einmal kurz die Aufmerksamkeit der neuen Chorregentin ersungen. Das Lied hieß Abschied: »Oh Täler weit – oh Höhen, – oh schöner grüner Wald – du meiner Lust und Wehen – andächt'ger Aufenthalt.« Und dieses Lied sollte dann auch die Chorprobe beenden. Folglich trödelte Deinlein anschließend noch, so gut es ging, herum, während sich andere Sänger schon draußen vor dem Gemeindesaal bedankten und verabschiedeten. Als alter Kriminaler wusste er es sich so einzurichten, dass er als Letzter die Hand von Fräulein von Löffelholz schütteln durfte, mit der Aussicht, hinterher noch einen kleinen Spielraum mit ihr zu gewinnen: »Nun können Sie ja endlich aufatmen! Ist es sehr schlimm gewesen mit uns?«

»Oh nein, im Gegenteil! Der Chor macht mir ja so viel Freude!«, antwortete sie und warf dabei begeistert ihren Kopf mit dem schweren Haarknoten in den Nacken.

»Mein Gott, das wäre so wünschenswert. Wir sind ja auch alle sehr glücklich mit Ihrer wunderbaren Führung, Fräulein von Löffelholz. Übrigens ... wenn Sie zufällig ebenfalls in diese Richtung gehen sollten, würde ich Sie furchtbar gerne ein Stückchen begleiten.«

»Ich gehe eigentlich nur zur Straßenbahn«, sagte sie, ließ aber ein Interesse nach höherer Töchterart durchblicken.

»Wunderbar! Das ist auch meine Richtung. Sie erlauben ...?«, worauf er sie kokett umtanzte, damit er sie nach alter Kavaliersweise an seine rechte Seite nehmen konnte: »Ein Sommerabend, wie bei Mendelssohn, nicht wahr! Nur leider, leider so selten ...«

*

Der Teppichlieferwagen, der in derselben Nacht durchs Keferloher Holz raste, war ganz offensichtlich auch dieses Mal nicht in regulären Geschäften unterwegs, sonst hätte er es nicht so eilig gehabt. Der Fahrer des Wagens war wieder der kleine, drahtige Bursche, der unentwegt grinste, als wäre es ihm ins Gesicht gebügelt. Sie nannten ihn Fredy, auch Teppichfredy, sein richtiger Name war Manfred Rogler und er gehörte ebenfalls zum harten Kern der Tigerbande.

Neben ihm auf dem Beifahrersitz hockte der Konrad, den der hektische Abstecher durch den Wald auch nach seinen sechs Halben Bier noch misstrauisch machte: »Was soll denn der Schmarrn, Fredy?! Dass'd uns heimfährst, hat's g'heißen.«

»Kommt scho noch. Aber zuvor soll'n ma uns mit'm Benno treffen, weil der uns was zum sagen hat.«

Der Konrad drehte sich zum Hardy um, der hinter ihm saß und fragte ihn: »Weißt du, was des werden soll?« Aber der Hardy war ganz gelb im Gesicht, als wenn er sich jeden Moment übergeben müsste, und er hob nur die Schultern über beide Ohren.

»Wart's halt ab«, sagte der Fredy, »kennst doch an Benno, wenn er was vorhat.« Und dabei war er von der Forststraße in einen Ziehweg abgebogen, rumpelte über Steine und durch Schlaglöcher, dass es die drei immer wieder von den Sitzen hob, bis der Konrad plötzlich bockig wurde: »I mag jetzt nimmer! Bleib' steh'! Lass' mi naus!«

»Jetzt is glei vorbei, Conny«, sagte der Fredy und grinste wie immer, »und jetzt mach ich kurz das Autolicht aus... weil ma des so ausg'macht ham. Und du steigst aus, Conny!«

»Warum, was is'n da?«

»Da is des, was uns der Benno zeigen will! Los, steig aus! Und mir steigen auch aus.«

»Ich seh nix! Wo is'n der Benno?«

»Da geh rüber... zu mir her...«

»Kruzifix, was soll denn des? Hardy, sag' halt du was!« Aber der hatte sich abgewandt und musste sich übergeben.

»Der Hardy muss speib'm! Aber mir san so weit, Benno«, rief der Fredy. In dem Moment blitzte eine Taschenlampe auf und der Lichtstrahl traf den Conny. Man sah, wie er erschreckt die Hand vor die Augen hielt und den Mund aufriss. Aber bevor er etwas sagte, fiel ein Schuss und er knickte ein, stammelte nur noch: »Warum... Benno... helft's ma halt...«

Dann fielen noch mal zwei Schüsse und der Konrad alias Conny stürzte nach vorne auf den Waldboden.

*

Der Maxi wusste ja, was er seiner Hildegard damit antat, wenn er morgens um halb sieben schon den Vorhang ein wenig zurückzog und die Sonne hereinließ.

»Net, lass' zu!«, maunzte sie dann schlafgrantig.

»Aber der Baba is fei scho auf«, sagte er sanft, während ihr Ton an Schärfe gewann. »Du merkst es ja net amal ... wenn mir die ganze Nacht wach liegen, der Bubi und ich!«

»Kannst dich ja danach wieder ins Bett legen ... wenn ma aus'm Haus sind.«

»Hauptsach', ihr habt's immer wen, der euch bedient!«

»Kennst' doch an Baba ... dass er dich auch amal seh'n will in der Früh.«

»Aber ich ihn net ... wenn er bloß immer an mir rummeckert!« Und darauf zog sie sich das Kissen über den Kopf und ging auf Tauchstation.

Der Karl hatte indessen trotzig sein Kaffeewasser zum Kochen gebracht und dabei das Milchhaferl aus den Augen verloren. Das lief dann auch über und verbreitete einen hässlichen Geruch: »Herrschaft no amal! Muss des jetzt ausgerechnet ... verdammte Kocherei! Da pfeif' ich doch auf a Frühstück!«

Sein Sohn kam in die Küche mit schlechtem Gewissen: »Is was angebrannt, Baba?«

»Das siehst' doch!«

»Lass ... halt' dich nicht auf damit. Ich mach' das schon.«

»Du machst das! Und die Madam ... schlaft's noch?«

»Es geht ihr nicht gut.«

»Scho wieder!«, höhnte der Vater.

»Na, wirklich, Baba. Das kann ich bestätigen. Sie hat heut' Nacht schon ... fast nicht geschlafen. Und der Bubi auch nicht.«

»Das kommt mir bekannt vor! Oh mei, Bua ... mit dir kann ma's ja machen. Jetzt bist' im Krieg g'wesen ... und hast das Eiserne Kreuz!«

»Der Krieg is vorbei, Baba!«

»Ich hab' eher das Gefühl, für dich fängt er erst an!«

*

»... Es hat heut schon amal wer nach'm Konrad g'fragt. Von einer Versicherung war der«, sagte die Zimmerwirtin und ließ den Klärner Benno nach einigem Zögern in ihre muffige kleine Dachwohnung.

»Von a Versicherung«, wiederholte der Benno misstrauisch. »Hat er einen Ausweis g'habt?«

»Der hat scho so was g'habt, ja ja. Und dass er a anders Mal kommt, wenn der Konrad da is. – Bittschön«, sagte die Frau, »da schaun's nei bei ihm: Sein Bett hat er scheint's gar nicht benützt.«

»Komisch ... mir waren nämlich verabredet für heut'. Ob er vielleicht bei seiner Freundin is?«

»Des glaub' i net. So einer is der net.«

»Lizzi heißt die, gell?«

»Kann schon sein, ich kenn's net.«

»Aber, sag'n ma, er kommt heut' Nacht wieder nicht«, ermahnte sie der Benno gewissenhaft, »müssen S' fei unbedingt die Polizei verständigen. Nicht, dass was passiert is.«

Der Benno ging langsam die Stiegen hinunter: Sehr gut war seine Meinung nicht von den Kriminalern. Ein Versicherungsvertreter! Was sollte es beim Conny schon zum Versichern geben! Aber warum haben sie ihn jetzt plötzlich im Visier? Wegen der Filmpension? Da war er ja gar nicht dabei. Und wegen der alten Geschichte in dem Ruinenkeller? Die war vor bald fünf Jahren. Und sie haben doch so gut wie nichts in der Hand. Außer ein paar vergammelte Knochen. Knochen singen nicht. Und der Conny singt auch nicht mehr. Aber der Hardy vielleicht. Jetzt ein Fehler ... und aus! Für alle Zeiten!

»Ich leg' einen jeden um, der seinen Eid bricht! Auf Verrat steht der Tod! Der Einzelne ist nichts, die Gemeinschaft ist alles!«

Das Glaubensbekenntnis war dem Benno noch aus Kriegszeiten in sein Hirn gebrannt. Damit vermochte er eine

Bande labiler Burschen zusammenzuhalten und wo seine Überzeugungskraft versagte, ließ er die Angst an deren Stelle treten.

Ein weitschichtiger Onkel hatte den Waisenknaben Eberhard nach dem Krieg bei sich einquartiert. Eher widerwillig, mehr um keine anderen Leute in der Wohnung aufnehmen zu müssen.

Gern ging der Benno nicht zu ihm hin. Er hatte den Onkel einmal beobachtet, wie er einen Hund brutal mit dem Fuß weggetreten hatte. Bei Hunden konnte der Benno so was nicht ertragen.

»Jaja, ich kenn' dich scho«, sagte der Onkel zu ihm, »du bist auch einer von seine Freunderl! In seim Kammerl is er, der Eberhard! Krank is er! Aber die Krankheit heißt ma bei die anständigen Leut Faulenzia!«

Der Hardy hatte sich die Decke übers Gesicht gezogen, als der Benno bei ihm eintrat. An der Wand über dem Bett hing ein selber gemalter Tigerkopf mit dem Wahlspruch: Der Tiger bleibt letztlich immer der Sieger.

Der Benno schloss die Türe hinter dem Onkel und fragte den Tiger im Bett: »Was fehlt dir denn?« Und der schob die Decke etwas zurück und zeigte sein bleiches Gesicht. »Ich mag nimmer ...« Dabei hatte er Tränen in den Augen, aber die kamen beim Benno nicht gut an: »Spinnst du?! Reiß dich 'zamm! Du gehst heut' am Abend zu seiner Freundin hin und red'st mit ihr. Wie ma's ausg'macht ham.«

»Lass mich aus ... i mag nimmer!«

»Das wird jetzt durchgezogen ... und danach red' ma weiter, Hardy. Des mit der Lizzi kann kein anderer wie du. Weil's uns nix glaubt. Bloß dir. Aber gell ... schief, wenn was geht, sama verratzt! Du auch!«

*

Es war später Nachmittag, die Zeit, in der er seine Frau am ehesten erreichen würde. Da waren keine Kuranwendungen mehr, wie morgens. Und am Abend war es ja auch nicht so einfach, sie ans Telefon zu bekommen. Der Karl bat die Telefonzentrale von seinem Büro aus um eine Verbindung mit dem Kurhotel »Elvira«, Voranmeldung Frau Traudl Grandauer und er gab ordnungsgemäß an, dass es sich um ein Privatgespräch handelte. Dann beugte er sich wieder, wenn auch vielleicht nicht mit voller Konzentration, über den Akt »Ruinenkeller«. Einschlägige Untersuchungen waren insoweit gediehen, als kaum noch Zweifel bestehen konnten, dass es sich bei dem Leichenfund um den CIA-Agenten Willy Stricker handelte.

Dem Lastwagenfahrer, der zufällig den Bagger beobachtet hatte, wie aus dessen Greifer der Totenschädel herauspurzelte – ihm war es folglich zuzuschreiben, dass damit eine Jugendbande, die sich die »Tiger« nannte, ins Fadenkreuz der Kripo geriet.

Oberinspektor Deinlein schaute flüchtig herein und fragte: »Hat die Personenüberprüfung irgendwas ergeben?«

»Der war nicht anzutreffen, hat's geheißen.«

»Das ist doch der, der damals ausgesagt hat …?«

»Jaja, der. Konrad oder Conny Wiesner. Ich hab' dem Euringer g'sagt, er soll jetzt nichts überstürzen. Die laufen uns nicht davon. Entschuldigen S', ich schau nur … Ich hab' nämlich ein Gespräch angemeldet. Nach Wörishofen.«

»Nicht stören lassen, Grandauer. Aber geht ihnen schon gut soweit, den Damen?«

»Bis jetzt … a bissl langweilig is es halt, hat sie geschrieben, meine Frau.«

»Noch kein Kurschatten aufgetaucht?«

»Das wird sie mir natürlich nicht auf die Nase binden«, sagte der Karl leichthin, aber es war wie immer, dass ihn eine seltsame Unruhe erfasste, sobald sich seine Frau nicht mehr unter seiner Obhut befand. Und darum kam er anschließend in seinem Telefonverhör auch zügig auf solche Unwägbarkeiten zu sprechen: »… und die Abende auch nett? Geselligkeiten? Wird doch bestimmt auch einiges geboten. Hoffe ich für dich!«

»Wie du mich wieder durchschaust, Karli. Ja, ich gestehe: Hier ist unheimlich was los! Wir kommen keine Nacht vor halb neun Uhr ins Bett. Und Kurschatten hama natürlich auch schon einen. Der hat sich nur noch nicht entschieden, wen er beschatten will … die Oma oder mich.«

Der Tee wurde im rosa Salon eingenommen. Es ist noch nicht lange her, vor ein paar Jahren, da standen hier Lazarettbetten und die Wände waren grau, nicht rosa. Auf den weiß gestrichenen Eisenstühlchen saßen nun meist ältere Leute mit Ersatzkassenanspruch und die jüngeren kamen oft auf Vermittlung von Versorgungsämtern. Man erkannte sie gleich, weil diesem ein Arm und jenem ein Bein fehlte.

Die Oma indessen verkörperte mit ihrem verknöcherten Tischherrn eine Szene aus der guten alten Zeit und davon profitierten auch die Leute an den Nebentischchen, weil der Herr infolge seiner Schwerhörigkeit sehr laut sprach. Die Oma dagegen versuchte das durch noble Zurückhaltung auszugleichen. Manches Mal begleitete der alte Herr seine Schilderungen aus der verlorenen Heimat auch mit ausdrucksvollen Bewegungen, indem er zum Beispiel, wenn es ums Reiten ging, im leichten Trab auf seinem Stühlchen hopste: »… man ist ja immer geritten, nicht wahr. Alles zu Pferde! Jaja …«

Und die Oma antwortete beeindruckt: »Gell, das war früher so auf den großen Gütern. Da war man auf das Pferd angewiesen.«

»Auch, jaja … wunderbare Wiesen, so weit das Auge reichte, Wiesen und Felder!«

»Man macht sich ja oft ein ganz falsches Bild.«

»Wild, oh ja, sehr viel Wild. Es kam verschiedentlich sogar bis ans Herrenhaus heran, wo wir es fütterten.«

»Ist das nicht schön! Ach, die Erinnerungen wenn nicht wären!«

»Auch, jaja, auch. Aber die Bären sind ja eher scheue Tiere, nicht wahr ... und fürchten den Menschen.« Und dabei erhob er sich, wenn auch etwas mühsam, und ließ seine kleinen, verhutzelten Äuglein blitzen, denn die Traudl näherte sich und sagte mitfühlend: »Bittschön, bleiben S' doch sitzen!« Und zu ihrer Mutter sagte sie: »Der Karli! Alles in Ordnung! Schöne Grüße!«

»Na, Gott sei Dank! Der Herr Wischke erzählt nämlich gerade so interessant von seinem Gut, was ihm die Russen weggenommen haben.«

»Raben, jaja. Noch die echten Kolkraben! Kennt man hier kaum in Bayern ...«

*

Es begann allmählich dunkel zu werden, da hockte der Hardy noch immer auf einer Parkbank, und wenn gerade niemand in der Nähe war, dann holte er seine Pistole aus der Tasche und hielt sie sich an den Kopf. Ein paar Mal tat er das schon und man konnte ihm ansehen, dass es keine albernen Spielereien waren. Mit einem Mal stand er auf und verließ zielstrebig die Parkbank, lief durch ein paar Gassen mit notdürftig renovierten Häusern und blieb vor einer Haustüre stehen. Nachdem sie nicht verschlossen war, ging er nach kurzem Zögern hinein. Und wie er danach die Treppen hinaufstieg, verlor er zusehends seinen Elan, er bewegte sich immer langsamer, wie durch einen tiefen Morast. Was ihn bedrückte, war die Vorstellung, dem Mädchen ins Gesicht zu schauen und ihr dabei irgendetwas zu erzählen, wo ihr Freund abgeblieben sein könnte und dass er bestimmt wiederkommen würde. Und das, obwohl er ja selber dabei war, wie man ihn erbarmungslos abgeknallt hatte.

An der Wohnungstüre waren mehrere Zettel mit Namen, auf einem stand Elisabeth Tanner. Er kannte sie eigentlich nur als Lizzi.

»Das Fräulein Tanner ist um die Zeit nimmer zu sprechen!«, rief eine Frau durch die geschlossene Türe: »Mitten in der Nacht! Da hört sich doch alles auf!«

Der Hardy wurde wieder zum Eberhard und bat kleinlaut: »Entschuldigen S' … aber ich muss mit ihr reden! Das is unheimlich wichtig!«

Es ging dann noch ein paar Mal hin und her, bis ihn die Hausfrau vor die Zimmertüre von dem Fräulein Tanner begleitet hatte: »Der junge Mann hat sich einfach nicht abweisen lassen, weil er was mit Ihnen bereden muss. Was sagen denn Sie?«

Die Lizzi hatte sich schnell was übergezogen und war ziemlich überrascht, den Hardy zu sehen, beunruhigt sogar.

Und sie erklärte der Hausfrau: »Er is a Freund … von am Freund von mir.«

»Aber gell … tun Sie's so schnell wie möglich beenden! Ich mag mich nämlich nicht wegen Kuppelei belangen lassen.«

Dann zog die Hausfrau ab und die beiden standen sich in dem winzigen Zimmer gegenüber. Die Lizzi sah ihn fragend an, aber er brachte kein Wort über die Lippen. Ihm war, als wenn ihm der Hals zugeschnürt wäre, und sie spürte, dass es etwas Schlimmes war, das ihn hierhergetrieben hatte.

»Setz dich halt«, sagte sie nach einer Weile, nur um etwas zu sagen. »Ich kann dir schon einen Kaffee machen. Oder magst an Tee?«

Er schüttelte den Kopf.

Sie ging noch mal an die Türe und lauschte hinaus: »Scheint's lässt's uns in Ruh.« Nach einer endlosen Pause fragte sie ruhig, scheinbar gefasst: »Is wegen dem Conny?«

Sein verkrampftes Gesicht wurde mit einem Mal ganz schlaff, als wollte es sich auflösen, Tränen liefen ihm über die Backen, er zitterte am ganzen Körper. Nun packte sie ihn am Arm, schob ihn auf einen Stuhl und er beugte sich nach vorne und vergrub sein Gesicht in den Händen. Das Mädchen wurde allmählich ungeduldig und fragte fast nüchtern: »Und wo is er jetzt, der Conny?«

Der Hardy machte einen kurzen Versuch, ihr ins Gesicht zu sehen, ließ den Kopf aber gleich wieder hängen.

»Jetzt reiß dich amal ’zamm und sag’ ma, was war! Ich möcht´s wissen! Alles!« Und dann stammelte er aus seinem Versteck heraus: »Der Benno hat des entschieden g’habt … weil er uns schon amal verraten hat, der Conny … dass er liquidiert wird. Und die andern sind alle dafür g’wesen im Forum … bloß ich war dagegen. Aber ich hab’s nicht aufhalten können …«

Draußen hörte man die Hausfrau, sie klopfte an die Türe: »Also, bitte, Froin Tanner, ich kann das nicht zulassen! Gehen S’ mit dem jungen Mann, wohin S’ woll’n … aber nicht bei mir in der Wohnung! Sonst muss ich Ihnen kündigen!«

Es hätte schon ein paar Kneipen in der Umgebung gegeben, aber die beiden zogen es vor, im Dunklen zu bleiben. Das erleichterte ihm sein Geständnis. Den Mord im Keferloher Holz, den hatte er sowieso nicht in allen seinen brutalen Einzelheiten geschildert und die Lizzi wollte sie auch gar nicht alle wissen. Aber wie es überhaupt dazu kam, wie und wo die Idee für diese Blutsbrüderschaft entstanden war, das wollte er nun loswerden, ohne dass alles gleich in Polizei- und Gerichtsakten einging.

»… viele haben halt keine Eltern mehr g’habt … und wie die Bombenangriffe waren in der Stadt, ham’s die Kinder oft aufs Land nausgetan. Mit der Kinderlandverschickung. Und mir waren in so einem Lager, wo ma halt unheimlich aufeinander … Kameradschaft is da über alles gegangen. Und da is des dann aufgekommen mit der Tigerbande. Und die andern waren die Panther. Und da hama auch Kämpfe ausgetragen. Aber bloß so … als Abenteuer. Nicht gewaltsam. Und der Klärner Benno war immer derjenige, um den sich alles geschart hat. Jeder wollt' ganz nah bei ihm sein. Und was er g'sagt hat, das hat gegolten. Und im Schulunterricht war er auch der Beste. Und dann, nach'm Krieg, sima wieder in die Stadt gekommen, wenn ma halt wen g'habt hat, der einen aufgenommen hat. Auch oft bloß so zur Not. Und da sima dann froh g'wesen, dass ma beisammen geblieben sin … die von der Tigerbande. Wo halt jetzt auch so was war wie a Familie. Es hat ja fast nix zum Essen gegeben … und auch sonst nix. Wer können hat, der hat halt gestohlen und geplündert. Das war ja damals schon eher normal. Und wir ham des auch getan. Aber bloß bei die Amis. Der Benno hat g'sagt, da macht's nix. Weil die Amerikaner unsre Feinde waren. Und die ham sowieso alles und merken's gar nicht, wenn man ihnen was wegnimmt. Aber dann ham's uns amal dabei erwischt und ham uns verknackt. Des war des, wo der Benno g'sagt hat, mir sind verraten worden. Aber bis dahin hama keinen Menschen getötet. Ehrlich nie. Es is ja immer bloß von dem geredet worden … dass a jeder, der Verrat übt … oder der die Gesetze bricht, dass der liquidiert werden muss. Und mir ham des geschwor'n … jeder von uns. Mit der Blutsbrüderschaft. Richtig mit Blut. So a bissl wie eine heilige Handlung … wo man dann auch befolgt.

Und dann hama plötzlich einen Spitzel unter uns g'habt, der sich bei uns eingeschlichen hat. Der ist der Erste gewesen und der Benno hat ihn eiskalt abgeknallt. Beim Militär, sagt der Benno, hätten's ihn auch abgeknallt. Und alle sind's dafür g'wesen. Und beim Conny waren's auch dafür. Oder … sie haben bloß so getan. Aber ich war nicht dafür. Ehrlich, Lizzi! Ich schwör' dir's! Ich war nicht dafür …«

Es war lange nach Mitternacht, als der Hardy seinen Kopf allmählich auf Lizzis Schulter sinken ließ, erschöpft und erleichtert von seiner Beichte. Sie saßen schon Stunden auf einer Parkbank und spürten die Zeit nicht und nicht die kühle Nachtluft. Das Mädchen rührte sich kaum, ließ stoisch den Burschen an ihrem Hals hängen und schlafen. Sie selber war hellwach, versuchte nicht mehr zu begreifen, was geschehen war, dachte nur noch: Was jetzt? Wie mit dem Wahnsinn ein Ende machen, bevor noch mehr passierte? Eigentlich sollte es ihr gleichgültig sein, was aus diesem jämmerlichen, verblendeten Burschen werden würde, der, wie auch immer, an dem Mord an ihrem Freund beteiligt war. Aber es war ihr dann doch nicht gleichgültig, und als sie bei Tagesanbruch nebeneinander her in die Stadt liefen, glaubte sie schon, ihn überzeugt zu haben, dass es für ihn und überhaupt das Beste wäre, zur Polizei zu gehen und auszupacken. Alles, so wie er es ihr gegenüber getan hatte: »... und ich geh auch mit dir nei, Hardy, wenn des für dich leichter is«, ermutigte ihn die Lizzi, nachdem sie merkte, wie er immer langsamer wurde beim Anblick des Polizeipräsidiums. Bis er dann ganz stehen blieb und sagte: »Ich geh' net. Geh' du allein ... und sag' alles.«

»Dann kommen's zu dir und holen dich. Ist das besser?«

»Hab' i wenigstens noch a bissl Zeit. Danach komm' ich vielleicht lang nimmer naus.«

Nun tat er ihr doch irgendwie leid und sie nahm ihn am Arm und zog ihn ein wenig: »Komm ... sei g'scheit.«

Aber er machte sich los und nach ein paar Schritten drehte er sich noch einmal um zu ihr: »Sag' alles ... da wo er liegt, der Conny, alles. Und dank schön noch amal, Lizzi ...«

*

Es war gegen fünf Uhr früh, da klingelte bei den Grandauers im Flur das Telefon, ziemlich rigoros, wie das eben nötig war, damit man es überall in der Wohnung hören konnte. Der Karl hatte noch tief geschlafen, benötigte etwas Zeit, bis er zu sich kam und aus dem Bett hinaus in die Diele taumelte. Sein Sohn schaute schon, von seiner Gattin vorgeschoben, aus der Schlafzimmertüre: »... ich wollte bloß, dass der Kleine nicht aufwacht, weißt Baba.«

»Ja mei, der muss sich halt auch daran gewöhnen, dass' noch was anders gibt als wie seinen Schlaf, net!«

»War ja kein Vorwurf, Baba.«

»Da bin ich schon froh ...«, brummte er noch und hob das Telefon ab. Die Nachricht betraf die Lizzi, die mittlerweile in der Mordabteilung saß und ihre Aussage machte. »Alles aufnehmen, was sie sagt! Und lassen Sie's nicht weg, bevor ich da bin. Geben S' ihr halt einen Kaffee oder was. Aus der Kantine, wo sonst! Mein Gott, die dreißig Pfenning werdet's ja so lang auslegen können, net! Ich geb's euch dann schon wieder! Also ... bis gleich ...«

Es war nicht der erste Fall, der bei Oberkommissär Grandauer ein zwiespältiges Gefühl erzeugte, nachdem ihm, wie es schien, die Kollegen Zufall und Dusel einen Großteil der Aufklärungsarbeit abgenommen hatten. Nun musste er womöglich nur noch den Sack zumachen.

Als Grandauer das Haus betrat, war die Spurensicherung bereits unterwegs in das Keferloher Holz, um die Stelle zu ermitteln, wo nach Fräulein Tanners Beschreibung die Leiche ihres Freundes begraben worden war. Zugleich hatte Kommissär Euringer auch Haftbefehle für die drei Haupttäter beantragt.

»... und könnt' ich dann vielleicht so zeitig weg, dass ich um sieben in der Arbeit bin?«, fragte die Lizzi, nachdem man ihre Aussage protokolliert hatte.

»Das wird leider nicht ganz nausgehen, Froin Tanner«, sagte Grandauer. »Wir müssen auch noch zum Ermittlungsrichter, sobald der kommt. Das mit Ihrer Arbeitsstelle, das wird von uns geregelt. Da gibt's normalerweise keine Probleme. Aber jetzt noch mal zu dem Hardy, der Ihnen das alles gestanden hat: Wo er dann anschließend hingeh'n wollte, hat er Ihnen nicht g'sagt?«

»Heim … so viel ich weiß.«

»Dass er irgendwohin abhauen will?«

Sie schüttelte nachdenklich den Kopf: »Hat er nicht den Eindruck gemacht.«

»Und Sie haben ausgesagt, dass Sie was Schweres gespürt haben, in seiner Jackentasche. Könnte das eine Pistole gewesen sein?«

»Glaub' schon, ja.«

Kollege Euringer zeigte sich kurz an der Türe: »Wir fahr'n jetzt los …«

Grandauer unterbrach sein Gespräch und ging zu ihm hin: »Kein Risiko, Euringer! Die Burschen sind wahrscheinlich bewaffnet. Und schau'n S', dass' den Wiesner Hardy kriegen. Den brauch' ma als Zeugen. Lassen S' auf alle Fälle einen Beamten zurück, wenn er nicht da sein sollte …«

Vor dem Haus, in dem der Hardy wohnte, stand bereits einer der neuen Polizeifunkstreifenwagen. Aber das war mit der Kripo nicht abgesprochen und die Beamten hatten keine Ahnung, weshalb man die Kollegen gerufen hatte. Die Hausbewohner, die im Stiegenhaus standen, wussten auch nichts Genaueres. Nur, dass sie in der oberen Wohnung einen Schuss gehört hatten.

Den Schuss in den Kopf hatte sich der Hardy, alias Eberhard, selber beigebracht. Auf seinem Bett hockend, fiel er danach hinten über und verblutete mit zerschmettertem Schädel – unter dem Tigerbild mit dem Wahlspruch: Der Tiger bleibt letztlich immer der Sieger.

Auf seinem Nachttisch fanden die Beamten, aus einem Schulheft gerissen, ein liniertes Blatt Papier, darauf stand: »Dem Fräulein Tanner habe ich alles gesagt. Es ist alles so passiert und nicht mehr zum Gutmachen. Aber gewollt habe ich es nicht.«

7.

Manches Mal zweifelte die Traudl ja selber an ihrem Verstand, wenn sie sich immer und immer wieder in die Überzeugung verrannt hatte, ihr Sohn, der Rudi, würde eines Tages plötzlich vor der Türe stehen. Und auch als die amtliche sowjetische Nachrichtenagentur TASS im Herbst 1950 meldete, dass die Rückführung aller deutschen Kriegsgefangenen nunmehr abgeschlossen sei, gab sie die Hoffnung nicht ganz auf. Sie redete nur mit niemandem mehr darüber.

Dass sie wenigstens ihren jüngeren Buben wieder hatte, den Maxi, das war ja schon ein großes Glück, selbst wenn es sich nicht immer als ein solches empfinden ließ. Der Maxi kam nun sehr oft zu ihr, wenn er als Fröschles Ausfahrer in der Nähe zu tun hatte, ist sie doch der einzige Mensch gewesen, der bereit war, sich seine immer gleichen Klagen geduldig anzuhören: »... und wenn ich sie nicht mehr gern hab' ... das wär ihr egal, sagt's. Und ich kann ja dann geh'n. Aber das Kind gehört ihr! Und das heißt dann auch nicht mehr Grandauer, sondern Fröschle!«

»Geh, Schmarrn! Das hängt doch nicht nur von ihr ab, wie das Kind heißt.«

»Aber das sind alles ihre Eltern! Die hetzen andauernd in sie hinein!«

»Also, jetzt lass' dich amal net verrückt machen, Bua ... du gibst denen keinen Grund ... und auch ihr nicht, der Hildegard. Dann red' ma vielleicht amal mit'm Onkel Adi ... was ma da am besten tut.«

»Dem Baba aber bitte noch nix sagen, gell. Der geht dann immer gleich so auf.«

»Und wennst' es gar nimmer aushältst ... dann kommst' zu uns. Du hast hier immer dein Bett!«

Wenn der Maxi zurzeit an Krieg dachte, war es eigentlich mehr der läppische Kram, unter dem er daheim zu leiden hatte; das ausbeuterische Verhalten seines Schwiegervaters und die launischen Quälereien seiner Hildegard, die er ja liebte, der er womöglich sogar hörig war. Und es war erst ein paar Jahre her, da hatte er noch das wahre Elend und Grauen des Krieges vor Augen. Ein bisschen erschrak er dann schon vor sich selber, der Maxi, wenn er sah, wie sich andere nun in einem schier endlos langen Demonstrationszug durch die Stadt bewegten, ernsthaft, schweigend, Frauen und Männer, junge und alte, Kriegsversehrte mit Krücken und Rollstühlen, Plakate und Transparente mit sich führend, »Gegen die Wiederbewaffnung!«, »Butter statt Kanonen!«, »Wir wollen nicht für Dollars und nicht für Rubel sterben!«, »Nie wieder Krieg!«.

Aber vielleicht hatten die alle wenigstens daheim ihren Frieden, dachte der Maxi und wäre unter etwas veränderten Vorzeichen am liebsten mitmarschiert.

Der Protestmarsch war schon in Auflösung begriffen, die Transparente waren eingerollt, die Demonstranten durften wieder lachen und eine Zeit lang daran glauben, dass sie etwas erreicht hatten.

Auch Karl Grandauer hatte, im Gefühl, etwas erreicht zu haben, sein Büro im Münchner Polizeipräsidium verlassen. Unten in der Halle begegnete ihm Amtmann Deinlein mit einer Dame an seiner Seite, die ihn stark an eine Missionsschwester erinnerte.

»Ach, das ist jetzt aber nett«, sagte Herr Deinlein knabenhaft verlegen und an die Dame gewandt fuhr er fort: »Darf ich Ihnen einen lieben alten Kollegen, Herrn Grandauer, vorstellen ... Fräulein von Löffelholz! – Ich glaube, ich habe Ihnen ja schon einmal erzählt … Fräulein von Löffelholz ist die Chorleiterin in unserer Gemeinde.«

Der Karl gab sich überaus erfreut und ließ Deinlein gegenüber, indem er kurz blinzelte, erkennen, dass er sehr mit seiner Wahl sympathisierte. Und Deinlein, etwas verunsichert, gab danach eine Erklärung ab: »Die Dame hatte nämlich etwas im Haus zu erledigen. Und ich habe ihr meine Hilfe angeboten.«

»Ist natürlich dann schon sehr viel angenehmer … mit so einer Hilfe«, sagte Grandauer verständnisvoll.

»Ich bin dem Herrn Amtmann auch überaus dankbar.«

»Oh nein, dankbar habe ich zu sein. Fräulein von Löffelholz hat uns alle so sehr inspiriert! Gesanglich! Doch, doch, sehr!«

Das Fräulein wehrte bescheiden ab und den Karl drängte es nun auch zu einem Bekenntnis: »Ich bin zwar leider selber nie … aber ich liebe die Chorgesänge … speziell im Radio.«

»Hätte er ja direkt auch einmal zu uns kommen können, gell«, sagte Deinlein und nickte ihm einladend zu.

»Das wäre natürlich eine wunderbare Sache«, antwortete der Karl mit etwas ängstlichen Augen.

Als er dann wenig später das Haus verließ, wurde er von einer Gruppe junger Kollegen überaus freudig beglückwünscht: »Herzliche Gratulation zur Beförderung, Herr Grandauer!« Davon beinahe gerührt, lupfte er seinen Hut und rief ihnen zu: »Danke, danke! Aber es ist ja eigentlich schon nicht mehr der Rede wert!«

Als er weit genug entfernt war, fragte einer von den Jungen: »Warum, was is er'n worn?«

»Verzahnungsinspektor!«

»Au weh! Wollns'n loswerden beim Mord?!«

»Der Schnellste is er bestimmt nimmer.«

»War er wahrscheinlich auch nie. Aber für damals hat's gereicht.«

Daheim angekommen, legte Inspektor Grandauer wie gewohnt seinen Tascheninhalt auf dem Nachttisch ab, hängte den Büroanzug sorgfältig auf einen Bügel und schlüpfte in sein Feierabendgewand. Dabei erzählte er seiner Frau, in der Annahme, dass sie ihm zuhören würde, von seiner wohltuenden Begegnung mit den jungen Kollegen: »… die bringen es nämlich noch fertig, einem herzlich und in aller Offenheit zu gratulieren! Nicht wie die eigenen Mitarbeiter, die bloß rumdrucksen vor lauter Missgunst und Neid! Mein Gott … man nimmt ihnen ja nix weg!«

Seine Frau hatte einstweilen in der Küche zum Abendessen gedeckt und folgte ihm nur mit geringer Aufmerksamkeit, nachdem seine Beförderung ja schon länger für Gesprächsstoff gesorgt hatte.

»Kannst dir ja vorstellen, wie das eingeschlagen hat bei einigen Herrschaften! Wie eine Bombe!« Die Vorstellung brachte sein Gesicht kurz zum Leuchten und damit ließ er sich am Küchentisch nieder: »Was gibt's denn heut'?«

»Krautwickerl!« Darauf verlosch das Leuchten in seinem Gesicht. »Ah geh', die vertrag' ich doch immer nicht am Abend!«

»Ich hab' dich aber heut' früh g'fragt.«

»In der Früh … hab' ich doch tausend andere Sachen im Kopf!«

»Dann lass' halt das Kraut liegen, die Füllung ist ganz leicht.«

»Dann brauch' ich auch keine Krautwickerl.«

»Übrigens, die Oma hat angerufen, wie ma's heuer mit'm Vati seinem Grab machen, an Allerheiligen. Voriges Jahr hat's ja der Kurt übernommen g'habt und heuer wären wir wieder dran.«

»Mein Gott, a bissl a Heidekraut halt … und a paar Astern. Da braucht's doch mich nicht dazu.«

»Sie möchte' halt auch amal was Attraktiveres, wie die vom Grab daneben.«

»Muss sie halt mit ihrem Herrn Sohn sprechen.«

»Der is doch schon wieder verreist. In Köln. Und die Sara, glaub' ich, fährt auch weg. Aber jeder woandershin.«

»Ja ja, Traudl … das sind die Folgen«, sagte der Karl bedächtig und vergaß darüber, die Krautwickerl zu entblättern. »Er ist ja auch nie zufrieden mit dem, was er hat, dein Bruder. Und immer gegen alles opponieren. Gegen alles! Erst daheim gegen seine Eltern. Aus'm Gymnasium ham's ihn auch rausgeschmissen. Dann waren's die Nazi. Danach legt er sich genauso mit den Amerikanern an. Und jetzt ist er gegen alles, was die Regierung sagt. Er kann sich einfach nicht einfügen. Ein kranker Mensch ist das, der Kurt. Schlimm!«

»Na ja … er hat ja auch einiges mitgemacht, Karli.«

»Hat er. Und was macht er draus? Sima froh, dass wir nicht alles wissen. Das sag' dir ich.« Darauf ließ er, ohne es zu wollen, ein Bäuerchen vernehmen und er sah sich damit erneut bestätigt: »Was hab' ich g'sagt … deine Krautwickerl!«

*

Seit die Gerti im vergangenen Jahr Hebbels Maria Magdalene gesehen hatte – im Münchner Theater am Brunnenhof war das –, seitdem stand ihr Entschluss fest: Sie wollte Schauspielerin werden. Deshalb hing auch ein Szenenbild über ihrem Bett mit Otto Wernicke als Meister und Joana Maria Gorwin als Klara. Deren Gestus auf dem Foto hatte die Gerti an die hundert Mal schon vor dem Spiegel nachgeahmt und seither trug sie ihre dunklen Haare auch so wie sie, offen und lang; nur der Oma zuliebe band sie es ab und zu mit einem artigen Schleifchen zusammen.

Die Sara schaute kurz zu ihr ins Zimmer, um sich zu verabschieden: »Ick geh' jetzt, Gerti. Kannst dich ja nachher noch'n bisschen zu Oma setzen.«

»Muss ich?«

»Wenn du willst. Aber nu hab ick sie schon so enttäuscht, dass ick wieder nach Berlin fahre. Naja also... ick komm nicht so spät.«

Die Gerti zog ihre Backen ein und grinste: »Ach, sag' noch mal, Mami, wohin gehste jetzt?«

»Wieso?«, antwortete die Mutter etwas verlegen.

»Nur so, Neugier.«

»Zur Kultusgemeinde. Hab' ick dir doch... Da is ein Vortrag. Von Baruch Graubart. Den hast du doch auch mal kennengelernt.«

»Nicht Blaubart?«

»Nee, Graubart...«

Nun kam auch die Oma dazu: »Und, sag' mal, Saralein... wenn der Kurtl anrufen sollte aus Köln...?«

»Dann sagste ihm, ich bin in der Kultusgemeinde.«

»Vielleicht will er ja, dass du ihn vom Zug abholst.«

»Det glaub' ick weniger, Omi. Aber frag' ihn. Heut' kommt er ja noch nicht. Denk' ick mal...«

Der Münchner Hauptbahnhof war jetzt eine einzige Baustelle und wer mit dem Zug ankam, musste ein ganzes Stück weit davor aussteigen. Dabei wurde es auf den Behelfsbahnsteigen mitunter ziemlich eng; denn die Züge waren meistens überfüllt. So auch der D-Zug aus Köln, der gegen Abend hier eintraf. Es war ein großes Geschiebe, etliche Leute machten lange Hälse, weil sie jemand zu sehen hofften. Unter ihnen war auch Kurt Soleder, der als einer der Letzten ausgestiegen war, den Kragen von seinem Mantel hochgestellt, die Baskenmütze wie zur Tarnung in die Stirne gezogen.

»Entschuldigen Sie... kommen Sie zufällig aus Köln?«, fragte ihn eine hübsche junge Blondine und trat hinter einem Gepäckwagen hervor.

»Ach, dann sind Sie sicher von der Bahnhofsmission, hab' ich recht?«

»Ja, und ich soll mich um Sie kümmern. Sie haben doch nichts dagegen, wenn ich Ihnen ein Küsschen gebe?«

»Aber bittschön nicht da, Eva. Ich mag keine Zuschauer.«

Sie hatte ihre Vespa nicht weit vom Bahnhof abgestellt. Er folgte ihr etwas widerstrebend: »Muss das sein? Ich bin keine zwanzig mehr! Komm, wir nehmen uns a Taxi. Und morgen fährst' wieder her und holst sie dir.«

»Wo ist das Problem, Kurtchen? Du brauchst dich ja bloß hinten draufsetzen. Den Koffer auf die Knie. Das kann man auch in deinem Alter. Und fahren tu ich.«

»Ach, Weib ... du bist mein Schicksal!«

Es war eine eher ruhige Seitenstraße, wenige Passanten, aber ausgerechnet in dem Augenblick, als sie ihn mit einem Küsschen auf den Rücksitz lockte, kam jemand vorbei, der wenige Meter vor ihnen sein Motorrad abgestellt hatte. Und als er sich noch einmal nach ihnen umdrehte, erkannte ihn der Kurt, trotz Lederkappe und Motorradbrille. Er erkannte ihn an seinem breiten Grinsen und an der Stimme: »Schönen Abend noch, Herr Soleder!«

Die Eva hatte davon nichts mitbekommen, sie war gerade dabei, ihre Vespa zu starten.

*

Leon Fischer war vor Jahren schon aus der US-Army ausgeschieden. Er arbeitete danach für eine amerikanische Firma in Frankfurt. Und wann immer er nach München kam, meldete er sich bei der Sara. Ein paar Mal hatten sie sich auch getroffen und es war immer noch so wie damals, kurz nach dem Krieg. Ihre Begegnung hatte etwas vom Zauber der unerfüllten Zuneigung. Und der konnte sich lange halten. Womöglich für immer.

Auf dem Weg zu Leons Auto war es der Sara auch dieses Mal so, als liefe sie über glühende Kohlen. Und sie huschte zu ihm ins Auto gegen tausend Widerstände.

»Ich hab' schon gedacht, du kommst nicht mehr.«

»Fahr' erst mal weg, Leon … bitte.«

»Was hätten wir alles tun können, Sara … für so viel schlechtes Gewissen.«

*

Es waren die vergrößerten Fotos an den Wänden, die in Evas schlichter Wohnung gleich ins Auge fielen, Porträts bekannter Künstler und Politiker, Aufnahmen von aktuellen Ereignissen und über eine ganze Wand Schnappschüsse von Kurt Soleder. Eva war Fotoreporterin. Bei so einer Gelegenheit hatten sie sich im vergangenen Sommer kennengelernt.

»Ich wollt' jetzt eigentlich Essen machen, Kurtchen. Oder ist dir der Appetit vergangen?«

»Ausgerechnet dieses Stück Scheiße!«

»Ich hab' den gar nicht wahrgenommen. Und du hast auch nix gesagt. – Komm', trink' was. Ich hol' dir'n Kognak.«

»Der war einer von denen, die uns damals so richtig mit Wollust schikaniert haben! Unser Blockwart!«

»Kennt er auch deine Frau?«

»Nicht wird er sie kennen. Der hat sie ja rausgebissen aus unserer Wohnung. Wie ich im Knast war.«

»Hast' Angst, dass er ihr was sagt?«

»Wenn ich anfang', mich davor zu fürchten, hat er mich schon in der Tasche, der Schweinehund!«

Sie sah ihn an, wie er dahockte, und es gärte in ihm: »Ich bestell' dir auch ein Taxi, Kurt … wenn dich das beruhigt.«

»Ich bin nicht beunruhigt. Ich muss nur aufpassen, dass ich nicht kotze, wenn ich mir seine Visage vorstelle!«

»Außerdem, … was is schon groß passiert. Eine Kollegin hat dir ein Küsschen gegeben. Na und? Das wird sie ja nicht gleich umhauen, deine Frau. Du sagst doch immer, sie steht drüber … über allem.«

»Du musst mir keine Ausreden liefern. Die find' ich dann schon selbst, wenn ich sie brauch'.«

»Aber den Blitzableiter mach' ich auch nicht für dich die ganze Nacht. Dann is' mir lieber, du fährst heim.«

*

Sie hatten ein Lokal gewählt, in dem sie schon einmal waren, etwas außerhalb der Stadt und nicht so überlaufen. Aber auch dort fühlte sich die Sara nicht ganz wohl in ihrer Haut, noch dazu tat der Kellner in bester Absicht so, als hätte er sie wiedererkannt.

Sie sprachen leise und bedrückt: »... Ich könnte mich auch nach Berlin versetzen lassen, wenn ich wüsst', dass du ... dass du das wolltest, Sara. Kein Problem.«

»Ick weiß ja selber noch nich, was wird, Leon. Wat Kurt will ... er flirtet ja schon andauernd mit dem Sender in Ostberlin. Dort sind wieder mal die bessern Menschen. Immer dort, denkt er, sind die, wo er nicht ist. Und ob ick nu Vatis Hutgeschäft übernehme ... ob ick es überhaupt kriege ... det is allet noch nich raus.«

»Ich frag' dich jetzt mal ganz offen, Sara ... du weißt ja, wie sehr ich dich ... mag.« Er sah ihr an, dass er sie damit in Verlegenheit brachte: »Okay, das ist meine Sache. Aber ich kann nicht versteh'n, warum du das alles so einfach hinnimmst? Dein Mann benimmt sich wie ein Idiot. Wie ein Idiot! Das tut mir manchmal ... genauso weh wie dir. Und ich könnt' ihn dafür ... entschuldige. Bitte, entschuldige.«

Die Sara griff gerührt nach seiner Hand und dann sagte sie ganz beherzt: »Ick könnt' ihn ja auch manchmal ... kannste mir glauben. Und dann wünsch' ick ihm die Krätze an den Hals! Aber ick kann ihn deswegen nicht verachten. Nur, weil er nicht mit sich zurechtkommt. Und immer irgendwas sucht ... in der verkehrten Schatulle. Er hat zu mir gehalten … wie et nich leicht war, Leon. Da hat er noch was gut bei mir.«

In der letzten Zeit war die Oma öfter alleine in der großen Schwabinger Wohnung. Früher hat ihr das nicht so viel ausgemacht, meinte sie; da sind ihre Kinder, der Kurt und die Sara, auch irgendwie anders weg gewesen, wenn sie nicht da waren. Unerfreulichen Erklärungen aber ging sie nach Kräften aus dem Weg und manches Mal war sie schon ganz froh, wenn dann wenigstens das Telefon klingelte: »Ja, hier Soleder! – Kurtl! Ich hör' dich so schlecht! Telefonierst du von Köln? – Jetzt ist es besser. – Die ist in der Stadt, die Sara, und kauft sich ihre Fahrkarte. Sie fährt doch morgen nach Berlin. – Die ist in der Schule, unser Gertilein. Aber jetzt sag doch mal: Wann kommst du denn wieder heim?«

»Weiß ich noch nicht, Mama«, antwortete der Kurt und es war ihm offensichtlich nicht ganz wohl dabei. »Ich muss auch jetzt Schluss machen, Mama, die warten schon auf mich. – Hör' auf, du musst mich nicht bedauern. Ich überarbeit' mich schon nicht. – Habe ich dabei, jaja. Und wenn's kalt wird, ziehe ich sie an. Versprochen. Grüß bitte die andern und ich ruf' wieder an. Servus, Mama …«

Er legte auf, erleichtert, aber auch bedrückt. Eva hatte währenddessen den Frühstückstisch gedeckt. Ihr war sein Konflikt entgangen: »Bitte, was ziehst du an, Kurtchen, wenn es kalt wird?«

»Meine langen Unterhosen.«

»Ach, lass' mich nicht so lange warten, bis es kalt is! Zieh sie gleich an!«, sagte sie lachend. »Und ich mach' schnell 'n paar Fotos für meine Serie ›Deutschland zwischen Gestern und Morgen!‹«

»Nicht jetzt«, sagte er, eher mürrisch, »mit meinen langen Unterhosen kann ich einen ganzen Abend bestreiten.«

»Was is? Warum bist du plötzlich so gnatzig? Was schiefgelaufen daheim?«

»Alles bestens!«

»Dass du von Köln aus telefoniert hast, hat sie dir abgenommen?«

»Die Oma schon.«

»Ist es wegen deiner Frau?«

»Quatsch! Jetzt lass' uns endlich frühstücken …«

*

Bei all den Renovierungsarbeiten und Verschönerungen im Bäckerhaus, die Küche war immer noch die alte geblieben und der bevorzugte Treffpunkt. Auch wenn Adolf Grandauer nicht zu spät von seiner Tätigkeit in einer Anwaltskanzlei heimkam, warf er erst einen Blick hinein. Dann saß da auch oft noch sein Hermann, als ständiger Gast am kreitmeierschen Mittags- und Abendtisch.

»Is der Bua heut' scho naufgangen?«

»Jaja, an Freund hat er dabeig'habt von seiner Schul«, sagte die Kathi und offerierte ihm, »a bissl a Gulasch wär noch da, Adolf.«

»Und a Glasl Bier dazu«, lockte der Max.

»Sag' ich nicht Nein. Ich schau' bloß zuvor schnell amal nach die Buam nauf.« Der Adolf war schon an der Türe, da drehte er sich noch mal um und sagte leicht spöttisch: »Bevor ich es vergesse … das war jetzt schon das zweite Mal, dass ich unsern Funkschaffenden gesehen habe. Und wieder mit dieser blonden … Fotografin is sie scheint's. Weil sie Aufnahmen gemacht hat vor'm Deutschen Museum. War doch irgendwas mit Wiedereröffnung. Und ich hab' natürlich so getan, als ob ich ihn nicht erkannt hätte.«

»Ja mei …«, meinte der Max, »was soll ma da sagen …« Und die Kathi seufzte dabei: »Was das noch werden soll?«

»Ein Glück, dass die Oma noch nix gemerkt hat. Die treffert ja der Schlag!«, sagte der Max und den Adolf drängte es, für das Opfer Partei zu ergreifen: »Ich frage mich bloß, wie er das seiner Frau gegenüber verantworten kann?! Nach alldem, was sie mitgemacht hat, die Sara.«

»Oh mei … nach dem wenn es immer gegangen wär, Adi …«

Aber der Max unterließ es, den Satz zu beenden. Er wartete damit, bis sein geläuterter Untermieter draußen war, dann sagte er: »Schon rührend, gell, Kathl! Wie er plötzlich eine derartige Verantwortung verspürt! Für eine Jüdin! Wer hätte das gedacht!«

Der Kathi ging's weniger darum als ganz einfach um die Untreue: »Schön is des net, was er da macht, der Kurt.«

»Schön vielleicht nicht. Aber es gibt halt Leut', die kommen nicht zurecht mitananader, wenn's ihnen gut geht. Des muss halt a jeder selber wissen. Ich mag mich da nicht einmischen.«

»Aber dass er sich so saudumm benimmt … na! Da hab ich fei keinen Respekt mehr vor ihm!«

»Ich weiß scho, da bist du halt ein gebranntes Kind. Mit deinem ersten Gemahlsgatten, Gott hab' ihn selig! Aber schau, für des ist dein zweiter umso braver!«

»Das möchte ich ihm auch geraten haben! Sonst hat er mich g'sehng!«

»Au weh, au weh! Und dann steht er da … mutterseelenallein! Mit seinem neuen Servierfräulein. Und die is dir natürlich weit unterlegen. Altersmäßig! Die is ja höchstens fünfundzwanzig! Sonst nimmt er's erst gar nicht …«

»Du alter Hirsch!«, sagte sie lachend, »du kannst ja froh sein, dass ich scho so alt bin! Jünger, wenn ich wär … tät ich dir deinen Holzfuß verstecken und ging zum Tanzen!«

*

Es war nicht immer so, dass die Oma Soleder ein anheimelndes Gefühl empfand, wenn sie an die Bäckerei Kreitmeier dachte. Lange war eher das Gegenteil der Fall, vor allem, als ihr Sohn dort den Bäckergesellen machen musste, nach seinem Berufsverbot. Und auch gegen die neue Frau im Haus, gegen die Katharina, pflegte sie anfangs zähe Vorurteile. Nun war sie eine Zeit lang nicht mehr dort und neugierig geworden, was das Café Kreitmeier für Fortschritte gemacht hatte. Außerdem hatte sie ein neues Herbstcomplet, zu dem sie ihre Schwiegertochter Sara verführt hatte, Grund genug also, sich in Haidhausen wieder einmal sehen zu lassen.

Wie sie dann daheim das Haus verließ, lief ihr als Erstes Herr Uhl über den Weg, bei dem sie inzwischen eine sehr zwiespältige Haltung einnahm, bot er ihr doch Gelegenheit, ihn von oben herab zu behandeln, um sich zugleich an seiner Hochachtung zu laben.

»Gnädige Frau, einen schönen guten Morgen wünsche ich!«

»Ach, der Herr Uhl ... jetzt hätt' ich Sie um ein Haar fast gar nicht erkannt.«

»Mit der Motorradkappe, gell ... ist es kein Wunder.«

»Ich habe schon vernommen von Ihrem neuen Motorrad, ja, ja!« Das sagte sie ein wenig, als ob er es gestohlen hätte, und sie fügte noch in dem Sinne hinzu: »Da sind Sie ja sehr schnell wieder emporgekommen. Vor Kurzem hab' ich Sie noch mit einem Fahrrad geseh'n.«

»Gell, jaja, der Deutsche ist halt immer strebsam und lässt sich nicht unterkriegen.«

Das rührte an ihr soziales Gewissen, auch wenn es bei ihr nicht stark entwickelt war: »Viele sind auch strebsam, Herr Uhl ... und waren keine großen Parteigenossen, sagt mein Sohn ... aber die haben noch nicht einmal ein Fahrrad! So kann es nämlich auch sein.«

Herr Uhl ging sogleich in sich und sagte: »Kann es, kann es ... und da hilft ihnen dann auch die Demokratie nichts, gell. Aber dem Herrn Sohn geht es schon gut? Weil man ihn so wenig sieht.«

»Der ist viel unterwegs, durch seine Vielseitigkeit ...« Dabei sah sie gar nicht, dass sich in dem Moment der Postbote näherte mit einem Brief an Frau Soleder. Kein Vorname, nur: an Frau Soleder.

»Oft erkennt man den Absender ja an der Handschrift«, bemerkte Herr Uhl.

»Es ist mit Schreibmaschine geschrieben, Herr Uhl.«

»Dann ist es allerdings was anderes, gnädige Frau ...«

»... gell, das täten Sie auch nicht, Herr Kreitmeier? Dass Sie einfach den Brief aufmachen und man weiß ja gar nicht, is er jetzt für mich oder für meine Schwiegertochter.«

»Das wird scho net so wichtig sein, was da drinsteht. Und geben S' Obacht, dass'da nirgends drüberfallen! Die Kerl lassen überall ihr Zeug steh'n. So, bittschön ... hereinspaziert!«

»Ach, ist das schön! Und schon in Farbe jetzt! So warm wirkt das, dieses zarte Gelb! So sonnig!«, schwärmte die Oma.

»Gell, ja ja, das hama eigens so g'macht, dass ma Heizkosten sparen. Und da, am Fenster, da kommt ein Extratischerl hin mit einem Schildl drauf: reserviert für die Oma Soleder!«

»Ach du liebe Zeit ... da weiß ich aber nicht, ob sich das rentiert. Ich soll doch keinen Kaffee mehr trinken. Wegen meinem Herz.«

»Den mach' ma schon so schwach, unsern Kaffee, den können S' dann sogar bei der Krankenkasse einreichen.«

Derweil erschien die Kathi am Eingang und gab dem Max verstohlen ein Zeichen, dass sie ihm etwas Wichtiges zu sagen hätte: »Ich wollt' bloß schnell mit meinem Mann ... wegen einem Anruf grad. Aber ich kann's ja auch später ...«

»Nana, lassen Sie sich nicht aufhalten. Für mich wird's ja auch Zeit, wenn mein Gertilein dann von der Schule heimkommt ...«

»Ihre Bestellung is schon hergerichtet, Frau Soleder. Die Anni gibt's Ihnen und ich komm gleich nach.«

»Warum, was gibt's 'n«, fragte der Max, nachdem sie unter sich waren.

»Also, glaubst, ich bin noch ganz … des war jetzt so ein komischer Anruf! Eigentlich hab ich kaum was verstanden. Bloß ein Geprassl und zwischendurch so a verquetschte Männerstimme. Und amal hat sich des ang'hört, als ob er nach die Grandauers g'fragt hätt'. Und dann, wie wenn er ›Rudi‹ g'sagt hätt'. Aber vielleicht hab' ich mir des bloß eingebildet.«

»Da, mein ich, hast dich verhört, Kathl. Oder es is a anderer Rudi g'wesen. Der Grandauer Rudi is tot. Des hama schwarz auf weiß.«

»Oder, was ich auch schon gedacht hab: A Schwindler, der sich was ergaunern möcht' damit. Hat's doch immer wieder gegeben, solche Sachen.«

»Wenn der noch da wär, der Kriegskamerad vom Rudi … der mich seinerzeit aufgesucht hat, nach'm Krieg und hat mir die ganze G'schicht erzählt …«

»War der nicht in Tölz daheim?«

»War er. Und inzwischen ist er nach Australien nüber. Aber der hätt' uns auch nix anders sagen können. Na na … da hast dich verhört, Kathl. Und bittschön … behalt's für dich, dass ma der Traudl net noch amal Hoffnung macht. Wo sie sich grad so a bissl wieder derfangt hat.«

So schön gemütlich, wie es früher war, is es bei den Kreitmeiers auch nicht mehr, dachte die Oma Soleder. Weil die Menschen überall alles neu haben müssen und das Alte ist plötzlich nichts mehr wert. Wie lange wird es wohl dauern, dann wird es auch die Menschen selber betreffen und dann kommen die Alten auf den Mist.

Beim Ausleeren ihrer Einkaufstasche fiel ihr der Brief mit der unvollständigen Anschrift wieder in die Hände und ihre

Neugierde erwachte und suchte sich einen passablen Grund, ihr vielleicht doch nachzugeben.

Nun hatte sie ja auch schon ein wenig an dem Kuvert herumgezupft, so dass es sicher natürlicher aussehen würde, wenn man es gleich richtig öffnete. Und das tat sie dann auch mithilfe eines Küchenmessers. Der Inhalt, ein Brief, ebenfalls mit Maschine geschrieben, besaß keine Anrede und es erklärte sich erst langsam und nach mehrmaligem Lesen, was da stand: »Es interessiert Sie vielleicht, wo Herr Kurt Soleder verkehrt und auch schon öfters übernachtet hat. Das Fräulein heißt Eva Mautner und wohnt in der Freudlstraße neun – fünfter Stock.«

Darunter als Absender: »Jemand, der es gut meint.«

Den Brief in der Hand, stand die Oma eine ganze Weile wie vor den Kopf geschlagen, bis sich ihre fürchterlichen Ahnungen in Worten Luft machten: »Der wird doch kein Verhältnis haben! Allmächtiger Gott im Himmel! Das wird er doch nicht machen ... der Kerl!?« Und dann griff sie zum Telefon und rief ihre Tochter an, weil sie die Einzige war, der gegenüber man eine solche Schande eingestehen konnte.

»... also, das wenn wahr ist, Traudl ... das überleb' ich nicht!«

»Geh, jetzt hörst aber auf, Mutti! Das ist doch alles erlogen und erstunken! Vielleicht weil jemand der Sara was antun will. Oder dem Kurt. Alte Nazi vielleicht.«

»Es heißt aber doch: von jemand, der es gut meint, Traudl!«

»Das heißt's doch bei so was immer. Jetzt sag' amal noch keinem Menschen was davon, auch der Sara nicht, wenn sie aus Berlin anrufen sollte. Höchstens, dass ich vielleicht amal mit'm Karl rede.«

»Auch nicht, Traudl. Mit dem auch nicht. Du kennst ihn doch, wie er sich dann immer gleich über uns erhebt, wenn bei uns was nicht stimmt.«

»Aber er weiß vielleicht, was ma da machen kann, mit so einem anonymen Brief.«

»Oder ich hab' nämlich auch schon gedacht, wir gehen da amal selber hin zu der Person. Du und ich.«

»Und … was soll ma da?«

»Ob's die überhaupt gibt, das Frauenzimmer?«

»Und wenn? Was sagt das schon, Mutti?«

»Also, irgendwas müss' ma machen, Traudl. Wir können das doch nicht einfach so … über uns ergehen lassen!«

»Über uns ergeht schon nix, Mutti.«

»Oh doch! Da übergeht schon was … über mich, als Mutter.«

»Ach, Mutti … dein Sohn wird fünfzig Jahre alt! Meinst nicht, da is er langsam für sich selber verantwortlich?!«

»Aber wenn er nicht weiß, was sich gehört! Und ich lass' doch nicht zu, dass er seine Frau betrügt!«

Es war die Ungewissheit, die sie nicht zur Ruhe kommen ließ. Die Gerti hatte wohl bemerkt, dass die Oma so unbekümmert nicht war, wie sie tat. Aber das gab es ja bei ihr öfter und es verging auch meistens wieder, wenn man nicht daran rührte.

Die Enkeltochter hatte sich für diesen Nachmittag ohnehin mit einer Schulfreundin verabredet, was normalerweise zu längeren Debatten führte über das Wozu und Wohin. Dieses Mal dagegen hatte die Oma keine Fragen, denn sie wollte Gertis Abwesenheit nützen, um mit den ersten Nachforschungen zu beginnen. Dazu verkleidete sie sich von oben bis unten mit schäbigen Nachkriegsklamotten und verließ sodann in aller Eile, um nicht gesehen zu werden, die Wohnung. Die Straße, die in dem ominösen Brief angegeben war, befand sich in Giesing, einem Stadtviertel, das in ihren Ohren keinen guten Klang hatte.

Sie nahm die Trambahn dorthin, verzichtete, vor innerer Unruhe, auf einen Sitzplatz, blieb lieber auf der Plattform stehen. Die Fahrt über quälten sie Bedenken, ob sie auch allen Eventualitäten gewachsen sein würde, wenn sie zum Beispiel plötzlich ihrem Sohn gegenüberstehen sollte! Oder seiner Konkubine, die womöglich auch vor anderen Übeltaten nicht zurückschreckte! Und es beruhigte sie danach nur wenig, dass die Straße und das Haus Nummer neun eigentlich einen ganz normalen Eindruck machten, nichts Freudenhausmäßiges oder finster Proletarisches. Die Namensschilder sogar aus spiegelblankem Messing! Und hier an der Eingangstüre fand nun der Endkampf statt zwischen Glauben und Wissen. Ein paar Mal blinzelte sie noch beim Blick auf die Klingelschilder. Dann riss sie die Augen auf: »Eva Mautner! Also doch! Allmächtiger!«

Und sie wendete sich ab und verließ den Ort fluchtartig.

*

Ihr Sohn stand währenddessen an der Reling auf dem Kabinendeck und schaute hinaus aufs weite Meer. Genau da war er schon als kleiner Bub oft gestanden, auf der Flucht aus der Wirklichkeit. Und damals hörte er noch die Schiffsmaschinen stampfen und die Sirenen heulen, roch noch den Geruch des Meeres, den er eigentlich gar nicht kannte. Jetzt roch es halt nach Bohnerwachs und Malerfarbe. Auch die Schiffsabteilung im Deutschen Museum war renoviert worden.

Eva Mautner war mit an Bord, hatte Fotos gemacht, nun stand sie hinter ihm, hatte ihre Arme um ihn geschlungen und sagte: »Also, was is, Kurtchen? Leinen los! Lass' uns abhauen! Ich bin mit von der Partie. In zwei Stunden hab' ich gepackt. Das ging auch schon mal schneller, als wir vor den Russen davon sind.«

»Traumtänzerin … von was woll'n wir leben? Ich kann nicht amal richtig Englisch. Ich kann überhaupt nichts. Außer quasseln.«

»Du kannst doch Klavier spielen. Und ich mach' Fotos. Die kann man überall brauchen.«

»Ach, Mädchen … zu spät. Zu spät.«

»It's never too late!«

»Auch so ein Quatsch. Komm … lass' uns gehn.«

*

»… Iss halt du auch amal a Stückl Kuchen, Karl. Der tut dir doch nix.«

»Sagst du. Und dann hab' ich wieder stundenlang Sodbrennen.«

»Der is für den Herrn, gell, der Kamillentee?«

»Jaja … ich hab's im Magen. Stellen S'n nur da her, Fräulein.«

Anders als seine Frau konnte Karl Grandauer Kaffeehäuser nicht leiden: »Sie hätt' doch auch zu uns kommen können, wenn ich daheim bin. Da muss ich jetzt aus dem Büro weg und drinnen hab' ich einen Haufen Arbeit!«

»Die Mutti fährt halt bei der Nacht nicht gern allein heim. Und … was is jetzt mit dem Brief? Hast den amal genauer angeschaut?«

Der Karl nahm ihn kopfschüttelnd aus der Tasche und sagte nur: »Mein Gott … das Übliche. Liegt ja kein Verbrechen vor, dass ich den Brief eigens kriminaltechnisch untersuchen lass'.«

»Für die Oma schon! Da kommt's grad!«

Frau Soleder gab schon von Weitem eine ungeheure Entdeckung zu erkennen: »Die gibt es! Das Frauenzimmer. Ich bin dort gewesen bei der: Grüß dich Gott, Karl.«

»In ihrer Wohnung?«, fragte die Traudl entsetzt.

»Bei ihrem Haus. Und da steht ihr Name an der Klingel.«

Der Schwiegersohn winkte nur ab: »Das beweist noch gar nix.«

»Aber jetzt passt auf, Kinder«, fuhr die Oma fort und man spürte, dass sie noch ein Ass im Ärmel hatte: »Er tut doch so, der Kurt, als ob er in Köln ist. Aber er ist nicht in Köln! Ich weiß es. Ich hab' nämlich angerufen ... im Bayerischen Rundfunk ... und habe gesagt zu denen: Ich bin eine dankbare Hörerin und komme von auswärts und ob Herr Soleder wohl zurzeit in München ist?« Sprach aus ihren Worten anfangs nur Entrüstung und Sorge, so hatte sich inzwischen auch etwas von weiblicher Durchtriebenheit eingeschlichen: »Dann hat mir das Fräulein geantwortet: ›Er ist leider gerade aus dem Haus gegangen und morgen ist er wieder da!‹ Stellt euch das vor!«

»Aber jetzt, bittschön, unternimmst nix mehr, Mutti! Und wartest, bis er heimkommt! Versprichst uns das?!«

»Aber ich bin so aufgewühlt, Kinder ... so aufgewühlt! Ich kann euch das gar nicht beschreiben ...«

Eher ließ sich ein Schlachtschiff in voller Fahrt zum Anhalten bringen als die Oma Soleder in ihrer Aufgewühltheit. Jetzt, wo sie die Gewissheit hatte, dass sie ihr Sohn allesamt belogen hatte, ging sie, ohne es lange zu bedenken, noch einen Schritt weiter. Um sich wenigstens ein ungefähres Bild von dem Frauenzimmer zu machen, betrat sie, mit Kopftuch getarnt, einen Metzgerladen, dem Haus Freudlstraße Nummer 9 schräg gegenüber.

»... die Froin Mautner, jaja, die kauft scho lang bei uns ein«, sagte der freundliche Mann hinter dem Ladentisch.

»Aber verheiratet ist sie nicht?«, fragte die Oma.

»Von dem weiß ich nix. Ich mein', sie kauft scho hi und da amal zwei Koteletten oder einen größeren Aufschnitt, aber ob's wegen dem verheiratet ist ...? So, und was derf's denn bei Ihnen sein, Frau?«

Die Oma suchte indessen ihren Geldbeutel – das hatte sie sich, um kein Geld auszugeben, so gedacht – und sie sagte mit gespieltem Schrecken: »Allmächtiger ... ich seh grad, ich hab' ja gar keinen Geldbeutel dabei!«

Der Mann hinter dem Ladentisch beruhigte sie: »Hauptsach', dass'n nicht verlor'n ham ...« Und dann lenkte er ihren Blick auf die Ladentüre und sagte: »Da schauen S' hin, da kommt's jetzt grad, die Froin Mautner! Können Sie's gleich selber fragen.«

Die Oma war auf manches vorbereitet, aber nicht auf so ein Zusammentreffen. Sie wurde bleich und war unfähig, irgendetwas zu sagen.

»Vielleicht will die Dame ja lieber draußen mit mir reden«, sagte das Fräulein lächelnd, denn sie hatte sich beim Anblick der feindseligen alten Frau schon einiges zusammengereimt. Und das war sicher auch der Grund dafür, dass sie alles unterließ, was Frau Soleder hätte provozieren können.

Draußen und nicht mehr im Blickfeld des Metzgers, gab sich die Oma nach mehrmaligem trocknen Schlucken als ein Mensch in schwieriger Gefühlslage zu erkennen, indem sie sagte: »Ich bin die ... Schwiegermutter von der Frau meines Sohnes!« Die Eva nickte und schwieg.

»Und ich bin darauf aufmerksam gemacht worden ... von jemand, ... dass mein Sohn mit Ihnen ... Sie kennen doch meinen Sohn?«

»Ich denk', ich kenne ihn, ja.«

»Und Sie wissen, dass er verheiratet ist!?«

Auch das bestätigte sie ruhig, ohne ein Zeichen von schlechtem Gewissen. Und die Oma hatte doch wenigstens Reue erwartet: »Aber ... Sie können doch nicht, wenn Sie das wissen ... haben Sie denn gar kein Gewissen?!«

»Ich denke schon. Ich glaub' nur nicht, dass jemand ... nur, weil er verheiratet ist, dem anderen gehört.«

Frau Soleder wurde laut und es störte sie nicht, dass sich einige Passanten nach ihr umdrehten. »Aber, wenn er verheiratet ist, gehört er zu seiner Frau! Das ist doch eine Selbstverständlichkeit!«

Die Eva blieb freundlich: »Das kann eigentlich nur er entscheiden ... zu wem er gehört.«

»Also ... das wär' ja noch schöner! Sie können doch nicht einfach behaupten ... dazu sind Sie doch noch viel zu jung! Und Sie wissen wahrscheinlich gar nicht, was die zwei miteinander mitgemacht haben! Im Dritten Reich! Seine Frau ist nämlich eine Jüdin! Meine Schwiegertochter.«

»Bitte, nicht bös' sein, Frau Soleder ... aber das müssen Sie alles mit Kurt besprechen. Ich hab' ihn seiner Frau ja nicht geraubt ...«

Es hätte ihr womöglich das Herz abgedrückt, in dem Zustand alleine zu sein, ohne einen Menschen, dem sie einen solchen Zusammenstoß hätte anvertrauen können. Den Zusammenstoß mit einer anderen Menschheit.

»... Jetzt tu dich halt amal einen Moment ausspannen, Mutti. Und leg' die Beine hoch.«

»Ich hab' doch nicht damit gerechnet, dass die in dem Moment in die Metzgerei reinkommt!«

»Aber wir haben dich gewarnt, Mutti! Wart', bis er heimkommt ... und misch' dich nicht ein!«

»Mein Gott, Kind ... ich kann das doch nicht alles so laufen lassen! Die macht sich da nix draus, die junge Gans. Der is des egal, was aus den andern wird.«

»Wer weiß, was ihr der Kurt erzählt hat, Mutti!«

»Natürlich is er schuld! Die wär' vielleicht gar nicht so schlimm, das Frauenzimmer. Er is schuld! Wenn er ihr den Kopf verdreht. Das hat er doch früher schon immer getan, dass er die Mädel den Kopf verdreht. Weißt doch noch, Traudl. Aber jetzt is er a alter Kerl! Und kann nimmer machen, was er will ...«

*

Vor dem zerbombten Mietshaus, in dem die Grandauers früher ihre Wohnung hatten, war schon lange niemand mehr stehen geblieben. Und auch für die Bewohner in den Nachbarhäusern war die Ruine inzwischen zu einer ganz normalen Gegebenheit geworden, nachdem bei dem verbliebenen Mauerwerk keine Einsturzgefahr mehr bestand.

Die Zeit, in der die Grandauers hie und da noch selber vorbeikamen, um an alten Wunden zu rühren, sie war so gut wie vorbei, seit sie ein paar Jahre zuvor in die Wohnung ihres verstorbenen Wohltäters gezogen waren.

Nun war aber in diesen Tagen doch einer vor den Trümmern stehen geblieben, ein schmaler, junger Mann, schwer zu schätzen, wie alt – Mitte zwanzig vielleicht – ärmlich angezogen, aber nicht verwahrlost. Irgendwie machte er den Eindruck, von weit herzukommen. Er trug alte, ausgelatschte Stiefel und einen primitiv zusammengeflickten Rucksack. So stand er eine Zeit lang da, nach außen scheinbar unbewegt, wie einer, der es gelernt hatte, sich zu verschließen.

Und bald darauf saß er auf dem alten, verschossenen Kanapee in der kreitmeierschen Wohnstube und zog den süßen Rauch einer Amizigarette ganz tief in sich hinein.

»Mein Gott... jetzt hockt der Bua auf amal aa da...«, sagte der Max und schüttelte immer wieder ungläubig den Kopf: »Wie sein Vater dazumal nach'm Ersten Weltkrieg. Bloß der, mein' ich, hat's besser g'habt in der Gefangenschaft. Wie lang bist' jetzt von daheim fort g'wesen?«

»Sechs Jahr. 44 war ich zum letzten Mal auf Heimaturlaub.«

»Also ehrlich wenn ich bin... mit dir hama nimmer gerechnet. Bis auf dei' Mutter. Die hat sich das nicht nehmen lassen, dass du wieder heimkommst. Die ganzen Jahre net. Mit einer Kraft! Ich hab's scho lang aufgeben. Nach dem, was der mir erzählt hat... a Kumpel von dir. Aus Tölz is er.«

»Der Specht Günther...«

»Und gleich nach'm Krieg is er dann bei mir g'wesen. Mit deine Leut' wollt er net reden. Des war auch richtig so.«

»Gibt's den noch, den Günther?«

»Bei uns nimmer. Nach Australien is er nüber. Aber ich hab's ja dann auch noch vom Suchdienst erfahren, beim Roten Kreuz. Auch das mit eurer Fahnenflucht. Und dass sie etliche ... neun glaub' ich ... aufgehängt ham, hat's geheißen. An der Oderbrücke. Ein Grandauer Rudi war auch dabei. Und der Pfarrer von Schwed soll's dann alle eingegraben haben. Oder stimmt des net?«

»Stimmt scho ... so ungefähr. Aber mich hat er nicht eingegraben. Des muss a andrer g'wesen sein. Ich bin ihnen wieder ausgekommen.«

»Nachdem's dich schon g'habt ham?«

»Das war einfach ein unheimliches Massel. Ich hab' noch nicht amal viel dazu getan. In dem ganzen Durcheinander ist das fast von selber gegangen. Aber dafür hat mich gleich danach der Iwan erwischt. Ohne Soldbuch und Erkennungsmarke!«

»Hat dir das nix genützt bei die Russen ... dass du zuvor stiften gegangen bist?«

»Des ham's ma leider nicht geglaubt. Im Gegenteil. Sie ham mich in ein Lager nach Minsk. Und das war ein Straflager.«

»Wie bist'n, um Gottes willen, da neikommen? Du warst doch kein Kriegsverbrecher!?«

»Das wissen die Götter. Ich hab's nie erfahren. Die sagen dir nichts. Du wirst bloß immer wieder verhört: Wie viele russische Mädchen vergewaltigt?! Wie viele russische Gefangene gefoltert?! Häuser angezündet?! Sie wissen alles! Sie haben Zeugen! Dazwischen Steharrest. Bis zu die Knie im Wasser. Oder nackt bei zehn Grad minus. Und nix zu fressen. Keine Post. Schreibverbot. Da gibst dann schon irgendwann auf und gestehst alles, was die hören wollen.«

»Ham's dich vielleicht mit wem verwechselt?«

»Möglich. Alles möglich. Vielleicht hat mich einer

denunziert. Für a paar Extrarationen. Oder Schreiberlaubnis. Das is hundertmal vorgekommen.«

»Den eigenen Kameraden?«

»Kameraden ... oh mei! Nach einem Jahr Straflager gibt's bloß noch Konkurrenten. Vogel friss oder stirb.«

»Und wie's dich jetzt entlassen haben ... hat sich das dann aufgeklärt?«

»Nix. Kein Wort. Melden Sie sich in der Schreibstube. Sie sind entlassen. Aus.«

Nun kam auch die Kathi dazu mit Kaffee und Kuchen und sie sagte erleichtert: »Also, ich denk', jetzt hab' ich ihn doch so weit, deinen Vater. Aber leicht war das nicht, Bua! Der, wenn amal spontan was machen soll! Furchtbar! Hat er jedes Mal eine Ausrede. Heut' Abend?! Muss das sein?! Er hat ja so viel Arbeit! Naja, dann hab' ich halt a bissl beleidigt getan. Weil ma doch so dringend seinen Rat gebraucht hätten, bevor ma uns wegen die Kaffeehausmöbel entscheiden. Die Traudl hab' ich auch gefragt ... die kommt gern. Könnt' ma hinterher was essen mitanander, hab' ich vorgeschlagen. Wär' doch nett.«

»Und sie haben nix gemerkt, meinst?«

»Kann ich mir nicht vorstellen. Auf so was kommst du doch nur, wennst' an Wunder glaubst.«

*

Das Haus der Deutschen Kunst hatte es den Nachfolgern eher leicht gemacht, es mit neuer Ausrichtung wieder in den Dienst zu stellen. Man strich einfach das Wort Deutsch und eröffnete es als ein Haus der Kunst ganz allgemein.

Einer der ersten Künstler, der im Übrigen an derselben Stelle schon einmal als Vertreter der entarteten Kunst erniedrigt wurde, erhielt nun in diesen Tagen einen neuen, glänzenden und viel beachteten Auftritt: Oskar Kokoschka.

Die Fotoreporterin Eva Mautner hatte ihre Aufnahmen

von dem Ereignis im Kasten und verließ in Eile die Ausstellung. Aber sie war zuvor schon nicht ganz bei der Sache. Ihre Begegnung mit Kurts Mutter ließ sich so leicht nicht wegstecken. Sie war mit Kurt in der Nähe verabredet. Er wollte sein Auto vorher von der Reparatur abholen. Ein wenig mulmig war ihr nun schon vor dem Zusammentreffen mit ihm. Vielleicht wusste er schon Bescheid. Und so selbstsicher war sie ja gar nicht, wie sie immer tat. Er hatte an dem Zustand, wie er war, auch mehr zu tragen, als er zugeben würde. Er spielte lieber den Zyniker.

Sie stellte den Motor von ihrer Vespa ab und rief ihm schon von Weitem zu: »Besser, du bleibst sitzen, Kurtchen, und hältst dich am Steuerrad fest. Ich hab' ungute Neuigkeiten.«

Und dann erzählte sie ihm, was sich in der Metzgerei zugetragen hatte: »Ich bin ganz freundlich geblieben. Sie war furchtbar aufgeregt. Da hat sie mir direkt leidgetan.«

Er gab sich gelassen, sagte nur flapsig: »Sie wird's überleben.«

»Aber sie weiß auch, dass du in München bist, Kurt!«

Er blieb scheinbar unbeeindruckt und sagte lächelnd: »Der alte Dragoner ... kann sich nicht daran gewöhnen, dass ich mach', was ich will.«

»Und weißt du auch, was du willst?«

Er schaute sie an, ein bisschen wie ertappt, und sagte leise: »Manchmal ... vielleicht.«

»Wenn du lieber wieder heimgehst, Kurt ... is o.k.«

»Herrgott noch mal, ich lass' mich doch jetzt nicht zu irgendeiner Entscheidung drängen! Von ihr nicht und ... von niemand. Stell' deine Vespa irgendwohin. Ich will raus aus der Stadt.«

»Geht nicht, ich muss vorher noch mal in die Redaktion.«

»Dann fahr ich voraus und wir treffen uns wie immer draußen in Grünwald!«

Der Bäckerladen war schon geschlossen und lag im Dunkeln, als die Grandauers, von der Trambahnhaltestelle kommend, um die Ecke bogen und ihr Blick fiel sogleich auf den Lieferwagen der Firma Fröschle, der vor dem Haus stand.

»Das fehlt ma grad noch, dass die auch da sind! Dann bin ich aber gleich wieder weg!«, brummte der Karl und verlangsamte automatisch seine Schritte.

»Der Maxi vielleicht bloß«, beruhigte ihn die Traudl.

»Ich meine, ganz hab' ich des sowieso net verstanden. Die brauchen uns doch sonst auch nicht für ihre Entscheidungen.«

»Naja, das kann sein, wie's mag, Karl … aber sie haben so viel für uns getan …«

Als er die Haustüre öffnen wollte, bemerkte er verwundert: »Da is' zug'sperrt. Das machen's doch sonst erst, bevor's ins Bett geh'n.«

»Wird halt irgendwer vergessen haben. Läut amal.«

Oben im Wohnzimmer waren sie schon alle versammelt und die Kathi sagte beklommen: »Das werden's jetzt sein!« Dann rief sie zum Fenster hinunter: »Ist zug'sperrt? Moment, es kommt gleich wer.«

Der Hermann wollte schon los, aber der Max hielt ihn zurück: »Nana, des mach ich. A bissl muss ma's schon vorbereiten, dass sie net alle zwei in Ohnmacht fall'n. Und ihr, bittschön, steht's net so rum wie hypnotisierte Kaninchen. Es is ja kein Trauerfall!«

»Des sagt ma so, gell. Aber aufregen tut ma sich doch«, gab die Kathi zu. »Also … hock ma uns halt solang' nieder, bis' heroben sind. Oder möcht' wer noch a Schnapserl zuvor? Rudi, du vielleicht?«

»Na, dank dir schön, Tante Kathi.«

»Oder der Adi?« Der winkte ebenfalls ab. Er war auch zu keiner Unterhaltung mehr aufgelegt. Es war wohl so, dass ihm gerade seine eigene Heimkehr durch den Kopf ging, vor zwei Jahren und vielleicht war dabei sogar ein wenig Neid in ihm aufgekommen. Karls Familie war ja nun wieder vollzählig beisammen und ihm war nur sein Hermann geblieben.

Man konnte nun schon von unten die Stimmen hören, da fragte der Rudi etwas beunruhigt seinen Bruder: »Hat sie sich sehr verändert … unser Mama?«

Der Maxi schüttelte den Kopf: »Na, kaum.« Und bei aller Freude darüber, den Bruder wiederzusehen, bedrückte ihn irgendwie doch auch der Gedanke, sich nun die Liebe der Mutter wieder mit ihm teilen zu müssen.

Der Max hatte die Grandauers hereingelassen und gleich nach oben dirigiert: »Ich muss a bissl langsam tun. Wegen meinem neuen Hax'n.«

»Hauptsache, der Herr Obernazi ist nicht persönlich anwesend! Und hat euch bloß seinen Ausfahrer geschickt!«, sagte der Karl erleichtert.

»Mein Gott! Da kann er sich einfach nicht beruhigen, der Karl«, stöhnte die Traudl, als sie langsam hinter dem Max hinauftappten.

»Weil der blöde Kerl sich für die sein ganzes Leben verpfuscht hat! Heut' könnt' er vielleicht schon Rechtsanwalt sein!«

»Mir ist das doch wurscht, was er is«, sagte die Traudl begütigend. »Wenn er wenigstens glücklich wär. Aber das is er ja auch nicht … mit diesem faulen, muffigen Frauenzimmer!« Darüber musste sie dann selber lachen: »Jetzt red' ich schon genauso daher, gell Max. Furchtbar, ich weiß schon!«

»Mir haben halt bloß noch den einen Buam. Der andere is ja, leider Gottes …«

Auf so ein Stichwort hatte der Max gehofft. Nun blieb er stehen und schaute die beiden mit einem recht merkwürdigen Lächeln an: »Muss er halt doch wieder heimkommen, der Rudi. Die Traudl is ja auch immer so felsenfest davon überzeugt g'wesen.«

»Jaja ...«, meinte darauf der Karl nüchtern und traurig zugleich, »von dem wenn's abhing.«

Die Traudl aber war hellhörig geworden und ließ den Max nicht aus den Augen: »Wieso ... wie kommst'n da drauf?«

»Gibt doch immer wieder Sachen, wo ma denkt, die gibt's gar net.«

Der Karl hatte dafür nur ein wehmütiges Lächeln, die Traudl dagegen traf die Andeutung wie ein Blitz: »Er ist da!«, hauchte sie, drehte sich um und stürmte die letzten Stiegen hinauf ins Wohnzimmer.

Der Karl blieb wie angewurzelt stehen und blickte seiner Frau verdutzt nach, bis ihn der Max am Arm nahm und behutsam hinaufdirigierte.

»Was soll des jetzt, Max? Ich versteh's net ...«

»Lass dir nur Zeit, Karli. Und wundre dich nicht, wenn's dir gleich schwindlig wird ...«

*

Kurt Soleder mochte eigentlich gar keinen Alkohol. Wenn er einen getrunken hatte, stand ihm dann oft sein Vater vor Augen, der sich damit in Raten umbrachte. Am Ende war er von der Großhesseloher Brücke in die Isar gesprungen. Das war in Kurts Augen seine letzte wirkliche Tat. Er hatte sich damit von sich selbst befreit.

Als der Kurt an dem Abend spät aus dem Gasthaus zum Grünwalder Weinbauern heraus in die frische Luft trat, spürte er die vier Gläser Wein, aber weniger, indem sie ihn einsichtiger machten.

»Bittschön, lass' dein Auto steh'n! Sei vernünftig, Kurtchen«, bedrängte ihn die Eva, »oder fahr' mit mir. Ich bring' dich auch heim, wenn du willst.«

»Das wäre im Moment das Letzte, was ich will. Ich bin ein Nestflüchter. Kennst du so was, Evchen? Mir ham amal eine junge Amsel gefunden, meine Schwester und ich. Die is aus'm Nest gefall'n. Vielleicht hat's gedacht, sie kann fliegen. Das war aber ein Irrtum. Dann hamas wieder auf'n Baum naufgetan in ihr Nest. Und am nächsten Tag war's wieder unten gelegen. Aber tot …«

»Dann lass' mich wenigstens mitfahr'n, Kurt.«

»Du bist doch noch viel zu jung und dumm, Evchen. Außerdem, Nestflüchter und Reisende soll man nicht aufhalten! Wärm' schon amal dein Bett an! Irgendwann komme ich und hol' meinen Koffer. Oder ich zieh bei dir ein. Steht ja auch schon ein Zahnbürschtl von mir da. Oder wir packen es ein, das Zahnbürschtl und hauen ab! In die Südsee! Oder in die Ostzone!«

»Überallhin … nur nicht dahin!«

Daraufhin sagte er, schon im Auto und scheinbar nüchtern: »Da ist vielleicht noch ein Rest von Menschlichkeit … in der Ostzone.«

»Was du suchst, Kurtchen … ist nirgendwo.«

Er ließ den Anlasser ein paar Mal jodeln, hob, ohne das Mädchen noch einmal anzusehen, die Hand zum Abschied und preschte in seinem Suff davon.

Die Eva sah ihm noch lange nach. Als sie den Arm, mit dem sie ihm nachwinkte, dann fallen ließ, hatte sie ein ganz dummes Gefühl.

*

Zu Hause bei den Grandauers hatte man dem Spätheimkehrer das kleine Zimmer hergerichtet. Dort fiel er dann buchstäblich ins Bett, in ein richtiges, blütenweiß bezogenes Bett! Ein unbeschreibliches Gefühl war das, nach den vielen Jahren auf harten Böden oder verdreckten Strohsäcken. Und am Bettrand saß die Mutter, ließ ihn nicht aus den

Augen und hielt ihm in seinem Schlaf die Hand. Ihr Gesicht glänzte tränennass und sie strahlte wie nach einer glücklichen Geburt.

Später kam auch der Vater dazu, behutsam auf Zehenspitzen, wie man es von ihm nicht oft erlebte. Und auch seine Augen waren etwas gerötet, aber die natürliche Ursache hätte er niemals zugegeben: »Jetzt komm' halt du auch in dein Bett, Traudl«, flüsterte er, »er bleibt ja da.«

»A bissl noch, Karli …«

Etwa zur selben Zeit war Traudls Bruder Kurt hinter dem Lenkrad in seinem Auto eingeschlafen. Er hatte es zuvor am Rand einer Landstraße geparkt, reichlich konfus allerdings und ohne ein Standlicht einzuschalten. Das war einem Gendarm, der mit dem Fahrrad vorbeikam, unliebsam aufgefallen. Er hielt an, leuchtete mit seiner Taschenlampe in das Auto und sah darin den regungslosen Fahrer. Daraufhin klopfte er an das Türfenster, bis der Mann ein Lebenszeichen gab.

»Sind Sie krank?«, fragte der Gendarm mit gebotener Zurückhaltung. Der Kurt, noch nicht vollends ausgenüchtert und auf den Anblick von Uniformen hin zwanghaft gereizt, brummte: »Bis jetzt noch nicht. Aber wenn ich Sie noch lang anschau'n muss …«

»Oder sind's betrunken? Sie stehen da nämlich vollkommen verkehrswidrig! Zeigen S' mir amal Ihre Papiere!« Der Kurt schloss demonstrativ die Augen und sagte nur: »Geh, leck mich doch, du Heini …«

Der Gendarm ließ im Zorn sein Rad fallen und zerrte an der Fahrertür: »Sie, kommen S' amal raus! Los, los, los! Steigen S' aus!«

Der Kurt hängte sich seinerseits von innen an die Türe und ließ zugleich den Motor an. Dann gab er Vollgas und raste ohne Licht zwischen den Chausseebäumen davon. Der Gendarm war beim Kampf um die Türe zu Boden gefallen und blickte gedemütigt von dort dem Fluchtauto nach.

Er hatte sich noch nicht lange erhoben und diverse Kennzeichen seiner Autorität wieder zurechtgerückt, als ihn ein ungeheurer Krach erschreckte. Er kam von dort, wo die Straße in der Dunkelheit verschwand.

Auch in aller Frühe war die Traudl noch wach, nur um keinen Augenblick von ihrem Glück zu verschlafen, und als draußen im Flur das Telefon klingelte, hatte sie plötzlich die Angst, es könnte ihr jemand sagen wollen, das mit deinem Rudi ist alles null und nichtig, war nur ein Wunschtraum.

Aber ein Schock war es dann doch: »... Mutti, was is? ... Der Kurt?! Um Gottes willen! ... mit'm Auto?! ... Bittschön, Mutti, beruhige dich! ... Jetzt amal eins nach'm andern ...«

Man hatte ihn schwer verletzt in ein Kreiskrankenhaus gebracht, südlich von München, und die Oma war erst einigermaßen zu beruhigen, nachdem sich die Traudl bereiterklärt hatte, sofort mit ihr dorthin zu fahren. Es gab eine Omnibusverbindung, das hatte der Karl ermittelt, und nachdem er sie aus beruflichen Gründen selber nicht begleiten konnte, war er sogar bereit, für ein Taxi aufzukommen, das sie zur Busstation bringen sollte.

»Oh mei, Bua, des fängt ja scho gut an, mit deiner Heimkehr, gell!«, sagte die Traudl zu ihrem Rudi, den es nun auch nicht mehr länger im Bett gehalten hatte.

»Aber vielleicht könnt' ich euch ja begleiten, Mama. Wenn mir der Baba vielleicht an Mantel leihen würde ... dass ich a bissl manierlicher ausschau.«

»Das wär' natürlich wunderbar ... bloß, ich weiß halt nicht, ob sie sich dann nicht noch mehr aufregt, die Oma. Sie hat ja keine Ahnung, dass du da bist.«

»Glaubst', dass sie mich überhaupt noch erkennt? Ich muss mich ja nicht grad neben euch hinsetzen.«

Der Vater hatte dem Sohn für die Begleitung sogar seinen neuen Mantel geliehen und dazu passend den Hut, beides

Stücke, die er sich unlängst in Hinblick auf seine Beförderung zum Verzahnungsinspektor geleistet hatte.

Auf der Hinfahrt fand der Rudi dann im Omnibus einen Platz weit genug von der Oma entfernt und es schien auch, als ob der Anlass zu dieser Fahrt ihre ganze Aufmerksamkeit in Anspruch genommen hätte. Den Zeitpunkt für die Rückfahrt hatte er vorher mit seiner Mutter abgesprochen. Bis dahin bummelte er durch die Gegend, genoss die heile ländliche Umgebung und dachte zwischendurch auch an seinen Onkel Kurt, den er früher nie so recht mit der Hitlerjugend in Einklang bringen konnte.

Als die beiden Frauen das Kreiskrankenhaus wieder verließen, hing die Oma wohl noch etwas geknickt am Arm ihrer Tochter, aber der ärgste Schock schien überwunden. »Hauptsache, er lebt, Mutti! Und sein Arzt war doch eigentlich recht zuversichtlich. Freilich, ganz der Alte wird er wahrscheinlich nimmer. Aber vielleicht tut ihm a bissl a Dämpfer ganz gut.«

Die Oma sagte eine Weile nichts und dann überraschte sie mit einer schlimmen Ahnung: »Ob er's am End nicht mit Fleiß getan hat?!«

»Das glaub' ich nicht, Mutti …«, antwortete die Traudl nicht ganz überzeugend. »Jetzt komm' … da is unser Bus!«

Und schon in Eile entwich der Oma noch ein Geständnis: »Und vielleicht bin ich ja auch a bissele schuld …«

Im Bus dann hatte der Rudi wieder mit einigem Abstand Platz genommen und die Traudl nützte die erste Gelegenheit und drehte sich möglichst unauffällig zu ihm um. Da hörte sie ihre Mutter flüstern: »Gell, du schaust auch. Da sitzt jetzt wieder der junge Mann von heut' früh. Also, der hat eine derartige Ähnlichkeit mit unserm Rudi … das ist direkt unheimlich …«

8.

»Gerard« stand in blauen Leuchtbuchstaben über dem Eingang. Das »d« hatte schon länger einen Wackelkontakt, aber das war kein Hindernis, dass sich manches Mal an späten Abenden auch Personen aus der wiedererstandenen deutschen Filmwelt dort einfanden. Weniger vielleicht solche, denen es um die Filmkunst ging – diesen ging es mehr um »Kohle«.

Das »Gerard« war eine Piano-Bar und deren Besitzer, einem Herrn Gerald, lag viel am guten Ruf seines Lokals, darum hatte er die Leuchtschrift draußen auch nicht in Rot genommen. Den Innenraum der Bar ließ er im Halbdunkel, das schuf Intimität und trübte zugleich kritische Blicke auf das Inventar. Das, im Übrigen, könnte nach Alter und Beschaffenheit durchaus schon in anderen Etablissements gedient haben.

Auch der Frau an der Bar war anzusehen, dass sie sich hier, hinter dem Tresen, keinen Jungmädchentraum erfüllte. Und was sie an weiblichen Reizen erkennen ließ, das war nicht mehr, als Herr Gerald berufsbedingt von ihr verlangen konnte. Ein junger Barmixer, der sich auffallend zurückhielt, war wohl mehr ihr Lehrling, wobei man sich gut vorstellen konnte, dass es von ihr einiges zu lernen gab.

Wenn der Barpianist – wie gerade eben – den amerikanischen Schlager »Open the door Richard« ... spielte, dann begrüßte er damit einen kleinen, dicken Herrn, Stammgast und bekannter Berliner Filmproduzent. Sein Begleiter, mit dem etwas schäbigen Spitzbiber am Mantelkragen, war neu hier. Nicht aber in der Filmbranche, die er vor Jahrzehnten schon mit seiner Tüchtigkeit verblüfft hatte.

»Mit Trümmerfilmen … det Jeschäft is jelaufen«, sagte der Produzent, während sie ihre Mäntel ablegten. »Die Leute haben die Neese voll von Sack und Asche. Die woll'n wat fürs Auge. Wat Erhebendes! Geh'n wa schon mal zu Vera an die Bar. Die is nämlich meine Traumfrau, müssen Sie wissen. N'Abend, Verachen!«

»Dafür haben Sie sich aber sehr rar gemacht in der letzten Zeit. N'Abend, die Herren.«

»Wir ham ja jedreht, Süße. Im Jebirge. Und ick immer mittenmang. Na, ick sage dir!« – Mir bring' erstmal 'n schnelles Bierchen, Vera!«

»Sehr gut, da schließ' ich mich auch gleich an.« Und in ihrer Abwesenheit fragte der Spitzbiber leise: »Is sie die Besitzerin?«

»Vera … nee. Die is hier nur Bardame. Och keen heuriger Hase mehr. Hat schon ganz schön Schrammen im Lack.«

»Aber jetzt noch mal, was mein Angebot anbelangt: Also, ausstattungsmäßig, da bin ich absoluter Spezialist! Und zwar für nahezu alles.«

»Na, denn bringen Sie mal zuallererst Geld her, Herr Leitner. Ohne det looft jar nüscht. Wenn Se Beziehungen zu Jeschäftsleuten haben … die bei uns anlegen wollen … oder Sie kennen welche, die haben Immobilien, die man beleihen kann … immer her damit! Die machen bei uns det Jeschäft ihres Lebens.«

Der zurückhaltende junge Mann, von Veras Blicken fürsorglich begleitet, brachte die schnellen Bierchen und der Produzent fragte ihn: »Neu hier?«

»Ziemlich«, antwortete der junge Mann auffallend selbstbewusst. Die beiden Herren nahmen einen Schluck, wonach der Filmausstatter sagte: »Aber irgendwo hab' ich Sie schon amal g'sehn. Ich weiß bloß nicht, wo.«

»Er will auch nur mal ausprobier'n, ob ihm das überhaupt Spaß macht an der Bar, gell Rudi ...«

»Na, ick würde doch sagen ... bei der Lehrmeisterin! Heiße übrigens Plaschke.«

Daraufhin nannten die anderen auch ihre Namen: »Leitner!« Und: »Grandauer! Aber Rudi genügt.«

»Ja, gibt's denn des?! Am Karli sei Bua!«, sagte der Filmausstatter mit verblüffender Herzlichkeit und er griff über den Tresen hinweg nach Rudis Arm. »Ich hab's doch g'wusst, dass ich des G'sicht schon amal g'sehn hab. Auf'm Foto bei die Eltern. Bloß jünger war er halt noch damals. Mei, Ihr Mama, gell! Da hat's was mitg'macht! Vorig's Jahr is er erst heimgekommen von die Russen. Aber hat's nicht g'heißen ... Ihr Bruder, glaub' ich, hat ma's g'sagt ... dass Sie jetzt bei der Bank lernen?«

Der Rudi wechselte mit seiner Lehrmeisterin einen vielsagenden Blick und antwortete: »Mei ... manchmal kommt halt was dazwischen.«

Und es war nicht schwierig zu erkennen, was das gewesen sein könnte. »Bloß der Vater ... was sagt denn der dazu?«

»Sie müssten ihn fragen ...«

*

Frau Grandauer hatte viele schlaflose Stunden verbracht, bis der ältere von ihren Söhnen, der Rudi, im Jahr zuvor endlich heimgekehrt war. Doch auch jetzt noch lag sie oft wach im Bett, wenn er in der Nacht erst sehr spät oder gar nicht heimkam. Sobald sie dann das Geräusch der Wohnungstür hörte, krabbelte sie leise aus dem Bett, um den Gatten nicht zu wecken; aber das gelang ihr nicht immer: »Was is'n scho wieder?«

»Der Rudi. Schlaf weiter.«

»Mein Gott, Traudl ... der wird doch allein auch in sein Bett finden.«

»Aber vielleicht will er noch was essen.«

»Da machst du dir wahrscheinlich unnötige Gedanken. In der Welt, wo der sich jetzt befindet… braucht er seine Mutter nicht mehr.«

»Oder vielleicht grad!«

Nun hatte die Traudl ja zwei Söhne in unberechenbaren Verhältnissen und das brachte auch Abwechslung in ihre Nächte. Diesmal stand nämlich nicht der Barmixer im Flur, sondern der Fröschlefahrer und der hatte eine unübersehbare Beule an der Stirn. Auch wirkte er sehr fahrig und geschwächt, als wäre er auf der Flucht und er stammelte verzweifelt: »Die sind so gemein… so gemein!«

Die Mutter konnte sich schon denken, wen er damit meinte, und wandte sich mehr der Beule zu: »Da sollt' ma fei schon a bissl was drauf tun. Die wird ja ganz dick.«

»Aber jetzt is endgültig aus! Das schwör' ich dir, Mama. Ich geh nimmer hin.«

»Wieder amal«, sagte die Mutter unbeeindruckt. »Hat's dir wieder was nachg'schmissen?«

Der Maxi nickte. Und während die Mutter nach der essigsauren Tonerde griff, fragte sie beiläufig: »Was war's denn desmal?«

»A Hausschuh«, sagte der Maxi kleinlaut. »Aber a harter«, ergänzte er noch, nachdem die Mutter wenig Mitleid erkennen ließ.

»Und du lässt dir das alles gefallen?!«

»Das stimmt ja überhaupt nicht, Mama. Außerdem hab' ich ihr auch schon a paar Mal was nachg'schmissen. Aber dann kommen immer gleich ihre Eltern dazu… und dann bin immer ich an allem schuld!«

»Oh mei, Bua…«

Am andern Morgen stand der Maxi wie sonst auch, wenn er nachts in sein Elternhaus zurückgekehrt war, fertig angezogen im Flur und wartete auf die Mutter: »Maxi! Was bist'n du scho auf? Du wolltest doch dableiben.«

»Ich muss wenigstens amal kurz in die Firma, Mama. Ich bin da ja immerhin angestellt.«

»Angestellt!«, höhnte die Mutter. »Der is dein Schwiegervater! Und nützt dich bloß aus! Aber der Rudi schläft noch?«

»Der is gar nicht heimgekommen, der Rudi.«

Da seufzte die Mutter nur und überließ es danach ihrem Mann, sich das Frühstück mit seinen bitteren Wahrheiten selber zu verderben.

»Der eine macht den Deppen von seinem Schwiegervater ... und der andere stellt sich in eine Bar! Ist intelligent, ein jeder mag ihn. In der Bank hätten sie ihn mit Kusshand behalten. Mit Kusshand! Und dann schmeißt er von heut' auf morgen alles hin und geht in so ein Bumslokal!«

»Es wird ihn schon was gereizt haben«, sagte die Traudl scheinbar verständnisvoll.

»Allerdings. Das kann ich mir auch denken, was ihn da gereizt hat! In seiner Bar wird er ja kaum übernachten ... wenn er oft erst am nächsten Vormittag heimkommt.«

»Mei Karl, schau ... er muss halt das auch amal lernen. Mit sechsundzwanzig Jahren is' ja vielleicht nicht zu früh für so was, oder?«

»Ich war auch fünfundzwanzig, Traudl ... wie ich seinerzeit aus'm Ersten Weltkrieg heimgekommen bin.« Und er war eigentlich ganz sicher, dass sie der Vergleich überzeugt hätte. Aber nachdem von ihr nichts zu hören war, ergänzte er den Gedanken: »Und ich habe es dann auch noch gelernt! Oder?«

»Ja ja«, sagte sie lächelnd, »bist halt ein Naturtalent.«

Das Thema war wie üblich noch nicht zu Ende, als sie ihm mit der Kleiderbürste in den Flur gefolgt war: »Und ich wäre der Letzte, Traudl, der etwas dagegen hätte, wenn er uns ein nettes Mädchen ins Haus brächte.«

»Mir ham's doch noch nicht gesehn, Karli. Vielleicht is sie ja ganz nett.«

»Sind doch keine normalen Mädchen drin, in solchen Spelunken! Die Sorte kenn' ich! Also, Pfüadi … ich muss mich beeilen.«

»Und dass du dich amal a bissl über sie erkundigst«, sagte sie noch rasch, während sie ihm die Wange zum Abschiedskuss hinhielt: »Du hast doch da sicher Möglichkeiten.«

»Mag ich nicht … solche Privatschnüffeleien. Würde ich mich außerdem strafbar machen, bei so was!«

»Nur amal ganz allgemein, Karli …« Die Sache fand hier sowieso ein Ende, weil jemand die Stiegen heraufkam. Es war ihr Sohn Rudi, übernächtigt, wie es schien, unrasiert und farblos im Gesicht, sodass sich die Mutter gleich Sorgen machte und der Vater mit leisem Vorwurf bemerkte: »Die einen kommen, die andern geh'n! Aber, gell, du solltest schon auch a bissl auf deine Gesundheit achten, Bua!« Und an die Traudl gewandt ergänzte er: »Er schaut nämlich zurzeit angestrengter aus als voriges Jahr, wie er aus Russland heimgekommen is!«

Darauf antwortete ihm der Sohn und schmunzelte dabei: »Aber es ist halt ein Riesenunterschied, bei was man sich anstrengt, Baba. Und da, muss ich sagen, hab' ich mich schwer verbessert.«

Der Vater war nun ganz froh, dass er es eilig hatte, die Mutter aber nahm ihren übernächtigten Buben unter die Flügel und bezähmte vorerst noch ihre Neugier.

Dann erst am Frühstückstisch sagte sie leichthin: »Könntest mir ruhig amal a bissl mehr erzählen … von deinen angenehmeren Anstrengungen.«

»Was magst denn gern wissen, Mama?«

»Na ja … was sie so macht in dem Lokal … das Fräulein?«

»Sie macht die Bar … das Fräulein«, antwortete er und verkniff sich das Lachen.

»Die Bar macht sie … Aber, sag amal: Sind das nicht eher … mehr so a bissl lockere Damen?«

»Käufliche, meinst?«

»Vielleicht nicht grad des, aber … so heißt's halt immer, wenn man drüber liest … oder wenn sie's im Kino zeigen. Ich bin ja so wo nie drin g'wesen, in so einer Bar, ehrlich g'sagt.«

»Musst' halt amal kommen, Mama.«

Darauf stieß sie erst einen schrillen Laut aus: »Mit'm Baba vielleicht! Mei … da seh ich uns schon! Mir in der Bar! Auf solche hohen Hocker.« Und um die folgende Frage möglichst beiläufig erscheinen zu lassen, stand sie auf für irgendeinen Handgriff in der Küche: »Is sie aber schon a bissl älter, deine … Freundin?«

»Warum? Is des so wichtig?«

»Wichtig … das interessiert mich halt. Kannst doch sagen.«

»Und wenn? Wär' des schlimm?«

»Muss nicht schlimm sein, wenn's a bissl älter is. Im Gegenteil vielleicht. Aber wenn's natürlich gleich so alt is, dass sie fast deine Mutter sein kann! Ich mein', das wär was andres, wennst' keine Mutter hättest. Aber du hast doch eine, Rudi!«

»Und was für eine! Die beste!«, sagte er und nahm sie in den Arm.

*

Amtmann Deinlein hatte in seinem Schreibtisch etliche Toilettenartikel deponiert, seit es häufiger vorkam, dass er sein Büro in der Polizeidirektion überraschend verlassen musste, weil er sich andernorts dringender benötigt fühlte.

»Also, ich geh' jetzt zu dieser Konferenz! Schad' um die Zeit, aber … bin in Kürze zurück«, sagte er, während er in Eile sein Vorzimmer durchschritt. Die Kollegen wunderten sich nur, weshalb sich der Chef für diese Konferenz in so eine penetrante Duftwolke gehüllt hatte.

»Is mir übrigens schon öfter aufgefallen«, sagte einer.

Der Amtmann hastete bereits die Stiegen hinunter, als ihn Kriminalrat Haslmüller aufhielt: »Ich wollt' Sie sowieso grad zu mir bitten. Es geht um den Kollegen Grandauer. Und Sie waren doch auch der Ansicht, dass man ihn allmählich etwas entlasten sollte.«

»Mit Rücksicht auf seine Gesundheit! Möchte' ich noch mal ausdrücklich betonen!«, sagte Deinlein. »Nicht, dass vielleicht der Eindruck entstanden ist, ich wollte ihn abschieben!?«

»Na na, ist nicht entstanden, Herr Deinlein. In keinster Weise. Aber es ist halt der Mord ... des wiss' ma ja alle, für die älteren Außendienstler ... kurz und gut: Ab Dezember hätt' ma eventuell eine K-Leiterstelle für ihn. Wenn er will ... würd' ich mich für ihn verwenden. Es handelt sich um unser Haftbüro.«

Deinlein machte ein bedenkliches Gesicht: »Haftbüro ... wird er nicht begeistert sein, fürcht' ich.«

»Ja mei ... ich weiß mehrere, die sich drum reißen würden ...«

*

Die Probe fand in einem Nebenraum der Aussegnungshalle statt. Musikalischer Gegenstand war der langsame Satz von Beethovens Serenadentrio, für Freunde der Kammermusik erkennbar dargeboten, aber nicht beglückend.

Die drei Interpreten waren feierlich gekleidet, aber in der Sache nicht immer einig. Alma von Löffelholz spielte Geige, leitete das Ganze und litt: »Das Cello bitte vielleicht eine Kleinigkeit weniger verschleppt. Eine Nuance, wenn's möglich wäre.«

Der Cellist war ein trotziger Mann und rasch gekränkt: »Verschleppt?! Ich?! Sie entschuldigen, Gnädigste, aber so spiele ich das seit über dreißig Jahren! Von Herrn Beethoven ausdrücklich so verlangt! Das sollte man vielleicht auch berücksichtigen!«

Deinlein war indessen draußen vor dem Parterrefenster aufgetaucht, um ein wenig zu kiebitzen. Daraufhin unterbrach Alma die Probe, entschuldigte sich und lief in ihrer Verzweiflung zu ihm hinaus. Der Cellist nützte ihre Abwesenheit, um sich mit der Bratsche zu liieren, während sich die Geige gerade noch besann, sonst wäre sie dem Amtmann draußen in aller Öffentlichkeit um den Hals gefallen: »Ach, Erich! Es ist so schrecklich!«

»Es klingt aber doch sehr hübsch, Alma.«

»Nein, Erich, das Cello klingt schauderhaft! Es ist mir vom Arbeitsamt geschickt worden!«

»Du wirst sehen, Liebe, alles wird gut. Wer wird eigentlich beerdigt?«

»Ach, ich weiß es nicht. Es ist mir auch egal! Ich höre immer nur dieses schauderhafte Cello! Bleibst du denn noch so lange, bis wir gespielt haben, Erich?«

»Ich bleibe da, Alma, solange du es willst …«

*

Das kleine Café Kreitmeier war, obwohl schon ein paar Monate in Betrieb, noch immer nicht so recht angenommen worden. Es lag natürlich auch an den Leuten in der Umgebung, die sich halt nicht dabei gefielen, tagsüber in einem Kaffeehaus zu sitzen. Aber vielleicht waren einige ja auch von der Innenausstattung irritiert, die, soweit sie von Max beeinflusst worden war, bayerische Akzente aufwies, indessen sich die beiden Neuseeländer, die das Geschäft nunmehr führten, mehr von ihren Südseereminiszenzen versprachen. Sie hatten dafür einen ganzen Schiffskoffer voller Souvenirs mitgebracht, Papierblumenketten, Maorischnitzereien, Waffen und Gerätschaften, die zu nichts anderem taugten als zur Dekoration.

Aber noch reichten die Träume der Münchner nur bis gerade mal an den Gardasee. Vielleicht hätte ja eine exotische Schönheit wenigstens auf die männliche Kundschaft die nötige Anziehungskraft ausgeübt, Susan Lipp dagegen – so hieß die neuseeländische Schwiegertochter – war von einheimischen Frauen auf Anhieb nur durch ihr mangelhaftes Deutsch zu unterscheiden. Sie hatte kaum etwas Weltläufiges an sich, mehr schon von anheimelnder Provinzialität, war schnell hilflos und ließ dann häufig etwas fallen. Meist Kleinigkeiten, mal ein Löffelchen oder ein Stückchen Zucker. Zerbrechliches kommentierte sie mit: »Oh, my Goodness!«

Vielleicht war es ja für den Anfang ganz gut, wenn Susan nur wenige Gäste zu bedienen hatte und die waren zudem aus der Verwandtschaft. Gerade eben saß zum Beispiel die Traudl mit ihrem Rudi in der Ecke und sie erwarteten auch noch die Oma. Vorne am Kuchenbuffet, wo Susan immer wieder ganz nahe vorbeimusste, hatte allerdings ein heimlicher Verehrer Platz genommen, ein pensionierter Studienrat für Deutsch und Geschichte.

»... und den Tee like every time, Herr Professor?«

»Britisch, Mistress Lipp. Ich denke, Sie nehmen ihn so auch in Neuseeland, isn't it?«

»O yes.«

»Es ist ja dort überhaupt alles sehr britisch, is'nt it?«

»O yes, very british!«

»Und auch die Schafzucht, las ich, nimmt in Neuseeland einen hervorragenden Platz ein!«

»O, excuse me ... die Oma tritt ein! Ich muss sagen Hallo!« Und sie versäumte es auch dieses Mal nicht, die Oma zu fragen: »Wie geht es dir?«

Der Oma gab das jedes Mal einen Stich und sie antwortete spitz: »Gut, Frau Lipp. Ihnen, nehm' ich an, auch.«

»O yes. Wonderful!« Dann nahm sie die Bestellung entgegen und die Oma sagte, sobald sie wieder unter sich waren, ärgerlich: »Immer duzt die einen! Ich wüsste nicht, dass ich ihr das angeboten hätte.«

»Mei, Mutti, des is doch im Englischen anders. Des bringt's halt manchmal durcheinander.«

»Naja… das kann jetzt sein, wie's will, Traudl. Und trotzdem bleibt sie einem fremd.« Anschließend warf sie einen wohlgefälligen Blick auf ihren Enkelsohn: »Gut schaut er aus, unser Rudile, gell! Ich freu' mich, dass ihm die Bank so gut bekommt. Hast wohl heut' frei?«

»Er fängt erst später an, Mutti«, antwortete die Traudl rasch, um der Wahrheit zuvorzukommen. Und der Rudi ging darauf ein und sagte: »Weißt', Oma, ich hab' jetzt mehr mit Bargeld zu tun. Und da hab' ich viel Nachtdienst.«

»Is das nicht recht anstrengend, Bub?«, fragte sie teilnahmsvoll und ermahnte die Tochter: »Tut er sich aber dann schon am Tag a bissele ausruh'n!«

»Macht er schon, gell Rudi?! Und übrigens, was is'n jetzt mit'm Kurtl und der Sara? Fahr'n die nun endgültig nächste Woche?«

»Ach Gott ja, Kinder, das Wichtigste! Das wollt' ich euch ja sagen: Sie haben ihre Reise vorverlegen müssen. Auf morgen! Wegen dem Mister Fischer.«

»Morgen schon!?«, sagte die Traudl bestürzt. »Dann seh'n ma sie vielleicht gar nimmer!«

»Ich weiß ja auch nicht, Kinder. Es geht alles auf amal so Hals über Kopf!«

Die Jalousien waren heruntergelassen, aber von draußen kam noch ein wenig Tageslicht herein. Seit seinem Autounfall saß der Kurt oft stundenlang im abgedunkelten Zimmer und hörte Musik. Am liebsten eine mit viel Disharmonie, eine, die ordentlich wehtat.

Es war der Tag der Abreise, draußen in der Diele telefonierte die Sara mit ihrer Schwägerin Traudl: »… Es ist ja noch nich für immer. Erstmal seh'n, wie Kurt in Berlin zurechtkommt... Eben, deswegen wollten wir's ooch so kurz wie möglich machen. Gertilein kommt in den Weihnachtsferien nach. Und Omi, ham wa jesagt, zieht dann vorübergehend zu euch. Und für heut' Vormittag ham wa die beeden in die Stadt jeschickt. Gerti weiß Bescheid und geht mit Omi Schuhe kaufen. Bis sie heimkommen, sind wir erstmal weg. Also, Traudi ... euch alles Liebe und grüß Karl noch mal und eure Buben! Und vielleicht sind wa ja ooch bald wieder da ...«

Dann ging sie zu ihrem Mann ins Zimmer und sagte: »Ick würde dir ja helfen, Kurt. Aber ick weeß, du willst et nich.«

»Mir geht es gut. Ich mache Fortschritte.« Dabei griff er nach den Krücken, die rechts und links an seinem Sessel lehnten und stemmte sich damit hoch.

»Einen Blick ... nach dem Grabe seiner Habe ... sendet noch der Mensch zurück. Greift fröhlich dann zum Wanderstabe ...«

Herr Uhl hatte sich mit einer Frau aus der Nachbarschaft so postiert, dass sie die Ereignisse vor dem Schwabinger Wohnhaus ungestört beobachten konnten. Erst war dort ja nur ein großer amerikanischer Wagen zu sehen, in den eine Menge Gepäckstücke hineingestopft wurden. Der Besitzer des Wagens war hier bislang unbekannt geblieben und er wäre doch für die schönsten Spekulationen geeignet gewesen.

»Aber ob es wirklich ein Unfall war?!«, zweifelte die Nachbarin. »Ich hab' fei auch schon was anderes gehört: Weil er sich nicht mehr hinausgesehen hat!«

Herr Uhl wartete lange mit seiner Antwort: »Wissen Sie, ich rede nicht gerne über solche Dinge. Aber es heißt ja überall: wegen Frauengeschichten!« Dies noch zu vertiefen, blieb keine Zeit mehr, denn: »Aha! Jetzt kommen sie!«

Kurt humpelte aus dem Haus, die Sara neben ihm, immer bereit einzugreifen. Leon Fischer saß noch hinter dem Lenkrad und wurde in dem Moment von extrem widersprüchlichen Gefühlen gebeutelt. Am Ende hielt es ihn nicht länger und er stieg aus, um den Invaliden ins Auto zu hieven.

»Mein Gott, ist das nicht schrecklich!«, sagte die Nachbarin bei diesem Anblick.

»Gell … man mag gar nicht hinschau'n.«

»Und stimmt das, Herr Uhl: Nach Berlin woll'n sie jetzt übersiedeln?«

»Durch das, dass sie von jüdischer Herkunft ist, soll sie ihr früheres Geschäft wiederbekommen in Berlin. Wegen der Wiedergutmachung!«

Die Nachbarin hatte erst eine gewisse Verbitterung zu überwinden, bevor sie sagte: »Jaja, da wird natürlich sehr viel getan für solche Leute. Aber für unsereinen war diese Zeit ja auch kein Zuckerschlecken!«

»Weiß Gott nicht! Da darf man gar nicht daran denken …«

*

»Grandauer! Das ist doch kein Grund, dass man da so betroffen drauf reagiert«, sagte Herr Deinlein zu seinem alten Mitarbeiter, der ihm im Büro gegenübersaß. »Ich betrachte das vielmehr als Anerkennung für Ihre langjährigen Verdienste. Man will Sie mit einem eigenen Kommissariat betrauen!«

Aber der hatte dafür nur ein bitteres Lächeln und wiederholte verächtlich: »Anerkennung! Das Haftbüro!«

»Und haben Sie mir nicht seinerzeit selber erklärt, Grandauer … wo sich die Situation mit Ihrem Magen so drastisch verschlechtert hat, dass Ihnen durchaus an einer Entlastung gelegen wäre. Oder hab' ich das falsch in Erinnerung?«

»Dreißig Jahre bin ich jetzt in der Abteilung, Herr Deinlein! Über dreißig Jahre! Länger als alle anderen. Und immer mit Erfolg …«

Sie wurden unterbrochen: ein Herr Leitner für Inspektor Grandauer. Der Herr wartet draußen.

»Also, wir reden noch mal drüber, Grandauer. In aller Ausführlichkeit.«

»Und nix für ungut, Herr Deinlein. Aber ich seh' mich halt noch nicht auf dem Abstellgeleise.«

Der Karl hätte weiß Gott genügend Gründe gehabt, dem Leitner Willi mit aller Vorsicht und Zurückhaltung zu begegnen. Aber wie sehr er sich das auch vornahm, sobald er sich seiner Herzlichkeit ausgesetzt sah, schmolzen alle Vorbehalte dahin.

»Karli! Alter Spezi! Guat schaust aus! Na, ehrlich!« Seine Begrüßung nahm jedes Mal so viel Zeit in Anspruch, dass man hätte meinen können, er wäre nur aus diesem und keinem anderen Grund gekommen.

»Ich war zufällig im Haus... hab' ich mir gedacht: schaust g'schwind amal zum Karli nauf. Vielleicht is er da. Dein Bua, der Rudi, wird dir ja meine Grüße ausgerichtet haben. Mir ham uns doch zufällig getroffen, in dera Bar... beim ›Scherald‹ heißt's, glaub ich.«

Damit war Karls Interesse geweckt und er forderte den Jugendfreund sogar zum Sitzen auf.

»Was macht er'n da eigentlich, der Bua... in der Bar?«

»Also, ich hab' den Eindruck, er ist von ihr so a bissl mehr der Assistent. Von dieser Bardame.«

»Und was is die für eine Dame... die Bardame?«

»Also, Genaueres müsste ich erst in Erfahrung bringen, Karli. Weil, da kenn' ich wen und der kennt die schon ewige Zeiten.«

»Wär' ich dir sehr dankbar, Willi. Müsste aber unter uns bleiben! Und auch nix da herin! Kommst halt amal zu uns naus auf unser Grundstückl. Hama a kleines Gartenhäusl drauf. Kann ma drin sitzen, wenn's regnet.«

»Sollte mich freuen, Karli. Ich such' ja auch immer neue

Anregungen. Bildmäßig. Durch das, dass ich wieder in der alten Brasche tätig bin.«

»Als Metzger?«, fragte der Karl überrascht.

»Geh, Karli! Glaubst', ich könnt' heut' noch so ein unschuldiges Schweindl abstechen? Alte Brasche: Film! – Ja ja, ich weiß scho, was du jetzt denkst«, sagte der Willi beruhigend, als er sah, wie sich auf das Stichwort Film hin das Gesicht des alten Spezls eintrübte.

»Das is ja heut' was ganz was anderes, Karli. Da geht es um Finanzierungen, hat man es mit Leut' zu tun, die noch reicher werden wollen, wies' so scho sind. Unter uns, Karli, das sind todsichere Geschäfte. Wär' auch was für den Fröschle. Oder, es braucht einer ja bloß irgendwas besitzen ... a Haus oder Grundstück ... gibt ihm die Bank jederzeit ein Darlehen drauf und schon kann er bei uns Kohle machen. Ich mag's eigentlich gar nicht, dass es so bekannt wird ... weil, so viel Filme können wir gar nicht machen, wie uns die Leut' mit ihr'm Geld das Haus einrennen! Aber da red' ma amal ausführlicher drüber ... Jetzt will ich dich nimmer länger aufhalten. Sagst ma no schnell, wie ich da hinfind' zu euerm Grundstück?«

»Is gar nicht so einfach, Willi ...«

Das war es auch für die Grandauers nicht, wie sie damals zum ersten Mal dort hinausgeradelt waren, ins Isartal, um ihr Erbe zu besichtigen. Und es war dann auch keine Liebe auf den ersten Blick. Natürlich hatten sie sich Illusionen gemacht, aber das, was sie dort vorfanden, war ein völlig verwildertes Anwesen, um das sich jahrelang niemand mehr gekümmert hatte.

Vielleicht, wenn es eines Tages leichter zu erreichen sein würde, meinte der Karl, dass man es dann an Wochenenden oder als Ferienziel benützen könnte. Und er übersah dabei das Gesicht seiner Frau, die sich von künftigen Wochenenden oder Ferienzielen ganz andere Vorstellungen gemacht hatte.

Indessen waren sechs Jahre vergangen, in denen Frau Grandauer mehr und mehr den Winter herbeisehnte, weil das die einzige Jahreszeit war, in der sie ihren Haushalt nicht an jedem Wochenende auf das Grundstück verlegen musste.

Kurzzeitig konnte der Karl auch seinen beiden Söhnen die Teilhabe an den Freuden der Gartenarbeit schmackhaft machen: »Und jetzt hocken's lieber in der Stadt rum, anstatt sich mit uns an den Blumen zu erfreuen … und an der guten Luft!«

»Mei, Karli«, sagte die Traudl und seufzte wehmütig, »in denen ihr'm Alter haben wir uns auch lieber an was anderem erfreut als an der frischen Luft. Aber … was mir heut' Nacht eing'falln ist, weil du doch erzählt hast, dass der Jugendfreund von dir, der Herr Leitner, Geldleut' sucht fürn Film … wär' des nix fürn Fröschle? Wenn er dann herumerzählen kann, er finanziert den deutschen Film!«

»Geh, hör' auf, da sieht er doch keine Mark mehr von dem Geld!«

»Eben! Drum sag' ich's ja!«, antwortete ihm die Traudl mit ihrem ganzen Liebreiz.

»Du bist vielleicht ein böses Weib!«, sagte der Karl. »Aber die Idee ist gut!«

Draußen vor dem Gartentürl röhrte ein betagter amerikanischer Straßenkreuzer, sodass die Oma im Liegestuhl aus dem Schlaf fuhr: »Allmächtiger, Kinder! Will der zu uns?!«

»Zu mir, Oma. Bleib' nur liegen. Und du, Traudl, lass' mich bittschön erst amal allein mit ihm reden. Machst derweil an Kaffee …«

Gerne hatte sie das nicht, wenn sie ihr Mann erst einmal abschob wie eine Angestellte. Zumal sie den Leitner Willi ja kannte und in sehr guter Erinnerung hatte. Wie er ihr seinerzeit einmal sogar Schokolade mitbrachte und die nettesten Komplimente machte. Richtig charmant war er da und das mochte der Karl gar nicht. So einer war für ihn gleich ein Strizzi.

Die beiden standen noch draußen vor dem Gartentürl, der Karl hatte sich ein paar Worte der Bewunderung für Willis Auto abgerungen, um dann gleich zum Thema zu kommen und man sah ihm von Weitem an, dass ihm sein Kundschafter nichts Angenehmes zu berichten hatte.

»Ja ja ... so was Ähnliches hab' ich fast befürchtet«, sagte der Karl darauf betroffen. Und der Willi vertraute ihm an: »Der, von dem ich das weiß ... ist ein ganz bekannter Filmproduzent. Namen tun nichts zur Sache. Aber wie lang sie damals im Knast war, das hat er selber nicht gewusst. Und auch nicht genau wegen was.«

»Bittschön, Willi ... danach nix von dem vor meiner Frau und der Oma!«

»Nix, logisch. Also, jetzt weißt amal auf alle Fälle, wer sie is. Und alles andere kannst nachlesen, brauchst dir ja bloß ihren Akt rausholen.«

»Ja, von wegen! So geht das nicht!«, widersprach der Karl heftig und ohne einen Zweifel zu lassen. »Was glaubst denn du, wohin wir kämen, wenn da ein jeder Akteneinsicht nehmen könnte, für private Zwecke!«

»... wegen dem hätten's doch nicht selber kommen brauchen, Herr Grandauer. Ich hätt'n Ihnen schon nauf-g'schickt.«

Der Archivbeamte hatte sich angewöhnt, dass er immer so vor sich hinnuschelte. Vielleicht, um zwischen den Aktenbergen wahrgenommen zu werden: »Ich hab' ja auch noch zwoa Buam. Und a Madl. Einer is g'falln. Unser Gustl. Aus dem hätt' vielleicht was werden können. Aber glauben S', von die andern wär' nur einer dabei, der was Normales lernert?! Der eine studiert auf Astrophysik! Der andere auf Jurist! Und das Madl ist eine Germanistin! Mit der kannst' überhaupt über nix Vernünftiges mehr reden ... So schaun

S' her, Herr Grandauer: Woitschek – Vera. Das is sie doch? Und wenn S' ma da bittschön unterschreiben.«

»Nicht nötig. Bloß schnell amal neischaun in den Akt. Ich nehm' ihn gar nicht mit.«

*

Der allgemeine Aufbruch in eine bessere Zukunft begünstigte natürlich auch einen großzügigeren Umgang mit der Vergangenheit. Bei braunen Flecken, auch größeren, wenn sie denn nicht zu tief saßen, kam nunmehr ein Schnellreinigungsverfahren in Anwendung, das den Tüchtigen und Wendigen unter den Belasteten zugute kam.

Auch Herr Fröschle hatte daraufhin den Glauben an sich und die Gerechtigkeit wiedergefunden. Sein Betrieb florierte nicht zuletzt dank allem, was sich christlich nannte und der Verbreitung durch Druckerzeugnisse bedurfte.

Oft war ziemlicher Betrieb im Fahrzeughof der Druckerei und der Schwiegersohn Maxi lenkte die Auslieferung im weißen Arbeitsmantel mit dem Signet A.F. in Gold. Dann konnte es vorkommen, dass er dabei seiner jungen Frau begegnete, mit ihrem dreijährigen Kurti an der Hand. Die Hildegard trat hier gerne in Erscheinung, weil ihr von den Gästen und Angestellten der Firma besondere Aufmerksamkeit entgegengebracht wurde. Und wenn es den Anschein hatte, dass diese Aufmerksamkeit vor allem ihren weiblichen Rundungen galt, die sie in modischer Verpackung gerne zur Schau stellte, dann durfte sie sicher sein, dass ihr Mann den Abend kaum noch erwarten konnte.

Ebenso war zu ahnen, mit welcher Absicht der Fahrer des betagten amerikanischen Straßenkreuzers dem Druckereibesitzer sodann seine Aufwartung machte.

»... und hat der auch schon einen Titel, dieser Film?«, fragte Herr Fröschle, sichtlich beeindruckt, dass ihm ein Vertreter der Produktion interne Einblicke gewährte.

»›Glocken der Heimat‹ … oder ›Heimatglocken‹«, antwortete der Leitner Willi, noch immer davon selbst ergriffen.

»Ist es wohl etwas Religiöseres?«

»Und auch die Heimat ist sehr stark enthalten.«

»Etwas Erbauliches. Das woll'n die Menschen und nicht andauernd diese politischen Sachen. Und dieses ewige Herumgereite auf der Vergangenheit!«

»So ist es, Herr Fröschle. Ich hätte sie sonst auch gar nicht angesprochen. Und, wie gesagt, wir wollen bei diesen enormen Gewinnchangsen auch nur einen möglichst kleinen … aber feinen Kreis von Anlegern. Das ist man in gewisser Weise auch den Künstlern schuldig, die von uns erwarten, dass man sie nicht mit dem Geld von Banausen abspeist.«

Herr Fröschle fühlte sich schon richtig erkannt, nur ließ sich der Geschäftsmann in ihm nicht so schnell betören: »Muss man natürlich vorher schon auch die Frage nach den Sicherheiten in Betracht ziehen, Herr Leitner.«

»Unbedingt«, sagte der Willi, bevor er ihm mit einem Augenblinzeln näher rückte, »oder man kann a bissl was am Finanzamt vorbeijonglieren. Darf man nur nicht laut sagen. Ich kenne aber auch Geldgeber, die kommen zu mir … weil die Filmbrasche halt doch in gewisser Weise auch mit einem hohen Ansehen verbunden ist. Amal ganz abgesehen von interessanten Kontakten mit Schauspielerkreisen. Und Schauspielerinnen! Auch nicht zu verachten!«

Herr Fröschle überzeugte sich daraufhin kurz, ob niemand in Hörweite war. Dann sagte er abschließend: »Hört sich gut an. Werde mir die Angelegenheit noch mal nach allen Seiten hin durch den Kopf gehen lassen, Herr Leitner …«

*

Und immer noch standen Menschenschlangen vor den Kinos, in denen man eine »Sünderin« nackt sehen konnte. Andernorts kam es dabei auch zu Protestaktionen gegen Unmoral und Nihilismus. Das war einigermaßen verwunderlich, wenn man bedachte, wie viel Unmoral und Nihilismus die Menschen hierzulande bereits zu ertragen gezwungen waren.

Frau Grandauer lief achtlos an den Schaukästen mit den Standfotos von der Sünderin vorbei; denn sie hatte die Bar beim »Gerard« auf der anderen Straßenseite im Auge. Die Leuchtschrift war noch nicht eingeschaltet, aber die Eingangstüre stand auf und im Inneren brannte Licht.

Sie wollte auch nur mal… ja, was wollte sie eigentlich? Nur mal kurz einen Blick hineinwerfen. Warum nicht… Die Tür war ja offen?! Und wenn der Rudi plötzlich auftauchen sollte… mit seiner Bardame? Das musste die Dame dann auch verkraften können. Wäre ja nicht absurd, wenn sich eine Mutter dafür interessierte, wo ihr Sohn verkehrte.

Von drinnen war kaum etwas zu erkennen. Viel roter Plüsch, das sagte noch gar nichts. Und so ein unangenehmer Schwall von kaltem Rauch und Gulaschsuppe kam heraus.

»Da is no nix los! Ab neun Uhr!«, rief ihr die Putzfrau zu.

»Na na, ich wollt' bloß amal… aber dankschön…«

»… Soll ich Sie nicht doch ein Stück im Dienstwagen mitnehmen, Grandauer?«

»Mei Frau wollt' mich abhol'n. Dankschön, Herr Deinlein.«

»Grüße bitte! Und wegen Haftbüro, Grandauer…?«

»Lassen S' mir da bittschön noch a paar Tag Zeit. Im Moment hab' ich a bissl viel am Hals… auch privat.«

Die Herren verabschiedeten sich und verließen das Haus, Deinlein durch die Hintertüre in den Fahrzeughof und Grandauer durch den Haupteingang, wo er dann seine Frau schon stehen sah, vorne beim Löwentor. Und sie erzählte ihm auch gleich, noch etwas erregt: »Wo meinst', dass ich grad vorbeigegangen bin?«

»Wird scho wieder irgendwas mit Mode zu tun haben!«

»Schmarrn … am Rudi seiner Bar! Und ich hab' auch amal schnell neig'schaut. Weil die Tür aufg'wesen is. Und ich muss sagen … viel hab' ich ja nicht geseh'n, aber … also, ganz so schlimm … Es is scho eher a bissl was Seriöseres, find ich.«

Der Karl ließ nun eine Pause entstehen, um dem, was er darauf zu sagen hatte, noch mehr Gewicht zu geben: »Das kann ich leider nicht bestätigen. Nachdem, was ich heut' erfahren hab' … über diese Dame!«

»Wieso … was is?«

»Wir wollten doch irgendwo a paar Würschtl essen. Wär' auch besser, du sitzt, wenn ich dir das sage.«

»Komm', mach's net so spannend, Karl.«

»Also, erstens: Die Dame ist verheiratet!« Das war natürlich keine Kleinigkeit und die Traudl konnte auch nicht gleich etwas dazu sagen.

»Aber das ist leider noch längst nicht alles, gell!«

»Ich meine, dass sie verheiratet ist, Karli … das könnt' doch auch sein, dass ihr Mann vermisst ist. In Russland. Wie unser Rudi. Hama doch auch net g'wusst, ob er noch lebt. Und für tot erklären lassen … das geht doch erst nach zehn Jahren.«

»Des kann sein, wie's mag: Sie ist verheiratet, Traudl. Und vielleicht kann man ja von einer Frau verlangen … wenn er auf alles verzichten muss … dass sie dann auch … auf einiges verzichtet.«

»Des sagt ma so leicht«, erwiderte die Traudl nachdenklich. Und er hörte ihren Zweifel und schnappte danach: »Bist du da anderer Meinung?«

»Sima froh, dass uns das erspart geblieben is, Karl. So ein Schicksal.«

»Es is ja sehr schön, dass du so viel Verständnis für sie aufbringst. Aber, dass sie ihren Mann betrügt, is ja leider nicht alles: Sie hat auch ihr Kind vernachlässigt ... und das ist gestorben! A achtjähriges Madel.«

»Wer sagt des?!«, fuhr die Traudl energisch dazwischen.

»Laut Protokoll! Und das war zu einer Zeit, wo es schon wieder eine medizinische Versorgung gegeben hat!«

»Du weißt doch selber, Karl, wie schnell so was behauptet wird. Und dann steht's irgendwo drin. Was is'n des für a Protokoll?«

»Unter anderem vom amerikanischen Militärgericht! Wo man ihr auch einen Prozess gemacht hat, wegen Medikamentenschieberei! Da is es nicht nur um Zigaretten gegangen oder Bohnenkaffee ... da ging's um Penicillin! Und für das hat sie acht Monate absitzen müssen! Die kriegt ma nämlich nicht für nix und wieder nix!«

Die Traudl war still geworden. Sie wusste selber nicht so recht, warum es sie immer wieder drängte, die Frau in Schutz zu nehmen.

»Geh ma vielleicht in das Gasthaus da drüben, a Paar Würschtl essen«, sagte der Karl. »Aber, Traudl, bittschön ... kein Wort! Zu niemandem! Auch zum Rudi nicht! Du kannst meinetwegen mit ihm reden ... allgemein! Dass man ihn warnt. Nicht, dass' ihm geht wie seinem Bruder.«

»Bei dem bin ich mir gar nicht so sicher, ob er nicht hat, was er braucht.« Danach, sie hatten die Kaufingerstraße schon überquert und der Karl studierte gerade den Aushang mit der Speisekarte, da fragte sie ihn scheinbar nebenher: »Und steht da auch was von ihrem Alter drin? In dem Protokoll.«

»Jaja, das kommt nämlich auch noch dazu«, antwortete der Karl, »Jahrgang 1908!«

Da musste sie erst schlucken, bevor sie nachrechnete: »Dann ist die ja jetzt ... 43 bis 44 Jahr! Da könnt's ja fast sei Mutter sein ...!«

Lange brauchte die Traudl nicht auf eine Gelegenheit zu warten, um ihren Rudi vor einer großen Dummheit zu bewahren. Am folgenden Morgen schon, als sie mit ihm alleine war, ließ sich das Thema ganz zwanglos, wie von ungefähr, einfädeln. Sie war gerade dabei, ein Hemd von ihm zu bügeln, und sagte, während er etwas übernächtigt noch am Frühstückstisch lümmelte: »Das Hemd kannst fei nimmer lang anzieh'n. Ganz ausgefranst schon! Sagt deine Freundin da nix?«

»Die schaut halt mehr auf mich ... als auf mein Hemd.«

»Naja ... das müsst's aber eigentlich auch seh'n, so was. Wenn du dir schon so eine ›Mütterliche‹ nimmst!«

Er grinste erst, bevor er ihr antwortete: »Mütterlich ist eine Erfindung von dir, Mama. Ich hab' das nie behauptet.«

»Naja ... in ihrem Alter könnt's ja beinah deine Mutter sein, oder?« Und das ging dann noch ein paar Mal so hin und her, bis die Mutter zum Beweis konkreter wurde: »Sie is oder wird 44! Stimmt doch?«

Auf das war der Rudi hellhörig geworden und sagte: »Is ja interessant. Und ... was weißt'n noch?«

»A ganze Menge, Bua!« Sie stellte ihr Bügeleisen ab und setzte sich zu ihm: »Schau ... mir machen uns halt Sorgen. Jetzt hama schon den Zirkus mit deinem Bruder ...«

»Das is sein Zirkus, Mama. Und den braucht er. Sonst is er nicht glücklich.«

»Aber brauchst du so eine Frau? Die so viel älter is wie du!« Und nachdem er dazu schwieg, setzte sie noch etwas drauf: »Verheiratet is sie auch! Weißt' des?«

Da hob er nur die Schultern und lächelte sie unbeeindruckt an.

»Und Kind hat's auch eins g'habt! Bloß, das lebt nimmer.«

Das Lächeln verging ihm zusehends und seine Antwort klang eher barsch: »Sonst noch was?«

Die Mutter brachte, nach einigem Zögern, ihr stärkstes Argument: »Sie war auch schon amal eingesperrt ... gell!«

»Und wer behauptet so was?!«

»Acht Monate!«, antwortete sie, ohne auf ihn einzugehen.

»Na und?! Ich war fünf Jahre eing'sperrt!«

»Das ist doch nicht dasselbe, Rudi. Sie war in ganz krumme Sachen verwickelt. Mit Penicillin!«

»Das hört sich ja bald an wie in dem Film: Der dritte Mann!«

»Aber leider is es in dem Fall wahr, Rudi! Der Baba erzählt ja keine Räuberg'schichten ...«

Das »Gerard« hatte noch nicht geöffnet. Aber der Mann am Klavier war meistens früher dran und ebenso waren es die beiden an der Bar, die Vera und der Rudi. Für den Musiker war es die beste Gelegenheit, seine Kompositionen am Klavier auszuprobieren. Er selber besaß ja keines. Und er schuf manchmal kleinere Sachen fürs Radio, Hörspielmusiken. Dabei achtete er auch nicht darauf, ob die beiden an der Bar währenddessen schmusten oder sich zofften.

An diesem Abend ging's bei denen anscheinend um etwas Schwerwiegenderes. Sie redeten auch leiser als sonst. Der Rudi kam aus der Toilette, wo er sich umgezogen hatte, und beteuerte mühsam beherrscht: »Nochmal ... ich schwör's dir, Vera, das ist mir so was von scheißegal, ob des stimmt oder nicht! In der Gefangenschaft ham's uns schon eingelocht wegen einem Stückerl Brot! Und das wird bei euch daheim manchmal auch nicht anders gewesen sein. Mich interessiert ja nur, wie das damals passiert is.«

»Mich interessiert im Moment was anderes. Das mit dem Penicillin, das erzähl' ich dir dann schon amal. Aber ich find' das irgendwie nicht fair von deiner Mutter, wenn sie dich jetzt aufhetzt damit.«

»Das tut sie ja nicht, Vera. Sie hat nicht gehetzt gegen dich. Sie is wahrscheinlich nur eifersüchtig. Gleich alt, wenn wir wären ... dann wär's bestimmt kein Problem.«

»Also … dann tu ihr doch den Gefallen … und nimm dir eine Jüngere.«

»Jetzt wirst' albern, Vera. Ich will keine Jüngere. Ich wüsst' gar nicht, was ich mit der anfangen sollt'.«

Sie schaute ihn ungläubig an, als wollte sie ihm sagen: Das würde dir dann schon einfallen. Aber da war ja noch etwas anderes: »Sag mal, woher weiß deine Mutter das auf einmal alles? Die Geschichte mit dem Penicillin … das ist vier Jahre her!«

»Über meinen Vater, nehm' ich an«, antwortete der Rudi, ohne sich viel dabei zu denken. Aber bei ihr löste seine Erklärung Zorn und Verbitterung aus: »Natürlich. Der sitzt ja an der Quelle, dein Herr Papa!«

»Das nehm' ich nur an. Ich weiß es nicht. Soll ich ihn fragen, wenn's für dich so wichtig is?«

»Ich will, dass du dich da raushältst. Und ich sag' dir dann schon, wenn du mir helfen kannst …«

Dem Rudi zuliebe hätte sie dann die Sache ja vielleicht auf sich beruhen lassen. Dafür sprachen auch alle Erfahrungen, die sie bislang mit der Gerechtigkeit in Menschenhand gemacht hatte. Aber ein alter Freund und ein paar Mal auch ihr Rechtsanwalt war anderer Meinung: »Ich würde dem Herrn schon mal kurz auf den Schlips treten. Es is ja leider nicht nur eine Ratscherei. Wenn seine Mutter irgendwas nachquatscht … aus Eifersucht, was ihr jemand erzählt hat … das kannste vergessen. Aber wenn sich ein Polizeibeamter einen Akt aus dem Archiv holt … unterstellt, er hat es getan … in privater Absicht, was streng verboten is … und er benützt sein so gewonnenes Wissen gegen dich … dann ist das versuchter Rufmord! Und dagegen kann man … muss man sogar was tun. Schon aus Prinzip.«

»Aber ich will auf keinen Fall, Robert, dass du ihn hinhängst. Ich meine, anzeigst.«

»Ich werde ihm einen Brief schreiben ... als dein Anwalt ... dass wir eine förmliche Entschuldigung von ihm erwarten ... und uns darüber hinaus rechtliche Schritte vorbehalten ...«

Wieder sollte es, wie so oft in diesem Jahr, ein strahlend schöner Tag werden. Es war ja schon das ganze Wochenende prächtig. Die Grandauers hatten es in ihrem Garten verbracht, mit der Oma und später war auch noch Karls Bruder Adolf dazugekommen mit seinem Hermann. Sie hatten sogar Federballschläger dabei. Federball kam gerade in Mode und alle waren sie begeistert. Nur der Karl nicht.

»Kinder! Nicht so wild, bitte! Da wird der ganze Rasen und alles zertrampelt!«

Der Onkel Adolf war jetzt wieder fast so »bewegungsfreudig« wie seinerzeit. Er war auch wieder Staatsanwalt. Manches, das man schon hinter sich glaubte, kam einem nun plötzlich von vorne entgegen. Aber die meisten Zeitgenossen hatten viel zu viel mit ihren Angelegenheiten zu tun, um sich darüber zu wundern. Das überließen sie lieber den Zeitungsschreibern und Kabarettisten.

Inspektor Grandauer verließ nach diesem erholsamen Wochenende wie gewöhnlich frühmorgens das Haus, hoffend, dass er seinem Sohn nicht begegnen würde. Das leidige Thema um ihn und die Bardame war inzwischen ein wenig abgekühlt und es gab keinen vernünftigen Grund momentan, es wieder aufzuheizen.

Soeben spitzte der Karl sogar den Mund, um das Lied von der kleinen Cornelia Froboess zu pfeifen – das Lied von der Badehose –, das zwar nicht mehr ganz jahreszeitgemäß, aber aus einem unerklärlichen Grund in seinem Musikgedächtnis hängen geblieben war. Da rief ihm der Briefträger mit der Morgenpost von Weitem zu: »Hab' was für Sie, Herr Inspektor!«

Es war das Schreiben von einer Anwaltskanzlei. So etwas kam normalerweise an seine Amtsadresse. Etwas beunruhigt blickte er auf die Uhr. Er war noch früh genug dran, um sich kurz Klarheit zu verschaffen. Nicht auf der Straße natürlich. Dafür ging er ins Stiegenhaus zurück, riss den Brief mit dem Finger auf – was er eigentlich hasste – und las, weshalb und womit ihm Veras Rechtsanwalt drohte. Im ersten Moment war ihm, als ob der Boden unter ihm wankte: Dieses Weibstück! Jetzt hams mich am Haken! Und nun spielte es auch keine Rolle mehr, ob er zu spät oder gar nicht mehr im Büro erscheinen würde: Auf dieses Schreiben hin gab es nur noch ein Ende in Schimpf und Schande. Und den K-Leiter, den konnte er sich jetzt auch ans Bein schmieren!

Von solchen Vorstellungen angetrieben, stürmte er noch einmal hinauf in den ersten Stock, wo es sich die Gattin unterdessen am Frühstückstisch gemütlich gemacht hatte. Sie, und nur sie, konnte die Lawine losgetreten haben. Weil sie den Schnabel nicht halten konnte! Noch dazu, wenn es um ihren Rudi ging!

»Du hast doch selber g'sagt, dass ich ihn warnen soll«, wehrte sich die Traudl.

»Allgemein! Hab' ich g'sagt. Das kann man ja auch a bissl verschlüsseln, so was!«

»Verschlüsseln! Der fragt mich doch dann: wie und was … konkret! Der is doch nicht blöd, der Bua. Und außerdem, wenn das die Wahrheit is … das stimmt doch, was du mir von ihr erzählt hast, oder?«

»Natürlich stimmt das. Aber so, wie das jetzt ausschaut … da hat er vollkommen recht, ihr Rechtsanwalt: So is das Rufmord!«

»Geh, Karli … das war doch bloß innerhalb der Familie. Wir ham's ja nicht an die große Glocke gehängt.«

»Du hast das noch nicht begriffen«, stöhnte der Karl und sank, wie er war, mit Hut und Mantel auf einen Stuhl: »Ich hätte das nicht tun dürfen … ihren Akt einsehen! Das darf ich nur in Ausübung meines Berufes!«

»Dann hast ihn halt nur versehentlich erwischt, mein Gott … und er schreibt ja, du sollst dich dafür entschuldigen. Das kannst' doch machen. Is ja nix dabei. Wenn's damit erledigt is …«

»Jawoll! Ich soll also vor der Dame zu Kreuze kriechen! Bloß, weil du deinen Schnabel nicht halten kannst! Das machst aber dann gefälligst du! Und entschuldigst dich bei der Dame. Für uns beide. Gehst hin zu deiner ›Schwiegertochter‹ und machst einen Kniefall vor ihr!« Und er wurde ganz gelb im Gesicht bei dieser Vorstellung.

*

Der Anwalt hatte daraufhin ein Treffen seiner Mandantin mit den Grandauers arrangiert, in einem ruhigen, etwas abgelegenen Tagescafé. Der Karl hatte jedoch von Anfang an nicht die Absicht, daran teilzunehmen. Und die Traudl war darüber gar nicht unglücklich, weil seine Anwesenheit der Sache nicht unbedingt dienlich gewesen wäre. Außerdem hatte sie das Treffen insgeheim auch als eine Möglichkeit gesehen, der Bardame vor Augen zu führen, dass ihr Sohn bereits eine Mutter hat, mit der er sich durchaus sehen lassen konnte. Und sie nützte die Zeit bis zu ihrem Treffen auch dazu aus, um von ihrem Friseur kleinere Korrekturen vornehmen zu lassen, insbesondere an Stellen, wo ihre Haare schon ziemlich grau geworden waren. Sie machte sich auch die Kleiderfrage nicht leicht und probierte alles aus, um am Ende festzustellen, dass vieles den Folgen erhöhter Nahrungsaufnahme zum Opfer gefallen war.

Als der Tag dann gekommen war, wollte sie möglichst frühzeitig dran sein, um schon vor der Bardame im Café zu sitzen und nicht erst dumm herumzustehen, weil sie einander ja nicht kannten. Aber ausgerechnet an dem Tag stieß die Trambahn, in der sie saß, mit einem Müllwagen zusammen und sie musste zu Fuß weiter. Dann war doch sie es, die in dem verwinkelten Kaffeehaus unentschlossen herumstand, zumal es mehrere Tische gab, an denen einzelne Damen saßen. Solche, die der Traudl vielleicht ganz recht gewesen wären, weil sie sich ihnen gegenüber deutlich im Vorteil gefühlt hätte. Aber von diesen nahm keine ihre suchenden Blicke auf, sie zeigten auch keinerlei Reaktionen. Bis auf eine, die etwas verdeckt an einem Ecktischchen saß. Die allerdings sah verdammt gut aus und die Traudl war einen Augenblick lang hin und her gerissen zwischen Schrecken und Erleichterung.

Ähnlich mochte es Vera Woitschek ergangen sein, die sich unter Rudis Mutter vielleicht auch etwas anderes vorgestellt hatte, und so plapperte die Traudl gewaltsam locker über alle Peinlichkeiten hinweg: »... hama uns doch gleich gefunden, gell. Aber ich tu mir vielleicht lieber meinen Mantel runter. Es is ja doch ziemlich warm herin. Mei, und jetzt is auch noch ein Unfall g'wesen, mit der Trambahn. Drum bin ich a bissl knapp dran. Aber es is ganz nett da herin, gell? Ich war noch nie da ...«

»Ich auch nicht«, sagte die Vera und ließ sie spüren, dass ihr die Situation ebenfalls keine Freude machte.

»A bissl schwierig am Anfang«, gestand ihr die Traudl, »mir geht's auch so. Aber ich meine, mir sind ja erwachsene Menschen ... da müsst's doch möglich sein ...«

»Eben ... und deshalb hab' ich eigentlich erwartet, dass Ihr Mann auch mitkommt, Frau Grandauer.«

»Ich weiß schon, aber ... der hat derartig viel um die Ohren im Moment. Dadurch, dass er a andere Abteilung übernehmen soll ... aber vielleicht is es auch gar nicht notwendig. Wenn wir uns ... von Frau zu Frau ... is so was manchmal einfacher.«

»Ich kenn's auch umgekehrt. Vor allem, wenn's um Männer geht.«

»Mei, Frau Woitschek ... um Männer!? Unser Rudi hat zwar schon viel erlebt ... und viel durchgemacht, im

Krieg und in der Gefangenschaft. Er is auch so, wenn man ihn so sieht … wirkt er sehr männlich. Aber er hat halt noch gar keine Erfahrungen … was Frauen anbelangt.«

»Und die Mama passt auf, dass er keine macht!?«

»Doch, doch, er soll welche machen. Und von mir aus, mit wem er will. Bloß, dass er halt nicht unglücklich wird. Das woll'n ma ihm ersparen. Sie ham doch auch a Kind g'habt … dann wissen S' doch, wie das is!«

Diesmal war es sogar Karls ausdrücklicher Wunsch, dass ihn seine Frau gleich im Anschluss an die Aussprache in seinem Büro anrufen sollte. Und dabei interessierte ihn weniger, wie diese Bardame ausgesehen hatte, welchen Eindruck sie machte, als vielmehr: »Hat sie unsere Entschuldigung angenommen oder nicht?«

»Unsere ist gut«, gab ihm die Traudl leicht säuerlich zur Antwort. »Aber sie erwartet schon auch was von dir, gell! A kleine Geste. Dass'd wenigstens amal hingehst zu ihr … in die Bar.«

»Erwartet sie von mir!«, höhnte er vollmundig. »Großartig! Die Madam zitiert mich in ihr Bumslokal!«

Amtmann Deinlein steckte, nach kurzem Anklopfen, den Kopf zu ihm herein und der Karl beendete abrupt das Gespräch: »Also, ich muss jetzt Schluss machen. Mir reden dann heut' Abend weiter.«

»Bitte nicht stören lassen, Grandauer!«

»Na na, war nur meine Frau«, sagte er und legte den Hörer auf.

»Wollte Sie nur in Kenntnis setzen: Die Direktion drängelt allmählich. Wegen Haftbüro.«

»Mein Gott, ja …«, erwiderte Grandauer und machte ein etwas unglückliches Gesicht dabei: »Man müsste ja fast direkt dankbar sein, dass man überhaupt … wenn man bedenkt, was im Leben alles … anders laufen könnte …«

Herr Deinlein war berührt von so viel Demut: »Man will Sie auch nicht unter Druck setzen, Grandauer. Nur, nächste Woche, letzter Termin für Ihre Entscheidung.«

»Prinzipiell ... eher ja. Wenn nicht noch irgendwie ... was weiß man.«

»Ach ja, und weil Sie neulich mal Interesse gezeigt haben für das Löffelholz-Trio ...« Grandauer nickte, noch bevor ihm einfiel, worum es sich dabei handelte, und der Amtmann fügte einladend hinzu: »Spielt wieder am kommenden Sonntag ... Haydn, Brahms und Beethoven. Zum festlichen Ausklang der Fachtagung für Orthopädie und Fußpflege. Könnt' ich Ihnen zwei Plätze reservieren lassen.«

»Aha ... das wäre natürlich ... werde ich heut' Abend auch gleich amal mit meiner Gattin besprechen. Die stammt ja selber aus einer Musikalienhandlung.«

»Ich weiß, ich weiß. Und wir haben jetzt auch einen neuen Cellisten! Zu unser aller Freude! Sie würden sich wundern, Grandauer!«

*

Der neue Cellist fand allerdings am Abend dann bei den Grandauers keine Erwähnung. Aber zum Wundern hatte der Karl dennoch einen Anlass gefunden, in der eigenwilligen Betrachtungsweise seiner Frau: »Is alles nur halb wahr, Karli, was du erzählt hast über sie!«

»Protokolle! Fakten! Schwarz auf weiß! Hab' ich mir nicht ausgedacht, mein liebes Kind! Tatsachen!«

»Tatsachen ... kann man auch auf den Kopf stellen. Dann sind's immer noch Tatsachen. Aber nimmer wahr!«

»Deine Philosophien, Traudl ... die sind leider weltfremd.«

»Leider, ja. Gut: Sie war eingesperrt. Stimmt. Wegen Penicillin. Stimmt auch. Aber, dass sie mit dem einer Mutter helfen wollte ... damit der ihr Kind nicht auch stirbt wie ihr eigenes … das hast' nicht g'sagt. Oder g'lesen. Oder es steht vielleicht gar nicht drin in deine Akten. Was weiß denn ich! Großer Gott, was da einem alles als ›Tatsachen‹ aufgetischt wird im Leben … und man glaubt's … weil man's ja nicht nachprüfen kann …«

Die Leuchtbuchstaben über dem »Gerard« hatten nun auch ihr »d« wieder und aus dem Inneren der Bar hörte man den Mann am Klavier heraus mit einem amerikanischen Schlager.

Es war noch nicht spät, die Leute auf der Straße wirkten eher wie Passanten als Nachtbummler. Das Paar, das gerade auf das Nachtlokal zusteuerte, war sich offensichtlich noch nicht einig, ob man da überhaupt hineingehen sollte.

»Also bittschön, Traudl, an Moment noch: Muss das wirklich sein?!«

»Ja, Karl. Jetzt hamas so ausg'macht. Ich könnt' mir auch was Schöneres vorstellen.«

»Du hast es so ausg'macht! Nicht ich!«

»Dann bleib' von mir aus draußen und blamier' dich allein! Ich geh' jetzt hinein!«

»Wer bin ich denn?! Ich bin doch nicht der ihr Kaschperl …«

Die Grandauers konnten nicht wissen, dass es in den bekannten Filmkreisen an diesem Abend einen Anlass zum Feiern gab und dass man als Austragungsort das »Gerard« gewählt hatte. Für den Karl wurde das Betreten der Bar dadurch nicht leichter, zumal sein erster Blick gleich auf den ungeliebten Schwiegervater seines Sohnes fiel. Herr Fröschle war zum Glück sehr mit einer Kleindarstellerin an seiner Seite beschäftigt, weshalb er die Grandauers nicht gleich bemerkte. Dafür kam ihnen von dort der Leitner Willi entgegen, laut und herzlich wie immer: »Ja, da wird ja der Hund in der Pfanne verrückt! Karli! Oida Spezi! Oh, pardon! Ladies first!« Dabei beugte er sich galant über Traudls

Hand. Und während der Karl die Begrüßung eher zurückhaltend erwiderte, beobachtete er – nicht zum ersten Mal – die starke Wirkung, die ein so schwacher Charakter oft gerade auf Frauen ausübt. Aber es war nicht der richtige Moment, dieses Phänomen anzusprechen.

Herr Fröschle winkte etwas irritiert herüber und rief: »Wir sehen uns danach!«

»War notabene ein sagenhafter Tipp!«, flüsterte der Willi und spielte damit auf Geld an. »Er ist voll bei uns eingestiegen! In die ›Glocken der Heimat‹.«

»Das freut uns aber, gell Karl! Und kann er da auch was verlieren dabei?«, fragte sie scheinbar besorgt.

»Wo nicht, Frau Grandauer?«, antwortete der Willi und blieb damit, was ihm nicht immer gelang, bei der Wahrheit. Dann rief er mit einer generösen Handbewegung: »Jetzt kommt sie ja, die Dame der Bar! Die Herrschaften kennen sich schon?«

»Wir schon, gell«, sagte die Traudl, »guten Abend, Frau Woitschek!«

»Darf ich also noch vorstellen: meinen alten Jugendfreund ... und Vater vom Rudi ... Kriminalinspektor ... oder bist' scho Oberinspektor? Herr Grandauer senior ... Frau Vera Woitschek!«

»Sehr angenehm«, sagte der Karl und nahm Veras Hand, die sich ihm zögernd entgegenstreckte.

9.

Ehe Karl Grandauer an diesem Morgen die Wohnung verließ, war er bemüht, von dem bevorstehenden Ereignis nur die schönen Seiten zu sehen. Und seine Frau wie deren Mutter, die Oma Soleder, bestärkten ihn darin, wenn auch nicht in allem aus vollster Überzeugung. Aber nachdem er dann aus der Wohnung war, hielten sie ihre Zweifel nicht mehr länger zurück und äußerten ihre trüben Ahnungen. Ebenso ließ auch sein Optimismus stark nach, sobald er vom Wohnzimmerfenster aus – von wo ihm die Damen nachwinkten – nicht mehr gesehen werden konnte. Er machte sich nun zu Fuß auf den Weg, den er schon unzählige Male gegangen war, hin zu seiner alten Wirkungsstätte, dem Münchner Polizeipräsidium. Ohne seine Aktenmappe dieses Mal und eher gemächlich. Oder, wie man auch meinen konnte, gegen einen inneren Widerstand.

Dabei blickte er auf Vieles, was ihm in den vergangenen dreieinhalb Jahrzehnten vertraut geworden war, und er nahm es beinahe so hin, als ob er sich für alle Zeiten davon verabschieden müsste. Wie er dann vor seiner altvertrauten Amtsburg stand, in der man sich anschickte, fortan auch ohne ihn auszukommen, zeigte sich dagegen ein hämischer Zug in seinem Gesicht und so etwas Ähnliches wie Schadenfreude.

Der Erste, der dem Karl drinnen in der Eingangshalle begegnete, war zu seiner Freude der ehemalige Hausmeister Dirscherl. Von ihm hieß es ja damals, wie man ihn in den Ruhestand geschickt hatte, er wäre schwieriger zu ersetzen gewesen als mancher Präsident. Und es war ja auch bis jetzt noch nicht vollständig gelungen.

»... ich hab' gedacht, Sie sind schon über alle Berge! Habe die Ehre, Herr Inspekter!«

»Herr Dirscherl! Seh' ich Sie auch noch amal! Sie sind mir schon sehr abgegangen.«

»Mei, gell, ma hat sich halt schon so aneinander gewöhnt g'habt. Ein halbes Menschenleben! Und jetzt geht der Herr Grandauer auch. Grad zuvor hat ma's wer g'sagt.«

»Alles hat seine Zeit, Dirscherl. Und gegen die Sache als solche wär' ja auch nix einzuwenden. Lediglich die Art und Weise, wie so etwas betrieben wird! Da gibt's ja jetzt Leute da herinnen, die können es gar nicht erwarten! Die stellerten einem am liebsten schon den Stuhl vor die Tür!«

»Die jungen Herrschaften heutzutag, gell! Ich bin schon im Bilde. Weil's halt alle so viel g'scheiter sind! Schulisch.«

»Aber alles kann man nicht lernen. Das hat man oder man hat es nicht. Herzensbildung zum Beispiel!«

»Ja mei ... so wie's amal war, Herr Inspekter ... so wird's nimmer.«

»Und hama auch unsre Erfolge gehabt, Dirscherl! Mehr, vielleicht wie heut!«

Als Inspektor Grandauer seinerzeit vom Mord in den Haftbereich hinübergewechselt war, hatte er das Zimmer des Dienststellenleiters einfach so übernommen, wie es war. Das hatte man auch als durchaus normal empfunden. Mit Grandauers jungem Nachfolger zog nun eine neue Sichtweise ein und das, obwohl die alte noch gar nicht ganz draußen war.

»... Der Schreibtisch kommt dann daher! Aktenschrank dementsprechend weiter rüber ... und der Schreibtischstuhl muss dringend aufgepolstert werden. Ist beantragt. Da hängt man ja bald bis auf'n Boden durch! Und dahin ... möcht' ich unbedingt was an die Wand. Aber a bissl was Modernes. Ham' S' da irgendwas im Fundus?«

Der Hausarbeiter war dem forschen jungen Mann eher unwillig gefolgt und antwortete: »A Bild, meinen S'. Da hama momentan bloß an Adenauer… oder an Heuss auf Lager. Aber ob die Ihnen modern genug san…?«

Aus dem Nebenbüro meldete jemand: »Jetzt is er grad ins Haus gekommen, Herr Inspektor! Dass ma vielleicht schon a Flaschl Wein aufmachen? Zum Anprosten…«

Drüben, im Nebenraum, hatten sich bereits ein Dutzend Kollegen, soweit abkömmlich, eingefunden und auch ein paar von der Mordabteilung waren dabei. Sie alle standen in Grüppchen um einen Gabentisch, darauf etliche Päckchen und in der Mitte der obligate Fresskorb.

Im Hintergrund waren zwei gestand'ne Kriminalpolizistinnen dabei, Brote für das kalte Buffet zu schmieren. So gesehen gab es auch keine Bedenken mehr gegen weibliche Kollegen im Polizeidienst: »Und drum waren wir auch für die Gleichberechtigung. Man muss den Damen halt nur die geeigneten Aufgaben zuteilen.«

Von Amerika wusste man ja allgemein, dass der Berufsstand des Kriminalers im Fernsehen ein hohes Ansehen genoss. Kriminalgeschichten waren dort sehr beliebt.

»Aber ich halt's für ausgeschlossen, dass sich das Fernsehen bei uns genauso durchsetzt wie in Amerika.«

»Schon wegen dem nicht«, ergänzte einer vom Mord, »weil der Deutsche ein ganz anderes Familienleben pflegt.«

»Hat ja auch die Kirche bei uns noch sehr viel mitzureden.«

»Und ich garantier' euch«, widersprach ihnen der Kollege von der Sitte, »eines Tages ist das bei uns genauso! Wie in Amerika.«

»Unwahrscheinlich! Das ist ja auch eine Zeitfrage. Als normaler Mensch hast' doch immer irgendwas zum Reparieren und Werkeln daheim. Den Radio hör' ich halt nebenher.«

»Für alte Leut'… Pensionisten… für'n Grandauer zum Beispiel, für den wär' das Fernsehen jetzt ideal.«

»Der hat doch danach noch weniger Zeit! Mit seinem Garten! Muss er doch ständig umgraben und jeden Grashalm einzeln abschneiden!«

»Da kann ma sich allerdings auch täuschen ... weil, der Gesündeste is er nämlich auch nimmer, der Grandauer. Mit seine Magengeschichten.«

»Da is vielleicht auch viel Seelisches dabei. Sehr viel!«

»Ja ja, das Seelische! Das hast' heutzutag' gleich, wennst' nicht aufpasst! Früher, da ham die Leut' ja zu so was oft gar koa Zeit net g'habt. Fürs Seelische.« Zu seinen spöttischen Bemerkungen nahm Kommissär Euringer sogar die Pfeife aus dem Mund und zeigte seine gelben Zähne.

»Ein alter Zyniker is er!«

»Man muss aber auch gerechterweise sagen: Unser scheidender Chef hat bestimmt viel Energien eingebüßt, für seine aufrechte Haltung im Dritten Reich!« Damit hatte Grandauers Nachfolger sicher einigen aus dem Herzen gesprochen, denn man konnte sehen, wie sie sich das Lachen verkniffen. Und vielleicht hätten sie ganz gerne noch mehr solche Bosheiten gehört, aber nun hieß es: »Achtung, er naht!« Und alle wandten sich dem frischgebackenen Pensionisten zu, um ihn lautstark zu beglückwünschen, jeder mit einer möglichst originellen Bemerkung, die alle darauf hinausliefen, wie sehr er zu beneiden wäre, weil er jetzt endlich Zeit hätte, sein Leben zu genießen. »Und dafür kriegst du von mir, lieber Karl ... diesen Patenthosenträger! Dann können sie dich in Zukunft alle am A... lecken! Und du verlierst deine Hosen nicht dabei!«

Es gab ein großes Gelächter und der Karl erinnerte sich noch gut, bei wessen Pensionierung er den Witz mit dem Hosenträger schon einmal nicht verstanden hatte.

»Bitte alles amal herhören: Es gibt Getränke und belegte Brote! Die stehen jetzt zur Verfügung!« Worauf sich die Aufmerksamkeit blitzartig diesen zuwandte.

Zugleich, von einer Sitzung herbeieilend, kam dann auch Grandauers langjähriger Wegbegleiter und Vorgesetzter in der Mordabteilung, Amtmann Deinlein. Er trug, in nobler Zurückhaltung, ein in Weihnachtspapier verpacktes Geschenk in der Hand, offenbar von einigem Gewicht. Auch hatte er etwas sehr Ernsthaftes in seiner Mimik und schien, im Gegensatz zu allen anderen, vom Anlass eher tief bewegt als erheitert, sodass sich der Karl mit ihm in sein ehemaliges Chefbüro zurückzog.

»Hat mich nicht unberührt gelassen, Ihr Abschied. Nicht unberührt.«

Auch der Karl hielt seine Rührung nun kaum noch zurück, während sie der vielen Gemeinsamkeiten gedachten und schicksalhaften Augenblicke.

»Eine Lebensgemeinschaft, mein lieber Grandauer, geht damit zu Ende.«

»Und im nächsten Jahr, da ist es dann bei Ihnen so weit. So geht alles einmal zu Ende.« Vielleicht war Grandauers Replik etwas plump und ernüchternd, aber der Amtmann benützte sie wenigstens als Brücke hinüber zu seinem Geschenk: »Vergänglichkeit ... Sie geben mir das Stichwort. Weil wir uns doch immer wieder Beständigkeit wünschen ... so habe ich Ihnen, quasi als ein weltliches Symbol dafür ...« Und er entnahm dem Weihnachtspapier eine gut fünfzehn Zentimeter hohe Gipsbüste, den unsterblichen Ludwig van Beethoven darstellend: »Verbunden mit dem Wunsch, damit ein bleibendes Angedenken ...«

Grandauer ergriff das Geschenk mit beiden Händen, unsicher im Umgang mit derlei gewichtigen Symbolen, und er stammelte: »Also, das is ja ... da bin ich jetzt vollkommen ... is ja wunderbar! Wunderbar!«

»Hoffe nur, Sie haben ihn noch nicht.«

»Nicht, nein ... das tät' ich ja wissen.«

»Nachdem Ihre verehrte Gattin ja aus einer Musikalienhandlung stammt.«

»Trotzdem. Die hatten ja alles Mögliche. Musikalisch gesehen.«

»Aber schon gleich erkannt, den Meister? Es ist die etwas kleinere Ausgabe.«

»Sofort! Mir ist bloß nicht gleich ... der Name ... er liegt mir direkt auf der Zunge. Ganz bekannt. Und ich weiß auch schon, wo ich ihn hinstelle ...«

Der Fahrer, der den scheidenden Kriminalinspektor von seiner Abschiedsfeier heimbrachte, half ihm dann noch, die Geschenke hinauf in die Wohnung zu tragen. Dort stellte der Karl sie als Kennzeichen seiner Beliebtheit auf den Wohnzimmertisch, wo die Traudl sie einer nüchterneren Bewertung unterzog: »Mei, die ham mir doch früher auch im Laden g'habt, die Gipsköpf'. In allen Größen. Fürs Klavier oben drauf.«

»Naja, er wollte damit halt, der Deinlein ... was Bleibendes ... wo er doch mit einer Geigerin verlobt is. Und von mir hat er natürlich nicht angenommen, dass ich die gleich erkenne, die Büste. War er dann ganz verdutzt, wie ich auf Anhieb g'sagt hab': der Beethoven!«

»Ein Haufen Zeug, Karli ... und nix G'scheits. Da wenn's uns alle mitanander so einen Mixer g'schenkt hätten, wie ma's jetzt hat ...«

»Bei so was geht's doch nicht wie bei einem Namenstag ... da geht's doch mehr ums Ideelle.«

»Bei die Filzpantoffeln da?!«

»Von meinem jungen Herrn Nachfolger! Als Anspielung natürlich! Der Rotzlöffel!«

»Oder die Patenthosenträger?! Und die protzige Schreibgarnitur! Ein typisches Werbegeschenk.«

»Da is der Rudi vielleicht später amal sehr froh drüber. Als Journalist.«

Die Traudl hatte sich etwas beunruhigt über den Fresskorb gebeugt und schnupperte: »Sag' amal, woll'n ma aus dem nicht lieber a paar Sachen rausnehmen? Die Wurst zum Beispiel. Und das Obst ... schaut auch schon nimmer ganz frisch aus!«

»Naja ... bis zum Abend wird sich's vielleicht noch halten«, meinte der Karl, »falls wer kommt ... dass ma den Korb im Ganzen sieht. Der Adi wenigstens. Der weiß das nämlich genau, dass ich heut' ...«

»Der Adi, geh' zu ... der hat doch nur noch Augen und Ohren für seine Mitzi!«

»Lächerlich! Der alte Depp!«

»Also, ich finde, mit der hat er wieder genau das, was er braucht.«

»Wenn die nichts anderes zu bieten hat wie ihre ...« Die Beschreibung derselben nahm der Karl gestisch vor.

»Hat's ja vielleicht. Das tritt nur nicht so stark hervor.«

»Und ich hätte es auch nicht übertrieben gefunden, Traudl ... wenn sich der eine oder andere von unsern Herrn Söhnen an so einem Tag nach seinem Vater erkundigen würde. Es is ja nicht nur, dass man auf einmal beruflich nicht mehr benötigt wird ... es ist ja auch ein erster Schritt ins Jenseits.«

»Jetzt hörst aber auf, Karli!«, sagte die Traudl und legte den Arm um ihn.

»Jaja, Mädchen ... das will man immer nicht hören. Aber es hilft auch nix, wenn man die Augen davor verschließt.«

Manchmal kam die Oma ja im richtigen Augenblick, wie gerade eben, als der Karl einem Anflug von Schwermut erlag.

»Also, Kinder, jetzt hab' ich noch amal mit der Sara telefoniert: Über Weihnachten, sagt sie, bleiben sie lieber droben in Berlin. Aber zum Max seiner Silvesterfeier, da kommen sie dann vielleicht alle drei nach München.«

»Wunderbar, Oma«, ließ sich der Karl vernehmen, ein wenig schon wie aus dem Jenseits.

»Ach, den ham sie ihm wohl verehrt, den Korb, seine Kollegen!«, sagte die Oma, und wie sie ihn näher in Augenschein nahm, fügte sie kritisch hinzu: »Aber überangestrengt haben sie sich mit dem auch nicht. Die Dauerwurscht gibt's vorn beim Metzger für vier Mark fuffzig!«

»Du musst sie ja nicht essen, Oma«, entgegnete der Schwiegersohn gekränkt.

»Der is sehr schön, Mutti, der Korb! Aber was anderes: Weiß der Kurt jetzt schon was wegen ihrer alten Schwabinger Wohnung?«

»Sie hat ihm noch nix gesagt, die Sara, und vielleicht kann ma's ihm ja auch ersparen. Du kennst doch deinen Bruder, Traudl. Wie der sich dann wieder aufführt, wenn er erfährt, dass wir ihre Wohnung dem Adolf zugeschanzt haben. Dem Erznazi!«

»Hätt' ma's lieber fremde Leut' überlassen soll'n?!«, knurrte der Karl. »Bloß weil er ewig auf der Vergangenheit rumreiten muss! Mein Bruder is, weiß Gott, bestraft genug … nachdem, was er alles mitgemacht hat mit seiner Familie!«

*

Noch hatte Dr. A. Grandauer nur eine Visitenkarte an seiner Wohnungstür anstelle des üblichen Namensschildes aus Messing. Obwohl rechtmäßig hier eingezogen, lag ihm viel daran, im Haus noch möglichst wenig aufzufallen. Das hatte vor allem mit der Dame zu tun, die er seit Längerem bei sich beherbergte. Und mit ihr pflegte er einen durchaus vertrauten Umgang, der sich nicht so ohne Weiteres mit seinem öffentlichen Ansehen in Einklang bringen ließ.

Frühmorgens, bevor er sich zum Gericht begab, schäkerte er gerne noch mit ihr: »… Meine liebe Mitzi, ich geh jetzt hinaus in den Wald. Sei auf der Hut vor dem bösen Wolf!«

»Bussi, Baba, Bärli!«, hauchte sie ihm nach. Sodann trat er hinaus ins Stiegenhaus, beseligt lächelnd, bis ihm jemand von unten entgegenkam.

»Einen schönen guten Morgen, Herr Doktor!« Freude und Ehrfurcht lagen in dieser Stimme: »Herr Uhl! Geht's gut, mein Lieber, ja?«

»Danke der Nachfrage, Herr Doktor. Wie der Herr Doktor immer sagen: Wir lassen uns nicht unterkriegen!«

»So is es richtig. Was uns nicht umbringt...« Zugleich flog oben Adolfs Wohnungstüre auf und heraus tapste unbedacht, eine Aktentasche schwenkend, die Mitzi, von ihrem Morgenmantel nur unvollständig bedeckt, und sie stammelte hilflos: »Deine Mappe, Adi...« Herr Uhl riss erneut die Mütze vom Kopf und senkte diskret seinen Blick.

»Ihre Mappe, Herr Doktor«, wiederholte die Mitzi jetzt offiziell und dabei zog sie den Morgenmantel schamhaft über ihr Dekolleté.

»Oh! Völlig vergessen. In der Eile. Vielen Dank«, sagte der Adi angemessen distanziert. Derweil stellte sie die Mappe neben die Türe und verschwand in der Wohnung. Herr Uhl eilte beflissen hinauf: »Hol' sie schon, Herr Doktor, hol' sie schon! Gell... wenn es dann oft so pressiert in der Früh! Aber gut, dass es die Dame gleich bemerkt hat.«

Im Besitz der Mappe schlug Doktor Grandauer dem Hausmeister gegenüber einen vertraulicheren Ton an, indem er flüsterte: »Möchte allerdings bitten, mein Lieber ... nachdem ich mit der Dame noch nicht offiziell... dass sie diese Angelegenheit vorläufig für sich behalten. Mit Rücksicht auf meine Stellung als Rechtsperson. Wir haben uns verstanden, Herr Uhl?!«

Dieser nahm Haltung an und gelobte: »Da kann sich der Herr Doktor hundertprozentig auf mich verlassen.«

»Schön zu wissen...«

*

Und wieder öffnete sich in der Justizvollzugsanstalt Stadelheim das Tor in die Freiheit. Heraus trat ein blasser älterer

Mann, in der Hand eine große Kaufhaustüte. Sein Wintermantel mit Spitzbiberkragen hing eher jämmerlich an ihm, als wäre er ihm zwei Nummern zu groß. Oder der Mann war um zwei Nummern kleiner geworden.

Er kam heraus wie einer, der wusste, dass draußen niemand auf ihn wartete. Und er gab auch nicht zu erkennen, dass ihn das Leben außerhalb der Mauern sonderlich beeindrucken würde. Er schien es auf beiden Seiten der Mauer gut zu kennen.

Auch der Beamte, bei dem er sich zuvor seine persönlichen Sachen abgeholt hatte, plauderte mit ihm wie mit einem alten Bekannten: »Und … was macht er jetzt, der Herr Willibald Leitner, wenn er wieder draußen is?«

»Einen schlechten Eindruck«, antwortete der kauzig.

»Ham S' aber schon irgendwo a Quartier, wo's unterkommen?«

»Sonst geh' ich halt wieder ins Hotel Vierjahreszeiten. Da krieg' ich immer was …«

*

Im Jahr davor, als sich Willibald Leitner, alias Metzger Willi, genötigt sah, der Einladung nach Stadelheim Folge zu leisten, erhielt auch das Bäckerhaus neuen Zuwachs. Überraschend.

Eine weitläufige Kusine von Max Kreitmeier, die seit Längerem in Sachsen verheiratet war, hatte, aus welchen Gründen auch immer, mit Mann und Schwiegervater in den Westen »rübergemacht«. Zuvor waren sie in einem Auffanglager nahe Berlin, durch das jährlich Zigtausende von Flüchtlingen gingen, oft mit nicht mehr als dem, was sie tragen konnten.

»Aber, dass die sich überhaupt noch an meinen Namen erinnert!«, wunderte sich der Max. »G'sehn hama uns bald dreißig Jahr nimmer.«

»Aber zur Hochzeit ham's uns geschrieben«, erinnerte sich die Kathi.

»Ja, dann… müss' ma's natürlich aufnehmen. Mir ham einfach immer wieder das Glück, dass die Leut' an uns denken… wenn's uns brauchen.«

»Ach Gott, ach Gott«, sagte die Oma Soleder, als die Kathi ihr von der neuen Einquartierung erzählt hatte: »Bei euch reißt es wahrhaftig nicht ab. Was macht ihr denn jetzt mit denen?«

»Na ja, drunten hama ja noch Platz, im Keller. Und wenn's wirklich nur a paar Monat bleiben woll'n…«

»Ich denk' mir halt, Frau Kathrin… was wird das noch werden, wenn die plötzlich alle zu uns rüber woll'n, aus der Ostzone?! Und ich weiß ja auch nicht, ob das immer so notwendig ist. Wer drüben was ist und was hat… denk' ich mir halt… der lässt doch nicht einfach alles liegen und steh'n und rennt Hals über Kopf weg.«

Seit ihrer Flucht waren nun fast eineinhalb Jahre vergangen und Kreitmeiers weitläufige Verwandtschaft hatte den Keller im Bäckerhaus längst wieder verlassen – allerdings nur, um hinauf in die kleine Dachwohnung zu ziehen. Und das war möglich geworden, nachdem Adolf Grandauer die Wohnung in Schwabing übernommen hatte.

Die Flüchtlinge waren fleißige Leute, gingen keiner Arbeit aus dem Weg und halfen, wo sie konnten. Die Kusine Hanna putzte, ihr alter Schwiegervater stand im Winter – wie zurzeit – zum Holzmachen mit Hackstock und Sägebock draußen vor dem Laden und Hannas Mann hatte Arbeit beim Bau gefunden. Aber alle drei dienten sie vorrangig und unermüdlich, wo immer eine Gelegenheit dazu bestand, ihrem ganz elementaren Lebensziel.

»Hanna! Da komm' amal her, Mädchen! Und guck dir das an! Du ooch, Opa! Kommt mal alle beide!«

Hannas Mann war mit einem Handkarren vor der Bäckerei erschienen, ausgelassen vor Freude über den alten verrosteten Warmwasserboiler, den er dieses Mal mit heimbrachte: »Den hamse glattweg rausgeworfen, den Boiler! Heut' früh, wie ich auf'm Weg zur Baustelle bin, liegt er auf der Straße. Hab ich'n mir gleich geschnappt!«

»Und der is noch gut, meinste?«, fragte ihn seine Frau.

»Wenn nich, kann ich'n richten. Und die Rohre da hab' ich ausgebuddelt aus einem Ruinenkeller!«

»Zinkrohre!«, sagte der Opa beeindruckt.

»Eben, was glaubste, was die Dinger kosten täten?!«

Nun kam auch der Max dazu und verdrehte die Augen beim Anblick der Fundstücke: »Du lieber Himmel! Was hat er denn da wieder aufgegabelt?!«

»Warmwasserboiler, Max!«

»Wunderbar! Jetzt müsst's ja dann bald euer Häusl beinanderham!«

»Ach nee, Max... n' Weilchen noch, wenn wir bei euch unterkommen.«

»Ja, ihr... ihr kommt's leicht unter bei uns. Aber euer ganzes Baustofflager! Kann ma ja schon nimmer in den Keller nunter vor lauter Zeug!«

»Kommt alles raus, Max. Noch den Winter. Geb' ich dir mein Wort!«

*

Er war nicht immer gerne aufgestanden um sechs Uhr früh. Aber er war es so gewöhnt. Und nun war es beinahe genauso schwierig, nicht aufzustehen, nur, weil man ihn offiziell nicht mehr benötigte. Also lag man halt sinnlos herum und vergeudete sein Leben. Und was hätte man nicht noch alles tun können!

Grandauer dachte in solchen Momenten viel über sich und seine Zukunft nach. Doch nichts führte zu einem

Ergebnis. Seine Frau schlief derweil unbekümmert neben ihm. Herausfordernd unbekümmert. Es war gar nicht leicht, dabei stillzuhalten. Wie von selbst ergaben sich ein paar unnötige Bewegungen. Aber auch die bewirkten nichts. Also erhob er sich geräuschvoll aus dem Bett und murmelte vor sich hin: »Die Frau … verschläft ihr halbes Leben!« Dabei geriet er an eine Wasserflasche und die kullerte unüberhörbar unters Bett. Das holte seine Frau dann auch aus dem Schlaf und sie maunzte verärgert: »Was tust' denn scho wieder rum in aller Früh?! Musst' doch nirgends mehr hin!«

»Aber ich hab' auch keine Lust, Traudl, dass ich meine paar Jährchen, die ich noch hab' … vielleicht noch habe! Dass ich die daherin verschlaf'!« Dabei knipste er das Licht an und auch die Traudl erhob sich nun ebenfalls schlaftrunken und fischte nach ihren Pantoffeln: »Mei, der Mann! Ja, wenn er nur wenigstens sein Leben genießen würde. Aber das kann er ja auch nicht.«

»Das Leben ist ja nicht bloß dazu da, dass man es genießt, net.«

»Und ich hab' grad so was Schönes geträumt.«

Nach einigen tiefen Atemzügen am offenen Fenster sagte er erfrischt: »Da habe ich die allergrößte Hochachtung vorm Max seine Flüchtling. Was die drei Leut' arbeiten! Tag und Nacht! Dass sie zu was kommen! Und ich garantiere dir, das dauert kein Jahr mehr, dann ham die ihr Häusl fertig.«

Weniger beeindruckt und schon im Morgenrock entgegnete ihm die Traudl: »Das täten wir vielleicht auch, wenn ma's müssten.«

»Wir?! Oh mei … bei uns macht doch a jeder, was er mag. Da fehlt doch jeglicher Zusammenhalt. Wir bringen's ja nicht amal fertig, dass ma auf Weihnachten alle beianander sind! Der Rudi muss zum Skifahr'n … zum Skifahr'n! Glaubst du vielleicht, solche Leut' wie dem Max seine

Flüchtlinge kämen auf die Idee, dass sie zum Skifahr'n woll'n?! Die wissen wahrscheinlich gar nicht, was das ist.«

Anschließend nahmen die Dinge ihren gewohnten Verlauf, nur eben ohne sinnstiftende Notwendigkeit. Die Oma hielt das Bad wie immer zur falschen Zeit besetzt und der Karl trommelte schon eine Weile mit den Fingern auf den Frühstückstisch. Nur, da war eben nichts, was ihm zur Eile Anlass gab.

»Aber auf der anderen Seite muss man natürlich schon sagen: Es wird für die Flüchtlinge auch viel getan. Unverschämt viel! Dass ma sich als hiesiger Mensch bloß noch wundern kann. Wir kriegen keine dermaßen günstigen Kredite und so weiter und so weiter …«

»Isst aber schon ein Ei?«, unterbrach ihn seine Frau, obwohl sie seine Antwort eigentlich schon kannte.

»Besser nicht, Traudl, du weißt ja …« Und dabei griff er sich besorgt an den Magen.

»Aber du isst eins«, sagte sie wie mechanisch und ließ das Ei ins kochende Wasser gleiten. Dann wendete sie sich ihrer Mutter zu, die soeben die Küche betrat: »Warum bist'n du auch schon auf? Morgen, Mutti …«

»Mein Gott, was soll ich denn noch im Bett? Ich kann ja doch nicht schlafen.«

Der Karl setzte indessen seinen Gedankengang, die Flüchtlinge betreffend, fort: »Aber es gehört schon auch eine ziemliche Portion Unverfrorenheit dazu, wenn man in ein fremdes Land kommt … egal warum … und man sagt nicht bescheiden: Wir tun alles für eine kleine Wohnung. Nein! Wir bauen uns gleich ein Haus! Unsereiner wohnt sein Leben lang auf Miete! Und wir haben auch schon amal alles verlor'n!«

Die Oma nahm die Hand vom Ohr und sagte etwas ärgerlich: »Also, ich hör' heut' wieder so schlecht. Ich weiß gar net … das ist oft ganz verschieden. Was meint er denn grad, der Karl?«

»Was du gerade meinst, Karl, will die Mutti wissen.«

»Nicht wichtig, Oma. Um den Silvesterball bei die Kreitmeiers is es gegangen.«

»Ach du liebe Zeit! Gell, der liegt dir auch im Magen, Karl. Am liebsten würd' ich ja gar nicht hingeh'n.«

»Ich auch nicht, Oma. Darfst' ma glauben.«

»Dann könnt's ja direkt nett werden«, sagte die Traudl, aber nur für sich.

*

Obwohl die »Glocken der Heimat« nicht den erwarteten Anklang fanden, hatten sich die Verluste des Druckereibesitzers Adam Fröschle noch einigermaßen in Grenzen gehalten. Und wären die Annehmlichkeiten, die ihm während der Drehzeit durch eine blonde Kleindarstellerin widerfuhren, nicht von unerwünschten Folgen belastet worden – er hätte vielleicht sogar von einer ausgeglichenen Bilanz sprechen können. Aber diese Folgen hatten ihren Preis, der sich zudem nur mit viel Geld geheim halten ließ.

Insofern war es Herrn Fröschle nicht zu verdenken, dass er anschließend sämtliche Beziehungen zur Filmkunst abgebrochen hatte und deren Vertretern peinlich aus dem Weg ging.

Vor dem Urheber seiner Probleme, vor Herrn Willibald Leitner, fühlte er sich ohnehin geschützt, solang dieser dort war, wo er seiner Meinung nach auch hingehörte: hinter Schloss und Riegel. Und er war sehr überrascht, als er ihm nun von seiner Sekretärin gemeldet wurde. Leider konnte er ihn nicht, wie er das gern getan hätte, eiskalt abservieren. Am Ende wusste der Strizzi etwas von seiner fruchtbaren Mittäterschaft bei den Glocken der Heimat und konnte ihn damit erpressen. Aber wie er ihn anschließend so vor sich stehen sah, so reuig und kleinlaut, erkannte er sofort: Der da, der pfiff aus dem letzten Loch. Und er hatte bestimmt kein Ass mehr im Ärmel: »Gut schaut er aus, der Herr Leitner! Sind's im Urlaub g'wesen?«

»So in etwa ...«, antwortete der Willi und ließ den Hohn an sich abtropfen. »Die Wege zur Gerechtigkeit sind halt leider oft sehr verschlungen. Hat amal wer g'sagt. Is a lange G'schicht, Herr Fröschle. Aber ich erzähl's Ihnen schon amal.«

»Alles muss ich nicht wissen, Herr Leitner. Mach' ma's kurz. Oder gibt's noch was Wichtiges?«

»Irgendeine Arbeit für mich? Übergangsweise. Im Moment wär's mir egal, was. Ich mach' alles. Bis ich wieder ...«

»Brauchen S' gar nicht weiterreden. Leut', die arbeiten woll'n, hab' ich mehr als genug. Und die woll'n net bloß arbeiten... die können's auch. Aber probier'n Sie's halt amal bei Ihrem Jugendfreund... beim Herrn Grandauer. Der is doch jetzt in Pension. Da hat er bestimmt große Pläne mit seiner Gartengestaltung!«

*

Der Postbote stand bei den Grandauers an der offenen Wohnungstür und überreichte der Oma ein gutes Dutzend Drucksachen und Prospekte.

»Und alles für meinen Schwiegersohn?«, fragte sie irritiert.

»Alles für'n Herrn Grandauer. Und dann krieg' ich noch eine Mark zehn Nachnahme.«

»Für was is denn das Zeug überhaupt?«

»Für'n Garten«, vermutete der Postler.

»Aber jetzt, im Winter?!«

»Ja, mei, was a Gartler is ...«

»Mein Gott, er is doch jetzt in Pension ...«

In dem Moment hörte man von dort, wo die Küche war, einen heftigen Krach und die Oma erschauerte ahnungsvoll: »Allmächtiger! Er tut nämlich alles reparieren!«

Die Reparatur betraf ein Küchenregal, auf dem sich eine Reihe von Behältnissen mit viel benutzten Gewürzen, Zutaten und Lebensmitteln befanden; solche vor allem, die sich nach dem Absturz über den ganzen Küchenboden ausbreiteten. Und der Karl stand nun etwas versteinert davor und betrachtete die Verankerungen des Regals, die zu verbessern er sich berufen fühlte.

»Das hab' ich kommen seh'n!«, sagte der Karl vorwurfsvoll zu seiner Schwiegermutter, die mit weit geöffneten Augen auf den Küchenboden blickte. »Weil alles dermaßen verrottet is da herin! Wo is'n die Traudl?«

»Auf'n Speicher is sie nauf. Wegen dem Christbaumständer«, antwortete die Oma eingeschüchtert und auch ein wenig schuldbewusst.

»Mein Gott, der pressiert doch nicht, der Christbaumständer! Hama doch noch genügend Zeit bis Weihnachten.«

Dann schusselte die Oma wieder hinaus in den Flur, um den Postboten abzufertigen. Und anschließend kam auch die Traudl dazu mit dem Christbaumständer: »Gut, dass ich nachschau, Mutti. An dem is uns doch voriges Jahr die eine Schraube abgebrochen.«

»Jetzt wart' amal, Traudl«, flüsterte die Oma und hielt ihre Tochter am Arm fest: »Dass dich nicht gleich der Schlag trifft, wennst' in die Küche gehst!«

»Warum, was is'n scho wieder passiert?«

»Sag' nix, Traudl. Er meint's ja gut.«

»Da hama bloß nix davon… wenn er alles ruiniert.« Und sie holte tief Luft, wischte ihren Gram aus dem Gesicht und säuselte beim Eintreten in die Küche: »Mei Karli! Und hast dir so viel Mühe gegeben, gell. Wie is'n jetzt des wieder passiert?«

Dem Karl aber ging es um etwas anderes als um das Wie: »Ist doch völlig wurscht, wie! Dass es passiert ist! Da liegt doch der Hund begraben. Weil ihr alles dermaßen verrotten lasst…!«

»Also bittschön, jetzt hörst aber auf, gell! Verrotten!«, fauchte sie zurück und aus ihren Augen, die er einstmals so angebetet hatte, schossen kleine Giftpfeile.

»Und das liegt nicht zuletzt daran, wie man mit den Dingen umgeht! Pfleglich oder ...«

»Wir, gell!«, höhnte sie und hielt ihre Mutter davon ab, mit dem Aufräumen zu beginnen. »Bloß komisch, Karl, dass bis jetzt alles wunderbar funktioniert hat! Bis du an allem rumreparierst.«

»So ... dann geh jetzt bitte amal mit mir ins Schlafzimmer nüber ... und ich zeig' dir den Unterschied zwischen deinen Schranktüren und meinen Schranktüren!«

»Jetzt räum' ich erst amal die ganze Bescherung da weg, die du uns hinterlassen hast! Und du hör' auf, Mutti! Mit deinem Rücken. Das mach' dann scho ich.«

»Aber vielleicht kann ja der Karl sich schon amal um die Schraube kümmern ... von dem Christbaumständer, weißt Traudele.«

»Das ist auch so was«, belehrte sie der Karl. »Um die kümmere ich mich halt dann, wenn ich den Christbaumständer brauche. Und nicht schon vierzehn Tag' zuvor.«

»Bittschön, sag' nix, Mutti. Sonst repariert er den auch. Und dann sind gar keine Schrauben mehr dran.«

Um seinen Gedankengang nicht unterbrechen zu müssen, nahm er die kleine Bosheit seiner Frau gar nicht zur Kenntnis, sondern fuhr fort: »Und notfalls mache ich mir halt eine Liste: Was ist wann fällig. In der richtigen Reihenfolge. Und nicht das Pferd ... mit'm Schwanz, net ... voraus. Ohne eine solche Systematik ... wär' ich ja in meinem Beruf verloren gewesen. Wo andauernd alles Mögliche auf einmal über einen ...«

Es klingelte und er unterbrach seinen Vortrag: »Wer is'n des?«

»Mach' auf, dann weißt'as«, empfahl ihm seine Frau, noch immer verärgert.

Der Karl winkte ab: »Bittschön, geh' du. Ich bin nicht da.«

»Aber sei so gut und lass alles so liegen und räum nicht auch noch auf.« Und dann ging sie hinaus und öffnete die Wohnungstüre. Der Mann, der draußen stand, kam ihr gleich irgendwie bekannt vor. Es hätte aber auch sein können, dass er für einen Wohltätigkeitsverein sammelte, weil er so schüchtern und demütig dreinschaute: »Leitner ... wissen S' noch? Der Jugendfreund vom Karli.«

Da war sie sehr erfreut, obwohl ihr das Chaos in der Küche noch vor Augen stand. Aber an den Herrn Leitner hatte sie ja nette Erinnerungen: Wie er ihnen die Kübel mit Malerfarbe brachte und ihr ein Täfelchen Schokolade schenkte. Eine Kostbarkeit war das damals vor der Währungsreform. »Ich weiß jetzt bloß nicht ...«, sagte sie einen Moment zögerlich und dann ganz spontan: »Bittschön, kommen S' doch rein, Herr Leitner!«

»Nur, wenn's Ihnen nicht ungelegen kommt, Frau Grandauer.«

»Mir überhaupt nicht. Mein Mann is bloß leider ... der hat noch mal wegmüssen. Aber vielleicht kommt er ja bald. Geben S' mir Ihren Mantel.«

»Bin so frei. Aber Ihnen geht's schon gut, hoff' ich'?«

»Wie's einem halt so geht ... wenn der Mann in Pension is.«

»Muss ma sich auch erst dran gewöhnen, gell.«

»Da sagen S' was!«

Die Oma hatte die Küchentüre einen Spalt offen gelassen und sich, mit der Hand am Ohr, dort postiert: »So leis' redet er, so leis'«, flüsterte sie.

Der Karl war natürlich auch interessiert, wollte es sich nur nicht anmerken lassen. »Ja ja, das tät' dir so passen, Freunderl!«, reagierte er auf etwas, das er von drüben gehört hatte. Und die Oma war ganz verzweifelt: »Ich hab's wieder nicht verstanden, Karl. Was hat er gesagt?«

»Der sucht natürlich jetzt ein warmes Platzerl, wo er sich einnisten kann.«

»Und er ist richtig eingesperrt gewesen, meinst?!«

»Mein' ich nicht, das weiß ich. Und nicht nur einmal. Mich wundert's sowieso, dass'n schon wieder rausgelassen ham.«

»Machst' dir Sorgen wegen der Traudl, gell? Soll ich vielleicht rübergeh'n? Ich meine, mir wird er ja nicht zu nahe treten, oder?«

»Na na Oma, bleib' du nur da. Der tut ihr scho nix.«

Und nun kam auch die Traudl vom Wohnzimmer herübergehuscht und zischelte ihren Mann verärgert an: »Also, mir ist das so peinlich, dass ich dich da verleugnen muss, vor einem alten Freund!«

»Er ist aber ein Zuchthäusler, Traudl!«, flüsterte die Oma zurück.

»Schmarrn! Er is kein Zuchthäusler!«

»Hab' ich auch nicht gesagt, Zuchthäusler. Aber ein alter Knastbruder ist er. Und das weißt du sehr genau, Traudl.«

»Er hat dir aber so und so oft geholfen! Das weißt du auch. Wie er gekommen is, nach'm Krieg ... mit die Schuh' für'n Maxi! Und mit der Malerfarb'! Und Schoklad' und Zigaretten ... und Glühbirnen ...«

»Kaputte, ja! Keine besonderen Taten! Die ham ja alles gehabt, die Schieber. Ergaunert! Volkseigentum! So war das doch.«

»Jaja, Karl ... aber des hat dich damals auch nicht gestört. Da war'n ma froh! Und bittschön, Mutti ... tu wenigstens a paar Weihnachtsplatzerl auf an Teller. Und stell' a Kaffeewasser auf. Ich bring' das jedenfalls nicht fertig, dass ich ihn einfach so mir nix dir nix wegschick' ...«

Für den Leitner Willi war schon der Geruch nach Weihnachtsplätzchen – wie er bei den Grandauers zurzeit in der ganzen Wohnung hing – nicht leicht zu ertragen. Oft war es ja auch früher nicht vorgekommen, dass bei ihm zu Hause vor Weihnachten gebacken wurde. Dafür war meistens kein Geld da. Und später dann hatte es halt an anderen Voraussetzungen gefehlt. An dem, was Familie bedeutete zum Beispiel, oder wie man sie sich gerne vorstellte, namentlich wenn man keine hatte. Irgendwo hingehören, daheim sein in einer glücklichen Familie eben.

Eine, die vielleicht so aussah wie die Familie Grandauer auf dem gerahmten Foto, vor dem der Willi nun schon eine Weile stand, mit schwermütigen Augen. In ihrem Garten war die Aufnahme entstanden, mit Selbstauslöser und alle waren sie drauf und alle lachten oder machten drollige Gesichter. Bis auf den Karl, der war auch etwas verwackelt. Das Bild stand auf dem Wohnzimmerbuffet, einem gediegenen Stilmöbel aus Onkel Rudis Nachlass. Und darauf war einstweilen auch die Beethovenbüste gelandet; denn ein Klavier gab es nicht mehr.

Aber der Willi sah momentan nur dieses harmonische Familienidyll und er fühlte sich so erbärmlich dabei und verlassen wie ein streunender Hund, der sich kurz aufwärmen durfte, bevor man ihn wieder auf die Straße jagte.

»So … hat a bissl länger gedauert, gell. Bittschön setzen Sie sich doch, Herr Leitner!«

»Ich hab' mich bloß a bissl umg'schaut. Aber schön ham Sie's da, Frau Grandauer. Es ist schon eine Gnade, wenn ma wo daheim is.«

»Ja, gell, hama schon a großes Glück g'habt.« Und sie stellte den Teller mit Weihnachtsgebäck vor ihn auf den Tisch: »Bittschön, zugreifen! Heuer sind's ja leider nicht so schön geworden.«

»Sie glauben gar nicht, Frau Grandauer, wie schön, dass die für mich sind, Ihre Platzl«, sagte der Willi. Und die Traudl war sehr gerührt und antwortete ihm: »Ich geb' Ihnen gern welche mit, Herr Leitner. Bei uns sind's schon wieder alle so verwöhnt!«

»Heißt doch immer: Durch Schaden wird man klug. Aber es hält halt nicht lang nach …«

*

An dem Abend war es eine Kloschüssel, die er im Handwagerl mitbrachte, und der Max, der gerade den Schnee vor der Ladentüre wegkehrte, hatte einige Mühe, die Begeisterung mit seinem Hausgenossen zu teilen – mit seinem von der Ostzone »Rübergemacht«.

»… ich hab' erst nur so was Weißes geseh'n im Schutt drinne und mich hat's ooch gleich in die Finger gekribbelt: Schnee is das keiner, dacht' ich. Und nu guck se dir an, Max: Kein Sprung is in der Schüssel und nischt. Wenn die Hanna die sauber macht, is se wie neu.«

Währenddessen war der Willi bei ihnen in dezenter Entfernung stehen geblieben, aber schon so, dass der Max ihn sehen konnte: »Woll'n Sie zu mir?«

»Leitner«, sagte der Willi mit einer kleinen Verbeugung. »Mir kennen uns schon seit ewige Zeiten. Aber mehr kenne ich Sie vielleicht.«

Der Max erinnerte sich: »Vom Grandauer a Spezl, gell? Bei der Taufe von seinem Enkerl sind's auch dabei g'wesen, damals. Und? Um was geht's?«

»Könnt' ich Sie vielleicht kurz amal … bloß eine Frage … wenn Sie zufällig Zeit hätten.«

»Zufällig!«, wiederholte der Max und verzog das Gesicht, weil er schon ahnte, worauf die Frage hinauslaufen würde. Danach gingen sie miteinander ins Café Kreitmeier und der Willi gab ihm schon einmal einen ersten, ungeschminkten Einblick in seine Lebenslage.

»Und das Zimmer, wo S' jetzt drin wohnen … bis wann müssen S' da raus?«, fragte der Max.

»Heut' noch. Aber es wär' vielleicht bloß für a Woch' oder zwei.«

»Die Worte kenn' ich … von meine Flüchtling.«

»Dürfen S' ma's glauben, Herr Kreitmeier. Weil, was ich versprich … Und ich möcht' auch was tun dafür. Wurscht was. Ich mach' alles.«

Der Max holte tief Luft und dann sagte er kopfschüttelnd: »Aber warum's allerweil alle zu uns kommen?! Des tät' mich wirklich interessieren. Gibt's so viel Menschen!«

»Leut' gibt's viel, Herr Kreitmeier! Leute! Aber ob die alle Menschen sind …«

»Mögens S' an Kaffee? Für den Schmus.«

»Der war umsonst, Herr Kreitmeier, Dank schön.«

»Aber a Bier nehmen S' scho?«

»Da sag' ich nicht nein. Und ich zahl's auch.«

»Ja ja, is scho recht«, sagte der Max und rief seiner Neuseeländerin zu: »A Halbe Helles für unsern neuen Hausgast … und für mich a Tass' Kaffee, Susan!« Dann wandte er sich wieder an den Willi: »Also, wenn's bloß für a paar Tag wär' … hätt' ma grad noch ein wunderschönes Südzimmer frei. Drunten im Keller. Im Baustofflager von unsere Flüchtling. Da steht auch a alte Bettstatt von uns drin, die wird Sie schon noch aushalten, hoff' ich. Und a Arbeit für Sie hätt' ich zufällig auch eine. Radlfahren werden S' ja können?«

»Wenn ich alles so könnt', Herr Kreitmeier …«

»Dann holen S' jetzt Ihr Zeugl her und danach red' ma weiter.«

Eigentlich kam ihm der Willi wie gerufen, nachdem es bei seinem Lehrbuben nun doch die Mumps war und er musste eine Zeit lang auf ihn verzichten. Der Max hatte sich noch am Abend hingehockt und für seinen neuen Ausfahrer einen genauen Plan gemacht, was wohin zu liefern war. Aber es war sehr früh am Morgen und noch stockdunkel, als der Willi losradelte, und daraus ergab sich für ihn ein kleines Problem.

»Na setz' halt dei Brille auf, wennst' blind bist!«

»Die brauch' ich ja bloß für die Nähe, Max. Fürs Lesen. Für alles andere stört's bloß.«

»Ein Personal hab' ich wieder! Oh mei, oh mei … und tu deine Knie auseinander!«

Dass er die Semmeltüten überall wie gewohnt ofenfrisch und noch warm abliefern würde, das wäre zu viel verlangt gewesen. Kam noch dazu, dass er mit dem unhandlichen Bäckerrad auf den schneeglatten Straßen ein paar Mal gefährlich ins Rutschen gekommen war. Und so ergab es sich halt, dass die letzten Kunden länger als üblich auf ihre Lieferung warten mussten, und darunter auch eine Frau Reitgassl. Sie wohnte schon nicht mehr in dem biederen kreitmeierschen Revier, sondern dort, wo das noblere Bogenhausen begann.

Zweimal klingeln hatte ihm der Max auf den Zettel geschrieben. Daraufhin ließ sich die Haustüre öffnen und der Willi betrat, nun schon etwas strapaziert, ein pompöses Stiegenhaus, wie er es noch aus seinen allerbesten Zeiten in Erinnerung hatte. Über die Marmortreppen herab tippelte ihm ein Dienstmädchen entgegen, das ihn unsicher musterte. Und er sagte freundlich: »Guten Morgen … ich komm' von der Bäckerei Kreitmeier und bring' die Semmeln.«

»So! Schon!«, antwortete sie schnippisch und rief nach oben: »Jetzt sind's da, gnä' Frau!«

»Jetzt brauch' ich's nimmer!«, kam es von oben herab, fast ein wenig derb. Und die Dame selbst erschien gleich hinterher. Der Willi setzte seine Hornbrille auf, aber mehr, weil sie ihm etwas Seriöses gab, und er sagte äußerst taktvoll: »Ich bitte sehr um Nachsicht für die Verspätung, gnädige Frau. Es wird nicht mehr vorkommen.«

Frau Reitgassl zeigte sich beeindruckt von der Lebensart des Bäckereigehilfen und gab ihm sogar eine Erklärung für ihre Ungeduld: »Es ist ja nur, weil ich jetzt gleich in die Morgenandacht geh' und da ist es dann schon besser, ma hat a bissl was im Magen.«

Der Willi nahm die Brille ab und sah eine außerordentlich appetitliche Endfünfzigerin, im eleganten Pelz, ein ebensolches Hütchen mit Schleier überm dunklen Haar und einem rosigen Gesicht. Eine Frau, dachte der Willi blitzartig, so hochklassig und bodenständig, als gehörte ihr der ganze Viktualienmarkt.

»Also, ich geh' jetzt, Reserl«, sagte sie zu ihrem Mädchen und den Willi fragte sie beiläufig: »Sind S' aber nicht der Herr Kreitmeier selber? Weil sonst immer a Lehrbua da war.«

»Nicht selber, nein. Nur ein Bekannter. Der Lehrbub ist erkrankt.«

»Erkrankt is er, so so. Ja ja, die Lehrbuam! Da macht ma was mit.«

»Sie kennen das Geschäftsleben?«

»Da brauchen S' ma nix erzählen. Mir ham ein Geschäft mit fünf Filialen g'habt! Wie mein Gatte noch gelebt hat.«

Von den fünf Filialen tief beeindruckt sagte er: »Donnerwetter! Und er ist schon ... verewigt, der Gatte?«

»Vor drei Jahren schon. Ganz plötzlich. Oh mei ... das war schlimm. Mitten aus dem Leben.«

Der Willi fühlte heftig mit, indem er sagte: »Darf ma gar nicht dran denken.« Und er öffnete ihr die Haustüre und warnte sie besorgt: »Bitte aufpassen! Es hat nämlich a bissl g'schneit.«

»So ... also ...«, sagte die Frau Reitgassl und fasste ihn noch einmal kurz ins Auge. Er aber war mimisch noch in Trauer über ihre Witwenschaft, sodass sie ihn fragte: »Sind S' wohl auch verwitwet?«

»Alleinstehend«, erwiderte er ihr und ließ kurz den Kopf hängen.

»Is auch nicht immer leicht. Und der Lehrbua ... is er länger krank?«

»Den Mumps hat er.«

»Dann kommen S' ja morgen wieder.«

»So Gott will, gnädige Frau.«

»Aber a bissl früher vielleicht …«, sagte sie noch spitz, aber sie lächelte dabei.

*

Seit der Karl auch mit seinen häuslichen Reparaturarbeiten entbehrlich geworden war, konnte man ihn öfter in sich gesunken auf dem Kanapee hocken sehen, die Arme bleischwer im Schoß, unrasiert und nachlässig gekleidet, von düsteren Gedanken umwölkt und der Frage, die sich selbst beantwortet: »Was soll das ganze Leben?«

Anfangs hatte sich die Traudl noch davon anstecken lassen. Nachdem das aber nichts half, begegnete sie solchen Anfällen eher mit einer warmherzigen Hebammenhaftigkeit: »Mei, Karli … geh zu, jetzt lass' dich halt nicht so hängen.« Und er antwortete ihr, wie schon nicht mehr ganz von dieser Welt: »Jaja … is scho recht.«

»Hast' dir doch immer gewünscht … dass'd endlich amal tun und lassen kannst, wasd' willst.«

Darauf nickte er nur schwach, weil es ja eben ein Kennzeichen dieses Zustandes ist, dass er selber nicht wusste, was er wollte.

»Dann zieh' dich halt wenigstens an, Karli, holst dir dein Enkerl, bummelst a bisserl mit ihm durch die Stadt, Weihnachtsauslagen anschaun.«

»Komm', hör' auf …«, sagte er schwach, weil es nicht möglich war, einer robusten Natur wie seiner Frau diesen komplizierten Zustand zu vermitteln.

»Aber so is das doch auch nix. Du kannst doch nicht wieder den ganzen Tag daherin rumhocken. Wirst ja noch ganz schwermütig.«

»Das brauch' ich nicht mehr werden, Traudl…«, antwortete er bedauernswürdig, aber auch so, dass man seine Selbstbeherrschung bewundern konnte. Stattdessen wurde sie ärgerlich: »Also, weißt! So ein Schmarrn! Dann fahr' wenigstens in deinen Garten naus und mach' irgendwas!«

»Was… was?«

»Mein Gott, irgendwas! Mach' Holz. Oder mach' a Loch in' Boden. Du sagst doch immer, es is so viel zu tun draußen.« Und dann, nach einer Weile, fragte er sie ganz ruhig: »Willst' mich nicht versteh'n… oder kannst nicht?«

»Freilich versteh' ich dich, Karli. Es is a große Umstellung für dich. Aber du bist ja nicht allein damit. Und für mich ist es auch eine.«

»Aber dein Leben geht weiter, Traudl. Wie immer. Du bist noch nicht ausrangiert. Du wirst noch gebraucht.«

»Du doch auch, Karli…«, dabei setzte sie sich neben ihn aufs Kanapee und nahm seine Hand: »Ich brauch' dich. Wir brauchen dich alle.« Und weil er schon wieder vor Rührung zu schlucken begann, wurde sie ganz praktisch und sagte: »Für den Christbaumständer zum Beispiel.«

»An dem fehlt übrigens eine Schraube, gell!«, mahnte er. Da gab sie sich ratlos und sah ihn hilfesuchend an: »Is' wahr? Ja und… was mach' ma jetzt?« Und er blühte kurz auf im Bewusstsein der alten Führungsrolle: »Besorgen, was denn sonst! Aber so was mach' ich eigentlich lieber rechtzeitig. Und nicht immer in der letzten Sekunde.«

*

Im vergangenen Jahr, als Willibald Leitner der Schulden wegen sein spärliches Eigentum verscherbeln musste, hatte er sich, einem Instinkt folgend, wenigstens seinen Abendanzug zurückbehalten. Das sollte ihm jetzt zum Vorteil gereichen, auch wenn dieser Anzug vielleicht mehr dem Geschmack seiner damaligen Filmkreise entsprach. Aber eine geheime Neigung zum Ungewöhnlichen gab es ja immer schon auch im gehobenen Bürgertum. Und womöglich war das, gemeinsam mit Neugier und Erbarmen, der Grund, weshalb Frau Reitgassl ihren Semmellieferanten zum Adventstee empfing. Dem Kino verdankte der Willi übrigens auch den wirkungsvollen Umgang mit Blumen, selbst wenn es, wie in dem Fall, nur fünf Stück waren: »... Aber woher ham S' denn das überhaupt gewusst... dass Nelken meine Lieblingsblumen sind?«

Darauf mit der Wahrheit zu antworten und vom Sonderangebot zu sprechen, das war dem Willi viel zu prosaisch: »Manchmal muss man nur auf seine innere Stimme hören.«

»Tun Sie das auch manchmal? Dass Sie an so etwas glauben. An solche magischen Dinge.«

Er antwortete, als ließe er sie in sein Innerstes blicken: »Immer schon, mein ganzes Leben lang! Und da hat es manches Auf und Ab gegeben. Dass es oft die einzige Schaase war, zum Überleben.«

»Ham S' wohl recht viel mitgemacht? Und bittschön zuzugreifen, gell. Sind selber gemachte Platzl!«

»Ich bin so frei. Aber lassen wir die Vergangenheit einstweilen noch ruhen. Bis es sich ergibt. Gefühlsmäßig.«

»Sind S' wohl auch mehr der Gefühlsmensch?«

Der Willi gesteht es leiderfahren: »Nicht immer leicht dadurch, man ist schnell das Opfer.«

»Gell! Ich kenne das. Und wenn dann der andere mehr die andere Natur ist... Mein verstorbener Gatte war nämlich Metzger.«

»Ach was«, sagte der Willi überrascht, worauf sie den Verblichenen in Schutz nahm: »Schon auch gütig. Außerhalb des Geschäftes. Aber nicht direkt der reine Gefühlsmensch.«

»Sie wundern sich vielleicht, weil ich auf einmal so nachdenklich geworden bin, gnädige Frau. Ich bin nämlich auch gelernter Metzger.«

»Ach was«, sagte sie nun etwas ernüchtert und es war auch ein wenig Enttäuschung herauszuhören: »Das hätte ich jetzt allerdings nicht gedacht.«

Einen Moment lang war es ihm so, als hätten die Kerzen auf dem Adventskranz geflackert, und der Willi beeilte sich, die feine Stimmung zu retten: »Aber schon sehr, sehr früh bin ich zu den schönen Dingen des Lebens hinübergewechselt: Film ... Kunst allgemein ... et cetera.«

»Eben ... Sie sind doch auch mehr dieser Typus.«

»Obwohl«, sagte der Willi darauf mit einem kühnen Blick in die Zukunft, »obwohl eine gut gehende Metzgerei schon auch etwas sehr Schönes an sich haben kann. Das darf man nicht leugnen.« Und auch Frau Reitgassl fand schnell wieder zurück zu ihrem Besitzerstolz: »Wir haben ja gleich fünf davon gehabt. Metzgerläden. Die sind jetzt alle verpachtet.«

»Sehr vernünftig. Was sollten Sie denn alleine damit. Als Dame. Wenn Ihnen nicht ein Fachmann zur Seite steht.«

»Aber noch amal einen Metzger ... das muss wirklich nicht sein«, wehrte sie ganz entschieden ab. Und auch der Willi sah sich ja insgeheim bei ihr im Salon viel lieber als für sie im Schlachthaus.

»Geld hab' ich sowieso genügend«, sagte die Witwe ohne falsche Bescheidenheit und animierte ihren Gast: »Bitte greifen Sie doch zu!«

Von ihrem Angebot im übertragenen Sinne beflügelt, philosophierte der Willi: »Geld ist doch nur wichtig, wenn man keines hat. Aber wenn man es hat, dann ist es auch keine Schande. Wenn man daneben noch etwas anderes hat. Was darüber steht. Und nicht nur sein Leben damit verbringen muss ... dass man Schweindl sticht ... und Würschtl macht ...«

*

Auch an seinem Garten hatte Karl Grandauer wieder Halt gefunden, nicht zuletzt durch einen Nachbarn, einen Herrn Osterrieder, Landpolizist im Ruhestand, Gartler von Gottes Gnaden und ein Mann, der zu anderen aufblicken konnte, zu einem Kriminalinspektor a.D. zum Beispiel.

Dieses Mal kam er mit einem Eimer, von dessen Inhalt er sich Lob und Bewunderung erhoffte: »Den hab' ich jetzt bloß amal so zu Anschauungszwecken dabei, Herr Inschpekter. Damit Sie die Qualität sehen von dem Dünger. Fünfzig Prozent Stallmist! Original! Er ist von meiner Frau ihrer Kusine, müssen Sie wissen. Und riechen S' amal dran, Herr Inschpekter. Das ist das Natürliche!«

»Unglaublich«, sagte der Karl schon, bevor er sich mit geschlossenen Augen über den Eimer gebeugt hatte.

»Vor allem bei Gemüse: Schmeckt alles sofort anders. Und wenn ich Ihnen dabei behilflich sein kann ... brauchen S' bloß die Gattin rüberschicken. Komme sofort.«

»Aber auf des nauf trink' ma a Schnapserl mitanander, Herr Osterrieder!«

»Sollte ich eigentlich nicht«, wehrte der Nachbar ab, »Leber!«

»Ich dürfte auch nicht, Herr Osterrieder. Magen!«

»Au weh! Aber wenn es der Herr Inschpekter riskieren, riskier ich es auch.«

»Geh'n ma vielleicht nach innen, Herr Osterrieder. Da könn' ma sitzen und da is a bissl geheizt.«

»Nehm' ma aber den Eimer mit nei, wenn's recht is, Herr Inschpekter. Dann kann man ihn noch amal eingehender betrachten.«

Es war danach vielleicht auch die starke Hitze im Gartenhäusl und der deutsche Weinbrandverschnitt, dass sowohl des einen Leber wie des anderen Magen in Vergessenheit gerieten. Zudem lockerte der Alkohol die Zunge, obwohl sie gleichzeitig schwerer wurde, während der Inspektor, von seinem Nachbarn bestaunt, Geheimes und Hintergründiges aus dem Machtzentrum der Polizei preisgab: »... Da werden ja Fehler gemacht, in unsrem Präsidium! Fehler über Fehler!«

»Gell, ich glaub's Ihnen«, sagte Herr Osterrieder beeindruckt.

»Aber natürlich ... die Alten geh'n, einer nach'm andern ... in Pension, net ... und die Jungen, die sind zwar schulisch sehr oft ... mit Abitur und so weiter. Jaja, aber fachlich ... fachlich, oh mei! Ein Trauerspiel!«

»Gell, ich glaub's Ihnen.«

»Ich bin froh, ich sag's Ihnen ehrlich ... dass ich nichts mehr damit zu tun habe. Ich hätt' ja noch nicht gehen müssen, net. Und sie wollten ja auch unbedingt, dass ich bleibe. Und was sie alles angestellt haben! Einen Zirkus! Das können Sie sich gar nicht vorstellen.«

»Gell, ich glaub's Ihnen.«

»Beinah' jeden Tag hams mich angerufen. Unser Kriminaldirektor ... der Präsident und so weiter und so weiter. Aber nicht unter diesen Umständen, hab' ich g'sagt. Da könnt's euern Mist alleine machen!«

An dieser Stelle sah der Nachbar eine günstige Gelegenheit, die Aufmerksamkeit noch einmal auf seinen Mist zu lenken: »Den kann man nämlich auch sehr gut mit Torf strecken, gell. Wollt' ich Ihnen zuvor schon sagen. Dann kommt halt wesentlich mehr raus.«

»Aha. Werd' ich mir gleich merken. Ich sag's ja immer wieder: Es gibt derartig viel Interessantes, wenn man im Ruhestand is ... Dass ma kaum rumkommt. Der Tag müsste vierundzwanzig Stunden haben. Wenn nicht mehr.«

*

An der Eingangstüre zum Café Kreitmeier hing ein Schild: »Freitag, 31.12. ab 14 Uhr wegen Familienfeier geschlossen.«

Das galt nur für den pensionierten Studienrat nicht. Für den Herrn Professor war das Café ja sein zweites Zuhause geworden. Und um nicht Außenseiter zu sein und auch etwas zur Stimmung beizutragen, hatte er sich einen Scherzartikel zugelegt, mit dem sich ein quäkender Ton erzeugen ließ, während zugleich eine Luftschlange daraus hervorschnellte. Ein höchst amüsanter Gegenstand, wenn er beizeiten kaputtging.

Am Nachmittag vor dem Silvesterball gab es natürlich noch alle möglichen Vorbereitungen, in die sich der Professor gerne miteinbeziehen ließ. Zum Beispiel, wenn es galt, die Staffelei zu halten, auf der die Neuseeländerin stand, um den Plafond mit Girlanden zu dekorieren. Dabei boten sich für ihn immer wieder kleine Einblicke in fremdländische Intimbereiche. Und Susan erzählte ihm von ihren heimatlichen Silvester-Beach-Partys mit Barbecue und wie sie dann Schlag zwölf alle nackt ins Meer hüpften. Da wurde der Professor ein wenig melancholisch bei dem Gedanken, was er in seinem Leben schon alles versäumt hatte.

Nun kam auch die Frau Kreitmeier herein und brachte Karls Bruder Adolf mit. Aber der war offensichtlich noch nicht so recht in Stimmung, auch, nachdem ihm der Professor seine Tröte vorgeführt hatte, nicht.

»… Das wird heut' Abend ganz bestimmt nett, Adi. Und wir woll'n doch auch deine Mitzi endlich amal kennenlernen. Wie heißts'n eigentlich richtig?«

»Mitzi. In Wien a ganz normaler Name.«

»Stimmt, sie is ja a Wienerin, hast g'sagt.«

»Aber, ich glaub' nicht, Kathi, dass sie ihre Kinder allein lässt. Sie hat's grad erst hergeholt. Besser, wir machen des amal eigens … dass ma euch besuchen. Und ich schick' euch für den heutigen Abend meinen Hermann. Der is auch grad über die Weihnachtsferien bei uns.«

»Und du … willst gar net kommen, heißt des?«

»Ich hab ma's überlegt, Kathi. Ihr kennt ja den Kurt und seine Einstellung mir gegenüber. Daran hat sich garantiert nichts geändert.«

»Is' wegen der Wohnung?«

»Auch. Und, dass ich halt wieder in Amt und Würden bin. Das wird er nie akzeptieren. Sein Spruch über mich lautet: schuldig! Und keine mildernden Umstände!«

*

So richtig freuen konnte sich die Oma Soleder eigentlich nur auf ihre Berliner. Sie hatte sie schon über ein Jahr lang nicht mehr gesehen. Zum Glück gab es Telefon. Dadurch war sie einigermaßen auf dem Laufenden: dass ihr Kurtl jetzt ganz gut auch schon mit einem Stock zurechtkam und dass er gelegentlich wieder für den Rundfunk arbeitete. In Berlin halt. Aber was er da genau machte? Irgendwie war es für sie schwer vorstellbar, was er als Münchner da droben zu tun haben könnte.

Na, und ihr Lieblingsenkelchen, die kleine Gerti ... mein Gott, die würde nun auch bald volljährig werden. Auf die Schauspielschule, hieß es, würde sie gehen. Hübsch war sie ja schon vorher.

Und mit der Ehe ihrer Eltern ... da schien es nun auch einigermaßen wieder ... Die Sara jedenfalls klang recht zuversichtlich. Sie ist ja auch eine Seele von einer Frau. Mit dem Kurt konnte die Oma über solche Sachen sowieso nie reden. Ein schwieriger Mensch. Und das mit der Wohnung und dem Adolf, das lag ihr schon auch schwer im Magen. Weniger der Sara wegen. Die war nicht nachtragend ... und hätte Grund genug dazu gehabt.

»Ich geh' gleich wieder, Mama. Ich hab' mir bloß a frisches Hemd g'holt.«

»Zu was? Du wolltest doch mit uns zu die Kreitmeiers?!«

»Ich komm' nach. Vorher hab' ich noch a Verabredung.«

»Mei, Rudi«, sagte die Traudl und machte ein trauriges Gesicht, »dann nimm' das Mädchen halt in Gottes Namen mit.«

»Desmal is es ein Kollege, Mama. Von der Zeitung.«

»Jetzt bist scho am Heiligen Abend net da g'wesen ...«

»Da war ich beim Skifahr'n. Hama doch telefoniert.«

»Is ja net wegen mir. Ich versteh' es ja. Aber der Baba ...«

»War doch der Maxi da mit seinem süßen kleinen Frauchen. Und euerm Enkerl.«

»Der hat uns bald narrisch g'macht mit seiner Blechtrommel, die ihm der Opa g'schenkt hat. Aber Gott sei Dank sind's bald gangen. Weil der Schwiegerpapa seinen Karpfen haben wollte!«

»Also, is doch sehr rücksichtsvoll. Er hätt' euch ja auch dazu einladen können.«

»Hätt' er vielleicht, wenn ma'n bezahlt hätten.«

Wenn der Karl manchmal so hart lachte, kam es nicht aus dem Herzen, sondern eher aus der Galle. Ein Telefongespräch hatte dieses Lachen eben wieder in ihm hervorgerufen und er lachte noch bis ins Schlafzimmer, wo seine Frau etwas unentschlossen vor ihrem Kleiderschrank stand: »Ich weiß fei wirklich nicht, was ich anzieh'n soll, Karl.«

»Du kannst ruhig davon ausgeh'n, dass sich bei den Kreitmeiers heut' Abend ein erlesenes Publikum einfinden wird. Dein ›Schwarm‹ hat auch grad' ang'rufen und g'fragt, ob er uns im Taxi mitnehmen kann!«

»Mein Schwarm? Wer soll'n des sein?«

»Der Herr Willibald Leitner. Filmausstatter mit Knasterfahrung!«

»Da siehst amal, was man mit Charme alles vereinbaren kann. Ich find' des nett, wenn er uns mitnimmt.«

»Brauchst aber nicht glauben, dass er das selber bezahlt, das Taxi. Für das hat er eine ›Bekannte‹! Aus seiner Branche wahrscheinlich.«

Ein wenig taumelnd war indessen auch die Oma hereingekommen und klagte: »Sagt amal, Kinder, seid ihr auch so schrecklich müd'?«

»Müd' ist gar kein Ausdruck«, stöhnte der Karl, »und wenn ma noch länger rumtun, dann schlaf' ich im Stehen ein.«

»Aber wenn ich mich jetzt hinleg', Traudl, dann komm' ich ja überhaupt nimmer zu mir …«

»Dann mach' ma uns jetzt fertig. Mutti, und schau'n, dass ma weiterkommen. Und du legst dich später bei die Kreitmeiers droben aufs Kanapee. Wenn's so weit is, weck' ma dich dann schon auf.«

*

Adolfs Sohn Hermann hatte sich ein spilleriges Bärtchen unter der Nase wachsen lassen, weil ihm niemand glauben wollte, dass er schon achtzehn war. Den Grund, warum er alleine zum Silvesterball beim Onkel Max gehen sollte, hatte ihm der Vater vorenthalten. Es hieß nur, dass er vorgesehen war, den Abend musikalisch zu beleben und dass er dazu seinen Plattenspieler und seine Schallplatten mitbringen sollte. Der Hermann war ein Fan des Rock'n'Roll, was man vielleicht nicht ausreichend berücksichtigt hatte. Aber zu Anfang trat es ja auch nicht als Generationsproblem in Erscheinung. Für die jungen Bäckereiangestellten waren die modernen Rhythmen genau das Richtige und der Studienrat genoss es, nach Kräften mitzutröten. Auch als die Berliner vorzeitig auftraten, lag der Hermann mit seinem Programm noch richtig.

Der Max ging in seiner Freude so weit, dass er der Sara zur Begrüßung einen Kuss auf die Backe gab: »Ich weiß gar nicht, wie du des machst, Sara, dass du allerweil schöner wirst! Is des die Berliner Luft oder was?«

»Vielleicht brauchst du ja ooch mal ne Brille, Max«, antwortete sie ihm lachend.

»Nix! Seh'n tu i no alles. Wenn i mag. Und euch seh' ich besonders gern!« Darauf nahm er sich den Kurt samt Krückstock an die Brust: »Komm' her, alter Bäckergeselle! Magst net wieder anfangen bei uns?«

»Des kann leicht sein, Max«, sagte der Kurt, »spätestens beim nächsten Berufsverbot.«

»Des schaffst du leicht! So, und jetzt kommt mein Gertilein an die Reihe! Derf i scho no so sag'n, zu dir, gell? Obwohl ich ja gehört habe … von deiner Oma … dass du sogar schon aufgetreten bist … im Theater!«

»Aber auch gleich wieder abgetreten, Onkel Max.«

»Des macht nix, Deandl. Das nächste Mal bleibst einfach droben steh'n auf der Bühne … und wartest, bis das Publikum hoamgeht …«

Für einiges Aufsehen sorgte dann zu vorgerückter Stunde ein elegantes Paar, dessen männlichem Teil der Bäckermeister Kreitmeier vor einigen Wochen erst aus der Klemme geholfen hatte. Er war vorübergehend für den Lehrbuben zum Semmelausfahren eingesprungen und dabei über eine Marmortreppe in die Beletage hinaufgefallen. Mit interessanten Folgen und die riefen bei einigen Gästen Erstaunen hervor. Aber nicht nur freudiges. Karl Grandauer, der Erfolge nur als Ergebnis von Leistung ertragen konnte, kämpfte sehr gegen einen Anflug von Verbitterung. Und seine Frau machte es ihm noch schwerer durch ihre leichtfertige Toleranz. Herr Fröschle dagegen orientierte sich an der einfachen Maxime, mit der auch die Geldinstitute wieder auf das deutsche Wesen Einfluss nahmen: »Hast du was, dann bist du was!«

Und an die Frau Reitgassl gewandt, fragte Herr Fröschle respektvoll: »Am Rindermarkt hams meines Wissens auch eine Filiale g'habt, gell?«

»Die hab' ich schon noch«, antwortete sie selbstbewusst. Und der Leitner Willi stand ihr schon beinahe teilhaberhaft bei: »Nur halt verpachtet. Das Haus gehört der Frau Reitgassl natürlich auch.«

»Da hab' ich amal einen exquisiten Leberkäs gekauft, in der Metzgerei. Exquisit!«, schwärmte Herr Fröschle und schnalzte dabei mit der Zunge.

»Jaja, hama schon immer gute Sachen gehabt.« Aber nun fiel ihr Blick auf die Sara und sie flüsterte besorgt: »Ich mach' mir jetzt bloß a bissele Gedanken wegen der netten Dame aus Berlin. Weil ich ihr doch zuvor erzählt hab', dass wir unsern Leberkäs damals auch ins Braune Haus geliefert haben.« Da beruhigte sie Herr Fröschle: »Tät' ich mir gar nix denken, Frau Reitgassl. Gar nix.«

»Es ist nur, weil's geheißen hat, sie is … jüdisch!«

»Aber sonst, im Umgang … is sie ganz normal«, konnte der Willi aus eigener Anschauung sagen. Und Herr Fröschle brachte es auf den einfachsten Nenner: »Irgendwer hat ja den Leberkäs ins Braune Haus liefern müssen, net!«

»Erstens«, sagte der Willi, »und zweitens: von mir weiß die Frau Reitgassl ja, dass ich selber große Schwierigkeiten hatte im Dritten Reich.«

»Eben!« Herr Fröschle fasste es noch einmal anschaulich zusammen: »Es ist doch keiner verschont geblieben. Net! Ich musste auch Hitlerbilder drucken! Der Not gehorchend … nicht dem eigenen Triebe.«

Inzwischen hatte der Hermann seine Musikzuspielungen eingestellt und biedere Tanzmusik vom Bayerischen Rundfunk lockte nun auch ältere Tänzer an. Vor ihnen waren Traudl und Sara in ein stilleres Eckchen hinter dem Kuchenbuffet geflohen.

»… Ick bin ja nicht traurig, Traudi, det Adolf abjesagt hat. Bloß Kurt wird er fehlen. Der hat sich schon die ganze

Fahrt über jefreut, det er ihm zum Oberstaatsanwalt gratulieren kann.«

»Mei, schlimm … wann die amal wieder normal miteinander umgehen können …?«

»Ach Traudi … nach dem, wat allet war … is et eigentlich normal, so wie et is. Könnt' ooch noch viel schlimmer sein. Denn wär's ooch noch normal.« Die Traudl griff nach ihrer Hand und drückte sie kurz und verlegen. Dann nach einer Weile sagte sie: »Aber ihr kommt jetzt wieder gut miteinander aus, du und der Kurtl, ja?«

»Kommen wir, doch … Det is vorbei. Dass er nich weiß, wo er hinjehört. Jetzt geht er nur noch politisch fremd.«

»Wie meinst' des?«

»Naja, er flirtet doch immer mit denen drüben in Ostberlin. Det sind die besseren Menschen, sagt er. Da gibt et keene Nazis …«

»Und wo sind dann die?«

»Alle rübergemacht. Angeblich. Da is eben allet anders. Und was anders is, det liebt Kurtchen …«

Nun, als man es vom Hausgang her rumpeln hörte, fiel den Kreitmeiers auf, dass ihre Flüchtlinge aus der Ostzone bislang gefehlt hatten. Und wie der Max sie dann an der Türe sah, lief er ihnen gleich entgegen; denn sie hatten, wie man sehen konnte, wieder Beute gemacht.

»Was habt's denn jetzt wieder aufgegabelt?!«

»Mir hams nicht mehr ausgehalten. Nu müssen wa sie dir doch noch schnell zeigen, Max! Die schönsten Zimmertüren! Guck sie dir an! Nu sind se ja noch voll Dreck. Und die Rahmen fehlen. Aber wenn wa sie geputzt haben, denn sind se picobello!«

»Wunderbar, wunderbar! Aber jetzt geht's bittschön wieder naus damit! Und in' Keller nunter! Und wascht's euch a bissl! Dann kommt's rein zu uns. Aber ohne Türen!«

Als sich dann in der Radioübertragung alle Mitwirkenden in Erwartung des neuen Jahres – des zehnten nach dem Ende des Krieges – schon sehr hochgestimmt gaben, war es erstaunlicherweise der Karl, dem dabei seine Schwiegermutter einfiel. Sie musste wohl oben auf dem kreitmeierschen Kanapee tief eingeschlafen sein und es war höchste Zeit, sie zu wecken. Dafür schien der Hermann geeignet, nachdem er schon länger etwas traurig und verlassen herumhockte. Einmal, weil er mit seinen Rock'n'Roll-Platten nur wenige Anhänger fand, und mehr noch, weil ihn die Gerti einen Banausen nannte. Er wusste zwar nicht, was ein Banause war, aber das Wort tat ihm weh. Insofern verließ er die Gesellschaft nicht ungern und ging hinauf in den ersten Stock. Er überlegte noch, ob er anklopfen sollte; denn er war vielleicht ein Banause, aber ein Flegel war er nicht. Dann öffnete er die Türe leise, ohne anzuklopfen. Drinnen brannte nur ein kleines Lämpchen und er sah sie nun liegen, mit offenem Mund, so seltsam regungslos. Näher an sie heranzugehen, war ihm plötzlich unheimlich und er flüsterte nur zaghaft: »Oma ... Oma!«

Aber sie rührte sich nicht.

»Schläfst du, Oma?«

Keine Regung, nichts. Da ahnte er Fürchterliches und verließ etwas überstürzt das Zimmer.

Unten dann, im Silvesterrummel, war der Hermann kaum imstande, seine Befürchtungen so einfach auszusprechen. Er fand dafür nicht gleich die richtigen Worte. Aber der Karl verstand ihn auch so und ebenso die Traudl, die dazukam. Sie wollten erst alleine hinauf und möglichst vermeiden, dass andere etwas davon erfuhren. Aber sie waren kaum oben, da folgten ihnen schon die Kreitmeiers und die drei Soleders aus Berlin.

Schweigend betraten sie das Sterbezimmer und zögernd, aufs Schlimmste gefasst, näherten sie sich dem Kanapee.

»Mutti … Mutti!«, hauchte die Traudl und alle lauschten auf eine Antwort. Stattdessen schlugen die Kirchenglocken zwölf Uhr, die ersten Böller und Kanonenschläge krachten, Feuerwerkskörper zischten, blitzten und flackerten draußen vor den Fenstern und auch im Zimmer schimmerte es immer wieder hell durch die Vorhänge. Da richtete sich die Oma plötzlich mit weit geöffneten Augen auf und sagte, in Unkenntnis ihres eigenen Todes: »Allmächtiger! Is es schon zwölf Uhr, Kinder?! Und ich hab' gar nichts zum Anstoßen!«

* * *

Auftakt der Familiensaga

1920 kehrt Karl Grandauer aus der Kriegsgefangenschaft zurück. Die Eltern sind gestorben, die Schwester hat geheiratet, der kleine Bruder ist Anhänger geworden von jenen, die das Vaterland retten wollen. Der schüchterne Grandauer versucht, ein aufrechtes Leben zu führen: Er fängt als Kriminaler bei der Polizei an, verliebt sich und gründet eine Familie inmitten der turbulenten zwanziger Jahre in München, die geprägt sind von Inflation, Fehmemorden und dem Machthunger der aufstrebenden Partei Adolf Hitlers.

»*Wie elegant man Zeitgeschichte in Kriminalgeschichte erzählen kann, wie viel man gerade durch derart milieugenau gezeichnete blutige Zeitporträts lernen kann, wie sie Purucker immer wieder hinbekommt, das erweist sich hier schon.*«

Elmar Krekeler, »Literarische Welt«

Das Schicksal der Grandauers in den Dreißigerjahren

Mit Zahnschmerzen sitzt Karl Grandauer in seiner Amtsstube, als die Kunde von Hitlers Machtergreifung zu ihm vordringt. Es wird sich viel ändern im Leben des aufrichtigen Polizeibeamten und seiner Familie. Man wird sich daran gewöhnen müssen, dass nun aufsteigt, wer das richtige Parteibuch besitzt, und fällt, wer widerspricht. Große Ereignisse wie die Olympiade, schreckliche wie die »Reichskristallnacht« werfen ihre Schatten auf den Alltag. Es ist eine neue Zeit, die eine neue Haltung und einen neuen Anstand fordert, und in der man jeden Tag entscheiden muss, auf welcher Seite man steht.

»Puruckers Charaktere erstehen ganz aus der Sprache, aus ihren Dialogen zumal. Vielschichtiges, Doppeldeutiges hat sich darin erhalten. Eingebettet sind sie in denkbar farbige Schilderungen, welche eine Epoche in ihrer Atmosphäre lebendig werden lassen.«
Süddeutsche Zeitung

Willy Purucker
Die Grandauers und die neue Zeit

344 Seiten, ISBN 978-3-7844-3155-0